Linda Lael Miller

BIG SKY COUNTRY – Das weite Land

Roman

Aus dem Amerikanischen von
Jutta Zniva

MIRA®

MIRA® TASCHENBUCH
Band 25681
1. Auflage: August 2013

MIRA® TASCHENBÜCHER
erscheinen in der Harlequin Enterprises GmbH,
Valentinskamp 24, 20354 Hamburg
Geschäftsführer: Thomas Beckmann

Titel der nordamerikanischen Originalausgabe:
Big Sky Country

erschienen bei: HQN Books, Toronto

Published by arrangement with
HARLEQUIN ENTERPRISES II B.V./S.àr.l

Konzeption/Reihengestaltung: fredebold&partner gmbh, Köln
Umschlaggestaltung: pecher und soiron, Köln
Redaktion: Mareike Müller
Titelabbildung: Harlequin Enterprises S.A., Schweiz
Autorenfoto: © Harlequin Enterprises S.A., Schweiz
Satz: GGP Media GmbH, Pößneck
Druck und Bindearbeiten: CPI – Ebner & Spiegel, Ulm
Printed in Germany
Dieses Buch wurde auf FSC®-zertifiziertem Papier gedruckt.
ISBN 978-3-86278-743-2

www.mira-taschenbuch.de

Liebe Leserinnen, liebe Leser,

willkommen in einem neuen Städtchen: Parable, Montana. Es ist jene Art von Kleinstadt, die mir bestens vertraut ist und die ich so sehr mag. Die Bewohner von Parable sind gute, anständige und hart arbeitende Menschen, die in schweren Zeiten zusammenhalten und niemals eine Gelegenheit auslassen, die schönen Dinge des Lebens zu feiern.

In diesem ersten Teil meiner neuen Serie *Big Sky Country – Das weite Land* werden Sie Sheriff Slade Barlow – groß, dunkelhaarig, attraktiv – kennenlernen. Er ist ziemlich enttäuscht von der Liebe. Genau wie Joslyn Kirk, die nach Jahren wieder nach Parable zurückgekehrt ist, um ein Unrecht von früher wiedergutzumachen. Ein Unrecht, an dem sie selbst gar keine Schuld trägt. Joslyn hat vor, die Stadt so bald wie möglich wieder zu verlassen.

Aber da gibt es etwas, das Kleinstädte – und die Liebe – so an sich haben: unsichtbare Fäden, die einen mitten hinein ins Geschehen ziehen, egal, ob man will oder nicht. Welche Fäden sind das? Freunde – alte und neue, Menschen und Vierbeiner. Erinnerungen. Der wunderbare Prozess, *neue* Erinnerungen zu schaffen. Lachen, Tränen und natürlich das größte Geschenk überhaupt: die Liebe. In all ihren faszinierenden Facetten.

Willkommen also in Parable. Sie werden sich dort wohlfühlen.

Mit meinen besten Wünschen

Linda Lael Miller

In liebevollem Gedenken an meinen
geliebten Beagle Sadie.
Ich bin für jeden Augenblick dankbar,
den wir in elf gemeinsamen Jahren
erlebt haben.

1. KAPITEL

Parable, Montana

„Du warst nicht auf der Begräbnisfeier", fuhr Hutch Carmody seinen Halbbruder Slade Barlow an. Sein vorwurfsvoller Ton war unüberhörbar.

Slade sah Hutch nicht direkt an, musterte ihn aber aus dem Augenwinkel. Sie saßen nebeneinander auf zwei unbequemen Stühlen vor einem riesigen Schreibtisch. Maggie Landers, die Anwältin ihres gemeinsamen Vaters, von der sie beide herbestellt worden waren, hatte sich bis jetzt noch nicht blicken lassen.

„Ich war bei der Beisetzung auf dem Friedhof", antwortete Slade nach einer Weile tonlos. Es war die Wahrheit. Allerdings hatte er sich etwas abseits der Menge gehalten, da er einerseits nicht bei den anderen Trauergästen stehen wollte, es andererseits aber auch nicht geschafft hatte, ganz wegzubleiben.

„Warum hast du dir überhaupt die Mühe gemacht zu kommen?", fragte Hutch provokant. „Oder wolltest du dich nur davon überzeugen, dass der Alte wirklich in der Kiste liegt?"

Slade war kein jähzorniger Mann. Seinem Naturell entsprechend, dachte er erst und redete dann. Wenn er sich zu irgendetwas äußerte, tat er es stets ruhig und mit Bedacht. Diese Eigenschaft hatte sich in all den Jahren, seit er zum Sheriff ernannt worden war, gut bewährt. Doch bei dem scharfen Unterton in den Worten seines Halbbruders spürte er, wie ihm die Hitze bis zum Hals hinaufkroch und es in seinen Ohren zu pochen begann.

„Vielleicht war es das, ja", erwiderte er gedehnt und voller Verachtung, während die Bürotür hinter ihnen leise geöffnet wurde.

Hutch hatte gerade seinen Stuhl zurückgeschoben, als wollte er aufspringen und auf Slade losgehen. Stattdessen blieb er sitzen und fuhr sich – vermutlich als Ventil für den Adrenalinstoß – mit einer ruckartigen Bewegung durch seinen dunkelblonden Haarschopf.

Slade war über sich selbst entsetzt, weil er sich gerade zu dieser Provokation hatte hinreißen lassen. Gleichzeitig empfand er wegen Hutchs Reaktion ein tiefes, grimmiges Gefühl der Befriedigung. Sie beide konnten sich, wie man so schön sagte, auf den Tod nicht ausstehen.

„Schön, dass Sie einander nicht umgebracht haben", bemerkte Maggie fröhlich, während sie um den glänzenden riesigen Schreibtisch herumging und dann auf dem Lederstuhl dahinter Platz nahm. Mit über 50 Jahren, den kurzen, perfekt gefärbten braunen Haaren und den grünen Augen, die für gewöhnlich intelligent und schelmisch funkelten, sah sie immer noch umwerfend aus. Sie drehte sich ein wenig zur Seite, um ihren Computer hochzufahren.

„Jedenfalls *noch* nicht", meinte Hutch schließlich.

Obwohl Slade Maggie nur im Profil sehen konnte, bemerkte er, dass sie einen Mundwinkel hochgezogen hatte, und schmunzelte. Ihre Finger, die jeden Samstagvormittag im Friseursalon seiner Mutter sorgfältig manikürt wurden, flogen eifrig über die Tastatur. Der Monitor warf einen schwachen blauen Lichtschein auf ihr Gesicht und die dünne Jacke ihres maßgeschneiderten cremefarbenen Hosenanzugs.

„Wie geht es Ihrer Mutter, Slade?", erkundigte sie sich freundlich, ohne den Blick vom Bildschirm abzuwenden.

Maggie und seine Mutter Callie waren ungefähr im gleichen Alter und schon befreundet, solange Slade denken konnte. Angesichts der Tatsache, dass er Maggie erst gestern zufällig im „Curly-Burly", dem Frisiersalon seiner Mom, getroffen hatte, nahm Slade an, dass es sich um eine rein rhetorische Frage handelte. Einfach um Small Talk.

„Danke, es geht ihr gut." Mittlerweile hatte sich Slades unbändiges Bedürfnis nach Brudermord gelegt. Nun grübelte er wieder über jene Sache, die ihn beschäftigte, seit die ehrenwerte Ms Landers heute Morgen bei ihm zu Hause angerufen und ihn gebeten hatte, auf dem Weg zur Arbeit doch in ihrer Kanzlei vorbeizukommen.

Der Termin musste mit dem Testament des Alten zu tun haben, obwohl Maggie das am Telefon nicht direkt gesagt hatte. Alles, was sie verraten hatte, war: „Es wird nicht lange dauern, Slade. Und glauben Sie mir, es ist in Ihrem Interesse, wenn Sie dabei sind."

Hutchs Anwesenheit war nur logisch, da er der eheliche Sohn war. Der Goldjunge, der von seiner Geburt an darauf vorbereitet worden war, der alleinige „Herrscher" über die gesamten Besitztümer zu werden. Man hatte ihn auch dann noch darauf vorbereitet, nachdem er mit zwölf Jahren seine Mutter verloren hatte und infolgedessen tun und lassen konnte, was er wollte. Slade selbst wiederum war als uneheliches Kind der klassische Außenseiter gewesen.

John Carmody hatte ihm kein einziges Mal Beachtung geschenkt. Kein einziges Mal in den mittlerweile 35 vergangenen Jahren. Äußerst unwahrscheinlich, dass John auf dem Sterbebett seinem Herzen einen Ruck gegeben und das Ergebnis seiner längst vergessenen Beziehung mit Callie in seinem Testament berücksichtigt hatte.

Nein, dachte Slade. Carmody hatte *kein* Herz gehabt. Auf jeden Fall nicht, sobald es um ihn und seine Mutter ging. Während der ganzen Zeit hatte er nicht ein einziges Wort mit Slade gesprochen. Bei jeder Begegnung hatte er durch ihn hindurchgeschaut, als wäre er unsichtbar. Falls dieser halsstarrige Mistkerl Maggie beauftragt hatte, dafür zu sorgen, dass Slade bei der Verlesung des Testaments anwesend war, konnte das nur einen Grund haben: Wenn Hutch die ganzen Ländereien und das Geld bekam, sollte Slade wissen, was ihm entging.

Du kannst es dir sonst wohin stecken, Alter, schoss es Slade wütend durch den Kopf. Er hatte nie erwartet – oder sich gewünscht –, auch nur einen müden Cent von John Carmody zu kriegen. Schlimm genug, dass er das Aussehen dieses Kotzbrockens geerbt hatte – die dunklen Haare, die schlanke, muskulöse Statur und die blauen Augen. Und es ärgerte ihn, dass Maggie, die Freundin seiner Mutter, dabei mitspielte, wenn er hier seine Zeit vergeuden musste.

Maggie klickte mit der Maus, und ihr Drucker begann, eine

Seite nach der anderen auszuspucken. Währenddessen drehte sie sich zu Hutch und Slade und sah die beiden an.

„Ich erspare Ihnen das juristische Geschwafel“, sagte sie, holte die Blätter aus dem Drucker und sortierte sie in zwei Stapel. Dann schob sie die beiden Papierstöße über den Tisch, sodass jeder von ihnen einen vor sich liegen hatte. „Hier sind alle Fakten. Sie können das Testament bei Gelegenheit durchlesen.“

Slade warf nur einen kurzen Blick auf die Ausdrucke und machte keine Anstalten, sie zu nehmen.

„Und wie sind die Fakten?“, fragte Hutch mürrisch.

Vollidiot, dachte Slade.

Maggie verschränkte die Finger und lächelte milde. Es bedurfte mehr als eines arroganten Cowboys, um sie aus der Fassung zu bringen. „Der Besitz soll zwischen Ihnen beiden zu gleichen Teilen aufgeteilt werden“, verkündete sie.

Slade war so verblüfft, dass er einfach nur reglos dasaß. Es hatte ihm den Atem verschlagen, als hätte ihm gerade jemand mit voller Wucht in den Magen geboxt.

Durch seinen Kopf summte ein einziger Gedanke – wie eine eingesperrte Motte, die den Weg nach draußen sucht: Was zum Teufel hatte das alles zu bedeuten?

Hutch, der ohne Zweifel genauso schockiert war wie Slade – wenn nicht sogar noch mehr –, beugte sich vor und presste barsch hervor: „*Was* haben Sie da gerade gesagt?“

„Sie haben mich schon richtig verstanden, Hutch“, antwortete Maggie gelassen. Sie mochte vielleicht aussehen wie eine würdevoll alternde Elfe, doch sie nahm es mit den besten Staatsanwälten des Landes auf und machte – bildlich gesprochen – regelmäßig Kleinholz aus ihnen.

Slade schwieg. Er versuchte immer noch, die Neuigkeit zu verdauen.

„Schwachsinn“, murmelte Hutch. „Das ist *Schwachsinn*.“

Maggie seufzte. „Trotzdem“, meinte sie, „ist es das, was Mr Carmody wollte. Er war mein Mandant, und es ist mein Job, dafür zu sorgen, dass sein letzter Wille erfüllt wird. Immerhin hat ihm Whisper Creek gehört. Er hatte jedes Recht, so über sein Eigentum zu verfügen, wie er es für richtig hielt."

Slade hatte sich mittlerweile zumindest wieder so weit gefangen, dass er sprechen konnte. Seine Stimme klang dennoch heiser. „Was wäre, wenn ich Ihnen sagte, dass ich nichts davon möchte?", wollte er wissen.

„Wenn Sie mir das sagten", erklärte Maggie sanft, „würde ich antworten, dass Sie den Verstand verloren haben, Slade Barlow. Wir reden hier von einer Menge Geld. Dazu kommt eine äußerst gewinnbringende große Ranch und alles, was dazugehört – inklusive Gebäude, Tiere und Bodenschätze."

Erneutes Schweigen – kurz, gefährlich und mit Emotionen aufgeladen.

Hutch war derjenige, der zuerst das Wort ergriff. „Wann hat Dad sein Testament geändert?"

„Er *hat* es nicht geändert", erwiderte Maggie, ohne zu zögern. „Mr Carmody hat die Papiere vor Jahren aufsetzen lassen, da war mein Vater noch in der Kanzlei tätig. Er hat sie vor sechs Monaten, nachdem seine Krankheit diagnostiziert wurde, sogar nochmals persönlich durchgesehen. *Es ist das, was er wollte*, Hutch."

Hutch schnappte sich seine Ausdrucke und stand auf. Slade erhob sich ebenfalls, ließ die Dokumente jedoch liegen. Ihm kam alles völlig unwirklich vor. Wahrscheinlich träumte er. Jeden Moment würde er in kaltem Schweiß gebadet zwischen zerwühlten Laken allein in seinem alten Bett aufwachen … In seiner Wohnung aufwachen, in der er lebte, seit er vor zehn Jahren nach dem College, einem militärischen Einsatz und einer kurzen Ehe – gefolgt von einer höchst freundschaftlichen Scheidung – nach Parable zurückgekehrt war.

„Ich fasse es nicht", murmelte Hutch. Seine Stimme war rau wie Sandpapier. Er war für die Rancharbeit angezogen und trug alte Jeans, ein blaues Baumwollhemd und ein Paar abgewetzte Stiefel. Vermutlich bedeutete das, dass er genauso wenig wie Slade gewusst hatte, was es mit diesem Termin auf sich haben würde.

„Danke, Maggie", hörte Slade sich sagen, während er sich zum Gehen umwandte.

Er war nicht dankbar; nur aus Gewohnheit war es ihm herausgerutscht.

Maggie erhob sich, ging um den Schreibtisch herum und ihm nach. Dann drückte sie ihm den Ausdruck des Testaments seines Vaters mit sanfter Gewalt in die Hand. „Lesen Sie es wenigstens", verlangte sie. „Ich werde Sie in ein paar Tagen zu einem weiteren Gespräch zu mir bitten. Bis dahin haben Sie beide Zeit, alles zu verarbeiten."

Slade erwiderte nichts. Er spürte, wie das Papier zerknitterte, als er reflexartig die Blätter fester umklammerte.

Nachdem er wenige Augenblicke später die Tür seines Pickups geöffnet hatte, stand Hutch wieder neben ihm.

„Ich kaufe dir deine Hälfte der Ranch ab", schlug er mit gepresster Stimme vor. „Das Geld interessiert mich nicht. Davon habe ich ohnehin genug. Aber Whisper Creek ist seit fast hundert Jahren im Besitz meiner Familie. Mein Urgroßvater hat das ursprüngliche Haus und den Stall mit seinen eigenen Händen gebaut. Also sollte die Ranch mir allein gehören."

Die Betonung von *meiner Familie* war ein subtiler und gleichzeitig unmissverständlicher Wink mit dem Zaunpfahl.

Slade erwiderte den grimmigen Blick seines Halbbruders. Dann griff er nach seinem Hut, den er – nach alter Cowboytradition – mit der Krempe nach oben auf dem Beifahrersitz seines Wagens liegen lassen hatte, bevor er Maggies Kanzlei betreten hatte. „Ich muss darüber nachdenken."

„Was gibt es da nachzudenken?", fragte Hutch nach einer weiteren spannungsgeladenen Pause. „Ich zahle bar, Barlow. Nenn mir deinen Preis."

Nenn mir deinen Preis. Slade wusste, dass er auf den Deal eingehen sollte. Er sollte einfach froh sein, dass John Carmody es für angebracht gehalten hatte, ihm etwas zukommen zu lassen – wenn auch erst nach seinem Tod. Alles, was Slade tun musste, war, Ja zu sagen. Dann könnte er sich das kleine Stück Land kaufen, auf das er schon seit ein paar Jahren ein Auge geworfen hatte. Er könnte es bar bezahlen, statt seine Ersparnisse für eine Anzahlung plündern zu müssen. Doch irgendetwas hielt ihn davon ab, Hutchs Angebot anzunehmen; etwas, das andere – tiefere – Gründe hatte als seine generelle Unfähigkeit, impulsiv zu reagieren.

Indirekt hatte John Carmody zu guter Letzt seine Existenz doch noch zur Kenntnis genommen. Slade brauchte Zeit, um dieses Wissen erst einmal zu verdauen und herauszufinden, was es bedeutete. Wenn es denn überhaupt etwas bedeutete ...

„Ich melde mich bei dir." Slade stieg in seinen Pick-up und setzte seinen Hut auf. „Inzwischen muss ich mich um mein County kümmern." Er knallte die Autotür zu.

Hutch schlug mit der Handkante fest gegen die Tür. Dann drehte er sich um, stürmte zu seinem Pick-up mit dem Whisper-Creek-Logo drauf, lief um die Motorhaube herum, riss die Wagentür auf und sprang auf den Fahrersitz.

Slade beobachtete, wie sein Halbbruder das Auto anließ, den Rückwärtsgang einlegte und die Reifen dabei ordentlich Kies aufwirbelten. Hutch war sichtlich wütend, aber immerhin so schlau, nicht das Tempolimit zu überschreiten, während der Sheriff zusah.

Slade wartete ein paar Sekunden, dann gab er Gas und bog in die schmale Nebenstraße ein. Er sollte längst in seinem Büro drüben im Justizgebäude sein und seine Deputys auf Streife in die verschiedenen Teile des Countys schicken. Stattdessen fuhr Slade los Richtung Highway. Fünf Minuten später hielt er vor dem Zuhause seiner Mutter, einem alten Wohnwagen mit rostgesprenkeltem Aluminiumunterbau und einem Anbau aus Sperrholz, der als Wohnbereich diente.

In seiner Kindheit hatte sich Slade manchmal wegen des chaotischen Gebildes aus Metall und Holz geschämt. Es war so notdürftig zusammengebaut, dass nur mehr das hüfthohe Unkraut, ein paar aufgebockte Schrottautos und rostige Haushaltsgeräte auf der Veranda fehlten, um der klassischen Hinterwäldler-Behausung zu entsprechen. Callie hatte ihn gezwungen, die zweifarbigen Außenwände des Wohnwagens – jenen Teil, in dem sich der Friseursalon befand – mindestens zweimal im Jahr gründlich zu reinigen. Außerdem hatte Slade den Rest regelmäßig frisch gestrichen.

Auf dem staubigen Schild am Rand des Schotterparkplatzes waren diese Woche sogar alle Wörter richtig geschrieben: *Acrylnägel: halber Preis. Zehn Prozent auf Strähnchen/Dauerwelle.*

Slade schmunzelte, als er den Motor abstellte und ausstieg.

Der Salon öffnete erst um zehn Uhr, doch drinnen brannte bereits Licht. Höchstwahrscheinlich blubberte auch schon das Wasser in der Kaffeemaschine.

Kaum dass Slade sich dem Wohnwagen näherte, ging die Tür auf, und Callie begrüßte ihn mit einem strahlenden Lächeln. In der Hand hielt sie einen Besen.

„Hey!“, rief sie.

„Hey“, erwiderte Slade missmutig.

Callie Barlow war eine kleine Frau mit großer Oberweite und rotbraunen Haaren, die sie mit einer gewaltigen Plastikspange hochgesteckt hatte. Sie trug türkisfarbene Jeans, rosa Westernstiefel und ein grellgelbes T-Shirt, das mit kleinen Strasssteinchen verziert war.

„Na, das ist aber eine Überraschung.“ Sie stellte den Besen beiseite und klopfte sich die staubigen Hände ab. Ihr Gesichtsausdruck war herzlich wie immer, doch der Blick ihrer grauen Augen war erstaunt, fast schon besorgt. Sie wusste, dass Slade seinen Job ernst nahm und es ihm überhaupt nicht ähnlich sah, während seiner Dienstzeit bei ihr vorbeizuschauen. „Sorgt dein Revier jetzt schon selbstständig für Recht und Ordnung?“

„Meine Deputys halten die Stellung“, antwortete Slade. „Ist der Kaffee schon aufgesetzt?“

„Natürlich.“ Callie trat einen Schritt zurück, damit er hereinkommen konnte. „Das ist ungefähr das Erste, was ich jeden Morgen mache – die Kaffeemaschine einschalten.“ Nur kurz und kaum merklich runzelte sie die Stirn. Schließlich gewann aber ihre angeborene direkte Art die Oberhand. „Na, was ist schiefgelaufen?“, fragte sie.

Slade seufzte, nahm seinen Hut ab und legte ihn auf die Theke neben Callies Kasse. „Ich weiß nicht, ob *schiefgelaufen* der richtige Ausdruck ist", meinte er. „Ich komme gerade aus Maggie Landers' Kanzlei. Scheint so, als hätte John Carmody mich in seinem Testament bedacht."

Erstaunt riss Callie die Augen auf. Dann musterte sie ihn skeptisch. „Wie bitte?" Sie räusperte sich.

Er hakte seine Daumen in die Gürtelschlaufen seiner Jeans, neigte den Kopf zur Seite und betrachtete seine Mutter prüfend. Falls Callie von der Erbschaft gewusst hatte, gelang es ihr verdammt gut, sich nichts anmerken zu lassen.

„Die Hälfte", fuhr er fort. „Er hat mir die Hälfte von allem vererbt, was er besessen hat."

Callie ließ sich auf einen der Frisierstühle fallen. Beinahe hätte sie sich den Kopf an der Plastiktrockenhaube gestoßen. Sie blinzelte ein paarmal, wobei sich in einem Augenwinkel die falschen Wimpern lösten. Sie drückte sie mit der Fingerspitze wieder fest. „Das glaube ich einfach nicht", murmelte sie.

Slade schob die Trockenhaube über dem Stuhl seiner Mutter hoch und setzte sich; umfasste die Hand seiner Mutter gerade lang genug, um sie kurz zu drücken.

„Glaub es ruhig." Er war ziemlich ratlos, was er sagen sollte. Er liebte Callie und sie standen sich sehr nahe, doch sie hatte ihn nicht zu einem Menschen erzogen, der sofort wegen irgendwelcher Neuigkeiten nach Hause lief.

„Wie geht es jetzt weiter?", fragte sie leise. Ihre Unterlippe zitterte ein wenig, und in ihren Augen, die normalerweise strahlten und keck funkelten, lag ein bedrückter, fast gequälter Ausdruck.

„Ich habe keine Ahnung", antwortete Slade leise. „Hutch hat es – was nicht anders zu erwarten war – nicht besonders gut verkraftet. Er hat bereits angeboten, mir meinen Anteil der Ranch abzukaufen."

Callie schloss für einen Moment die Augen. Als sie sie wieder öffnete, war das alte Leuchten in ihrem Blick wieder da. Callie war zäh; hatte es immer sein müssen. Schon früh hatte sie ihre

Eltern verloren und später ein uneheliches Kind in einer Stadt bekommen, in der so etwas ein Problem darstellte. Sogar ein großes Problem. Aber wegen dieser Schwierigkeiten war Callie nicht zu einer verbitterten Frau geworden, wie es bei manch anderen der Fall war. Vielmehr hatte sie die Dinge so genommen, wie sie kamen, das Beste daraus gemacht und Slade so erzogen, dass er sie – und sich selbst – respektierte. Sie gehörte zu den ausgeglichensten Menschen, die Slade kannte. Manchmal allerdings fragte er sich, wie viel von dieser Ausgeglichenheit nur gespielt war.

„Ein oder zwei Mal“, begann sie, „als du noch ein Teenager warst, hat mir John ein paar Dollar für Lebensmittel, Glühbirnen oder Dinge zugesteckt, die du für die Schule brauchtest. Doch dass er *das* tun würde, hätte ich nie gedacht. Keine Sekunde.“

„Er war immer für eine Überraschung gut, schätze ich.“ In Slades Worten schwang ein Hauch von Sarkasmus mit.

„Nicht überraschend war, wie *eingebildet* er war“, erwiderte Callie. „Er hatte furchtbare Angst, dass ich mich erdreisten würde, dich nach ihm zu nennen. Dadurch wäre der Skandal noch größer geworden, als er ohnehin schon war. Aber nachdem er erfahren hatte, dass ich dich ‚Slade‘ genannt hatte, meinte er, ich hätte wohl zu viele Westernserien im Fernsehen geschaut. Ich habe mir nie die Mühe gemacht, ihm zu erklären, dass ich deinen Namen aus einer Geschichte hatte, die ich in *Ranch Romances* gelesen habe.“

Slade lächelte. Callie hatte ihm von diesen Romanheften und davon erzählt, wie sie damals beim Lesen alles um sich herum vergessen hatte. Sie hatte ihm auch gesagt, dass sie ihn nach ihrem Lieblingshelden benannt hatte.

Bei John Carmodys Beerdigung war sie nicht gewesen. Soweit Slade sich erinnern konnte, hatte sie in letzter Zeit auch nie von ihm gesprochen. Erst jetzt kam Slade in den Sinn, dass sie möglicherweise dennoch um ihn trauerte. Sie musste John Carmody einmal geliebt haben.

„Alles in Ordnung?“, erkundigte er sich.

Sie nickte. Dann schluckte sie. „Nimmst du Hutchs Angebot an?“, fragte sie schließlich.

Wieder seufzte er. „Wenn ich das bloß wüsste. Einerseits kann ich es mir durchaus vorstellen. Ich könnte das Stück Land kaufen, auf das ich schon seit einer Weile ein Auge geworfen habe. Ich könnte ein Haus und einen Stall bauen. Andererseits ... Tja, ein kleiner Teil von mir möchte mein Geburtsrecht geltend machen und will, dass es die ganze Welt erfährt.“

Callie tätschelte seine Hand, stand von dem Stuhl auf und ging zur Kaffeemaschine, einem glänzenden Ungetüm aus Metall, das wie ein altmodischer Dampfkocher klang, wenn man es einschaltete.

„Ich schätze, das ist verständlich.“ Sie wandte ihm den Rücken zu, während sie Kaffee in einen großen Styroporbecher goss und ihn mit einem Deckel verschloss. „Der Wunsch, dass die Leute die Wahrheit erfahren, meine ich.“

Slade war aufgestanden, hatte seinen Hut von der Theke genommen und drehte die Krempe langsam zwischen den Händen. „Ich glaube nicht, dass es irgendjemanden überraschen wird“, wandte er ein. Er erinnerte sich gut an das Gerede, das in seiner Jugend der Auslöser für viele Prügeleien auf dem Schulhof gewesen war.

Callie war nicht einmal zwanzig Jahre alt gewesen, als sie sich mit Carmody eingelassen hatte. Sie war naiv und mutterseelenallein gewesen und gerade von einem dubiosen Beauty-Institut in Missoula zurückgekehrt – mit nichts als einem Friseurdiplom in der Tasche. Außer dem alten Wohnwagen, in dem sie aufgewachsen war, und den zwei kargen Morgen Land dahinter, die sich schräg abfallend zum Ufer des Buffalo Creek erstreckten, hatte sie nichts besessen. Ihr geliebter „Großvater“ war damals bereits zwei Jahre tot gewesen.

„Es tut mir leid, Slade“, sagte sie nun. „Es tut mir leid, was du meinetwegen alles durchmachen musstest. Sobald ich erfahren hatte, dass John ohnehin die ganze Zeit vorhatte, eine andere zu heiraten, wurde mir von praktisch allen Leuten geraten, dich zur Adoption freizugeben. Aber das habe ich nicht übers Herz gebracht. Ich nehme an, das war egoistisch von mir, doch du warst *mein* Junge, und ich wollte sehen, wie du zu einem Mann heranwächst."

„Ich weiß." Slade beugte sich zu ihr hinunter und gab ihr einen Kuss auf die Stirn. Ihm war das alles bereits bekannt, und er konnte verstehen, dass Callie viele Dinge bereute. Tatsächlich war er aber froh, dass sie ihn behalten hatte. Sie hatte viele Opfer gebracht und hart gearbeitet, um das Geschäft aufzubauen, von dem sie beide gelebt hatten. Manchmal mehr schlecht als recht ... Des Öfteren hatte sie darauf verzichtet zu heiraten, aus Parable wegzuziehen und dadurch endlich ein gewisses Maß an gesellschaftlichem Ansehen genießen zu können.

Stattdessen hatte sie durchgehalten, hier, in ihrer alten Heimatstadt. Sie war davon überzeugt gewesen, jedes Recht zu haben, hierzubleiben. Das Gleiche hatte sie für ihren Sohn in Anspruch genommen. Und zwar unabhängig davon, ob es John Carmody, seiner Braut aus der High Society von Parable oder einigen hochnäsigen Bewohnern der Stadt nun gefiel oder nicht.

Slade hatte versucht, in Worte zu fassen, wie dankbar er für den unerschütterlichen Mut war, den sie jeden Tag aufs Neue bewiesen hatte. Dankbar für das gute Vorbild, das sie ihm gewesen war, indem sie hart gearbeitet und sich nicht hatte unterkriegen lassen. Und dankbar dafür, dass sie sich einfach dem Leben stellte und aus dem, was sie hatte, immer das Beste machte. Nur ihretwegen war er zu einem starken Menschen mit einem scharfen Verstand herangewachsen, der sich in seiner Haut wohlfühlte. Sie hatte ihm ein unerschütterliches Vertrauen in sich selbst und in sein Urteilsvermögen mitgegeben, das ihn nie verlassen hatte – auch nicht während seines Einsatzes im Irak und der schweren Zeit, als seine Ehe zerbrochen war.

Er blieb bei der Tür stehen und drehte sich – immer noch mit dem Hut in der Hand – zu ihr um. „Jetzt kannst du dich zur Ruhe setzen. Vielleicht eine Reise machen oder etwas anderes unternehmen."

Callie lachte melodisch. „So weit kommt's noch, Slade Barlow", erwiderte sie. „Falls du glaubst, dass ich einen dicken Scheck von dir annehme und den Rest meines Lebens Pralinen esse oder mir in meinem Urlaub anderer Leute Gärten angucke, hast du dich getäuscht. Ach, ich wüsste gar nicht, was ich mit mir anfangen sollte, wenn ich meinen Salon nicht hätte. Und was würden denn meine Kunden ohne mich tun?"

Slade schüttelte den Kopf und grinste. „Denk einfach darüber nach." Eine seltsame, bittersüße Traurigkeit hatte ihn erfasst. „Außerhalb dieser Stadt gibt es eine ganze Welt, Mom."

Callie machte eine abwehrende Handbewegung und griff wieder nach dem Besen. „Mag sein. Aber ich bleibe hier."

„Du bist verdammt dickköpfig. Ist dir das klar?"

„Was glaubst du, woher *du* das hast?", entgegnete sie.

Slade hatte immer gedacht, dass er seine Sturheit – ebenso wie sein Aussehen und seine Statur – von John Carmody hatte. Jetzt allerdings erkannte er, dass diese Eigenschaft die Kehrseite der unerschütterlichen Beharrlichkeit seiner Mutter war.

Er winkte, ging zu seinem Pick-up, stieg ein und fuhr los.

Er hätte schon vor einer halben Stunde bei der Arbeit sein müssen.

Mittlerweile hatten seine Deputys und Becky, die langjährige Sekretärin, vermutlich schon alles für eine Suchaktion in die Wege geleitet. Samt Leichenspürhunden und einem Plan für eine Rasterfahndung.

Bei dieser Vorstellung musste Slade auf seiner Fahrt zurück ins Sheriffbüro breit grinsen.

Joslyn Kirk hatte an diesem Morgen verschlafen. Als sie die Augen öffnete, brauchte sie ein paar Sekunden, bis sie wusste, wo sie war: ausgerechnet in jener Stadt, in die sie nie mehr einen Fuß hatte setzen wollen – Parable, Montana.

Sie richtete sich in ihrem Schlafsack auf. Da sie gestern spät in der Nacht angekommen war, hatte sie sich nicht mehr die Mühe gemacht, das alte Messingbett zu beziehen. Jetzt sah sie sich um und ließ die Tapeten mit Rosenmotiven, die abgewetzten Dielen, die Zierleisten aus Holz und den schweren Kleiderschrank auf sich wirken.

Sie befand sich im Gästehaus hinter jenem Herrenhaus, das den Großteil ihrer Kindheit ihr Zuhause gewesen war. Viele Erinnerungen holten sie ein: An einem sonnigen Morgen wie heute hätte am anderen Ende des weiten grünen Rasens jetzt ihre Mutter auf der Veranda gesessen. Sie hätte Kaffee getrunken und die Zeitung gelesen. Opal, die Haushälterin, hätte in der riesigen Küche gerade das Frühstück vorbereitet.

Jetzt war ihre Mutter in Santa Fe, wo sie mit Ehemann Nummer drei, einem erfolgreichen Künstler, zusammenlebte. Ehemann Nummer zwei, Elliott Rossiter, war im Gefängnis an einer Embolie gestorben. Wohin es Opal verschlagen hatte, wusste der Himmel. Sie und Joslyn hatten sich tränenreich voneinander verabschiedet und sich versprochen, in Kontakt zu bleiben. Doch dann hatten sie sich vor Jahren aus den Augen verloren.

Joslyn seufzte, strich sich die langen braunen Haare aus dem Gesicht und schlüpfte aus dem Schlafsack. Es hatte keinen Sinn, wegen der Vergangenheit trübselig zu werden. Schließlich war sie aus einem bestimmten Grund nach Parable zurückgekehrt. Und sie musste damit beginnen, ihr Vorhaben in die Tat umzusetzen.

Damit sie diese Stadt möglichst bald wieder verlassen konnte.

Nach einem kurzen Zwischenstopp im Bad und einer schnellen Katzenwäsche am Waschbecken tapste sie barfuß in die winzige Küche. Dort musste sie mehrere Einkaufstüten durchwühlen, bis sie die billige Kaffeemaschine fand, die sie – neben ein paar anderen lebensnotwendigen Dingen – am Vortag beim großen Discounter am Highway gekauft hatte.

Sie kämpfte kurz mit der Filtermaschine, dann mit dem Kaffeepulver und zu guter Letzt mit dem altmodischen Wasserhahn.

Ein Klopfen an der Tür ließ sie innehalten – aber nur kurz. Ohne Kaffee war nichts mit ihr anzufangen, und außerdem wusste sie, wer der Besucher war.

„Komm rein!", rief sie.

Ein metallisch klingendes Ruckeln an der Haustür war zu hören, und einen Moment später betrat Kendra Shepherd – seit ewigen Zeiten Joslyns beste Freundin – die Küche.

Kendra – blond und mit der Eleganz einer Balletttänzerin gesegnet – wirkte in ihrem grünen Hosenanzug und den High Heels munter und voller Tatendrang. Sie leitete die Immobilienfirma „Shepherd Real Estate“ – und das mit sichtlichem Erfolg.

„Du solltest die Tür nachts wirklich abschließen“, sagte Kendra ohne Umschweife. „Auch in Parable gibt es Kleinkriminelle, weißt du.“

„Solange sie nur klein sind, brauche ich mir ja keine Sorgen zu machen“, entgegnete Joslyn ungerührt und zuckte mit den Schultern. Sie hatte sich gerade über die Kaffeemaschine gebeugt und suchte unter den verschiedenen Schaltern den Einschalt-Knopf. Nachdem sie ihn gefunden hatte, drückte sie ihn mit der Spitze ihres Zeigefingers hinunter. Dann richtete sie sich auf, lächelte ihre Freundin an und fühlte sich dabei wegen ihrer Flanellpyjamahose und des riesigen T-Shirts kein bisschen verlegen.

„Ich meine es ernst.“ Kendra ließ nicht locker. „Man möchte meinen, jemand wie du, der in Phoenix lebt, wäre vorsichtiger.“

Joslyn durchwühlte erneut die Einkaufstüten, diesmal auf der Suche nach Tassen und Süßstoff. „Na gut“, sagte sie leicht abwesend aufgrund ihres dringenden Bedürfnisses nach einem Koffeinschub. „Ich hab's verstanden. Ab sofort werde ich jede Tür und jedes Fenster verriegeln. Vielleicht lege ich mir auch einen Rottweiler mit Killerinstinkt zu.“

Kendra lächelte und zog sich einen Stuhl an den kleinen Tisch, an dem Platz für zwei Personen war. „Immer noch die alte Besserwisserin …“, stellte sie fest. Es klang fast melancholisch.

„Es ist eine Überlebensstrategie“, erklärte Joslyn halb im Scherz, halb im Ernst. Sie strich sich wieder die Haare aus dem Gesicht und betrachtete ihre Freundin voller Zuneigung. „Danke, Kendra. Dafür, dass du mir einen Job gibst und mir das Gästehaus vermietet hast, meine ich.“

Kendra setzte sich mit einer anmutigen Bewegung hin. Sie hatte ihr helles, seidiges Haar zu einem lockeren Knoten im Nacken hochgesteckt, und ihr einfacher Schmuck – goldene Ohrstecker und ein Armreif am rechten Handgelenk – sah elegant und dezent aus.

„Ich habe dich vermisst, Joss", sagte Kendra, als Joslyn sich neben sie setzte. „Es ist toll, dich wieder hier zu haben …" Sie verstummte und senkte den Blick.

„Aber?", fragte Joslyn leise.

„Ich kann mir nicht recht erklären, warum du hier sein willst. Nach allem, was passiert ist." Kendra errötete, schaute Joslyn aber nun wieder direkt an. „Wobei du natürlich keine Schuld hattest, doch …"

Die Kaffeemaschine begann zu zischen, und ein verführerischer Duft breitete sich aus. „Ich habe meine Gründe", antwortete Joslyn. „Ich verlasse mich darauf, dass du mir vertraust, Kendra. Zumindest für die nächsten paar Monate. Sobald ich es erklären kann, werde ich es tun."

„Die Leute hatten in letzter Zeit mysteriöse Schecks in ihrer Post", meinte Kendra nachdenklich. „Schecks von einer großen Anwaltskanzlei in Denver. Und, du hast deine Software-Firma verkauft …"

Joslyn sprang auf, ging rasch zur Kaffeemaschine auf der winzigen Anrichte und spülte unter dem Wasserhahn eilig die zwei einfachen Kaffeetassen ab. „Stimmt, ich habe die Firma verkauft", gab sie zu. Sowie sie es aussprach, überfiel sie ein Gefühl des Verlusts – und das, obwohl der Deal schon vor Wochen abgewickelt worden war. „Allerdings verstehe ich nicht, was das mit den Leuten zu tun hat, die unerwartet Schecks bekommen."

„Die Empfänger der Schecks haben alle etwas gemeinsam." Kendra ließ nicht locker. Sie wäre jetzt nicht in dieser Position, die sie bekleidete, wenn sie schwer von Begriff wäre. „Sie hatten alle Geld in die … Firma deines Stiefvaters investiert."

Joslyn spürte einen Kloß im Hals. „Zufall", murmelte sie, nachdem sie wieder sprechen konnte.

Ihre Hände zitterten ein wenig, während sie Kaffee in die beiden Tassen einschenkte.

„Wie du meinst …", antwortete Kendra nachsichtig.

Als Joslyn sich mit je einer Tasse in der Hand umdrehte, schob Kendra ihren Stuhl zurück und stand auf. „Ich sollte besser los. „Ich habe heute Vormittag eine Vertragsunterzeichnung, und anschließend zeige ich dem gleichen Interessenten zum siebzehnten Mal eine Hühnerfarm." Sie blickte hinunter auf ihre Schuhe. „Meinst du, ich sollte statt der High Heels besser Stiefel anziehen?"

Joslyn war über den Themenwechsel so erleichtert, dass sie nicht widersprach. „Wahrscheinlich schon", stimmte sie zu und stellte sich vor, wie Kendra mit hohen Absätzen auf einer Hühnerfarm herumstakste.

„Würde es dir etwas ausmachen, ein- oder zweimal im Büro nach dem Rechten zu sehen? Nur für den Fall, dass jemand vorbeikommt, der sich eine Immobilie anschauen will. Slade Barlow taucht regelmäßig auf und erkundigt sich, ob das Kingman-Anwesen schon verkauft ist."

Bei dem Namen Barlow klingelte es sofort bei Joslyn. Sie spürte einen Stich in der Brust und musste erst einmal schlucken, bevor sie antworten konnte. Als Kinder und Teenager hatten sie und Slade in verschiedenen Welten gelebt. Ihre war reich, seine arm gewesen. Damals war sie die Freundin seines Halbbruders Hutch gewesen, was die Sache auch nicht gerade besser gemacht hatte. Obwohl Slade es nie ausgesprochen hatte – er hatte ohnehin kaum je ein Wort mit ihr geredet –, wusste sie, was er damals von ihr dachte: dass sie verwöhnt, egozentrisch und oberflächlich sei.

Schlimmer noch: Er hatte recht gehabt.

Dann war ihr Stiefvater Elliott bankrottgegangen. Und sobald die vielen ehrlichen, hart arbeitenden Leute in Parable gemerkt hatten, dass sie von dem einstigen Lieblingssohn von Parable um ihre Ersparnisse gebracht worden waren, endete Joslyns behütetes Leben mit einem Schlag. Sie, die früher so beliebt gewesen war, fand rasch heraus, wer ihre wahren Freunde waren. Nur Kendra und Hutch hielten zu ihr. Bald nach Elliott Rossiters Verhaftung packten sie und ihre Mutter alles, was sie mitnehmen konnten, in Opals alten Kombi und verließen im Dunkel der Nacht die Stadt.

Joslyn schämte sich immer noch, wenn sie daran dachte. Wegzulaufen widersprach allem, woran sie glaubte.

„Du konntest nichts dafür“, rief ihr Kendra in Erinnerung. Sie war immer schon sensibel und einfühlsam gewesen. Sogar so einfühlsam, dass sie manchmal anscheinend sogar die Gedanken anderer Leute lesen konnte. Wie jetzt zum Beispiel. „Niemand gibt dir die Schuld an dem, was passiert ist, Joss.“

Wieder fühlte Joslyn diesen bitteren, schmerzenden Kloß im Hals, der es ihr kurz unmöglich machte, zu sprechen. Sie stellte die Tassen auf den Tisch, wobei sie den Kaffee fast verschüttete, und zwang sich, Kendra ins Gesicht zu schauen.

„Trotzdem denkst du, ich hätte nicht herkommen sollen“, sagte sie leise und mit ungewohnt zittriger Stimme.

Kendra legte ihre Hand auf Joslyns Arm. „Den meisten Leuten hier ist klar, dass du mit dem Betrug nichts zu tun hattest. Meine Güte, du warst doch noch ein Kind. Aber ein paar Leute nehmen Rossiter die Sache von damals immer noch übel. Möglich, dass sie irgendetwas sagen ... Oder *tun* ...“

Joslyn schloss einen Moment lang die Augen. Dann öffnete sie sie energisch und nickte, um zu zeigen, dass sie verstanden hatte.

Sie würde das tun, wovon sie wusste, dass sie es machen musste – auch wenn sie nicht genau erklären konnte, warum. Eines allerdings war sicher: Es würde nicht einfach werden.

2. KAPITEL

Als Kendra gegangen war, duschte Joslyn, zog sich eine Jeans und ein ärmelloses Leinentop mit winzigen grünen Blumen drauf an, schlüpfte in ihre Lieblingssandalen und machte sich an die Arbeit.

Sie packte die zwei großen Koffer aus, die sie aus Phoenix mitgebracht hatte, und verstaute ihren überschaubaren Vorrat an frischer Kleidung. Dann rollte sie den Schlafsack zusammen und sah sich nach einem Platz um, wo sie ihn verstauen konnte. Letzteres stellte sich als echte Herausforderung dar. Platz war in diesem Gästehaus nämlich etwas, woran es eindeutig mangelte. Unter ziemlicher Anstrengung gelang es ihr schließlich, das unhandliche Bündel unter den Badezimmerschrank zu schieben. Als Nächstes holte sie sich ein paar Laken, die schwach nach frischer Luft und Sonne dufteten, und bezog das Bett.

In ihrem Anfall von Tatendrang stellte Joslyn sogar ihren Laptop auf den kleinen Schreibtisch vor dem Wohnzimmerfenster. Allerdings konnte sie sich nicht überwinden, ihn hochzufahren und sich einzuloggen. Sie hatte viel zu viele 18-Stunden-Arbeitstage hinter sich, an denen sie Software entwickelt hatte. Das neue, von ihr programmierte Spiel hatte sie vermarktet und patentieren lassen und schließlich die ganze Firma für eine beträchtliche Summe an einen multinationalen Konzern verkauft.

Sie war eine sehr reiche Frau gewesen – ungefähr fünf Minuten lang. Jetzt hatte sie einen Gebrauchtwagen und gerade so viel Geld auf der Bank, um – wenn sie sparsam war – ein Jahr davon leben zu können. Außerdem spürte sie zum ersten Mal, seit sie siebzehn war, wieder einen gewissen inneren Frieden.

In Parable spätnachts anzukommen war eine Sache. Sich am helllichten Tag in die Stadt zu wagen, wo sie mit Sicherheit einige Bewohner treffen würde, war natürlich eine ganz andere. Doch sie brauchte ein paar Lebensmittel. Gestern hatte sie ja nur ein paar unverderbliche Dinge besorgt, und außerdem hatte sie Kendra *versprochen*, im Büro vorbeizuschauen und ein Auge auf potenzielle Kunden zu haben.

Und immerhin, sagte sie sich tapfer, war sie nicht nach Parable zurückgekommen, um sich zu verstecken.

Die Gründe für ihre Heimkehr waren alles andere als konkret, obwohl sie sich die ganze Situation immer wieder durch den Kopf hatte gehen lassen. Klar war, dass sie bei den Leuten, die ihr Stiefvater betrogen hatte, etwas gutmachen wollte. Gleichzeitig wusste sie, dass sie für die Machenschaften eines anderen Menschen nicht verantwortlich war.

Warum also *war* sie wieder hier? Warum hatte sie so viel geopfert, einen guten Job aufgegeben und die Firma verkauft, die sie sich in nächtelanger Arbeit und ohne ein freies Wochenende aufgebaut hatte? Warum hatte sie ihre Luxuswohnung und ihr Traumauto aufgegeben?

Die einzige Antwort, die Joslyn in diesem oder jedem anderen Moment hätte geben können, war, dass etwas – ein allzu ausgeprägtes Gewissen? – sie an diesen Ort zurückgezogen hatte. Der Drang zurückzukehren war jedenfalls enorm gewesen und hatte sich genauso wenig ignorieren lassen wie ein Tsunami oder ein Erdbeben.

Dieser Drang war, wie ihr schien, aus einem versteckten Teil ihrer Seele gekommen und hatte sie – fast in blindem Vertrauen – zuerst einen Schritt und dann noch einen und noch einen machen lassen.

Es war so ähnlich, als tanzte man mit verbundenen Augen auf einem Seil. Es gab kein Zurück, und wenn sie nicht weiterging, würde sie das Gleichgewicht verlieren und abstürzen.

Joslyn seufzte und marschierte entschlossen zur Tür.

In Kendras Büro kurz nach dem Rechten zu sehen bedeutete natürlich, dass sie das Haupthaus betreten musste. Joslyn wusste, dass sie alle möglichen Erinnerungen einholen würden, sobald sie einen Fuß über die Schwelle setzte. Andererseits sprach einiges dafür, Dinge wie diese einfach hinter sich zu bringen. Kendra wohnte im ersten Stock und hatte das riesige Wohnzimmer zum Büro ihrer Immobilienfirma umgestaltet. Und dort würde Joslyn ab Montag ganztags arbeiten.

Also konnte sie genauso gut jetzt, solange sie noch ungestört war, die bittere Pille schlucken und sich der ersten und unvermeidlichen Begegnung mit ihrer Vergangenheit stellen. Nachdem sie einmal tief durchgeatmet und die Schultern energisch gestrafft hatte, ging Joslyn über die riesige Wiese, auf der Blumen in unterschiedlichsten Formen und Farben blühten, zum Herrenhaus hinüber. Dann stieg sie die kleine Holztreppe zu der Veranda hinauf und legte ihre Hand auf den Griff der Glastür. Abgesperrt.

Joslyn entfuhr ein Seufzen. Ihr fiel gerade Kendras Bemerkung über die Kleinkriminalität in Parable wieder ein. Offensichtlich beherzigte ihre Freundin selbst, was sie anderen riet. Da sie Joslyn keinen Schlüssel gegeben hatte, war bestimmt das vordere Eingangstor offen.

Joslyn ging die Verandatreppe wieder hinunter und über den vertrauten Plattenweg, der parallel zur weiß glitzernden Kiesauffahrt verlief, auf die andere Seite des Hauses.

Hier war der Garten ebenfalls fast überwuchert von Blumen. Als Joslyn stehen blieb, um sich umzuschauen, konnte sie das Summen der Bienen und fröhliches Vogelgezwitscher hören. Einen Moment lang kam sie sich wie Dorothy aus dem Film „Der Zauberer von Oz“ vor, die von einem Wirbelsturm aus einer Welt in Schwarzweiß in eine atemberaubend farbenprächtige getragen wird.

Bis auf ein geschmackvolles Holzschild, das mit einer Messingkette an einem schmiedeeisernen Balken hing – „Shepherd Real Estate, das ortsansässige Immobilienbüro“ –, sah alles so aus wie damals, als Joslyn noch hier gewohnt hatte.

Vier Säulen stützten das Vordach, und die Kreuzstockfenster, die man kurz nach dem Zweiten Weltkrieg aus einem englischen Landhaus gerettet hatte, glitzerten in der Sonne wie unzählige diamantenförmige Spiegel. Das Eingangstor aus Mahagoni war verziert mit handgeschnitzten Blättern, Vögeln, Einhörnern und unterschiedlichsten Ornamenten. Ein schwerer Türklopfer aus Messing in Form eines Löwenkopfes passte perfekt zu dem feudalen Stil des großen Ganzen.

Nachdem sich Joslyn vor weiteren aufwühlenden Erinnerungen gewappnet hatte, versuchte sie den Türknauf zu drehen. Er bewegte sich.

Sie schob die Tür auf und trat in die schattige Kühle der riesigen Eingangshalle, die sich über zwei Etagen nach oben erstreckte. Das laute, hallende Ticken der massiven, großen Standuhr erfüllte den Raum.

Durch die Oberlichter fiel buntes Licht; zwei prachtvolle Treppen führten links und rechts hinauf in den ersten Stock. Über die Treppe zur Linken gelangte man in jenen Trakt des Hauses, in dem früher Joslyns Zimmer – in Wahrheit eher eine Suite – gewesen war. Zusätzlich hatte es mehrere große Gästezimmer und ein eigenes Wohnzimmer mit Kamin gegeben. Die rechte Treppe führte hinauf zu der Mastersuite samt dem geradezu dekadent geräumigen Bad, einem richtigen Festsaal und einer ebenfalls nicht gerade kleinen Bibliothek.

Joslyn machte wie hypnotisiert einen Schritt in Richtung Treppe. Doch dann zwang sie sich, stehen zu bleiben.

Dies hier war nicht mehr ihr Zuhause. Es gehörte jetzt Kendra, entsann sie sich.

Ja, Kendra war ihre Freundin – wahrscheinlich sogar ihre *beste* Freundin. Allerdings bedeutete das nicht, dass Joslyn in diesem alten Haus herumschnüffeln durfte, um zu sehen, was sich in den Jahren seit ihrem Auszug verändert hatte und was nicht.

Sie warf einen verstohlenen Blick in das Wohnzimmer – Elliott hatte es immer als den „Salon" bezeichnet –, und stellte fest, dass Kendra den Platz gut genutzt hatte. Es gab zwei Schreibtische, beides antike Stücke und beide mit Computern sowie modernen Telefonen ausgestattet. Die Bücherregale links und rechts neben dem Kamin aus grau-weißem Marmor waren übervoll mit Ordnern, wirkten sonst aber ordentlich.

Auf dem eleganten runden Tisch in der Mitte des Raumes glitzerte eine Kristallschale, in der eine schöne rosa Orchidee schwamm.

Joslyn blinzelte, und für den Bruchteil einer Sekunde war der Raum wieder so, wie sie ihn in Erinnerung hatte: ein fröhliches Chaos. Die Regale waren vollgestopft mit Büchern und DVDs, und links und rechts neben dem Kamin standen zwei riesige Sofas mit beigefarbenen Cordbezügen. Spunky, der Cockerspaniel, bellte freudig, als wollte er Joslyn nach langer Abwesenheit endlich wieder begrüßen.

Joslyn blinzelte ein zweites Mal, und natürlich war alles verschwunden.

Sie, ihre Mom und Opal hatten Spunky in jener Nacht ihrer Flucht mitgenommen, und er hatte ein erfülltes langes Leben gehabt.

Joslyn schüttelte das wehmütige nostalgische Gefühl ab und betrat den Raum. In einer Ecke befand sich eine gemütliche Sitzgruppe. Kunden warteten hier, wie Joslyn erleichtert bemerkte, jedoch nicht. Sie fand, sie hatte – zumindest, was ihre Freundin betraf – ihre Pflicht getan. Zumindest fürs Erste.

Sie drehte sich auf dem Absatz um und floh regelrecht aus dem Haus, in dem die Geister ihrer verwöhnten Jugend zu spuken schienen. Dann lief sie zurück zum Gästehaus, um ihr Portemonnaie und die Autoschlüssel zu holen. Sie musste unbedingt kochen – genauso wie das Lesen war die Zubereitung ihrer Lieblingsgerichte und das Ausprobieren neuer Rezepte eine Form von Selbsttherapie für Joslyn –, was bedeutete, dass sie zum Supermarkt musste.

Der Kies knirschte unter den Reifen ihres Wagens, während sie auf die Rodeo Road fuhr und dann nach rechts abbog.

Parable – Einwohnerzahl laut Schild am Stadtrand: 10.421 – verfügte über zwei Supermärkte und jenen Discounter, wo sie sich gestern mit dem Notwendigsten eingedeckt hatte. Doch Joslyn mochte „Mulligan's Grocery", den Tante-Emma-Laden gegenüber dem „Curly-Burly", am liebsten. Dort gehörten nämlich Biofleisch und auch Obst und Gemüse aus biologischem Anbau zum Angebot.

Es war allerdings viele Jahre her, seit sie zuletzt hier gewesen war. Existierte „Mulligan's" überhaupt noch? Oder hatte sich das Familienunternehmen der Konkurrenz größerer Läden und der unsicheren Wirtschaftslage geschlagen geben müssen und war pleitegegangen?

Kaum dass sie die Autos auf dem begrünten Parkplatz des Ladens sowie das Geöffnet-Schild im Schaufenster sah, machte ihr Herz vor Freude einen kleinen Hüpfer. Der Getränkeautomat – mittlerweile wahrscheinlich ein wertvolles Sammlerstück – stand gemeinsam mit dem Behälter für die Eiswürfel und einer Reihe von Propangasflaschen fürs Grillen immer noch neben der Fliegengittertür.

Joslyn stellte ihren Wagen ab. Beim Betreten des Geschäfts legte sie sich beschwingt den Riemen ihrer Handtasche über die Schulter.

Kaum im Laden, hatte sie ein ähnliches Déjà-vu-Erlebnis wie vorhin in Kendras Wohnzimmer.

Angesichts der Tatsache, wie wenig sich die Dinge verändert hatten, kam es Joslyn vor, als befände sie sich in einer Zeitschleife. Die Regale mit dem Brot und den Bonbons befanden sich immer noch an der gleichen Stelle wie damals. Auch der Fußboden bestand immer noch aus den unebenen Dielen, die durch mehrere Kundengenerationen abgewetzt und mit Tausenden von Flecken übersät waren. Die Messingkasse – ein weiteres Relikt aus längst vergangenen Tagen – befand sich wie eh und je auf der Ladentheke. Nur die Menschen waren andere.

Mr und Mrs Mulligan, die beide schon in Joslyns Jugend alt gewesen waren, hatten vermutlich schon lange das Zeitliche gesegnet. Joslyn kannte weder den schlaksigen Mann hinter der Kasse noch einen der Kunden.

Vor lauter Nervosität hatte sie, ohne es zu merken, die Schultern hochgezogen. Nun ließ die Anspannung so plötzlich wieder nach, dass es Joslyn ein wenig schwindlig wurde. Sie war in Gedanken dermaßen mit Erinnerungen und ihrer Einkaufsliste beschäftigt gewesen, dass sie vergessen hatte, sich vor den Begegnungen mit dem einen oder anderen der zahlreichen Opfer ihres Stiefvaters zu fürchten.

Früher oder später würde das höchstwahrscheinlich auch passieren. Momentan jedoch wagte Joslyn zu hoffen, dass sie sich gerade in eine konfrontationsfreie Zone begeben hatte.

Bitte, lieber Gott.

Der Angestellte hinter dem Ladentisch nickte ihr zur Begrüßung kurz zu, schenkte ihr sonst aber keine Beachtung. Auch die wenigen Kunden, die sich gerade Lebensmittel aus den Regalen und den Gefriertruhen holten, nahmen keine Notiz von ihr.

Joslyn holte sich einen der noch übrigen Einkaufswagen – er hatte ein schiefes Rad und quietschte – und fuhr in den ersten Gang. Sie hatte sich nicht die Mühe gemacht, eine richtige Liste zu schreiben, da sie praktisch *alles* brauchte.

Sie stand gerade vor dem Gewürzregal und griff nach dem Paprikapulver und dem Hähnchengewürz, da merkte sie plötzlich, dass jemand sie beobachtete.

Joslyn schaute auf und blickte in ein Augenpaar, das so blau war, als läge ein Stück Himmel in ihnen. Ein Stück Himmel, das in der beginnenden Abenddämmerung allmählich dunkler wird. Ihr Herz schlug ihr bis zum Hals, denn ihr wurde klar, wer der Mann vor ihr war.

Slade Barlow.

Die Dienstmarke, die an seinem Gürtel glänzte, erinnerte Joslyn daran, dass er jetzt Sheriff von Parable County war. Er hatte seinen Hut in der einen Hand und eine Flasche Wasser in der anderen.

Joslyn stellte sich vor, wie er – standesgemäß gekleidet in seiner Jeans, dem Westernhemd und den polierten Stiefeln – jemandem langsam und drohend befahl: „Sieh zu, dass du bis Sonnenuntergang aus der Stadt verschwunden bist."

„Hallo", sagte sie, und es hörte sich in ihren eigenen Ohren unglaublich dumm an. Sie fühlte sich wie ein Reh, das geblendet vom Scheinwerferlicht eines herankommenden Autos erschrocken erstarrte.

Slade runzelte die Stirn. Seine Haare waren dunkel und kurz – aber nicht *zu* kurz – geschnitten, und er sah sie mit seinen dunkelblauen Augen skeptisch an.

„Joslyn?"

Sie biss sich auf die Unterlippe, nickte und wünschte, sie hätte eine Sonnenbrille auf. Oder eine Baseballkappe, deren Schirm sie sich jetzt tief ins Gesicht ziehen könnte.

Oder, noch besser, eine dieser Karnevalsmasken aus dem Billigladen – mit großer Plastiknase und Schnurrbart, beides befestigt an einer Hornbrille.

Slade grinste. „Schau mal einer an …“, sagte er, ohne den Blick von ihr abzuwenden.

Schau mal einer an? Was sollte *das* denn bedeuten?

Joslyn zermarterte sich das Hirn. War Sheriff Barlow damals ebenfalls ein Betrugsopfer von Elliott gewesen? Das war allerdings eher unwahrscheinlich. Er war als schüchterner Sohn einer alleinerziehenden Mutter in einem Wohnwagen gegenüber von „Mulligan's“ aufgewachsen. Bis zur Junior High School hatte er Zeitungen ausgetragen und Autos gewaschen und danach bei der Weizenernte geholfen. Er hatte ein altes Auto mit Rostflecken gefahren, dessen Auspuff mit Klebeband befestigt gewesen war.

Das extreme Gegenteil zu ihrem schicken roten Wagen, den sie am Tag ihrer bestandenen Führerscheinprüfung bekommen hatte.

Nein, Slade hätte nicht die finanziellen Mittel gehabt, um sich an Elliott Rossiters Luftschlössern zu beteiligen. Glück gehabt.

„Es hat mir leidgetan, als ich erfahren habe, dass Elliott …“, begann er.

Jetzt geht's los, dachte Joslyn und machte sich auf das Schlimmste gefasst. „Leid?“, wiederholte sie, damit sie etwas Zeit gewann.

„Leid, dass er gestorben ist. Was dachtest du denn?“ Slade betrachtete sie leicht amüsiert. Um seine Mundwinkel zuckte es kurz verräterisch. Insgesamt aber war sein Gesichtsausdruck ernst geblieben. Nachdenklich. So, als wäre sie der letzte Mensch, von dem er erwartet hätte, ihm hier in Parable, Montana, oder sonst irgendwo auf der Welt über den Weg zu laufen.

„Danke, dass du nicht ‚im Gefängnis‘ hinzugefügt hast“, erwiderte Joslyn, obwohl sie nicht vorgehabt hatte, irgendetwas in dieser Art zu sagen.

„Das muss man nicht extra betonen, schätze ich“, antwortete Slade wie nebenbei.

Sie wusste, dass er fragen wollte, warum es sie nach Parable verschlagen hatte, und natürlich hätte sie es ihm nicht erklären können. Selbst dann nicht, falls sie es gewollt hätte. Denn sie kannte den Grund ja selbst immer noch nicht genau.

Er nickte ihr zu und schickte sich an, weiterzugehen. „War jedenfalls schön, dich zu sehen“, verabschiedete er sich.

„Ebenfalls“, schwindelte Joslyn.

Sie wäre Slade lieber nicht begegnet, wenn es sich hätte vermeiden lassen. Doch sie musste zugeben – wenn auch nur vor sich selbst –, dass aus Callie Barlows kleinem Sohn ein äußerst attraktiver Cowboy geworden war.

Nachdem er schließlich um die Ecke mit den Regalen mit den Donuts verschwunden war, versuchte Joslyn, sich wieder auf die Gewürze zu konzentrieren. Aber alles, was sie zu dem Paprikapulver und dem Hähnchengewürz in ihren Einkaufswagen legte, waren Salz und Pfeffer.

Das eine Rad des Wägelchens quietschte und schrammte bei jeder Drehung über den Boden, während Joslyn die Fleisch- und Fischabteilung ansteuerte. Sie war überzeugt, dass alle im Laden sie mittlerweile anstarrten und sich daran erinnerten, in welcher Beziehung sie damals zu Elliott Rossiter gestanden hatte.

Sie entschied sich für abgepackten Tilapia, ein junges Bio-Hähnchen und etwas mageres Hackfleisch. Zwischendurch probierte sie sich abzulenken, indem sie auf die schier unfassbar hohen Preise schielte. Nostalgie hin oder her – sollte sie all ihre Einkäufe bei „Mulligan's“ erledigen, würde sie bald pleite sein.

Das mit der Ablenkung klappte nicht besonders lange.

Slade Barlow war nicht nur in ihren Gedanken; er schien auch ihren Körper durchdrungen zu haben. Es war, als hätte eine Art Energieaustausch zwischen ihnen stattgefunden.

Er war größer, als sie ihn in Erinnerung hatte. Auch breitschultriger. Es war noch nicht einmal Mittag, und er hatte schon einen deutlich sichtbaren Bartschatten. Dazu kam, dass diese ruhige Selbstsicherheit, die er ausstrahlte, sie einerseits anzog und andererseits das Bedürfnis weckte, in die andere Richtung davonzulaufen.

Was hatte denn das nun wieder zu bedeuten?

Sie hörte, wie er ein paar freundliche Worte mit dem Mann hinter der Kasse wechselte, während er sein Wasser bezahlte. Als er den Laden verließ, bimmelte die kleine Glocke über der Tür.

Wie erstarrt und merkwürdig aufgewühlt verharrte sie vor der Gefriertruhe mit dem Fleisch. Fast rechnete sie damit, dass der Himmel gleich einstürzen und durch das nicht unbedingt stabil zu bezeichnende Dach des „Mulligan's“ krachen würde. Und dann würde dieser Himmel in großen blauen Stücken und umschwebt von weichen Wölkchen um sie herum auf dem Boden landen.

„Bist du nicht Elliotts Tochter?“, fragte jemand mit zittriger Stimme.

Joslyn, die wie betäubt dagestanden hatte, fuhr herum und entdeckte Daisy Mulligan höchstpersönlich hinter sich. Sie war klein und weißhaarig, und zwischen ihren ondulierten Löckchen schimmerte an manchen Stellen die rosa Kopfhaut durch. Davon abgesehen wirkte sie sehr lebendig. Ihre blauen Augen hinter der altmodischen Brille waren wässrig.

Joslyn konnte sich gerade noch beherrschen, um nicht „Ich dachte, Sie wären tot“ zu sagen. Stattdessen setzte sie ein freundliches Lächeln auf und streckte Daisy die Hand entgegen. „Joslyn Kirk“, meinte sie höflich. „Elliott war mein Stiefvater.“

Daisy nickte langsam und schüttelte Joslyn die Hand. Dabei bedachte sie sie mit einem wachsamen Blick. „Niemand hier dachte, dass aus dem kleinen Rossiter einmal ein Gauner werden würde“, erklärte sie. „Sein Vater und sein Großvater waren beide Ärzte. Anständige Bürger. Wir hätten wissen müssen, dass etwas nicht mit ihm stimmte, nachdem er nicht Medizin studieren wollte.“

Joslyn versuchte, die alte Dame einzuschätzen, doch es gelang ihr nicht. Entweder würde Mrs Mulligan gleich losschreien, Joslyn als Ausgeburt des Teufels bezeichnen und sie aus dem Supermarkt schmeißen. Oder die alte Dame machte einfach nur Konversation.

Schwer zu sagen. Geradezu unmöglich.

„Und als er kein Mädchen aus der Stadt geheiratet hat“, fügte Daisy hinzu und seufzte bedauernd. Obwohl sie ohne Stock ging und keine orthopädischen Schuhe trug, wirkte sie in ihrer Strickweste und dem einfachen Baumwollkleid zerbrechlich wie ein Vogel.

Oh, oh, dachte Joslyn.

„Damit meine ich nicht, dass deine Mama keine hübsche Frau gewesen wäre“, räumte Daisy ein.

„Ist“, verbesserte Joslyn sie verlegen. „Meine Mutter ist immer noch … wohlauf.“

Daisy tätschelte Joslyns linke Hand, die auf der Stange des wackeligen Einkaufswagens lag. „Schön zu hören“, entgegnete sie. Ihre Augen hinter den verschmierten Brillengläsern waren vor Erstaunen noch größer geworden. „Manche von uns hier haben geglaubt, du würdest zurückkommen und Hutch Carmody heiraten. Ihr zwei wart ja offensichtlich verrückt nacheinander. Die meisten Leute sind allerdings davon ausgegangen, dass du nie mehr in Parable auftauchen würdest.“

Joslyn umklammerte die Stange mit beiden Händen nun so fest, dass ihre Fingerknöchel weiß hervortraten. Noch ehe sie überlegen konnte, was sie darauf erwidern sollte, redete Daisy schon weiter.

„Freds Schwager hat in diesem Chaos, das Elliott angerichtet hat, einen schönen Batzen Geld verloren“, erinnerte sich die alte Dame. „Er ist gestorben, bevor diese Firma in Denver begonnen hat, Schecks zu schicken.“

„Schecks?“, stieß Joslyn krächzend hervor.

„Eine Begleichung der Schulden“, erklärte Daisy Mulligan. „So haben es die Anwälte in ihren Briefen formuliert. Fast alle, die von Elliott reingelegt wurden, haben ihr Geld zurückgekriegt. Mit Zinsen. Für einige war es allerdings schon zu spät.“

Joslyn spürte einen Kloß im Hals. Sie schluckte. Dass ein paar Leute tot waren, die von Elliott abgezockt worden waren, hatte sie gewusst. Ebenfalls war ihr klar gewesen, dass sie jenen Leuten begegnen würde, die noch lebten. Allerdings hatte dieses Wissen sie nicht auf die tatsächlichen Begegnungen vorbereitet.

Auch die vielen vernünftigen Antworten, die sie sich auf der Fahrt von Phoenix zurechtgelegt und geprobt hatte, nützten ihr nun nichts.

Daisy plauderte munter weiter. „Die Leute vermuten, dass die Steuerbehörden oder sonst irgendjemand das Geld auf einer Bank im Ausland entdeckt hat. Dort hat Elliott es offenbar deponiert, ehe er ins Gefängnis musste. Es war wie ein Wunder, als plötzlich diese Schecks in den Briefkästen der Leute in Parable aufgetaucht sind."

Joslyn nickte. Lange würde sie das verkrampfte Lächeln, das sie aufgesetzt hatte, nicht mehr aufrechterhalten können. „So muss es wohl gewesen sein", stimmte sie zu, obwohl sie wusste, dass das veruntreute Geld nie gefunden worden war. Elliott hatte bestimmt den Großteil, wenn nicht sogar alles, verjubelt.

Daisy lächelte gütig. „Ich kann mir beim besten Willen nicht vorstellen, warum es dich wieder nach Parable verschlagen hat", sagte sie in leisem, vertraulichem Ton. Es klang, als sei sie einem Geheimnis auf der Spur. „Es sei denn, du heiratest Hutch Carmody doch noch." Sie war fast außer Atem vor Aufregung. „Ihm würde eine Ehefrau ganz guttun. Vielleicht würde er durch sie ein bisschen ruhiger. Er hat nämlich einen Hang zu Abenteuern. Genau wie sein alter Daddy seinerzeit. Und die Familie seiner Mom, tja, die hat zwar immer wahnsinnig vornehm getan, aber das ganze Geld damals in den 20er-Jahren mit Alkoholschmuggel verdient. Davor waren die alle nichts weiter als ein paar arme Schlucker."

Joslyn fühlte sich während Mrs Mulligans Redeschwall wie jemand, der auf einen fahrenden Güterzug aufzuspringen versucht. „Äh, nein", entgegnete sie schließlich. „Es gibt keine Hochzeit. Ich meine, Hutch und ich sind zwar Freunde, aber zwischen uns läuft nichts."

Daisy zwinkerte ihr zu. „Jedenfalls *noch* nicht."

Nachdem Mrs Mulligan nun anscheinend alles gesagt hatte, was sie loswerden wollte, nickte sie kurz, drehte sich um und ging.

Joslyn beendete ihren Einkauf, zahlte an der Kasse und schob das doofe Einkaufswägelchen mühsam über den Schotter zu ihrem Auto.

Vor der vorderen Stoßstange saß ein dünner, schmutzig gelber Labrador, dessen Fell voller Kletten war. Er wirkte wie ein deprimierter Anhalter, der auf eine Mitfahrgelegenheit hofft.

Seit Spunky hatte Joslyn kein Haustier mehr gehabt. Sie war viel zu beschäftigt gewesen, um einem Hund oder einer Katze jene Aufmerksamkeit schenken zu können, die sie brauchten. Doch sie hatte ein weiches Herz, was Tiere betraf; vor allem dann, wenn eines so offensichtlich vom Glück verlassen war wie dieser Vierbeiner.

„Hey, Kumpel", sagte sie, als sie ihre Einkäufe auf dem Rücksitz verstaut und das Wägelchen zurückgeschoben hatte. Jetzt bemerkte sie, dass der Hund ein Halsband trug, an dem mehrere Hundemarken baumelten. Und sie konnte seine Rippen erkennen. „Wem gehörst du denn?"

Er zitterte, lief jedoch nicht weg. Vielleicht hatte der arme Kerl nicht die Kraft dazu. So, wie er aussah, dürfte er schon eine ganze Weile auf sich allein gestellt sein.

Das Beste wäre, ermahnte Joslyn sich, ins Auto zu steigen und abzuhauen. Einfach nach Hause zu fahren, die gekauften Lebensmittel einzuräumen, nochmals in Kendras Büro vorbeizuschauen und dann etwas zu kochen. Schließlich hatte der Hund ja Hundemarken. Irgendjemand würde sich schon darum kümmern, dass er den Weg dorthin zurückfand, wo er hingehörte.

Oder auch nicht.

Genauso gut möglich war, nahm sie an, dass er von irgendeinem herzlosen Idioten ausgesetzt worden war. Einem, der sich nicht einmal die Mühe gemacht hatte, dem Tier das Halsband abzunehmen. Joslyn trat vorsichtig auf den Hund zu. Dabei streckte sie eine Hand aus, damit er ihren Geruch wahrnehmen konnte. Erschöpft beschnüffelte er ihre Finger und begann wieder zu zittern. Aber er blieb, wo er war.

„Du würdest mich doch nicht beißen, oder?", sagte sie im Plauderton. Ihre Hand befand sich immer noch vor seiner

Schnauze. „Ich will dir nämlich nicht wehtun, Kleiner, sondern nur einen Blick auf deine Hundemarken werfen, das ist alles."

Sie hockte sich vor ihm hin und schaute ihm in seine treuherzigen braunen Augen. In seinem Blick lagen eine ratlose Traurigkeit und die schwache Hoffnung, dass ihm vielleicht doch irgendeine kleine freundliche Geste zuteilwerden würde. Vorsichtig hob Joslyn die ersten zwei Anhänger an seinem Halsband an. Die Nummern auf der ersten Marke waren teilweise abgewetzt, doch die zweite Marke bot mehr an Information. Der Name des Hundes war Jasper. Außerdem war eine Telefonnummer angegeben.

Joslyn kramte ihr Handy hervor und wählte. Es klingelte ein Mal. Ein zweites Mal. Und dann hörte sie eine tiefe und reservierte Stimme auf einem Anrufbeantworter. „Hier spricht John Carmody", sagte der Mann. „Ich bin derzeit nicht erreichbar. Hinterlassen Sie Ihren Namen usw., dann rufe ich Sie zurück, falls ich Lust habe."

Trotz des warmen Junitages bekam Joslyn auf beiden Armen eine Gänsehaut.

Es war lange her, dass sie das letzte Mal in Parable gewesen war, aber sie hatte mitbekommen, dass Hutchs Vater gestorben war. Kendra hatte es ihr gemailt, und Joslyn hatte sofort eine Beileidskarte geschickt. Offensichtlich hatte noch niemand Mr Carmodys Ansage auf dem Anrufbeantworter gelöscht – mit dem Ergebnis, dass Joslyn nun das Gefühl hatte, gerade mit einem Toten geredet zu haben.

Und das hier war der Hund des Toten. Da es keinen Sinn hatte, eine Nachricht zu hinterlassen, klappte Joslyn ihr Handy einfach zu und ließ es zurück in ihre Tasche fallen.

„Es tut mir so leid, Kumpel." Sie streichelte dem Hund liebevoll den Kopf.

Er zitterte wieder.

Sie richtete sich auf, öffnete eine der hinteren Autotüren und begann, die Einkaufstüten in den Kofferraum zu räumen.

Jasper beobachtete sie die ganze Zeit. Sein Blick war immer noch hoffnungsvoll.

„Komm", sagte sie, sowie die Rücksitze frei waren. „Bringen wir dich nach Hause zur Whisper-Creek-Ranch."

Jasper zögerte. Er wirkte, als würde er darüber nachdenken. Dann humpelte er folgsam zu Joslyn und sprang winselnd auf den Rücksitz.

War der Hund etwa verletzt? Sollte sie mit ihm direkt zum nächsten Tierarzt fahren? Hinter Joslyns Stirn pochte es schmerzvoll.

Sie setzte sich hinters Steuer und schaute in den Rückspiegel. Jaspers großer Kopf füllte das ganze Sichtfeld aus.

„Alles wird gut", versprach sie ihm.

Er winselte, legte sich hin und harrte der Dinge, die da kommen mochten.

Joslyn holte wieder ihr Handy aus der Tasche. Hutchs Nummer hatte sie zwar nicht, aber Kendras Nummer war in ihrem Kurzwahlspeicher.

Der Anruf wurde zur Mailbox umgeleitet. Joslyn nahm an, dass ihre Freundin entweder bei der Vertragsunterzeichnung war, die sie vorhin erwähnt hatte, oder gerade dabei war, irgendjemandem die Hühnerfarm zu zeigen.

„Melde dich bitte bei mir, sobald du kannst", sagte sie. „Ich brauche Hutchs Nummer."

Sie hatte noch nicht einmal den Parkplatz verlassen, da rief Kendra bereits zurück.

„Warum?", fragte Kendra, ohne sich vorher lange mit einer Begrüßung aufzuhalten.

Joslyn hielt an und seufzte. „Was meinst du mit *Warum*?"

„Warum brauchst du Hutch Carmodys Telefonnummer?" Kendra wollte offenbar ungezwungen klingen, allerdings klappte es nicht recht.

Unwillkürlich musste Joslyn schmunzeln. Kendra Shepherd und Hutch Carmody? Etwas Gegensätzlicheres als diese beiden konnte es kaum geben. Sie war stets adrett und in allem bestens organisiert – manche würden sie wohl als Kontrollfreak bezeichnen –, und Hutch war ein Draufgänger, der das Leben so nahm, wie es gerade kam.

Und bei diesen Eigenschaften fingen ihre Gegensätzlichkeiten erst an!

Andererseits passierten oft noch viel seltsamere Dinge auf der Welt – vor allem dann, wenn es um Liebe ging.

„Ich brauche die Nummer deshalb", sagte Joslyn betont cool, „weil ich Lust auf eine Nacht voll wildem, hemmungslosem Sex habe. Dafür eignet sich Hutch genauso gut wie jeder andere Mann auch, schätze ich."

Kendra war einen Moment lang sprachlos. Dann lachte sie. „Tja, wenn du etwas Wildes suchst, ist Hutch eindeutig der Richtige für dich."

Volltreffer, dachte Joslyn. Sie musste immer noch grinsen.

„Aber jetzt mal ernsthaft, Kendra, ich habe gerade den Hund seines Vaters gefunden, und der arme Kerl sieht ziemlich mitgenommen und liebesbedürftig aus."

„Jasper? Du hast Jasper gefunden?"

„Ja", antwortete Joslyn geduldig. „So steht es zumindest auf seiner Hundemarke. Und als ich die Nummer angerufen habe, bin ich auf John Carmodys Anrufbeantworter gelandet."

„Das muss merkwürdig gewesen sein." Es folgte eine kurze Pause. „Bleib kurz dran. Ich suche in meinem Telefonbuch gerade nach Hutch."

„Ich bleibe dran." Joslyn trommelte mit den Fingern auf dem Lenkrad.

„555-6298", sagte Kendra schließlich.

Joslyn schrieb die Nummer mit dem Zeigefinger auf das staubige Armaturenbrett ihres Wagens. „Danke. Übrigens, bevor ich von zu Hause losgefahren bin, habe ich im Büro vorbeigeschaut. Es war niemand da."

„Das hätte ich mir denken können." Kendra klang plötzlich müde.

Da Kendra normalerweise fast nervenaufreibend optimistisch war, fiel Joslyn der Stimmungsumschwung – so subtil er auch sein mochte – sofort auf. „Alles in Ordnung?", erkundigte sie sich.

„Mir tun die Füße weh", antwortete Kendra. „Und ich habe immer noch kein Angebot für die Hühnerfarm."

Joslyn kicherte. „Hast du etwa immer noch die High Heels an?", fragte sie in scherzhaft-tadelndem Ton. „Das ist das Gesetz von Ursache und Wirkung. Aber vielleicht hast du ja beim achtzehnten Besichtigungstermin Glück und der zukünftige erfolgreiche Hühnerfarmer kann es gar nicht erwarten, den Kaufvertrag zu unterschreiben."

An Kendras Stimme hörte man, dass sie jetzt wieder lächelte. „Genau", sagte sie trocken. „Hast du zufällig Wein zu Hause?"

„Wie bitte? Ich bin gerade erst eingezogen, Kendra. Ich habe ja noch kaum Lebensmittel da."

„Wein *ist* ein Lebensmittel", entgegnete Kendra. „Bei der letzten Dinnerparty für meine Kunden sind meine letzten Bestände draufgegangen. Ich werde also später auf dem Heimweg ein paar Flaschen besorgen. Wir können auf die alten Zeiten anstoßen. Rot oder weiß?"

Jasper streckte seinen Kopf nach vorne und schleckte Joslyn mit seiner Zunge über die rechte Wange. Es war eine kumpelhafte Geste.

Sie lachte und verzog das Gesicht. „Rot, denke ich, da roter Wein nicht gekühlt werden muss. Ich habe übrigens vor, groß zu kochen. Bring also Hunger mit."

Sie vereinbarten, dass sie um sechs Uhr essen würden, verabschiedeten sich und legten auf.

Joslyn wählte sofort Hutchs Nummer.

Wieder ein Anrufbeantworter. Wenn der Text nicht ein anderer gewesen wäre, hätte es sich geradezu gruselig angehört.

Hutch klang nämlich fast genauso wie sein Vater.

„Hinterlassen Sie eine Nachricht", hörte man ihn kurz angebunden sagen. „Vielleicht rufe ich zurück, vielleicht auch nicht. Kommt darauf an, was Sie wollen."

„Ich habe den Hund deines Vaters", erklärte Joslyn nach dem Piepton. Danach wurde ihr bewusst, dass sich ihre Formulierung anhörte wie eine Lösegeldforderung. „Ich meine, hier spricht Joslyn Kirk. Von der Highschool, erinnerst du dich? Ich wohne momentan in Kendra Shepherds Gästehaus, und, nun ja, ich habe Jasper gefunden. Und da ich mir sicher bin, dass du ihn schon suchst, wollte ich …" Sie ließ den Satz unbeendet und hinterließ schnell ihre Telefonnummer.

„Was für ein charmanter Mensch …", sagte sie zu Jasper.

Der Labrador winselte mitfühlend.

„Ich schätze, du wirst fürs Erste mit zu mir nach Hause kommen müssen", teilte sie ihm so fröhlich mit, dass sie selbst davon überrascht war. Wenn es etwas gab, was sie in ihrem derzeitigen Leben so gar nicht brauchen konnte, dann einen Hund.

Andererseits konnte es nicht schaden, wenn Jasper ihr ein paar Stunden Gesellschaft leistete. Oder?

Nachdem sie sich davon überzeugt hatte, dass von links und rechts kein Auto kam, fuhr Joslyn auf den Highway und – mit Jasper und den Einkäufen im Gepäck – in Richtung Rodeo Road. Es war Zeit, die Ärmel hochzukrempeln und mit dem Kochen zu beginnen.

Der Rest des Tages verlief ruhig, was, wie Slade annahm, für die „Branche", in der er arbeitete, durchaus positiv war. Ausnahmsweise machte er schon um Punkt siebzehn Uhr Feierabend und sich auf den Weg nach Hause.

Er sperrte sein Ein-Zimmer-Apartment auf, das er in einem kleinen Haus gemietet hatte, nachdem seine Ehe zwei Wochen nach seiner Ernennung zum Sheriff in die Brüche gegangen war. Dann betrachtete er die wenigen Möbel, die kahlen Wände und den schmuddeligen Teppich, dessen Farbe seine Mutter als „babykackgrün" bezeichnet hatte.

Die Wohnung war nie ein Zuhause, sondern immer nur eine Übergangslösung gewesen – ein Zeltplatz mit Wänden, Fenstern und einem Dach.

Er hängte seinen Hut auf, nahm seine Dienstmarke vom Gürtel und legte sie beiseite. Sein Dienstrevolver befand sich in einem kleinen Waffensafe unter dem Fahrersitz seines Pick-ups.

Von der Wohnungstür war man mit zehn, zwölf Schritten in der offenen Küche, die aus einer einzigen Küchenzeile bestand.

Slade steuerte direkt auf den Kühlschrank zu, der die gleiche Farbe hatte wie der Teppich, öffnete ihn und begutachtete den Inhalt: zwei Dosen Bier, eine halbe Packung Butter und ein verschrumpeltes Stück Pizza, das bereits ein paar Tage auf dem Buckel hatte. Ich hätte bei ‚Mulligan's' mehr als nur eine Flasche Wasser kaufen sollen, schoss es ihm durch den Sinn, während er die triste Auswahl begutachtete. Dann nahm er sich ein Bier und schloss den Kühlschrank wieder.

Die Wahrheit war, dass er seit dem Termin heute Morgen in Maggie Landers' Kanzlei nicht mehr wirklich in der Lage gewesen war, sich zu konzentrieren. Und dass er im Laden dann noch Joslyn Kirk über den Weg gelaufen war, hatte die Sache auch nicht gerade besser gemacht.

Er öffnete die Bierdose, machte die Schiebetür neben dem Kartentisch auf, der als Essecke diente, und trat hinaus auf die winzige Veranda. Der Rasen müsste dringend gemäht werden; überall wucherte Unkraut.

Auf der anderen Seite der niederen Betonmauer thronte im Nachbargarten das alte Herrenhaus der Rossiters.

Slade seufzte und ließ sich auf einen abgenutzten Gartenstuhl fallen, um sein Bier zu trinken. Während er so dasaß und den Löwenzahn betrachtete, der den Rasen überwucherte, musste er lachen. Er schüttelte den Kopf.

Da war er also innerhalb eines einzigen Tages von einem armen Schlucker zu einem unglaublich reichen Mann geworden. Und dann war da noch Joslyn …

Aus dem verwöhnten, kratzbürstigen Teenager von damals war eine Frau mit sehr femininer Figur geworden.

Er hatte diesen Gedanken kaum zu Ende gedacht, als ein wohlbekannter Hund über die Gartenmauer sprang und direkt auf ihn zutrabte.

3. KAPITEL

Joslyn verfolgte verblüfft, wie sich Jasper, der seit ihrer Begegnung bei „Mulligan's“ die Sanftmut in Person gewesen war, plötzlich in eine Rakete auf vier Beinen verwandelte. Der Hund schoss wie ein geölter Blitz durch den Rosengarten und die Zinnienbeete und hechtete mit einem einzigen Sprung über die hintere Mauer in den Nachbargarten.

Hutch war gerade in einem alten, mit Schlammspritzern bedeckten Pick-up eingetroffen. Er stieg aus, nahm seinen Hut ab und warf ihn in den Wagen. Dann schloss er die Autotür, stemmte die Hände in die schmalen Hüften und grinste.

„Man könnte fast meinen, der alte Jasper freut sich nicht besonders über mein Auftauchen“, scherzte er.

Joslyn lächelte und ging ihrem alten Freund entgegen. „Ich weiß nicht, was in diesen Hund gefahren ist“, sagte sie. „Seit wir uns auf dem Parkplatz getroffen haben, hat er sich vorbildlich benommen. Anfangs dachte ich sogar, er hat ein verletztes Bein. So viel zu *dieser* Theorie.“

Sie lief Jasper hinterher. Hutch schloss sich ihr an.

„Schön, dich wiederzusehen, alter Kumpel“, meinte sie.

„Ebenfalls.“

Im Gehen betrachtete Joslyn aus den Augenwinkeln sein markantes, attraktives Gesicht. Es überraschte sie, wie ernst er wirkte. Er schaute in die Richtung, in die Jasper abgehauen war. Sein Mund hatte einen harten Zug angenommen.

Das Lächeln war verschwunden, und es schien, als wäre er in Gedanken meilenweit weg.

Sowie sie zu dem Tor zwischen Kendras Garten und dem Nachbargrundstück kamen, fuhr Hutch sich durch sein dunkelblondes Haar und war plötzlich wieder im Hier und Jetzt.

Er stieß das große Holztor mit der Schulter derart heftig auf, dass die rostigen Scharniere quietschend Protest einlegten.

Joslyn marschierte hinter ihm her. Sie fühlte sich für Jasper verantwortlich. Immerhin war er unter ihrer Aufsicht ausgebüxt.

Außerdem war sie neugierig.

In ihrer Kindheit und Jugend war man durch das Tor auf ein leer stehendes Grundstück gelangt, auf dem sie und Kinder aus der Nachbarschaft immer Softball gespielt hatten. Joslyn hatte nie darüber nachgedacht, wer hier jetzt wohl wohnen mochte.

Als sie nun Slade Barlow auf der kleinen Veranda stehen sah, erstarrte sie.

Die geradezu explosive Spannung zwischen Hutch und Slade war deutlich spürbar.

Jasper saß neben Slade und hechelte wegen der Hitze und der körperlichen Anstrengung, die er hinter sich hatte, und blickte sie ruhig und wachsam an.

„Wusste ich doch, dass mir dieser Hund bekannt vorkommt", sagte Slade leise. Er hatte die Arme vor der Brust verschränkt und betrachtete den Sohn seines Vaters. Jeder wusste, dass Slade und Hutch Halbbrüder waren, aber man hatte sich in Parable immer nur mit vorgehaltener Hand darüber unterhalten. Soviel Joslyn mitbekommen hatte, war darüber nie offen geredet worden.

„Ich wollte Jasper holen", verkündete Hutch. Joslyn, die hinter ihm stand, merkte, dass jeder Muskel seines Oberkörpers angespannt war. Hutch sah den Hund an und pfiff leise. „Komm, Junge." Er winkte Jasper mit der Hand zu sich. „Komm, wir gehen."

Jasper wedelte kurz mit dem Schwanz, wich jedoch nicht von Slades Seite.

„Ich bin mir nicht sicher, ob er schon gehen möchte." Slades Blick wanderte zu Joslyn. Er nickte ihr kurz zu und zog kaum merklich einen Mundwinkel hoch, als würde ihn irgendetwas an ihr amüsieren.

Sein Lächeln ging ihr unter die Haut.

„Er hat Hutchs Vater gehört", versuchte sie zu erklären und wünschte sofort, sie hätte den Mund gehalten. Die angespannte Stimmung zwischen Hutch und Slade hatte nicht nur mit dem Hund zu tun, der über die Mauer gehechtet war.

„Ich erinnere mich, dass ich ihn öfter in Carmodys Wagen auf dem Beifahrersitz gesehen habe", erwiderte Slade.

Jasper rührte sich nicht von der Stelle. Genau wie Hutch.

Slade schnalzte mit der Zunge und begann in Hutchs Richtung zu gehen. Er schien zu hoffen, dass der Hund ihm folgen würde. Jasper blieb sitzen.

Es lief wohl darauf hinaus, dass Hutch den Hund hochheben und eigenhändig durch das Tor zu seinem Pick-up schleppen musste.

„Ich fasse es nicht“, brummte er.

Gleichgültig zuckte Slade mit den muskulösen Schultern, und prompt stellte sich Joslyn vor, wie er wohl ohne Hemd aussehen mochte.

Um die Situation zu entspannen, beugte sie sich vor und klopfte mit den Händen auf ihre Oberschenkel, da sie Jasper zum Herkommen bewegen wollte.

„Zeit, nach Hause zu gehen!“, rief sie fröhlich.

Jasper starrte sie bloß an und wedelte wieder kurz mit dem Schwanz. Doch er rührte sich nicht von der Stelle.

„Am besten, ich bringe Jasper später selbst auf die Ranch zurück“, schlug Slade gelassen vor. Es war offensichtlich, dass er die absurde Situation genoss – und das ärgerte Joslyn. Nicht, dass es ihn gekümmert hätte, ob sie verärgert war oder nicht … Er schaute Hutch an, nicht sie. Sie hätte genauso gut unsichtbar sein können. „Ich würde mich dort ohnehin gern ein wenig umsehen.“

Joslyn nahm aus den Augenwinkeln wahr, dass Hutch neben ihr erstarrte. „Sicher würdest du das gern tun“, stellte er scheinbar ruhig fest. Aber der scharfe Unterton war nicht zu überhören.

Slade verzog keine Miene. Wenn ihm überhaupt irgendetwas anzumerken war, dann nur, dass er die Situation trotz der angespannten Atmosphäre äußerst faszinierend zu finden schien.

Die Szene erinnerte Joslyn an die berühmte Schießerei in O. k. Corral in Tombstone. Mit dem Unterschied, dass momentan niemand bewaffnet war.

Gott sei Dank.

„Ich bringe den Hund dann also nach Whisper Creek“, wiederholte Slade.

Hutch gab keine Antwort. Er nickte nur flüchtig, drehte sich um und marschierte zu dem Tor in der hässlichen Gartenmauer. Wenn er insgeheim gehofft hatte, dass Jasper ihm nachgehen würde, hatte er sich getäuscht.

Jasper hatte ganz offensichtlich beschlossen zu bleiben.

Joslyn sah erst Hutch nach, dann wieder zu Slade.

Hutch mochte zwar weg sein, dennoch war die Atmosphäre immer noch aufgeheizt. Ein kaum wahrnehmbares Donnern vibrierte in der Luft – wie der Vorbote eines Sommergewitters.

Slade ließ den Blick schweifen und betrachtete das Herrenhaus hinter Joslyn. In seinen tiefen, unglaublich dunklen blauen Augen blitzte etwas auf. „Sind wir Nachbarn?", erkundigte er sich wie nebenbei.

Joslyn spürte, wie ihre Wangen zu glühen begannen. „Sieht ganz so aus. Ich habe Kendras Gästehaus gemietet."

„Aha!", sagte Slade, als würde ihre Antwort alles erklären. Die globale Erderwärmung beispielsweise oder die Konflikte in Nordafrika.

Sie wollte ohne Hund nicht verschwinden. Deshalb war sie ja schließlich hier. Also startete sie noch einen letzten Versuch.

„Jasper?" Es klang fast schon wie ein Betteln.

Jasper legte den Kopf schief und blickte sie irgendwie entschuldigend an, blieb jedoch, wo er war. Es wirkte fast so, als hätte der Hund die ganze Zeit niemand anderen als Slade Barlow gesucht. Und jetzt, da er ihn gefunden hatte, war er am Ziel.

Er war in Sicherheit.

Joslyn fragte sich, warum sie selbst so verunsichert war. Innerlich bebte sie, was sowohl nervtötend als auch ausgesprochen angenehm war. Sie lächelte Slade zögerlich zu. „Tja, da ich bald Besuch bekomme, sollte ich jetzt wohl besser gehen ..."

„Bis dann", sagte Slade.

Sie drehte sich um und lief durch das Tor. Für den Fall, dass Jasper es sich vielleicht doch noch anders überlegte, ließ sie es offen.

Darauf bestand herzlich wenig Aussicht.

Als Joslyn durch die Blumenbeete und den Rosengarten zurückeilte, entdeckte sie, dass Kendra gerade in ihrem blauen Cabrio eingetroffen war. Hutch, der wahrscheinlich sauer war, weil der Hund seines Vaters ihn zurückgewiesen und ausgerechnet Slade den Vorzug gegeben hatte, stand neben seinem Pick-up.

Kendra stieg samt ihrer gigantisch großen Handtasche aus ihrem BMW.

In der Tasche klirrten Weinflaschen.

„Hallo, Hutch", begrüßte sie ihn. Es klang schüchtern.

Hutchs Anspannung ließ deutlich nach, als er Kendra sah. „Hi."

Da war es wieder, dachte Joslyn. Diese aufgeladenen Schwingungen in der Luft.

Sie kam sich plötzlich überflüssig vor. Fast wie ein Eindringling.

„Hutch ist nur vorbeigekommen, um Jasper abzuholen", erklärte sie Kendra, die gar nicht danach gefragt hatte; die, genauer gesagt, den Blick die ganze Zeit keine Sekunde von Hutch abgewendet hatte.

„Ich dachte, Hunde wären so wahnsinnig treu", meinte Hutch nachdenklich und schüttelte den Kopf. „Ich suche Jasper schon seit dem Tag, an dem Dad gestorben ist. Da ist er nämlich abgehauen."

Kendra war sichtlich nervös. Die Haut unter ihren perfekt geschwungenen Wangenknochen hatte eine zartrosa Färbung angenommen. Sie lächelte unsicher, wobei ihre Lippen ein wenig zitterten, und blickte Joslyn flehend an. Sag doch was, schienen ihre Augen ihr sagen zu wollen.

„Warum bleibst du nicht zum Abendessen?", wandte sich Joslyn an Hutch.

Kendras gerade noch rosa Wangen wurden tiefrot.

Oh, oh, schoss es Joslyn durch den Sinn. Das falsche „Etwas".

„Geht nicht", antwortete Hutch eine Spur zu schnell. „Die Pferde müssen gefüttert werden."

Die ganze Sache wurde ja immer seltsamer, stellte Joslyn fest. „Dann ein andermal", sagte sie.

„Ein andermal", stimmte Hutch zu. Er nickte zum Abschied

und schaute ein letztes Mal zum Tor, das in Slades Garten führte und immer noch offen stand. Dann seufzte er und stieg in seinen Wagen. Nachdem er den Motor angelassen hatte, ließ er die Fensterscheibe hinunter und lächelte Joslyn zu. Sein Blick allerdings war traurig. „Danke, dass du dich um Jasper gekümmert hast.“

„Kein Problem.“

Hutch legte den Rückwärtsgang ein, wendete und fuhr die lange Auffahrt hinunter, die in der Sonne weiß glitzerte.

„Was läuft denn da zwischen euch beiden?“, fragte Joslyn sofort und drehte sich zu ihrer Freundin um.

Kendras Wangen hatten nun wieder eine normale Farbe angenommen. Sie sah Hutchs davonbrausendem Pick-up nach und wirkte dabei genauso traurig wie vorhin.

„Nichts“, antwortete sie. Es klang wenig überzeugend.

„Lass uns den Wein aufmachen“, schlug Joslyn resigniert vor.

Kendra nickte und zwang sich zu einem Lächeln. Dann gingen sie zusammen zur offenen Tür des Gästehauses.

„Wenn Hutch hier war, um Jasper abzuholen“, sagte Kendra schließlich vorsichtig, als sie das Haus betraten und Joslyn eine Schublade nach dem Korkenzieher durchstöberte, „warum ist er dann ohne ihn wieder weggefahren?“ Sie zog zwei Flaschen Wein aus ihrer Tasche und stellte sie auf die Anrichte.

Joslyn hatte den Korkenzieher gefunden und machte sich daran, einen australischen Shiraz zu öffnen. Weingläser gab es zwar keine, dafür aber leere Einmachgläser. Die würden es auch tun. „Es war alles höchst merkwürdig“, antwortete sie, nachdem sie ein paar Sekunden stumm mit dem Korken gekämpft hatte. „Jasper und ich waren draußen im Vorgarten. Dann ist Hutch gekommen, und ich dachte, der Hund würde sich freuen, endlich wieder ein vertrautes Gesicht zu sehen. Nach allem, was er durchgemacht hat … Doch dann ist er plötzlich Richtung Gartenmauer losgedüst. Jasper, meine ich, nicht Hutch.“

Kendra lächelte schwach über Joslyns nachgeschobene Erklärung, nahm ein Einmachglas randvoll mit Wein und wartete, dass Joslyn weiterredete.

„Du hast mir gar nicht erzählt, dass Slade Barlow nebenan wohnt", sagte Joslyn.

„Du hast nicht gefragt. Was ist dann passiert?"

„Jasper hat sich irgendwie sofort mit Slade verbunden gefühlt. Ich habe den Hund gerufen. Hutch hat ihn gerufen. Aber der verrückte Kerl hat sich keinen Millimeter von der Stelle bewegt. Jasper hat so gewirkt, als hätte er immer schon Slade gehört." Sie schwieg einen Moment. Dann runzelte sie die Stirn. „Er ist verheiratet, oder?"

„Jasper?", fragte Kendra, und in ihrem Blick lag ein melancholisches Lächeln.

Joslyn verdrehte die Augen.

„Oh!", rief Kendra, als hätte sie gerade eine Art Geistesblitz gehabt. „Du meinst *Slade*."

„Sehr witzig." Joslyn schenkte sich ebenfalls Wein ein.

„Geschieden", meinte Kendra. „Er war mit dieser umwerfend schönen Rothaarigen mit den wahnsinnig langen Beinen verheiratet. Sie hatte diese gewisse Art zu lächeln, bei der die Männer reihenweise aus den Socken kippen. Während er sich um das Amt des Sheriffs beworben hat, war sie immer an seiner Seite. Nachdem er allerdings den Job bekommen hatte, ist sie mit der kleinen Tochter in die Stadt gezogen."

Joslyn kam sich mit einem Mal seltsam unzulänglich vor. Sie wusste, dass sie einigermaßen attraktiv war. Doch als „umwerfend schön" konnte man sie auf keinen Fall bezeichnen. Bei ihr würde in nächster Zeit auch niemand aus den Socken kippen.

Nicht, dass so etwas wichtig wäre. Nicht sehr zumindest.

„Die beiden haben ein Kind?", erkundigte sie sich. Sie vergaß, dass sie auf ihre und Kendras Freundschaft anstoßen wollte, und trank einen großen Schluck Wein.

„*Sie* hat eines. Das intelligenteste Kind, das man sich vorstellen kann. Layne ist ein paar Jahre älter als Slade, was vielleicht der Grund war, dass es mit ihnen nicht geklappt hat." Kendra schnupperte. „Was duftet hier so gut?"

„Das Abendessen." Joslyn machte sich sofort auf die Suche nach einem Topflappen. „Wenn ich es nicht aus dem Ofen nehme, verbrennt es gleich."

Ein paar Minuten später saßen Joslyn und Kendra am Tisch, ließen sich das Essen schmecken und unterhielten sich über alles Mögliche. Nur nicht über Slade Barlow und Hutch Carmody.

Nachdem Joslyn Kirk durch das Tor in der Gartenmauer verschwunden war, hockte Slade eine Weile genauso reglos da wie der Hund; er musste sich sehr beherrschen, damit er ihr nicht hinterherrannte.

Aber was dann?

Er seufzte und blickte zu dem Hund hinunter, der mit glänzenden Augen und scheinbar völlig zufrieden zu ihm hochschaute.

Slade wusste, dass er John Carmody ähnlich sah – dafür konnte er nichts –, aber es konnte doch unmöglich so sein, dass Jasper ihn mit Carmody verwechselte. Hunde erkannten ihr Herrchen, das war eine Tatsache.

„Möchtest du Wasser?", fragte er den Vierbeiner, während er zur Verandatür ging.

Jasper trottete hinter ihm her. Die Hundemarken an seinem Halsband klirrten fröhlich.

Slade nahm eine Schüssel, aus der er normalerweise seine Frühstücksflocken aß, füllte an der Spüle Wasser hinein und stellte sie auf den Boden.

Jasper trank durstig.

„Du wärst in Whisper Creek wahrscheinlich glücklicher", fuhr Slade fort. „Eine Ranch ist ein guter Ort für einen Hund." Oder für einen Mann, der lieber Rancher als Sheriff wäre, dachte er.

Zum Glück läutete genau in diesem Moment das Telefon.

Slade griff nach dem Hörer, der senfgelb und dessen Schnur in sich verdreht und verknotet war.

„Slade Barlow."

„Dad?"

Slade schloss einen Moment lang die Augen. Er war froh,

dass seine Stieftochter ihn nicht sehen konnte. Bei dem Wort *Dad* gab es ihm jedes Mal einen Stich mitten ins Herz. Genau dorthin, wo es am meisten wehtat. „Hallo, Shea", sagte er mit etwas heiserer Stimme.

„Sie treibt mich in den Wahnsinn!", jammerte Shea. Sie kam immer gleich zur Sache.

Slade schaute zu Jasper hinunter und merkte, dass die Schüssel leer war und der Hund zu ihm aufblickte. Er erinnerte Slade an Oliver Twist, der um einen Nachschlag bettelte. „Ich schätze, mit ‚sie'", antwortete er mit leicht sarkastischem Unterton, während er sich nach der Schale bückte, „meinst du deine Mutter, oder?"

„Okay, okay", lenkte Shea ein. Sie war sieben Jahre alt gewesen, als Slade und Layne geheiratet hatten, und elf bei der Scheidung. Jetzt war sie sechzehn und hatte schon den Führerschein. Bei dem Gedanken daran trieb es Slade fast die Tränen in die Augen. Sie veränderte sich täglich, und er war nicht dabei, um mitzuerleben, wie sie erwachsen wurde.

Oder um sie zu beschützen.

Slade vermisste seine Exfrau nicht, und er war sich sicher, dass dieses Gefühl auf Gegenseitigkeit beruhte. Doch es verging kein Tag, an dem er nicht an Shea dachte und wünschte, er und Layne hätten ihre Ehe retten können. Wenn schon nicht für sich als Paar, dann zumindest dem Kind zuliebe. Vielleicht hätten sie ihr eine Schwester oder einen Bruder schenken können. Oder beides.

Slade füllte wieder Wasser in die Schüssel und stellte sie für Jasper auf den Boden. Der Hund begann, sofort wieder gierig zu trinken. Er wirkte insgesamt einigermaßen sauber, war aber erschreckend mager und ganz offensichtlich kurz vorm Verdursten.

„Ich möchte bei dir wohnen", verkündete Shea. „Bitte", fügte sie in traurigem Ton hinzu.

„Aber das haben wir doch schon besprochen", wandte Slade ein. Er klang gelassener, als ihm zumute war. Wäre er Sheas leiblicher Vater gewesen, hätte er das gemeinsame Sorgerecht beantragt. Doch das war er nun mal nicht. Juristisch hatte er, was Shea betraf, keinerlei Ansprüche. „Erinnerst du dich?“

Er konnte förmlich sehen, wie Shea ihre großen, lavendelblauen Augen verdrehte und sich dabei ihre dunklen Stirnfransen in den Wimpern verfingen. „Ja, ja, du bist nicht mein richtiger Vater“, sagte sie genervt, weil sie diese Diskussion tatsächlich schon geführt hatten – und zwar viele Male. „Das *weiß* ich. Mom ist meine Mutter, und mein Dad ist irgendein Samenspender, dem es egal ist, dass es mich gibt. Und was bist dann du? Hm? Mein Stiefvater – oder nur jemand, der mit meiner Mutter mal verheiratet war?“

Slade brachen ihre Worte beinahe das Herz. In den paar Jahren, in denen sie eine Familie gewesen waren, hatte er das Mädchen mit der Zeit geliebt wie sein eigenes Kind. „Ich werde immer dein Stiefvater sein“, antwortete er sanft. Sheas Vater war kein „Samenspender“ gewesen – Layne hatte den Mann geheiratet. Allerdings hatte es keinen Sinn, mit Shea darüber zu streiten. Das Mädchen würde ihm nicht zuhören.

Shea schniefte, und ihre Stimme bebte. „Sie ist unmöglich.“

Slade lächelte. Abgesehen von den Problemen, die Layne und er gehabt hatten, war seine Exfrau eine gute Mutter und ein durch und durch verantwortungsbewusster Mensch. Sie hatte sich in L.A. ein eigenes Unternehmen aufgebaut – sie verschönerte Häuser für Immobilienfirmen – und war sehr erfolgreich. „Und du bist ein Teenager.“

„Was soll *das* denn heißen?“

Slade ignorierte die Frage, da sie ohnehin nur rhetorisch war. „Shea“, begann er. „Du und ich, wir wissen beide, dass deine Mom dich liebt. Worum geht es dir wirklich?“

„Sie schickt mich nächsten Herbst auf ein Internat.“

„Was?“ Einen Moment lang dachte Slade, er hätte sich verhört.

„Mom hat einen Freund“, erklärte Shea und schniefte wieder. „Die beiden wollen heiraten.“

„Alles klar.“ Slade atmete tief durch. *Internat? Was zum Teufel ging da bloß in Laynes Kopf vor?* „Und was hat die Tatsache, dass deine Mom jetzt eine Beziehung hat, damit zu tun, dass du auf ein Internat sollst?“

Shea seufzte tief und theatralisch. „Möglicherweise war ich in letzter Zeit ein bisschen schwierig.“

Slade lehnte sich an die Anrichte und presste den Hörer so fest ans Ohr, dass es wehtat. Sein Magen fühlte sich genauso verknotet an wie die Telefonschnur.

„Dieser Freund …“, fuhr er fort, nachdem er sich geräuspert hatte, „… magst du ihn?“

„Bentley ist ganz okay“, räumte Shea nach einigem Zögern ein.

Bentley? Was war denn das für ein Name?

„Und weiter?“

„Kann sein, dass ich ein bisschen über die Stränge geschlagen und Probleme gemacht habe. Und das war wahrscheinlich der Grund, weshalb Mom beschlossen hat, dass das Kind eine Weile weg soll. Damit der großen Liebe nichts im Wege steht.“

Slade näherte sich dem Kühlschrank, öffnete ihn, nahm das verschrumpelte Stück Pizza heraus und gab es Jasper. Der Hund schlang es sofort hinunter.

Hatte Joslyn dem Tier denn *weder* Wasser *noch* etwas zu fressen gegeben?

„Definiere ‚über die Stränge geschlagen‘.“ Slade überlegte, ob er Shea bitten sollte, Layne ans Telefon zu holen. Er brauchte ein paar genauere Informationen.

„Ich habe mir ein Tattoo stechen lassen.“

Slade musste sich beherrschen, um nicht laut loszulachen; er hatte erwartet, dass sie sagen würde, sie hätte Drogen genommen oder sei schwanger. Das Tattoo war zwar keine wirklich erfreuliche Neuigkeit, aber Slade war erleichtert.

„Braucht man dazu nicht das Einverständnis der Eltern?“ Er sah zu, wie Jasper sich nach dem Verzehr seiner Pizza die Lefzen leckte.

„Es gibt Möglichkeiten, wie man diese Einverständniserklärung umgeht“, antwortete Shea leichthin. „Aber egal. Mom ist jedenfalls ausgeflippt, als sie es herausgefunden hat. Sie und Bentley haben sich lange darüber unterhalten und dann beschlossen, mich für die letzten zwei Highschool-Jahre wegzusperren."

Bei dem Wort „wegzusperren" musste Slade unwillkürlich schmunzeln. „Ist deine Mom da? Ich würde gern kurz mit ihr reden."

„Ich bin nicht zu Hause", antwortete Shea.

„Sag jetzt bloß nicht, du bist abgehauen."

„Natürlich nicht. Ich weiß doch, dass das keine gute Idee ist, Dad. Ich bin mit ein paar Freundinnen im Einkaufscenter und telefoniere von meinem Handy aus mit dir." Sie machte eine Pause und holte tief Luft. Dann platzte es aus ihr heraus: „Kann ich bei dir leben? Statt aufs Internat zu müssen, meine ich."

Eine schicksalsschwere Frage.

Es wäre vielleicht anders gewesen, wenn es eine Frau in seinem Leben gegeben hätte – eine Ehefrau oder wenigstens eine feste Freundin. Aber Slade war alleinstehend und lebte in einer Ein-Zimmer-Wohnung mit behelfsmäßig ausgestattetem Bad. Sein Job war anstrengend und manchmal gefährlich. Außerdem konnte er Shea nicht jene Aufmerksamkeit und Unterstützung geben, die sie brauchte. Was wusste er schon über Teenager? Besonders über weibliche?

Trotz all dieser Überlegungen wollte er Ja sagen.

„Lass uns nichts überstürzen", entgegnete er schließlich, da er Shea nicht mit einem Nein vor den Kopf stoßen wollte. „Ich möchte mit deiner Mutter reden und hören, wie sie die Dinge sieht."

„Sie hasst das Tattoo. Dabei ist es nur eine winzige Hummel auf meiner rechten Schulter. Wenn ich nicht gerade ein Top trage, bemerkt man es nicht einmal."

Slade lächelte. Er dachte an seine Exfrau, eine makellose Schönheit mit kastanienrotem Haar, die niemals eine Tattoo-Nadel auch nur in die Nähe einer Pore ihrer perfekten Haut kommen ließe. „Du bist sechzehn", erinnerte er Shea. „Das bedeutet, dass deine Mom immer noch die Regeln aufstellt. Ich werde mit ihr sprechen und dich dann wieder anrufen."

„Sie wird dich doch nur davon überzeugen, dass sie recht hat und dass dieses Internat das Beste ist, was mir jemals passieren kann", wandte Shea ein.

„Fürs Erste", antwortete Slade sanft, aber bestimmt, „ist dieses Gespräch jetzt beendet. Ich melde mich bei dir, sobald ich mit deiner Mutter geredet habe."

Shea seufzte wieder. „Okay", sagte sie. Es klang, als würde sie gleich zu weinen anfangen. Slade wusste, dass er damit nicht umgehen konnte.

„Shea?"

„Ja?"

„Ich liebe dich."

„Sicher", erwiderte sie. Es klang ein wenig skeptisch.

Beide legten auf.

Slade hatte einen handgeschriebenen Zettel mit wichtigen Telefonnummern an die Innenseite der Tür eines seiner Küchenschränke geklebt. Er zog die Tür auf. Von Layne hatte er sowohl ihre Büronummer als auch die ihres Handys. Allerdings waren die Nummern so oft durchgestrichen und korrigiert worden, dass er genau hinsehen musste, um die aktuellen Nummern zu erkennen.

Ihm wurde bewusst, dass sich bei allen Leuten viel Neues tat – neues Haus, neue Telefonnummer, neues Leben. Bei allen bis auf ihn.

Er saß immer noch in dieser jämmerlichen Bude und hatte immer noch den gleichen Job. Und zwar einen, den er anfangs für wahnsinnig erstrebenswert gehalten hatte. In den letzten paar Jahren jedoch hatte er begonnen, sich zu langweilen. Er hatte sich immer mehr nach dem Leben gesehnt, das er *wirklich* führen wollte: das eines Ranchers mit Frau, Kindern und einem Hund wie Jasper.

Layne hob nach dem zweiten Klingeln ab.

„Hallo, du", sagte sie herzlich und mit einem warmen Lächeln in der Stimme. „Immer noch atemberaubend attraktiv, nehme ich an?"

Bemerkungen über sein Aussehen machten Slade immer ein wenig verlegen. Selbst dann, wenn sie von einer Frau kamen, mit der er verheiratet gewesen war; für ihn stellte das äußere Erscheinungsbild eines Menschen den unwichtigsten Teil der Persönlichkeit dar. Dem Aussehen nach war er John Carmodys Sohn – jener Sohn, dessen Existenz Carmody völlig gleichgültig gewesen war und den er erst nach seinem Tod anerkannt hatte.

„Danke, es geht mir gut", antwortete er, während er Jasper betrachtete, der sich auf dem Boden zusammengerollt hatte und tief und fest schlief. „Hör mal, Layne, ich hatte gerade einen Anruf von Shea, und …"

„Und sie hat dir gesagt, dass sie auf ein Internat verbannt wird", unterbrach ihn Layne. Sie seufzte tief.

„So ungefähr." Slade nahm sich einen der beiden Klappstühle, die beim Kartentisch standen, drehte ihn um und setzte sich rittlings darauf. „Was ist los, Layne?"

Layne seufzte wieder. Slade sah sie vor sich, wie sie ihre dichte, rotbraune Haarmähne nach hinten warf. Als er seine Exfrau zuletzt getroffen hatte, waren ihre Haare knapp schulterlang gewesen. „Sie … rebelliert. Ich mache mir Sorgen um sie, Slade. Ein paar ihrer Freunde stecken in ziemlichen Schwierigkeiten."

„Und bei diesen Freunden war immer ein Tattoo die Ursache allen Übels?", zog Slade sie auf. Er bemühte sich um einen heiteren Ton, obwohl er selbstverständlich ebenfalls besorgt um Shea war.

„Bentley und ich haben alles versucht." Layne klang ernst und, wenn Slade sich nicht täuschte, auch irgendwie verzweifelt. „Familienberatungen. Lange Gespräche am Küchentisch. Sogar Urlaub in Europa während der Frühlingsferien. Shea verschließt sich vor mir. Ich dringe irgendwie nicht zu ihr durch."

„Und du glaubst, ein Internat ist die Lösung?"

„Im Moment bin ich so weit, *alles* zu probieren", antwortete Layne traurig. „Sie zur Adoption freizugeben oder mit Gewalt Vernunft in ihren kleinen eigensinnigen Kopf zu hämmern geht ja wohl schlecht …"

„Sie möchte hierherkommen, nach Parable."

„Das überrascht mich nicht", erwiderte Layne. „In Parable

bist schließlich *du*. Und ich glaube, da liegt das Problem. Derzeit bist noch *du* der Stiefvater für sie. Sie kann sich immer noch einreden, dass du und ich uns irgendwann versöhnen. Aber sobald Onkel Bentley und ich heiraten …"

Slade schloss einen Moment lang die Augen. „Ja", sagte er schließlich, als sie vielsagend schwieg, „ich verstehe, was du meinst. Aber denkst du nicht, es ist ein bisschen übertrieben, Shea gleich auf ein Internat zu schicken? Wo ist es denn überhaupt?"

„Havenwood liegt gleich nördlich von Sacramento", antwortete Layne leise. „Es hat einen hervorragenden Ruf, Kinder wieder auf die richtige Bahn zu bringen. Außerdem ist das Bildungsniveau außergewöhnlich hoch."

„Was veranlasst dich zu der Annahme, dass Shea kooperieren wird, Layne?"

„Ich bin mir nicht sicher, ob sie kooperiert", gab Layne zu. „Doch ich sehe keine andere Möglichkeit. Ich liebe meine Tochter, Slade, aber ich liebe auch Bentley. Und ich bin noch relativ jung und möchte wieder in einer Beziehung glücklich sein. Ist das denn so falsch?"

„Natürlich nicht."

„Falls du einen Vorschlag hast, Cowboy", meinte Layne, „würde ich mich freuen, ihn zu hören."

Und jetzt sagte er es. Sagte, was er gar nicht sagen wollte. Sagte die absurden, verrückten Worte, die auszusprechen ihm eigentlich gar nicht zustanden.

„Du könntest sie hierherschicken, nach Parable. Nur für den Sommer."

Es folgte ein kurzes und, wie Slade vorkam, vielversprechendes Schweigen.

„Ist das dein Ernst?", erkundigte sich Layne vorsichtig.

„Ja." Slade war genauso überrascht wie seine Exfrau. „Es ist mein Ernst."

„Okay. Versuchen wir es. Wenn Shea sich nach einem Sommer weit weg von ihrer Familie beruhigt, können wir diese ganze Sache mit dem Internat im Herbst neu überdenken."

„Okay“, sagte Slade nun ebenfalls.

Layne lachte leise. Allerdings war eine gewisse Traurigkeit herauszuhören. „Ich wünschte, wir hätten es geschafft. Du und ich.“

„Das hätte ich mir auch gewünscht“, entgegnete Slade. „Aber es hat nicht geklappt.“

„Stimmt. Du bist wahrscheinlich der einzige Mensch auf der Welt, dem ich meine Tochter anvertraue. Das weißt du, nicht wahr?“

„Ja.“ Slades Stimme klang rau. Er war gerührt, weil das, was Layne gerade gesagt hatte, der Wahrheit entsprach: Sie konnte sich auf ihn verlassen, und das war ihr auch klar. „Ich weiß das zu schätzen, Layne. Es bedeutet mir viel.“

Beide schwiegen. Beide dachten daran, wie es hätte sein können.

„Ich rede mit Shea und rufe dich dann wieder an, damit wir alles für ihre Reise zu dir besprechen können“, erklärte Layne schließlich. „Und noch etwas, Slade …“

Er wartete.

„Danke“, sagte sie schließlich, bevor sie sich voneinander verabschiedeten und das Gespräch beendeten.

„Was zum Teufel mache ich jetzt bloß?“, wandte er sich an den gähnenden Jasper, als der von seinem Nickerchen aufwachte, während Slade den Telefonhörer auflegte.

Der Hund sah skeptisch zu ihm auf. Vermutlich fragte er sich, welcher Idiot einem Hund eine Frage stellte und offenbar auch eine Antwort zu erwarten schien.

Slade fuhr sich durchs Haar und atmete tief durch. Dann ging er in das schäbige Badezimmer mit der schäbigen Dusche und der schäbigen Badewanne. Er drehte das Wasser in der Dusche auf und holte sich frische Kleidung aus der Kommode in seinem Schlafzimmer.

Jasper lag die ganze Zeit mitten im Durchgang zum Bad, während Slade sich auszog, sich unter die Dusche stellte und so lange einseifte, bis er sich sauber fühlte.

Danach trocknete er sich mit einem – ebenfalls – schäbigen

Handtuch ab. Er musste dringend neue Handtücher besorgen, bevor Shea kam, das stand fest. Verdammt, er brauchte ein neues *Haus*!

Eine Viertelstunde später saßen er und Jasper im Pick-up und fuhren Richtung Whisper-Creek-Ranch.

Es war zwar noch einigermaßen hell, doch der Himmel über der Bergkette in der Ferne war bereits in ein mit tiefrosa Streifen durchzogenes Orange getaucht. Bald würden sich die blaue Abenddämmerung und schließlich die Dunkelheit über die Berge senken.

Wenn Slade sich auf der Ranch einen gründlichen Überblick über das verschaffen wollte, was nun rechtmäßig ihm gehörte, würde er bis morgen warten müssen. Aber er konnte wenigstens Jasper nach Hause bringen, wo er hingehörte.

Das Carmody-Haus war ein zweistöckiges, weitläufiges Gebäude. Der Rasen sah beträchtlich besser aus als Slades eigener. Überall blühten duftende Blumen in Hülle und Fülle – rosa, rot, gelb und weiß.

Slade hielt seinen Wagen vor dem Haus an. Ehe er den Motor abstellen konnte, trat Hutch durch die vordere Tür hinaus auf die breite Veranda. Er schien wenig erfreut.

Slade stieg aus. „Ich bringe dir deinen Hund zurück", sagte er.

4. KAPITEL

Jasper hockte schwer wie ein Sack Blei auf dem Beifahrersitz des Pick-ups. Slade konnte ihn nicht zum Aussteigen bewegen.

Hutch, der in diesem Garten voller Blumen einigermaßen fehl am Platz wirkte, beobachtete den Kampf etwas amüsiert. Er trat durch das Tor des weißen Lattenzauns und kam näher.

„Über diesen Hund kann ich dir einiges erzählen", unterbrach er nach einem kurzen Moment das Schweigen. „Er kann verflucht stur sein."

„Tatsächlich?", keuchte Slade erschöpft. Mittlerweile war Jasper nicht nur schwer, sondern zusätzlich auch schlüpfrig wie eine Bachforelle. Und er befand sich immer noch auf dem Beifahrersitz, wo er offensichtlich auch beabsichtigte zu bleiben.

Hutch lachte und stand mit verschränkten Armen und schief gelegtem Kopf daneben. Er muss sein Aussehen von seiner verstorbenen Mutter Lottie Hutcheson haben, dachte Slade, denn er ähnelte John Carmody überhaupt nicht.

Nein, dieses Kreuz hatte *er* zu tragen – niemals in einen Spiegel schauen zu können, ohne dass ihm eine jüngere Version jenes Mannes entgegenblickte, der ihn seit seiner Geburt verleugnet hatte.

„Du kannst ihn genauso gut wieder mit zu dir nach Hause nehmen", verkündete Hutch zu Slades Überraschung. „Jasper ist wie Dad. Wenn er sich einmal etwas in den Kopf gesetzt hat, ist es unwahrscheinlich, dass er seine Meinung ändert."

Slade betrachtete den Mann nachdenklich, der, zumindest im biologischen Sinn, mit ihm blutsverwandt war. Sie beide waren sich überhaupt nicht ähnlich. Oder doch? Immerhin *musste* es in ihrer DNA ein paar Übereinstimmungen geben.

„Was schlägst du vor?", fragte Slade schließlich.

Hutch dachte ausgiebig nach, ehe er antwortete. „Ich schätze, der alte Jasper gehört wie die Ranch zur Hälfte dir und zur Hälfte mir. Da er offensichtlich beschlossen hat, von jetzt an dein Hund zu sein, kannst du mit deinen Versuchen aufhören, ihn aus dem

Wagen zu heben. Du kannst ihm auch ersparen, zu Fuß den weiten Weg zurück in die Stadt laufen zu müssen. Denn wenn du ihn hierlässt, rennt er dir mit Sicherheit nach Hause nach."

Slade rieb sich den Nacken und grübelte über Hutchs Worte. Er konnte einen Hund genauso wenig gebrauchen, wie er Verantwortung für ein sechzehnjähriges Mädchen hatte. Allerdings musste er Hutch recht geben. Aus irgendeinem Grund betrachtete Jasper sich als Slades neuen – und offensichtlich – *ständigen* Begleiter.

Slade wusste, dass er im Grunde froh über die Gesellschaft war. Er hatte seit der Scheidung niemanden an sich herangelassen und nur seinen Job gemacht, funktioniert und sozusagen einen Fuß vor den anderen gesetzt. Vielleicht war es an der Zeit, sich ein wenig zu öffnen. Zeit, jemanden in sein Herz zu lassen.

Selbst wenn dieser Jemand zufällig vier Beine und einen Schwanz hatte.

Es war ein Anfang, nahm Slade an. Wovon, das wusste er nicht genau.

„Na gut", stimmte er zögernd zu und schloss die Tür des Pick-ups, in dem Jasper immer noch saß.

„Ich könnte schwören, der Köter sieht wahnsinnig erleichtert aus", stellte Hutch trocken fest. „Und nur für den Fall, dass du glaubst, ich hätte ihn misshandelt … Das habe ich nicht getan. Jasper war schon immer ein Hund, der nur auf eine Person fixiert ist. Und diese Person war Dad. Nun wurde die Fackel quasi weitergegeben, wie mir scheint."

Slade musterte seinen Halbbruder eine Weile. Hutchs Art war zwar nicht unbedingt als herzlich zu bezeichnen, aber er versuchte auch nicht, ihn mit dem Gewehr vom Hof zu jagen. „Danke", sagte er.

„Hast du noch mal darüber nachgedacht, ob du mir deinen Anteil an Whisper Creek verkaufen willst?", fragte Hutch, nachdem er eine Weile geschwiegen hatte.

„Ich habe sehr viel darüber nachgedacht." Slade kniff die Augen zusammen, weil die letzten Sonnenstrahlen des Sommertages ihn blendeten. „Aber ich habe mich noch nicht entschieden."

Hutch nahm diese Antwort mit einem leichten und merkwürdig freundlichen Stirnrunzeln zur Kenntnis. Dann deutete er auf das Haus. „Im Moment gehört es dir genauso wie mir." Es war unmöglich, seine Stimmung und auch seine Miene zu deuten. Hutch Carmody gäbe ohne Zweifel einen erstklassigen Pokerspieler ab, schoss es Slade durch den Kopf. Und er würde dafür weder ein Kapuzenshirt noch eine Baseballkappe oder eine Panoramasonnenbrille brauchen. „Dann kannst du auch gleich reinkommen und dir alles anschauen."

Slade blickte an Hutch vorbei und betrachtete das weitläufige Gebäude. Er hatte dieses Haus noch nie betreten, und nun gehörten ihm rechtmäßig 50 Prozent davon.

„In Ordnung", antwortete er nach langem Zögern. Er drehte sich nach Jasper um, der wie ein Wachhund im Auto saß und ihn durch das halb hinuntergelassene Fenster beobachtete. Für ein paar Minuten kann ich den Hund schon allein lassen, dachte Slade. Er folgte Hutch durch das weiße Gartentor, den Plattenweg entlang und die Verandastufen hinauf.

Er hatte sich schon immer gefragt, wie es in diesem Haus wohl aussehen mochte. Hier zu wohnen oder auch nur einen Fuß über die Schwelle zu setzen hatte er sich jedoch nie gewünscht. Jetzt, da er einen Hund hatte und Shea den Rest des Sommers bei ihm verbringen würde, war sein Interesse an Immobilien jedoch beträchtlich gestiegen.

Morgen war sein freier Tag. Er würde bei Kendra vorbeischauen und vielleicht noch einmal das Kingman-Haus besichtigen. Das Gebäude war nichts Luxuriöses, auch nicht annähernd so groß wie dieses hier und stand seit Langem leer. Mit ein bisschen Muskelkraft und viel heißem Wasser und Scheuermittel konnte man es aber durchaus wohnlich machen.

Ein Badezimmer zu wenig hätten sie trotzdem.

Im Inneren von Hutchs Haus war Slade sofort von der hohen Balkendecke und dem offenen Grundriss beeindruckt. Im Gegensatz zu den vielen Blumen im Garten war die Inneneinrichtung mit den schweren Ledermöbeln und den schlichten, massiven Tischen durchgehend maskulin gehalten. Nirgendwo stand oder lag Krimskrams herum. Ein paar Navajo-Teppiche und hochwertige Gemälde sorgten hier und da für gedämpfte Farbtupfer. In Anbetracht von Hutchs Ruf, ein Draufgänger zu sein, erstaunte Slade die ruhige, meditative Atmosphäre ein wenig.

Was hatte er erwartet? Spiegel an der Decke? Einen Saloon wie in einem alten John-Wayne-Film oder vielleicht einen mechanischen Bullen mitten im Wohnzimmer?

Slade musste über sich selbst ein wenig reumütig lächeln. Aber nur kurz.

„Schau dich ruhig überall um", sagte Hutch in demselben lockeren Ton wie zuvor. „Ich glaube, du wirst einsehen, dass in diesem Haus – so groß es auch ist – kein Platz für uns beide ist."

Slade lächelte wieder, damit man ihm seine plötzliche Verlegenheit nicht anmerkte. Er kam sich vor wie ein Eindringling. „Du hast recht", stimmte er zu. „Und ich habe genug gesehen. Es ist schon spät, und Jasper wird ein paar Dinge brauchen, wenn er zu mir zieht."

Hutch blickte ihn ziemlich lange schweigend an. Dann meinte er: „In der Vorratskammer steht ein Sack Trockenfutter, und Jasper besitzt ein Hundebett und ein paar Spielsachen. Du kannst das Zeug gern haben, wenn du willst."

„Klar", antwortete Slade ein wenig verlegen. Es war durchaus sinnvoll, Jaspers Habseligkeiten mitzunehmen. Die Dinge waren dem Hund vertraut und würden ihn daher beruhigen. Außerdem ersparte sich Slade dadurch, extra zum Discounter außerhalb der Stadt fahren zu müssen. „Danke", sagte er wieder.

„Hier entlang." Hutch drehte sich um.

Slade folgte ihm durch eine Doppelschwingtür in eine große Küche mit dem gleichen dunklen Holzboden wie im vorderen Teil des Hauses, mit hohen Fenstern und jeder Menge Küchengeräten aus blitzendem Edelstahl. Die Kücheninsel in der Mitte des Raumes war größer als Slades gesamte Küche.

Hutch verschwand in einem Raum, bei dem es sich offenbar um die Vorratskammer handelte, und kam mit einem großen, dreiviertelvollen Sack Trockenfutter zurück. Er stellte ihn neben eine der Anrichten, die alle aus glattem, grauem Granit waren und sich meilenweit durch die Küche zu ziehen schienen. Dann hob er zwei Hundenäpfe aus Keramik vom Boden auf.

„Jaspers Bett und sein Spielzeug sind in Dads Zimmer", erklärte Hutch. „Ich hole alles."

Slade nickte. „Das wäre nett." Er hatte vor, inzwischen das Trockenfutter und die Näpfe zum Pick-up zu tragen.

Nachdem Hutch gegangen war, blieb er jedoch einfach in der großen Küche stehen.

Er stellte sich vor, wie sein Vater an dem langen Tisch bei seinem Morgenkaffee die Zeitung las und Jasper dabei zu seinen Füßen lag.

Irgendetwas an diesem Bild bewirkte, dass Slades Kehle sich schmerzhaft zuschnürte.

Er griff sich das Hundefutter und die Näpfe – auf einem stand Jaspers Name in bunten Buchstaben, die wie Knochen aussahen – und sah zu, dass er aus dem Haus kam.

Als Jasper ihn kommen sah, streckte er ihm seine Schnauze durch das Autofenster entgegen und begrüßte ihn mit einem freudigen Kläffen.

Slade lud den Sack Hundefutter auf die Ladefläche des Pickups und verstaute die Näpfe sicher.

Hutch kam mit dem elegantesten Hundebett aus dem Haus, das Slade jemals gesehen hatte. Es war aus braunem Fleece, hatte die Form eines großen Kanus und war – wie der Napf – mit Jaspers Namen beschriftet. Außerdem hatte Hutch eine leuchtend rote Leine sowie eine Papiertüte mitgebracht, die randvoll mit Kauspielzeug und diversem anderen Hundezubehör war.

„Dad war regelrecht verrückt nach diesem Hund", erklärte Hutch, da er Slades Gesichtsausdruck bemerkt und ihn – ganz richtig – als ungläubiges, amüsiertes Staunen gedeutet hatte. Er warf das Kanu-Bett und die anderen Sachen auf die Ladefläche des Wagens und klopfte sich danach die staubigen Hände ab. „Der alte Herr hat ihm zu Weihnachten Geschenke gekauft und sogar jedes Jahr an seinen Geburtstag gedacht."

Das war mehr, als Slade in Bezug auf sich als seinen Sohn

behaupten konnte. Trotzdem lachte er leise und schüttelte belustigt den Kopf. „Jasper wird bei mir ein schönes Zuhause haben", versicherte er, weil er wusste, dass Hutch Jaspers Wohlergehen wichtig war.

„Wenn ich *davon* nicht ausginge", antwortete Hutch nüchtern, „würdest du ihn nirgendwohin mitnehmen."

Slade nickte und ging um seinen Pick-up herum zur Fahrertür. Im Laufe der Jahre hatte er nicht nur ein Mal eine Meinungsverschiedenheit mit Hutch gehabt, aber eigentlich war ihm der Mann größtenteils gleichgültig gewesen. Zumindest hatte Slade das bis heute geglaubt. Nicht, dass er und Hutch jemals dicke Freunde werden oder sich so nahestehen würden wie richtige Brüder. Vor allem dann nicht, wenn Slade sich entschied, seinen Anteil an Whisper Creek zu behalten, statt ihn an Hutch zu verkaufen – was durchaus im Bereich des Möglichen lag.

Es war allerdings klar, dass an diesem Halbbruder mehr dran war als nur die Hitzköpfigkeit, die Vorliebe für Partys und der Ruf, überall, wo er war, ein gebrochenes Frauenherz zurückzulassen.

Hutch drehte sich um und marschierte zurück ins Haus, während Slade den Wagen startete und Richtung Hauptstraße fuhr.

Jasper hatte seine Lefzen weit nach hinten gezogen und sah aus, als würde er lachen. Er hatte sich durchgesetzt und wirkte fast ein bisschen schadenfroh.

„Erwarte bloß keine Weihnachtsgeschenke", sagte Slade in warnendem Ton. Er war froh, dass er nicht allein in seine schäbige Wohnung zurückkehren musste wie an all den anderen Abenden. „Und auch keine Torte zu deinem Geburtstag."

Obwohl Joslyn eigentlich erst am nächsten Montag zu arbeiten begann, ging sie früh am Freitagmorgen in Kendras Büro. Sie hatte bereits ihre Yoga-Übungen absolviert, das Gästehaus auf Hochglanz gebracht und ihre E-Mails gecheckt. Jetzt, da sie sich um Jasper nicht mehr kümmern musste, wusste sie nichts mit sich anzufangen.

Als sie ins Büro kam, telefonierte Kendra gerade. In ihrer

engen Leinenhose und dem luftigen weißen Top sah sie frisch, blond und schön wie immer aus. Sie lächelte Joslyn zu. Dabei hob sie den Zeigefinger, um zu signalisieren, dass sie mit dem Telefonat gleich fertig wäre.

„Das ist wunderbar, Tara", sagte Kendra in den Hörer, wobei sie die Augen verdrehte und Joslyn dabei schmunzelnd anschaute. „Du wirst eine wunderbare Hühnerfarmerin abgeben." Kurzes Schweigen. „Nein, im Ernst", fuhr sie liebenswürdig fort. „Wie schwer kann es schon sein? Ja, ich bringe dir heute Nachmittag die Unterlagen, und du kannst sie übers Wochenende durchgehen." Sie nickte. „Ja. Und noch etwas, Tara. Es ist jetzt bestimmt etwas kurzfristig, aber ich würde schrecklich gern dir zu Ehren eine Grillparty geben. Hier, bei mir zu Hause. Kannst du kommen?" Es gab eine weitere Pause. Dann lächelte Kendra. „Wunderbar! 14 Uhr. Nein, du brauchst nichts beizusteuern. Und natürlich kannst du gerne jemanden mitbringen."

Joslyn, die unwillkürlich mitgehört hatte, schloss zwei Dinge daraus: Erstens, Kendra hatte endlich die Hühnerfarm verkauft, die sie so vielen Interessenten gezeigt hatte. Zweitens würde sie, Joslyn, ebenfalls bei diesem Grillfest dabei sein müssen. Sie und höchstwahrscheinlich die halbe Stadt. In Parable waren Partys in der Regel nicht privat; sie waren meist Gemeinschaftsfeste, denn auf gewisse Art und Weise waren die Bewohner der Stadt eine einzige riesige Familie.

Sie unterdrückte die leichte Panik, die sie in sich aufsteigen spürte. Ihre Begegnung mit Daisy Mulligan gestern war zwar nicht schlecht gelaufen, doch wer wusste schon, wie die *nächste* Person reagieren würde? Andererseits musste sie sich dieser Person – und vielen anderen – nun mal stellen.

Kendra beendete ihr Telefonat und stand grinsend auf. „Falls du hier bist, weil du zu arbeiten beginnen willst", zog sie Joslyn auf, „bist du ein paar Tage zu früh dran."

Joslyn seufzte und sah sich um. Sie empfand die Atmosphäre im Haus angenehmer und weit weniger emotional aufgeladen als bei ihrem letzten Besuch hier. „Ich wollte nur mal schauen, ob du vielleicht meine Hilfe brauchst", erklärte sie. Dann legte sie den Kopf schief und lächelte ihre Freundin an. „Mir scheint, man darf gratulieren. Du hast einen Käufer für die Hühnerfarm gefunden, nicht wahr?"

„*Endlich.*" Kendra klang hocherfreut. „Keiner kann Tara Kendall vorwerfen, eine überstürzte Entscheidung getroffen zu haben. Sie sieht sich die Farm schon seit einigen Jahren immer wieder an."

„Ist sie hier aus der Gegend? Der Name sagt mir gar nichts."

Kendra schüttelte den Kopf. „Tara ist aus New York. Sie leitet die Marketingabteilung einer großen Kosmetikfirma, glaube ich."

„Kein gerade kleiner Schritt von einem Marketing-Job im Big Apple auf eine Hühnerfarm am Stadtrand von Parable, Montana", stellte Joslyn fest. Sie fand diese Tara bereits jetzt ziemlich faszinierend. Zumindest würde sie sich – als die Neue in der Stadt – nicht als eines der vielen Opfer von Elliott entpuppen.

„Soviel ich verstanden habe, hat sie gerade eine schlimme Scheidung hinter sich und möchte ein neues Leben anfangen." Kendra ging in die Küche, und Joslyn blieb nicht viel anderes übrig, als ihr zu folgen. „Ich hoffe stark, dass da keine Reality-Serie in Planung ist."

Joslyn lachte, obwohl sie beim Betreten jenes Raums, der so viele Jahre lang Opals Reich gewesen war, etwas nervös wurde. „*Das* wäre der größte Aufreger, den es in dieser Stadt gegeben hat, seit …"

Joslyn verstummte, da ihr einfiel, was der letzte *größte Aufreger* in Parable gewesen war – nämlich Elliott Rossiters Investment-Skandal. Das Lachen blieb ihr plötzlich im Hals stecken.

Kendra blickte sie über die Schulter an. Offensichtlich wusste sie, warum Joslyn gerade die Fassung verloren hatte. „Lass uns einen Kaffee trinken", schlug sie freundlich vor.

Joslyn sah sich in der Küche um und entspannte sich ein wenig. Das plötzliche Gefühl der Scham über die Machenschaften ihres Stiefvaters legte sich langsam wieder. Kendra hatte der Küche ihren eigenen Stil gegeben – genau wie dem Wohnzimmer, das nun ihr Büro war. Hier gab es keine Geister.

„Stört es dich?“, erkundigte sich Kendra, während sie auf die Espressomaschine – eines dieser schicken Dinger, die den Kaffee jeweils für eine Tasse portionierten – zusteuerte. „Ich meine, nach all den Jahren wieder hier in diesem Haus zu sein.“

„Eigentlich dachte ich, dass es mich stören würde“, gab Joslyn zu. „Und ich glaube, anfangs hat es das auch getan. Aber anscheinend bin ich darüber hinweg. Schließlich sind es die Leute, die in einem Haus wohnen, die ihm seine gewisse Atmosphäre verleihen. Jetzt bist du hier, und in dem Haus ist deine Persönlichkeit spürbar. Und genauso soll es ja auch sein.“

Kendra wirkte nachdenklich, vielleicht sogar eine Spur traurig, während sie sich mit der Kaffeemaschine beschäftigte. „Wenn du das sagst …“

Joslyn wartete. Sie stand hinter einem der modernen Küchenstühle an dem glänzenden, modernen Küchentisch. Früher waren die Möbel und Küchengeräte antike Stücke gewesen – bis hin zu dem holzbefeuerten Herd. Opal hatte immer darauf bestanden, das Essen für die Familie darauf zu kochen.

Kendra sah in Joslyns Richtung, zuckte kurz mit einer Schulter und zwang sich zu einem schwachen Lächeln. „War es nicht John Lennon, der gesagt hat: ‚Leben ist das, was passiert, während du eifrig dabei bist, andere Pläne zu machen‘?“ Sie stellte eine dampfende Tasse Kaffee auf den Tisch und bedeutete Joslyn, sich zu setzen. Dann schüttelte sie seufzend den Kopf, als wollte sie unliebsame Gedanken verscheuchen.

„Was waren deine ‚anderen Pläne‘?“, fragte Joslyn sanft, zog sich einen der großen Chromstühle heran und nahm Platz.

„Das Übliche.“ Kendra versuchte – wenig überzeugend –, fröhlich und unbekümmert zu klingen. Sie bereitete gerade eine Tasse Kaffee für sich selbst vor. „Ein Ehemann. Kinder. Eine tolle Karriere.“ Sie schwieg einen Augenblick. „Ich schätze, ein verwirklichter Plan von dreien ist gar nicht so übel.“

Joslyn wusste, dass ihre Freundin – sehr kurz – mit einem reichen, adeligen Engländer verheiratet gewesen war. Mehr Informationen hatte Kendra bis jetzt nicht preisgeben wollen. Sie und Joslyn standen sich zwar sehr nahe, doch sie hatten beide ihre Geheimnisse.

„Du bist jung, Kendra", meinte Joslyn vorsichtig. „Du kannst immer noch einen Ehemann und/oder Kinder haben. Man hat heutzutage viele Möglichkeiten."

Kendra trug ihre Tasse zum Tisch und setzte sich Joslyn gegenüber hin. Sie starrte auf ihren Kaffee, machte jedoch keine Anstalten zu trinken. „Vielleicht bin ich altmodisch", sagte sie sehr leise, „aber wenn ich einmal Kinder habe, möchte ich mit ihrem Vater verheiratet sein. Aber um zu heiraten, müsste ich an die Liebe glauben."

„Du glaubst nicht an die Liebe?" Joslyn spürte, wie sie plötzlich traurig wurde. Kendra war früher immer eine Romantikerin gewesen. Trotz ihres herausragenden Notendurchschnitts von 4.0 an der Highschool hatten die anderen Schüler der Abschlussklasse Kendra zur Gewinnerin in der Kategorie „märchenhafteste Ehe" auserkoren.

„Nicht mehr", antwortete Kendra.

„Hat das etwas mit Hutch Carmody zu tun?", erkundigte sich Joslyn behutsam. Ihr fiel wieder ein, wie merkwürdig angespannt die Stimmung gestern gewesen war, als Hutch Jasper holen wollte.

Kendra errötete. „Nein", antwortete sie sehr schnell und sehr bestimmt.

Joslyn zuckte ein wenig zusammen. „Entschuldige. Offenbar trete ich mit allem, was ich sage, ins Fettnäpfchen."

Kendra lächelte. Ihr Blick blieb jedoch ernst. „Ich wollte dich nicht anfauchen", entschuldigte sie sich. „Aber gleiches Recht für alle, Joss. Warum sollte ich dir meine größten Geheimnisse anvertrauen, wenn du doch ganz offensichtlich viel vor mir verbirgst? Wir sind doch eigentlich beste Freundinnen, oder? Und beste Freundinnen vertrauen sich alles an."

„Stimmt", gab Joslyn zu. „Was willst du wissen?"

„Für den Anfang wüsste ich gern, warum du zurück nach Parable gekommen bist. Ob es dir nun gefällt oder nicht – ich weiß, dass du in irgendeiner Form hinter diesen dicken Schecks steckst. Diesem Geldregen, der seit ein paar Monaten auf die Stadt niederprasselt. Was ich allerdings nicht verstehe, ist, warum du so ein Geheimnis daraus machst beziehungsweise was dich veranlasst, *überhaupt* so etwas zu tun. Du bist, wie ich dir bereits gesagt habe, nicht verantwortlich für das, was Elliott Rossiter damals getan hat."

„Na gut", sagte Joslyn, nachdem der Kloß in ihrem Hals wieder so weit verschwunden war, dass sie sprechen konnte. „Ja, ich habe meine Softwarefirma für eine Riesensumme verkauft und eine Anwaltskanzlei in Denver beauftragt, jede Person ausfindig zu machen, die von meinem Stiefvater betrogen wurde. Dann habe ich veranlasst, dass den Leuten ihr Geld zurückerstattet wird."

„Und warum lässt du dir das so aus der Nase ziehen?", fragte Kendra leise und zog dabei ihre perfekt gezogenen Augenbrauen erstaunt hoch.

Joslyn ließ sich mit ihrer Antwort Zeit. Sie musste erst in sich gehen, damit sie einen Haufen verwirrter Gefühle in Worte fassen konnte. „Keine Ahnung", sagte sie nach einer Weile. „Nicht genau zumindest. Parable war immer ... nun ja, es war mein *Zuhause*, und es hat mich all die Jahre immer hierher zurückgezogen. Ich stimme dir zu, dass das, was Elliott getan hat, nicht meine Schuld war. Aber es hätte nie passieren dürfen – schließlich wurden viele anständige Leute fast in den Ruin getrieben. Und da ich die finanziellen Mittel hatte, es wiedergutzumachen, habe ich es eben getan."

„Aber warum machst du so ein Geheimnis daraus?"

„Weil ich um meiner selbst willen in Parable akzeptiert werden möchte. Nicht, weil ich mir Respekt *erkaufen* möchte."

„Du hast ein sehr kostspieliges Gewissen", stellte Kendra mit einem kleinen Lächeln fest, das zwar ein wenig zittrig, aber dennoch aufrichtig war. „Doch ich verstehe dich durchaus. Dein Geheimnis ist jedenfalls bei mir gut aufgehoben."

„Gut", meinte Joslyn erleichtert. „Und jetzt bist du dran. Warum glaubst du nicht mehr an die Liebe?"

In Kendras Blick lag plötzlich eine so große Traurigkeit, dass

Joslyn ihr hartnäckiges Nachfragen sofort bereute. Aber wie hatte Kendra selbst gesagt? *Gleiches Recht für alle.*

„Wegen Jeffrey. Mein Exmann."

„Was hat er getan?"

Kendra überlegte eine Weile, ehe sie antwortete. „Er hat mich im Sturm erobert, mich geheiratet und mir das Blaue vom Himmel versprochen. Eine Zeit lang hat er sogar Wort gehalten. Wir haben nach der Hochzeit – die Trauung war nur standesamtlich und im kleinen Kreis – ganz Europa bereist. Aber merkwürdigerweise hat es sich nie ergeben, dass wir seine Verwandten in England besucht haben. Seine Familie hat mich, wie sich herausstellte, als nicht standesgemäß empfunden. Jeffrey meinte, ich solle mir nichts daraus machen. Die Liebe würde alles überwinden usw. Wir sind also hierher zurückgekehrt, haben dieses Haus aus dem Rossiter-Nachlass gekauft und Pläne geschmiedet, eine eigene Familie zu gründen. Er hatte jede Menge Geld, und ich war dumm genug zu glauben, ich hätte jemanden gefunden, der für mich sorgt."

„Und?", hakte Joslyn nach, da Kendra schwieg.

„Und eine Woche, nachdem wir den Kaufvertrag für dieses Ungetüm von Haus unterzeichnet hatten, wurde sein Vater krank. Jeffrey ist sofort nach London geflogen. Ziemlich bald darauf hat er mich angerufen und mir mitgeteilt, es tue ihm leid, mir Unannehmlichkeiten zu bereiten, aber er wolle die Scheidung. Unsere Beziehung sei ein einziger riesiger Fehler gewesen. Auf mein Privatkonto wurden plötzlich mehrere Millionen Dollar überwiesen, und Jeffreys ‚Advokaten', wie er sie bezeichnete, haben mir die Dokumente für das Haus zugeschickt. Das war's. Das Märchen war zu Ende."

„Autsch." Joslyn nahm Kendras Hand und drückte sie zart. „Das ist brutal. Hat Jeffrey dir jemals irgendeinen Grund genannt?"

Kendra schluckte schwer. Dann schüttelte sie den Kopf. „Das musste er nicht", antwortete sie schnell. „Ich weiß nicht, ob sein Vater wirklich krank oder die ganze Sache nur ein Vorwand war, um Jeffrey nach Hause zu locken. Sobald er dort war, haben seine Verwandten jedenfalls keine Zeit verschwendet, ihn davon zu überzeugen, dass unsere Beziehung nur eine unglückselige Liebschaft war, die unverzüglich beendet werden muss – koste es, was es wolle. Jeffrey hat sich offensichtlich dieser Meinung irgendwann angeschlossen, mir gewissermaßen die adelige Tür vor der Nase zugeschlagen, und das war's dann."

„Dieser Mistkerl." Joslyn war empört.

„Du sagst es."

Joslyn biss sich auf die Unterlippe. Sie zögerte, ob sie aussprechen sollte, was ihr gerade durch den Kopf ging. Letztendlich konnte sie sich jedoch nicht zurückhalten. „Trotzdem", begann sie, „scheint es mir ein wenig übereilt, deshalb überhaupt nicht mehr an die Liebe zu glauben, oder? Ich meine, wie wahrscheinlich ist es schon, dass *so etwas* noch einmal passiert?"

„Ich habe ihn geliebt", erwiderte Kendra schlicht.

„Ja, aber ..."

„Ich mache mich wohl besser wieder an die Arbeit", unterbrach Kendra sie. „Ich muss die Verträge für die Hühnerfarm vorbereiten und beiden Vertragspartnern die Papiere schicken lassen. Und da ist natürlich das Barbecue, das geplant werden will."

„Richtig." Joslyn stand auf und trug ihre und Kendras Tasse zur Spüle.

„Ich könnte deine Hilfe bei der Essensvorbereitung wirklich gut gebrauchen", erklärte Kendra.

Joslyn seufzte innerlich. In dieser Sache gab es kein Entkommen – Kendra hatte ihr einen Job und eine Wohnung gegeben, und außerdem waren sie Freundinnen. Sie musste bei dieser Party mitmachen, ob sie wollte oder nicht.

Und sie half im Grunde nur zu gern.

„Wie viele Leute lädst du ein?", erkundigte sie sich schließlich resigniert.

„Rechne am besten mit mindestens hundert. Vielleicht mehr."

Kendra war mittlerweile zur Tür gegangen. Sie hatte Joslyn den Rücken zugewandt und dachte wahrscheinlich, ihre Freundin würde nicht sehen, dass sie sich mit beiden Handrücken über die Wangen wischte, während sie schließlich fluchtartig die Küche verließ.

Einkaufen war nicht gerade Slades Lieblingsbeschäftigung.

Es war früher Morgen, und er und sein neuer Hilfssheriff Jasper fuhren in Slades Pick-up vom Discountladen gerade nach Hause, da rief Layne auf seinem Handy an.

„Ich glaube, ich bin beleidigt", sagte Layne, wie üblich ohne Einleitung. „Shea würde am liebsten ‚schon gestern' zu dir kommen. Sie hat bereits alles gepackt und will alle fünf Minuten wissen, ob ich die Flugtickets schon gekauft habe."

Slade lachte leise. Gleichzeitig hatte er ein leicht mulmiges Gefühl. Er liebte Shea, das stand außer Frage, aber er konnte ihr kein richtiges Zuhause bieten. Zumindest noch nicht.

„Du setzt sie also in ein Flugzeug?"

„Ja", antwortete Layne. „Das heißt, wenn es dir immer noch recht ist, dass Shea zu dir kommt. Glaub mir, Slade, falls du einen Rückzieher machen möchtest, verstehe ich das."

„Wir werden das schon irgendwie hinkriegen."

„Falls es dir nichts ausmacht, begleite ich Shea. Nur, um ihr zu helfen, sich einzurichten."

Layne würde wahrscheinlich einen einzigen Blick in seine Junggesellenbude werfen, ihre Tochter schleunigst wieder zum Flughafen in Missoula bringen und mit ihr in das nächstbeste Flugzeug steigen – egal, wo es hinflog.

„Okay", erwiderte Slade. Er musste mit Kendra reden, und zwar schnell. Selbst wenn er das Kingman-Haus erwarb – was er nicht vorhatte –, würde es mindestens einen Monat dauern, bis der Kauf über die Bühne ging. Vielleicht konnte er das Haus mieten, bis er sich entschieden hatte, ob er Hutchs Angebot annehmen würde, ihm seinen Teil von Whisper Creek abzukaufen.

„Versuch dich in deiner Begeisterung etwas zu zügeln", zog Layne ihn auf. „Ich werde nur ein paar Tage in Parable bleiben, und deine Tugend ist nicht in Gefahr, Cowboy. Ich bin wahnsinnig verliebt in einen anderen Mann."

Slade wartete, dass sich bei ihm so etwas wie Bedauern wegen Laynes Bemerkung einstellte – er hatte sie schließlich einmal geliebt –, aber er empfand nichts dergleichen. Er wünschte sich allerdings, er hätte behaupten können, ebenfalls „wahnsinnig verliebt“ zu sein – in irgendeine tolle Frau.

Eine wie Joslyn Kirk beispielsweise. Er spürte eine Regung unter der Gürtellinie, die nicht unbedingt ideal war, um damit in nächster Zeit aus dem Pick-up auszusteigen. Zumindest nicht mitten in der Stadt, wo überall Menschen waren.

„Ich reserviere dir ein Zimmer im ‚Best Western‘-Hotel“, versprach er. „Wann habt ihr vor, zu kommen?“

„Übermorgen?“

Slade unterdrückte ein Seufzen. „Soll ich euch vom Flughafen in Missoula abholen?“

„Auf keinen Fall“, antwortete Layne fröhlich. „Wir nehmen einen Mietwagen.“

„Gut. Ich buche das Zimmer. Schick mir eine SMS mit eurer voraussichtlichen Ankunftszeit, sobald du Bescheid weißt.“

„Wird gemacht.“

Slade wollte sich gerade verabschieden und auflegen, als er Layne leise seinen Namen sagen hörte.

„Ja?“, fragte er.

„Danke“, sagte sie. „Ich bin bei Shea mit meinem Latein am Ende.“

Slade war kein gesprächiger Mann. Er war intelligent und gebildet, doch die Leute sagten von ihm, dass er mit Worten genauso knausrig war wie ein Geizkragen mit dem Geld. Slade konnte das nicht bestreiten. „Alles wird gut“, versicherte er ihr.

Nachdem das Telefonat beendet war, machte er sich auf den Weg zu Kendra.

Wenig später parkte er den Wagen auf der geradezu blendend weißen Auffahrt neben dem Herrenhaus und wandte sich an Jasper.

„Es wird nicht lange dauern“, erklärte er dem Hund. „Benimm dich, bis ich wieder da bin.“

Jasper stieß nur ein Schnauben aus.

Slade ging in das große Haus und stellte fest, dass Kendras Büro leer war.

„Hallo?", rief er, nur um sich zu vergewissern, dass wirklich niemand da war.

Von etwas weiter weg hörte er eine Frauenstimme, die allerdings nicht Kendra gehörte.

„In der Küche!", rief jemand.

Joslyn Kirk?

Du lieber Himmel, sagte Slade im Stillen. Er hatte nicht damit gerechnet, ihr zu begegnen. Obwohl er es eigentlich hätte tun sollen, denn immerhin wohnte sie auf diesem Anwesen, und sie und Kendra waren gute Freundinnen. Er räusperte sich, während er überlegte, ob er bleiben oder schleunigst abhauen sollte.

Ehe er sich für eine der beiden Möglichkeiten entscheiden konnte – er hatte zur ersten tendiert, da die zweite ihm ziemlich feige vorkam –, erschien Joslyn in dem großen Türbogen zwischen Büro und Esszimmer.

Sie hatte Mehl in den Haaren. Slades Herz machte erst einen merkwürdigen kleinen Sprung und setzte dann einen Schlag lang aus.

„Oh." Joslyn sah ihn mit großen Augen an und errötete. „Du bist es."

Heiser lachte Slade. „Ich bin's, genau. Ist Kendra da?"

Joslyn schüttelte den Kopf. Dabei schien ihr weiches braunes Haar um ihr herzförmiges Gesicht regelrecht zu tanzen. Ihre Lippen waren voll …

Warum dachte er über ihre Lippen nach?

„Sie hat endlich die Hühnerfarm verkauft", erzählte Joslyn. „Sie bringt den Leuten gerade die Verträge." Sie zögerte und befeuchtete ihre Lippen mit der Zunge – eine Geste, die sofort ein Feuer in Slade entfachte. „Kann ich dir irgendwie helfen?"

Und ob, stellte Slade grimmig fest. *Aber wahrscheinlich ist es nicht die Art von Hilfe, die du im Sinn hast.*

„Ich wollte mit ihr über das Kingman-Haus reden und mich erkundigen, ob sie die Besitzer schon gefragt hat, ob sie es an mich vermieten würden. Aber ich rufe sie einfach später an."

Joslyn schluckte. Nickte. Er wollte seinen Mund auf die pulsierende Ader an ihrem Hals pressen.

Slade war froh, dass er seinen Hut mitgenommen und nicht im Auto gelassen hatte. Er hielt ihn mit beiden Händen auf Höhe seiner Gürtelschnalle und hoffte, dass es ungezwungen wirkte.

„Ich richte ihr aus, dass du da warst", bot Joslyn an.

Es tröstete ihn ein wenig, dass er ganz offensichtlich nicht der einzige nervöse Mensch hier war.

„Das wäre toll", antwortete er. Es war der perfekte Zeitpunkt zu gehen, doch aus vermutlich demselben Grund, der ihn seinen Hut in dieser strategisch wichtigen Position halten ließ, rührte er sich nicht.

„Ich weiß nicht, wie die Eigentümer zu erreichen sind. Aber wenn du das Ranchhaus noch einmal besichtigen willst, kann ich den Schlüssel für den kleinen Kasten, in dem vor Ort die Schlüssel für das Haus hinterlegt sind, suchen. Dann kann ich dir aufsperren."

Sie wirkte plötzlich verlegen – als hätte sie nicht vorgehabt, so etwas vorzuschlagen.

Slade brauchte nicht *noch* einen Rundgang durch das Ranchhaus. Er war mit Kendra ein Dutzend Mal dort gewesen, kannte jeden Zentimeter des Hauses und wusste, welche Holzdielen quietschten und in welchem Zustand die Rohrleitungen waren. Er hatte auch schon klare Vorstellungen davon, wie jeder Raum aussehen würde, wenn er mit den notwendigen Renovierungsarbeiten fertig war, die er bereits im Detail geplant hatte.

„Das wäre fantastisch." Slade achtete darauf, seinen Blick nicht von ihrem Hals abwärts schweifen zu lassen. Er war der Situation ohnehin schon nicht mehr gewachsen. Es hatte keinen Sinn, alles noch schlimmer zu machen.

5. KAPITEL

Joslyn war keine Immobilienmaklerin; sie war, ermahnte sie sich streng, als eine Art *Assistentin* angestellt – ein Job, mit dem sie außerdem offiziell noch nicht einmal begonnen hatte. Dennoch hatte sie gerade die Schlüssel an einem Haken in der kleinen Kammer gefunden, in dem Kendras Büromaterial lagerte. Und sie war im Begriff, Slade Barlow ein Haus zu zeigen. Ein Haus, das er wahrscheinlich schon *unzählige* Male besichtigt hatte.

Sie hätte ihm einfach die Schlüssel in die Hand drücken und ihn allein zu dem Kingman-Haus schicken können. Immerhin war er hier der Sheriff. Also jemand, den man vertrauensvoll in ein leer stehendes Haus lassen konnte. Aber ihn ohne Begleitung loszuschicken schien Joslyn auch irgendwie unpassend. In jedem Unternehmen gab es schließlich bestimmte Abläufe und Richtlinien, die man zu beachten hatte.

„Es wäre unsinnig, mit zwei Autos zu fahren", sagte Slade pragmatisch, machte die Beifahrertür seines Pick-ups auf und schob Jasper, der vorne gesessen hatte, vorsichtig zwischen den Sitzen nach hinten auf die Rückbank. Dann errötete er und wischte rasch den Sitz ab, wobei eine kleine goldene Wolke aus Hundehaaren aufwirbelte.

Joslyn fand die Geste amüsant und merkwürdig rührend. Einen Moment lang vergaß sie ihre eigenen Bedenken. Mit einer Handbewegung gab sie zu verstehen, dass sie ein T-Shirt und alte Jeans anhatte und ihr ein bisschen Schmutz nichts ausmachte.

Slade, der seinen Hut immer noch in einer Hand hielt, trat einen Schritt zurück und wartete, bis sie eingestiegen war.

Als sie Probleme beim Angurten hatte, errötete sie bis unter die Haarwurzel.

Jasper stupste ihr zur Begrüßung mit seiner feuchten, kalten Nase an die Wange. Er freute sich sichtlich, sie wiederzusehen. Und das, obwohl er Joslyns vorübergehende Betreuung verschmäht und sich zu Slades Hund erklärt hatte.

„Auch dir einen schönen guten Tag, du Verräter“, sagte Joslyn liebevoll und lächelte, während Slade um die Motorhaube seines Pick-ups herum zur Fahrertür lief.

Joslyn hätte schon vorhin fast die Fassung verloren, als sie mit Slade allein in einem Raum gewesen war. Es war ein Gefühl gewesen, als hätte sie einen Draht angefasst, der unter Strom stand, oder einen Finger in eine Steckdose gesteckt. Mit diesem Mann auch noch im selben *Wagen* zu sitzen, Seite an Seite, ließ ihre ohnehin schon aufgewühlten Emotionen so intensiv werden, dass es ihr fast den Atem raubte.

Was hatte sie sich überhaupt bei ihrem Vorschlag gedacht, mit ihm gemeinsam das Haus anzusehen? Ganz zu schweigen davon, auf sein Angebot einzugehen, in seinem Wagen mitzufahren, statt ihr eigenes Auto zu nehmen? Die Antwort war nur allzu eindeutig: Ihr gefiel das aufregende, fast gefährliche Gefühl, so viel ruhiger, entschlossener Männlichkeit nahe zu sein. Joslyn war wie elektrisiert, ihr Herz klopfte, und sie spürte, wie in jeder Faser ihres Körpers alle möglichen Empfindungen erwachten – eine animalischer als die andere.

Joslyn konnte sich einen verstohlenen Blick in seine Richtung nicht verkneifen. Slade war von der Seite genauso attraktiv wie von vorn.

Für gewöhnlich war Joslyn nicht geschwätzig. Jetzt allerdings begann sie, einfach draufloszuplappern. „Ich fürchte, ich kann auf der Ranch nicht mehr tun, als dich ins Haus zu lassen“, sagte sie völlig unnötigerweise. Das Schweigen war einfach unerträglich gewesen. Zumindest für sie. Slade schien es überhaupt nicht zu stören. „Ich meine, ich bin keine Immobilienmaklerin. Das heißt, ich könnte keinen Vertrag …“

Um Slades rechten Mundwinkel zuckte es. Er blickte geradeaus und war ganz aufs Fahren konzentriert. Mit ihm locker Konversation zu betreiben würde vermutlich so schwer gehen wie das sprichwörtliche Kamel durchs Nadelöhr.

Mit ihm Sex zu haben aber …

Doch egal. Besser nicht daran denken. Gar nicht.

Nur leider konnte Joslyn nicht anders. Es war eine aufregende Vorstellung. Eine, die ihr wieder die Röte ins Gesicht trieb und sie innerlich förmlich dahinschmelzen ließ.

Reiß dich zusammen, ermahnte sie sich.

„Schon in Ordnung", sagte Slade in dem lässigen, gedehnten Ton, der typisch für ihn war. Mittlerweile hatte Joslyn vergessen, worüber sie gerade geredet hatte. Slade schien es zu merken. „Schon in Ordnung, dass du mir die Ranch nicht verkaufen kannst, meine ich."

Schweigen. Joslyn hatte das Gefühl, als würde sie sich auf dünnem Eis bewegen und müsste mit den Händen rudern, um nicht das Gleichgewicht zu verlieren und auszurutschen.

„Soviel ich weiß, hast du dir das Haus bereits angesehen", meinte sie schnell und in möglichst neutralem Ton. Im nächsten Moment wünschte sie, sie hätte den Mund gehalten. Slade würde vielleicht annehmen, dass sie ihn für unentschlossen hielt; für einen „Gaffer", wie man in der Immobilienbranche sagte.

Aber was machte es denn, wenn er das wirklich glaubte? Wen interessierte es schon, was Slade Barlow dachte? Außer dich selbst, meinst du? verspottete sie sich selbst.

Frustriert seufzte Joslyn. Sie führte anscheinend gerade zwei Gespräche gleichzeitig: eines mit Slade und eines mit sich selbst.

Das war ausgesprochen untypisch für sie. Sie war eine selbstbewusste Frau, die ihre Gefühle im Griff hatte. Warum sollte ihr die Meinung dieses Mannes wichtig sein? Geschweige denn, sie dermaßen durcheinanderbringen?

Er lachte leise und sah sie mit seinen unglaublich blauen Augen an. Fast kam es ihr so vor, als hätte er erraten, was sich in ihrem Kopf und in ihrem Körper abspielte.

Mittlerweile hatten sie schon fast den Stadtrand erreicht. Sie fuhren an der Highschool von Parable und dem – für Schüler günstig gelegenen – Lokal einer Hamburger-Kette vorbei. Dann waren sie auf dem Land.

„Ich hatte mich eigentlich schon beinahe entschlossen, das Kingman-Haus zu kaufen", erklärte Slade. „Doch dann hat sich … nun ja … ist etwas anderes dazwischengekommen, das die ganze Sache etwas verkompliziert. Jetzt überlege ich, ob ich das Haus nicht besser kurzfristig mieten soll. Meine Stieftochter kommt den Sommer über nämlich zu mir, und ich habe praktisch keinen Platz für sie."

Als sie bei „Mulligan's" und „Curly-Burly" auf der anderen Seite des Highways vorbeifuhren, war Joslyn immer noch dabei, die – jedenfalls für Slades Verhältnisse – lange Rede zu verdauen. Beide Parkplätze vor den zwei Läden waren halb voll.

Slade drückte auf die Hupe – was offenbar als schneller Gruß für seine Mutter Callie im Frisiersalon gedacht war.

„Verstehe", sagte Joslyn, obwohl sie es keineswegs *verstand*. Dieses merkwürdige aufgeladene Schweigen machte ihr langsam wirklich zu schaffen.

Es war ein Gefühl, als würde man barfuß auf einem heißen Blechdach tanzen. *Ich hätte einfach in Kendras Küche und bei meiner Spezial-Focaccia mit Knoblauch und Rosmarin bleiben sollen.* Dort hatte sie sich wenigstens nur mit den Geistern der Vergangenheit auseinandersetzen müssen; nicht mit einem großen, schlanken, heißblütigen Cowboy mit einer Ausstrahlung, bei der sie sich womöglich selbst die Kleider vom Leib riss, wenn sie nicht aufpasste.

Sie näherten sich einer Seitenstraße, an deren Rand ein Holzschild mit der Aufschrift „Zu verkaufen" stand. Daneben befand sich ein typisch ländlicher Briefkasten, der sich bereits gefährlich nach rechts neigte. Slade schaltete herunter, blinkte und bog ab. Der Pick-up holperte über einen Weiderost.

„Was führt dich hierher zurück, Joslyn?", fragte Slade, während er gekonnt die schmale kurvige Straße hinauffuhr. „Nach Parable, meine ich."

Da ist sie also wieder, dachte Joslyn. Die Frage, die zwar, wie sie annahm, völlig verständlich war, bei der sich ihr jedoch jedes Mal förmlich die Haare sträubten.

„Ich habe eine Veränderung gebraucht", antwortete sie.

„Wovon?"

„Von meinem alten Leben."

„Das du *wo* geführt hast …?"

„Ist das ein Verhör? Stehe ich unter Verdacht?" Joslyns Frage war halb im Ernst gemeint, obwohl sie sich bemühte, freundlich zu bleiben.

Slade bedachte sie mit einem umwerfenden Lächeln. „Nein. Wenn es so wäre, hätte ich nur auf einer Computertastatur ein paar Tasten drücken müssen und alles herausgefunden, was ich wissen muss."

Joslyn seufzte. Es war tatsächlich so, dass im Internet ein paar wesentliche Fakten mit interessanten Details zu ihrer Person zu lesen waren. Slade war neugierig, was sie in der Vergangenheit gemacht hatte – das war offensichtlich. Er hätte problemlos im Internet recherchieren können, doch stattdessen fragte er sie gerade persönlich. Interessanter Ansatz.

Aber es war natürlich möglich, dass er bereits Informationen über sie eingeholt hatte und jetzt bloß ihre Version hören wollte.

Joslyn grübelte immer noch darüber nach, als sie den letzten Hügel hinauffuhren und plötzlich das alte Haus und der Stall vor ihren Augen auftauchten. Auf der Rückbank hinter ihnen gab Jasper ein fröhliches, erwartungsvolles Kläffen von sich. Im Gegensatz zu seinem Herrchen war der Hund bereits absolut begeistert von dem Anwesen.

„Nach dem College bin ich nach Phoenix gezogen und habe seither dort gelebt", erklärte Joslyn ruhig, weil sie wusste, dass sie der Frage, wo sie all die Jahre gewesen war, nicht ausweichen konnte.

„Und jetzt bist du wieder in Parable." Slade hielt den Pick-up zwischen den beiden baufälligen Gebäuden an, die sich so aneinanderzulehnen schienen, als würden sie sich flüsternd ihre Geheimnisse anvertrauen.

Weder Slade noch Joslyn machten Anstalten auszusteigen.

Jasper begann, ungeduldig auf der Rückbank hin und her zu springen und mit den Pfoten auf den Ledersitzen zu scharren. Er hatte es offensichtlich eilig, das Grundstück auf eigene Faust zu erkunden.

Joslyn war wegen Slades Bemerkung immer noch ein wenig gereizt.

Und jetzt bist du wieder in Parable.

„Gibt es irgendein Gesetz, das mir den Aufenthalt hier verbietet, Sheriff Barlow? Eine städtische Verordnung vielleicht? ‚Niemand, der auch nur im Entferntesten in Verbindung mit Elliott Rossiter gebracht werden kann, darf jemals wieder einen Fuß in unser ehrbares Städtchen setzen‘?“

Slade zog eine seiner dunklen Augenbrauen hoch. Um seinen Mund zuckte es fast unmerklich.

Was, wunderte sich Joslyn, fand er denn so wahnsinnig komisch?

Mittlerweile wurde der Hund von Sekunde zu Sekunde immer unruhiger, sodass Slade endlich ausstieg und die hintere Tür aufmachte, damit Jasper herausspringen konnte. Dann sah er zu, wie der Vierbeiner aufgeregt auf dem verwilderten Rasen vor dem Haus herumlief und ausgelassen bellte.

„Kommst du mit rein oder wartest du hier?“, erkundigte sich Slade ruhig. Und das, nachdem er sie wegen ihrer Rückkehr nach Parable praktisch ins Kreuzverhör genommen hatte.

Joslyns Stolz ließ es nicht zu, im Wagen sitzen zu bleiben, obwohl die Vorstellung einen gewissen Reiz hatte. Also öffnete sie die Beifahrertür, schnappte sich ihre Handtasche und kramte dann im Gehen nach dem Schlüssel für den Schlüsselkasten.

Sie war so in die Schlüsselsuche vertieft – oft hatte sie ihre Tasche schon als Tor in ein Paralleluniversum bezeichnet, in dem Dinge auf Nimmerwiedersehen verschwanden –, dass sie früher ihr Ziel erreichte als erwartet. Und prompt fast mit Slade zusammenstieß.

Er lachte – es war ein tiefes, raues Lachen – und hielt sie behutsam an den Schultern fest, damit sie nicht das Gleichgewicht verlor. „Hoppla!“ Seine Augen blitzten übermütig. „Ich wollte vorhin doch nur Konversation machen. Wenn du mir nicht erzählen möchtest, was du hier im Schilde führst, musst du es doch nicht.“

Joslyn ärgerte sich schon wieder. Sie gab ihm den Schlüssel, den sie mittlerweile in einer Hand fest umklammert hielt, so unsanft, dass es fast einem Hieb mit einem Schlagring gleichkam.

„Was ich *im Schilde führe*?“ Sie bemühte sich, nicht allzu laut zu werden. „Was zum Teufel soll *das* denn bedeuten?“ Sie holte verärgert Luft. Als sie ausatmete, platzte es nur so aus ihr heraus. „Wahrscheinlich glaubst du, ich bin nach Parable zurückgekehrt, weil ich das Geld stehlen will, das meinem Stiefvater eventuell durch die Lappen gegangen ist?“

Slade nahm die Hände von ihren Schultern. Zu ihrer Schande musste Joslyn feststellen, dass sie seine Berührung tatsächlich *vermisste*. Und da war es wieder: das irritierende Zucken um seine Mundwinkel und dieses Funkeln in seinen Augen. Im Gegensatz zu ihr schien er die Situation eindeutig zu genießen – sehr sogar.

„Nein“, antwortete er gelassen. Dann stemmte er die Hände in die Hüften und sah sie an. Dem Hund, der vor lauter Übermut außer Rand und Band war, durch das hohe Gras sprang und Schmetterlinge jagte, schenkte er keinerlei Beachtung. „Was Elliott getan hat, ist doch Schnee von gestern.“

„Was dann?“, hakte Joslyn nach. „Was könnte ich denn *im Schilde führen*?“

Slade seufzte wieder und fuhr sich durch die zerzausten Haare. „Ich weiß es nicht“, antwortete er ruhig. Vernünftig. „Darum habe ich dich ja gefragt.“

Dieser Mann trieb einen in den *Wahnsinn*.

Joslyn versuchte, sich wieder zu beruhigen. „Ich bin hier aufgewachsen, Slade“, sagte sie schließlich, nachdem sie sich jedes Wort gut überlegt hatte. „Genau wie du. Parable ist mein Zuhause.“

Er bekam einen angespannten Zug um den Mund, und seine Augen wurden dunkel. Die Farbe erinnerte Joslyn an einen eben noch blauen, klaren Himmel, an dem plötzlich graue Gewitterwolken aufzogen. „Wenn mich meine Erinnerung nicht trügt, konntest du damals gar nicht schnell genug von hier wegkommen“, entgegnete er.

Joslyn kniff die Augen zusammen und blickte ihn bestürzt an. Sie war also noch immer da, diese Feindseligkeit des Jungen aus dem „Arme-Leute-Viertel“.

„Ja“, antwortete sie kühl und straffte die Schultern, „man will nichts wie weg, wenn die Kamerateams aller vier großen Fernsehsender plötzlich im Vorgarten lauern." Der tiefe Fall ihres Stiefvaters war ein wahres Fressen für die Medien gewesen; alle hatten damals eine Stellungnahme von ihr, von ihrer Mutter und sogar von der armen Opal gewollt.

„Du hast oft genug angedeutet, dass du aus Parable fortwillst – und zwar schon *bevor* die Behörden Rossiter das Handwerk gelegt haben." Slade wollte anscheinend keinen Millimeter nachgeben. Die Gelassenheit, die er vorhin an den Tag gelegt hatte, musste gespielt gewesen sein. „Ich erinnere mich, wie du früher warst, Joslyn. Du hast allen verdammt klar zu verstehen gegeben, dass du dir zu gut für ein Kaff in Montana und den Großteil seiner Bewohner warst. Daher beschäftigt es mich wirklich, warum es dich jetzt plötzlich dermaßen stark hierher zurückzieht."

Seine Worte waren für Joslyn wie ein Schlag ins Gesicht. Ja, sie war damals ein verwöhntes Gör gewesen, das konnte sie nicht leugnen. Sie hatte von allem zu viel gehabt: zu viel Geld, zu viel Anerkennung und Bewunderung als Rodeo-Queen, als Jahrgangssprecherin und Captain des Cheerleader-Teams. Aber das alles war viele Jahre her, und mittlerweile war sie erwachsen geworden. Sie hatte viel Gutes getan und war ein wirklich netter Mensch geworden.

„Menschen ändern sich", erwiderte sie schnippisch.

„Nein, meiner Erfahrung nach nicht", widersprach Slade sofort.

Dann drehte er sich um und ging zu dem Schlüsselkasten neben der Eingangstür des wackeligen alten Ranchhauses.

Joslyn kochte immer noch vor Empörung. Sie verfolgte, wie Slade die Stufen zur Veranda hinaufstieg, die um das ganze Haus herum verlief und deren Boden bereits etwas durchhing. Er schloss den Kasten auf und nahm den Hausschlüssel heraus, den Kendra hier hinterlegt hatte.

Einmal blickte er kurz in Joslyns Richtung, dann sperrte er die Haustür auf, öffnete sie und ging hinein. Jasper sprang ihm mit wedelndem Schwanz hinterher. Die Schmetterlinge waren vergessen.

„Idiot“, murmelte Joslyn. Und sie meinte nicht den Hund.

Im nächsten Moment schwirrte plötzlich eine lästige Wespe um sie herum und trieb sie ebenfalls zur Tür.

Nicht, dass sie einen Vorwand gebraucht hätte, das Haus zu betreten und sich darin umzusehen. Immerhin war sie – wenn auch nur inoffiziell – in Kendras Auftrag hier. Und außerdem: Wenn sie draußen blieb oder im Pick-up wartete, hätte Slade gewonnen – unabhängig von der Art des Spielchens, das er spielte.

Joslyn würde sich nicht von ihm einschüchtern lassen.

Also stieg sie rasch die Verandatreppe hinauf und ins Haus.

Schon auf der Schwelle blieb sie wie angewurzelt stehen, weil ein ganz merkwürdiges, wehmütig-nostalgisches Gefühl sie plötzlich überfiel. Obwohl sie noch nie hier gewesen war, hatte sie den Eindruck, als würde dieses Gebäude sie nach einer langen, schwierigen Reise wieder willkommen heißen.

Es war schön, doch gleichzeitig auch regelrecht gespenstisch.

Sie blinzelte ein paarmal, lauschte dem Geräusch von Jaspers Krallen auf dem Holzboden im Raum nebenan und hörte, wie Slade leise und liebevoll etwas zu dem Hund sagte. Was genau es war, konnte sie nicht verstehen.

Langsam schloss sie die Tür hinter sich und sah sich im Halbdunkel des mittelgroßen Wohnzimmers um.

Für ein leer stehendes Haus war der Raum erstaunlich sauber. Kendra oder die Besitzer mussten eine Reinigungsfirma beauftragt haben, in regelmäßigen Abständen zu putzen. Außerdem strahlte das Zimmer einen gewissen dezenten Charme aus. Der offene Kamin war aus roten Backsteinen gemauert, und darüber befand sich ein breiter Sims aus Holz. An einer der Außenwände gab es links und rechts der beiden Erkerfenster mehrere eingebaute Bücherschränke. Unter den Fenstern stand eine Sitzbank. Die Bretter des lackierten Holzbodens hatten die Farbe von warmem Nussbraun und waren nicht mit Nägeln, sondern mit Dübeln fixiert.

Es war leicht, sich diesen Raum mit Bildern an den Wänden, mit gemütlichen Möbeln im Shabby-Chic-Stil, unzähligen

Büchern in den Regalen und einem Kaminfeuer vorzustellen, das knisterte, während vor den Fenstern dicke Schneeflocken vorbeiwirbelten. Selbst die Vorstellung eines glitzernden Weihnachtsbaums war alles andere als abwegig.

Joslyn schüttelte den Kopf, seufzte und zwang sich, mit dem Tagträumen aufzuhören. Einen Moment lang hatte sie sich dazu hinreißen lassen, aber jetzt ging es ihr wieder gut. Wirklich.

Wäre da nur nicht dieses Prickeln gewesen, das in ihrem Bauch begann und durch ihren ganzen Körper strömte. Sie drehte sich um und bemerkte, dass Slade in einer der Wohnzimmertüren stand und sie anschaute. Neben ihm saß der Hund.

Ein paar Sekunden lang sahen sie und Slade sich einfach nur an.

„Es tut mir leid, Joslyn", meinte Slade irgendwann in der für ihn typischen direkten Art. „Das, was ich draußen zu dir gesagt habe, meine ich."

Sie schluckte und versuchte zu lächeln. Es wollte ihr nicht recht gelingen. Die Wahrheit war, dass dieser Mann, auf dessen Meinung sie nichts geben wollte, sie verletzt hatte.

„Okay." Was für eine wahnsinnig *geistreiche* Antwort …

Er kam auf sie zu und schaute ihr direkt in die Augen.

Sie blickte zu ihm auf. Atmete den frischen Duft seiner Haut und seiner Kleidung ein. Ließ seine Hitze ihren Körper wärmen. Wenn er jetzt vorhatte, sie zu küssen, hätte sie nichts dagegen tun können.

Allerdings tat er es nicht. Er sah sie einfach nur lange an. Seinen Mund umspielte ein verschmitztes Lächeln, und seine Augen leuchteten. Und dann fragte er sie: „Was hältst du davon?"

Was hielt sie davon? Wovon? Geküsst zu werden? *Nicht* geküsst zu werden?

„Oh, was ich von dem *Haus* halte."

Er schien sich wieder köstlich zu amüsieren. „Ja", antwortete er grinsend. „Von dem Haus."

„Es ist …" Joslyn blickte sich um und seufzte leise. „Es ist wunderschön. Überhaupt nicht so, wie ich es mir von draußen vorgestellt hatte."

„Komm.“ Er streckte ihr eine Hand entgegen. „Ich mache eine Führung mit dir.“

Er zeigte ihr alle Zimmer des Hauses. Sie schauten sich die große altmodische Küche, das Badezimmer mit seiner riesigen freistehenden Badewanne auf Löwenfüßen und schließlich das Schlafzimmer im Erdgeschoss an, in dem Joslyn sofort auffiel, wie wenig Platz für Schränke vorhanden war. Im Obergeschoss gab es drei weitere Schlafzimmer.

„Häuser wie dieses habe ich in Phoenix sehr vermisst“, vertraute Joslyn ihm an, nachdem sie ihren Rundgang – gemeinsam mit dem Hund – beendet hatten und wieder ins Wohnzimmer zurückkehrten.

Die Art, wie Slade eine Augenbraue hochzog, war so eindeutig die Frage nach dem *Warum*, dass er das Wort gar nicht aussprechen musste.

„Es gibt heutzutage so viele moderne Bauten“, erklärte sie und fühlte sich dabei wieder merkwürdig verlegen. „Alle Häuser scheinen nach dem gleichen Schema und mit den gleichen Materialien errichtet zu werden. Sie sehen alle auch ziemlich gleich aus. Häuser wie dieses hingegen … haben Charme und Charakter.“

„Da stimme ich dir zu.“

„Du hast eine Stieftochter?“ Das war Joslyn einfach so herausgerutscht. Schon seltsam, wie in Slades Gegenwart alles in ihrem Kopf durcheinanderwirbelte.

Sie bemerkte, dass seine Augen vor Stolz aufleuchteten. „Ja. Sie heißt Shea, ist sechzehn und wird viel zu schnell erwachsen.“

„Kendra hat erwähnt, dass du verheiratet warst.“ Mach ruhig so weiter, sagte eine Stimme in ihrem Kopf sarkastisch. Warum schmeißt du dich nicht sofort an ihn ran und fragst, ob er Lust auf ein bisschen Spaß hat?

„Ja, Layne und ich sind schon eine ganze Weile geschieden.“ Ohne Joslyn zu berühren, hatte er es irgendwie geschafft, sie zur Haustür zu dirigieren.

Sie vermisste seine starke Hand, mit der er ihre festgehalten hatte.

„Und du?“, wollte er wissen, als sie hinaus auf die Veranda

traten und er anschließend absperrte. Jasper schnüffelte inzwischen auf der Wiese herum.

„Single. Ich hatte nie Zeit, mich zu verlieben."

Während sie die wackelige Treppe hinuntergingen, legte er fürsorglich eine Hand auf ihren Rücken. „Dazu braucht man Zeit?", stieß er schmunzelnd hervor. „Ich dachte immer, es ist etwas, das urplötzlich passiert. So, als würde man vom Blitz getroffen."

Trotz ihrer Nervosität musste Joslyn lächeln.

Sowie sie zum Pick-up kamen, hielt Slade ihr die Wagentür auf und pfiff nach dem Hund.

„Nun ja", fuhr Joslyn fort, als hätte es überhaupt keine Gesprächspause gegeben. „Man braucht tatsächlich Zeit dafür. Man muss ausgehen, neue Menschen kennenlernen und sich auf sie einlassen. Ich habe immer viel zu viel gearbeitet."

Oder ich war zu feige, ein gebrochenes Herz zu riskieren.

Slade rührte sich nicht; er stand einfach nur da, einen Arm auf die offene Autotür gestützt, und schaute Joslyn an, während Jasper mit heraushängender Zunge zu ihnen trottete. Joslyn hätte schwören können, dass Slade etwas sagen wollte. Letztlich tat er es doch nicht.

Stattdessen hob er den Hund auf die Rückbank, schloss die Beifahrertür und setzte sich wieder hinters Steuer.

Sie waren bereits auf der Hauptstraße und in der Nähe der Stadt, als er wieder zu sprechen anfing. „Welche Arbeit hat dich denn so in Anspruch genommen, dass du keine Zeit hattest, dich zu verlieben?", fragte er in einem Ton, den man als Plauderton hätte bezeichnen können, wenn es sich nicht um Slade Barlow gehandelt hätte.

Der Mann machte nicht gern „nur Konversation", das hatte Joslyn bereits verstanden. „Ich war Software-Entwicklerin", antwortete sie. „Computerspiele und dergleichen."

Er schaltete vom zweiten in den dritten Gang. Joslyn sah aus einem Augenwinkel, wie dabei die Muskeln an seinem Unterarm hervortraten. Irgendwann hatte er die Hemdsärmel hochgekrempelt.

„Beeindruckend“, sagte er, ohne sie anzuschauen.

„Eigentlich nicht.“ Ihre Stimme krächzte fast beim Aussprechen dieser zwei einfachen, harmlosen Wörter. „Man muss nur Programmiersprachen lernen und sie üben, bis man sie sozusagen fließend beherrscht.“

Slade warf ihr einen kurzen Blick von der Seite zu. „Das ist *alles*?“ Seine Frage klang beiläufig, doch für Joslyn bestand kein Zweifel, dass sich die Rädchen in seinem Hirn gerade knirschend zu drehen begannen. „Muss eine interessante Arbeit sein.“

Joslyn nickte. „Interessant, allerdings auch anstrengend. Man steht unter großem Druck, wenn der nächste große Auftrag kommt, während der vorherige große Auftrag noch in Arbeit ist. Ich glaube, deshalb bin ich auch ein bisschen ausgebrannt.“

So, Sheriff Barlow. Darüber kannst du jetzt eine Weile brüten.

Seine Antwort überraschte sie. „Ich auch“, gestand er seufzend. „Früher einmal habe ich meinen Job als Sheriff geliebt. Aber mittlerweile würde ich jederzeit eine andere Arbeit machen.“

„Zum Beispiel?“, erkundigte sie sich neugierig – und sehr froh darüber, dass sie sich jetzt über sein Leben statt über ihres unterhielten.

„Rancher“, antwortete er. Warum viele Worte machen, wenn ein einziges Wort es doch auch tat?

„Das ist heutzutage kein leichter Job“, entgegnete Joslyn. „Rancher, meine ich.“

Als hätte sie auch nur den Hauch einer Ahnung von diesem Thema. Sie hatte seit Jahren auf keinem Pferd mehr gesessen – und wenn, dann hatte sie sich vor lauter Angst immer schrecklich ungeschickt angestellt.

„Heutzutage ist es in keiner Branche leicht“, erwiderte Slade.

Joslyns Gedanken schweiften ab. Sie dachte an das Haus, das sie gerade besichtigt hatten; dachte daran, wie anders es innen aussah, als man von draußen aufgrund der abgebröckelten Fassade, des durchhängenden Verandabodens und ein paar Dachschindeln hätte annehmen können.

Plötzlich wanderten ihre Gedanken zu Kendra. Äußerlich war ihre Freundin eine schöne, selbstbewusste Frau mit einem florierenden Unternehmen und einem tollen Haus. Innerlich aber war sie genauso unsicher wie alle anderen. Und sie hatte den Glauben an das verloren, was ihr scheinbar einmal am wichtigsten gewesen war: die Liebe.

„Du hast keine Lust mehr, Sheriff zu sein?“, hakte Joslyn nach.

Slade lachte leise. „Du bist in Gesprächen ganz schön sprunghaft, stimmt's?“

„Ja“, gab Joslyn zu. „Meistens schon.“

Als sie an der Highschool vorüberfuhren, drosselte er die Geschwindigkeit auf das vorgeschriebene Tempolimit. Wieder traten seine Armmuskeln hervor. „Ich habe mich noch nicht offiziell dazu geäußert, ob ich wieder kandidiere“, erklärte er freundlich.

„Aber?“

„Aber“, fuhr Slade lächelnd fort, „ich bin nicht unbedingt begeistert von dem Mann, der meiner Einschätzung nach mein Nachfolger wird, falls ich aufhöre.“

Er blinkte, und sie bogen wieder in die Rodeo Road ein.

„Wer wäre denn dieser Nachfolger?“, erkundigte sich Joslyn.

Slade zögerte. Er parkte den Pick-up vor Kendras palastähnlichem Zuhause und Firmensitz. Sein Blick war starr geradeaus gerichtet, während er über seine Antwort nachdachte. Wenn er denn überhaupt vorhatte, eine zu geben.

„Vergiss es“, sagte er schließlich. „Du kennst ihn nicht.“

„Vielleicht doch“, entgegnete Joslyn. Sie ärgerte sich schon wieder über ihn.

„Ich habe alles gesagt, was ich zu diesem Thema sagen wollte.“ Slade machte die Fahrertür auf.

Sie wartete nicht, bis er ihr die Beifahrertür aufhielt, sondern schnallte sich ab und stieg aus, während er noch um den Wagen herumging. „Dann hättest du meiner Meinung nach das Thema gar nicht erst anschneiden sollen“, stellte sie säuerlich fest, als sie den Riegel von Kendras Gartentor aufschob.

„Du hast recht. Das hätte ich nicht tun sollen." Slade blieb auf dem Bürgersteig stehen.

Joslyn drehte sich zu ihm um. Sie ärgerte sich zwar gerade wieder entsetzlich über ihn, nahm sich aber vor, freundlich und höflich zu bleiben. Zumindest sachlich.

„Soll ich Kendra ausrichten, dass sie dich anrufen soll?" Da Kendras Auto nicht in der Einfahrt stand, nahm Joslyn an, dass ihre Freundin noch unterwegs war.

Slade schüttelte den Kopf. „Nicht nötig. Ich melde mich heute Abend bei ihr." Dann stieg er wieder in seinen Pick-up ein und fuhr davon.

Joslyn ging rasch ins Haus, lief in die Küche und wusch sich die Hände. Dann band sie sich die Schürze um, die sie getragen hatte, bevor Slade sie unterbrochen hatte, und machte sich wieder an ihr Back-Projekt für das morgige Grillfest.

Als Kendra ungefähr eine Stunde später zurückkam, war Joslyn größtenteils über das Treffen mit Slade hinweg, und in der Küche duftete es bereits nach frischem Brot und Kräutern.

Kendra hielt in jedem Arm eine Einkaufstüte. Rasch nahm Joslyn ihr die Tüten ab und stellte sie auf die nächstbeste Anrichte. Anschließend trugen sie die restlichen Einkäufe ins Haus, die Kendra in allen verfügbaren Ecken und Winkeln ihres kleinen Wagens verstaut hatte. Wenn Kendra eine Party schmiss, dann richtig.

Sie hatte Saft für die Kinder, Wein und Bier für die Erwachsenen und so viele Steaks, Hamburger und Hotdogs gekauft, dass es für die gesamte Besetzung eines Sandalenfilms gereicht hätte. Auch an Gewürze, Papierservietten, Plastikbecher und -besteck hatte Kendra selbstverständlich gedacht.

„Der Rest wird geliefert", erklärte sie Joslyn, nachdem sie alles ins Haus gebracht hatten.

„Der *Rest*?" Joslyn schmunzelte. „Was könnte man denn noch brauchen?"

„Kartoffelsalat natürlich", antwortete Kendra fröhlich. „Der wird bei ‚Mulligan's' extra zubereitet, ebenso wie ein paar Nachspeisen."

„Du lieber Himmel“, murmelte Joslyn, während sie die Einkäufe auspackte und im Kühlschrank verstaute. Glücklicherweise handelte es sich um ein großes Gerät, in dem – da Kendra nur von Joghurt und Käse zu leben schien – viel Platz war. „Du hast wohl die halbe Stadt eingeladen.“

Kendra lächelte und streifte – mit einem sichtlichen Gefühl der Erlösung – ihre High Heels ab.

„Ich habe heute mit einem Interessenten ein Haus besichtigt“, erzählte Joslyn.

Kendra tapste barfuß zu einem Geschirrschrank, holte ein großes Glas heraus, nahm sich Eis aus dem Kühlschrank und schenkte sich eine zuckerfreie Limo ein. „Davon habe ich schon gehört.“ Sie klang eine Spur belustigt. „Ich bin vorhin bei ‚Mulligan's‘ zufällig Slade begegnet. Er hat gerade Hundefutter gekauft. Jasper hat sich beim Fressen nämlich als ziemlich wählerisch entpuppt.“

Als sie Slades Namen hörte, stellte sich bei Joslyn sofort wieder das mittlerweile vertraute merkwürdige Kribbeln im Bauch ein. Um es zu überspielen, widmete sie sich dem Verstauen der Lebensmittel mit noch größerer Geschäftigkeit. „Jasper“, meinte sie, „ist eine Naturgewalt.“

Kendra kicherte. „Slade auch. Natürlich habe ich ihn zur Grillparty eingeladen. Shea und ihre Mom auch, falls die beiden rechtzeitig ankommen.“

Joslyn brauchte einen Moment, bis sie das verdaut hatte. *Natürlich* hatte Kendra Slade eingeladen. Er war ein alter Freund, ein Nachbar und in Parable eine Stütze der Gesellschaft. Wenn Joslyn bei dem Gedanken, dass er zur Party kam, ein wenig nervös wurde, war das *ihr* Problem. Oder?

„Hat er sich bei dir erkundigt, ob er das Ranchhaus mieten oder pachten kann?“ Joslyn hoffte, dass ihre Frage beiläufig klang.

„Die Sache ist schon geritzt“, antwortete Kendra, nachdem sie einen Schluck getrunken hatte. „Ich habe die Erben angerufen. Sie sind entfernte Cousins des ursprünglichen Besitzers und haben überhaupt kein Interesse an einer heruntergekommenen

Ranch in Montana. Und sie sind mit einem auf sechs Monate befristeten Mietvertrag einverstanden."

„Klingt gut."

„Hör endlich auf, an diesen Tüten herumzufummeln", befahl Kendra freundlich, „und setz dich für eine Minute hin. Ich brauche eine Pause. Und du offensichtlich auch."

Joslyn nahm an dem eleganten Tisch Platz, obwohl ihr im Augenblick ganz und gar nicht danach war.

Kendra betrachtete sie neugierig und ein wenig amüsiert.

„Was?", stieß Joslyn schließlich ungeduldig hervor.

Kendra schmunzelte. „Dacht' ich's mir doch."

„*Was?*", fragte Joslyn wieder. Am liebsten wäre sie unter irgendeinem Vorwand aufgesprungen und hätte die Flucht ergriffen.

Kendra wirkte hocherfreut. „Du hast dich in Slade Barlow verguckt."

6. *KAPITEL*

Ich habe mich nicht in Slade Barlow ‚verguckt'", protestierte Joslyn eine Spur zu hastig.

„Sagst *du*!" Kendra lächelte und schüttelte gelassen die Eiswürfel in ihrem fast leeren Glas hin und her. „Du wirst jedes Mal rot, wenn du den Namen dieses Mannes hörst. Und wenn ihr beide zufällig allein im selben Zimmer seid, dann ..."

Der Küchentimer des supermodernen Herds – ein aus England importiertes Ungetüm mit sechs Flammen – piepte. Joslyn war dankbar, dass sie einen Anlass hatte, vom Tisch aufzuspringen, um rasch vier duftende Brotlaibe aus der Backröhre zu nehmen. „Unsinn", widersprach sie. Es klang wenig überzeugend, sogar für sie selbst.

„Er ist zu haben, weißt du." Kendra schob ihren Stuhl zurück und stand auf. „Slade, meine ich. Und er ist eines jener seltenen männlichen Exemplare, die sogar *gern* verheiratet sind."

Joslyn schob vier weitere Backformen mit Brotteig in den Ofen, stellte den Timer und machte sich schweigend wieder ans Auspacken der Einkaufstüten.

„Slade glaubt vielleicht, dass du noch an Hutch Carmody interessiert bist", fuhr Kendra fort. „Und du hast sicher nicht vergessen, dass die beiden Probleme miteinander haben."

Joslyn, die gerade mit einer Hand in einer Tüte voller Brötchen für Hotdogs und Hamburger gegriffen hatte, hielt abrupt inne. Sie wusste, dass Slade und Hutch Halbbrüder waren. Alle wussten das. Und sie erinnerte sich, dass die beiden als Jugendliche oft aneinandergeraten waren. Aber mittlerweile waren sie zwei erwachsene Männer und über Kinderkram dieser Art doch bestimmt längst hinweg.

„Ein für alle Mal, Kendra", sagte sie ruhig. „Es ist mir *egal*, was Slade Barlow denkt."

Das glaubst du doch selber nicht, spottete die lästige Stimme in ihrem Kopf.

„Das nehme ich dir nicht ab." Kendra trat zu Joslyn an die lange Küchentheke, auf der immer noch eine randvolle Einkaufstüte neben der anderen stand.

„Außerdem", fuhr Joslyn fort und raschelte wieder geschäftig mit den Tüten, „waren Hutch und ich auf der *Highschool* zusammen. Also vor ungefähr hundert Jahren. Er ist für mich immer noch ein guter Freund, aber das, was uns als Teenager zueinander hingezogen hat, ist längst nicht mehr da."

Kendra wirkte sichtlich erleichtert, obwohl sie es sich nicht anmerken lassen wollte. Vielleicht war es ihr bei diesem ganzen Gespräch auch nur darum gegangen herauszufinden, ob Joslyn noch Gefühle für Hutch hatte.

Der Gedanke, dass es so sein könnte, heiterte Joslyn ein wenig auf. Okay, Kendra behauptete, sie würde nicht mehr an die Liebe glauben. Allerdings kam Joslyn diese Einstellung so vor, als würde jemand nicht glauben, dass es die Schwerkraft oder Mondphasen gab. Manche Dinge *gab* es einfach – egal, ob man nun daran glaubte oder nicht.

„Mir ist klar, dass du dich zu Hutch hingezogen fühlst", sagte sie sanft zu Kendra. „Ihr seid beide erwachsen, offenbar beide ungebunden … Warum also nicht?"

Kendra biss sich auf die Unterlippe und wich Joslyns Blick aus. „Wir sind zu verschieden, Hutch und ich."

Joslyn zog lediglich beide Augenbrauen hoch und wartete.

Auf Kendras Wangen bildeten sich kleine rote Flecken. „Ich gebe zu, dass es zwischen uns ein gewisses, nun ja, ein gewisses Knistern gibt."

„Ach was?", neckte Joslyn sie.

Kendra seufzte. „Aber wir haben über dich und Slade geredet, bevor du geschickt das Thema in eine andere Richtung gelenkt hast."

„Es gibt kein ‚Slade und mich'", widersprach Joslyn. „Ja, er ist sexy. Ja, ich habe daran gedacht, wie es wohl wäre, mit ihm ins Bett zu gehen. Aber ich bin glücklicherweise wieder zur Vernunft gekommen. Er hat eine Art Komplex, Kendra. Für ihn bin ich nämlich immer noch das verwöhnte reiche Mädchen, das in einem Cabrio durch die Stadt fährt und auf alle anderen herabblickt."

„Hat er das wirklich so gesagt?", fragte Kendra, nachdem sie tief Luft geholt hatte. Offensichtlich hatte sie zwischendurch das Atmen vergessen.

„Ganz unmissverständlich, ja."

„Oh." Kendra klang ernüchtert.

Joslyn tätschelte ihr den Arm. „Komm, räumen wir die Lebensmittel weg."

Sie arbeiteten gut zusammen. Schnell, effizient und ohne ein weiteres Wort über Slade Barlow oder Hutch Carmody zu verlieren.

„Ich bin dir wirklich dankbar für deine Hilfe, Joss", meinte Kendra, als der letzte Laib Brot auf der Anrichte auskühlte und sie alle Tüten ausgeräumt, zusammengefaltet und in die Papiertonne gesteckt hatten. „Bleibst du zum Abendessen?"

Joslyn schüttelte den Kopf und lächelte. „Nein danke. Vielleicht esse ich später eine Schüssel Müsli oder ein Sandwich, doch momentan habe ich genug vom Essen. Alles, was ich jetzt möchte, ist ein Schaumbad und ein gutes Buch."

Kendra lächelte ebenfalls und nickte. „Klingt gut."

Nachdem sie einander leise Gute Nacht gewünscht hatten, ging Joslyn durch die Hintertür nach draußen auf die verglaste Veranda, die lange Zeit der Lieblingsplatz ihrer Mutter gewesen war. Mit einem Mal wurde ihr bewusst, wie sehr sie ihre Mutter und auch Opal immer noch vermisste. Gleichzeitig hatte sie plötzlich das höchst seltsame Gefühl, zwei voneinander völlig verschiedene Leben geführt zu haben – das der jungen, egozentrischen Joslyn und das der Frau, die sie heute war.

Mittlerweile war es später Nachmittag, und als Joslyn durch den Garten zur Hintertür des Gästehauses eilte, ließen die Blumen bereits ihre Köpfchen hängen.

Ein paar Meter vor der Tür blieb sie überrascht stehen. Auf der Fußmatte saß eine kräftige graue Katze, die sich gerade eine Vorderpfote putzte. Das Tier hatte einen buschigen Schwanz, der wie eine Boa hin- und herzuckte, und faszinierende bernsteinfarbene Augen.

Die Katze blickte Joslyn gelassen an – so, als wollte sie sagen: „Da *bist* du ja endlich. Wurde aber auch Zeit, dass du kommst."

Erst Jasper, und jetzt diese Katze. Was bin ich? dachte Joslyn. Eine Art Magnet für herumstreunende Vierbeiner?

Im Gegensatz zu Jasper hatte die Katze kein Halsband. Sie sah allerdings sauber und wohlgenährt aus, was bedeutete, dass sie bestimmt jemandem gehörte.

Die Katze gab ein geselliges „Miau“ von sich.

„Ab nach Hause“, befahl Joslyn bestimmt, aber nicht unfreundlich. „Irgendjemand sucht dich wahrscheinlich schon.“

Die Katze rührte sich nicht vom Fleck, sondern spitzte lediglich die Ohren und legte den Kopf schief.

„Na gut“, sagte Joslyn resigniert. „Du kannst genauso gut bleiben, bis ich herausgefunden habe, wer dein Besitzer ist. Ich habe zwar kein Katzenfutter vorrätig – aber wie wäre es mit etwas fettfreier Kaffeesahne?“

Sie marschierte an dem Tier vorbei, öffnete die Tür und trat in ihre winzige Küche.

Die Katze folgte ihr, wobei ihr Schwanz elegant vor- und zurückwippte wie ein wandelndes Fragezeichen.

Joslyn war, wie sie Kendra vorhin mitgeteilt hatte, nicht hungrig. Sie nahm allerdings an, dass die Katze es sein könnte. Also füllte sie Kaffeesahne in eine Untertasse, riss ein Stück Brot in kleine Stücke und stellte alles auf den Boden.

Der neue Gast begann sofort zu fressen.

Joslyn gab Wasser in eine Müslischüssel und stellte sie ebenfalls auf den Boden.

Dann ging sie ins Bad, ließ lauwarmes Wasser in die altmodische Wanne und zog sich aus.

Sie lag gerade entspannt im Wasser und genoss es, wie der Schaum an ihrem Kinn kitzelte, da schlenderte die Katze herein. Das Tier sprang graziös auf den heruntergeklappten Deckel der Toilette und sah Joslyn erwartungsvoll an.

„Ich werde mich erst gar nicht an dich gewöhnen“, sagte Joslyn. „Entweder deine Besitzer tauchen auf, oder du beschließt wie Jasper, dass du lieber bei Slade Barlow bleiben möchtest.“

„Rrrrr“, antwortete die Katze.

„Außerdem“, fuhr Joslyn fort, wobei sie sich wegen ihrer Unterhaltung mit einem Vierbeiner nur *ein ganz klein wenig* albern vorkam, „kann ich dich nicht immer nur ‚Die Katze' nennen. Du brauchst also einen Namen. Nur vorübergehend natürlich."

Der neue Hausgast machte wieder diese Boa-Sache mit dem Schwanz, und aus ihrer aktuellen Perspektive konnte Joslyn erkennen, dass es sich um ein weibliches – und ausgehend von der Dicke des Bauches offenbar auch trächtiges – Tier handelte.

Na großartig, dachte Joslyn resigniert.

„Für mich siehst du wie eine Lucy-Maude aus", sagte sie laut. „Der Name hat mir schon immer gefallen."

Lucy-Maude betrachtete sie ungerührt. Sie nahm eine kokette Pose ein und wirkte dabei wie die personifizierte Anmut.

Nach ihrem Bad schlüpfte Joslyn in einen Leinenkaftan, lief ins Wohnzimmer und schaltete ihren Laptop ein.

Lucy-Maude kam mit und bezog einen neuen Posten – diesmal auf der Armlehne des großen Sessels mit dem bereits etwas zerschlissenen geblümten Schonbezug.

Der Laptop war mittlerweile hochgefahren. Joslyn unterdrückte ein Seufzen, setzte sich hin und loggte sich ein. In ihrem Postfach wartete ein halbes Dutzend E-Mails von ihrer Mutter.

Dana Kirk hatte nach der Scheidung von Elliott wieder den Namen von Joslyns Vater angenommen und sich nach ihrer dritten Eheschließung nicht mehr darum gekümmert, ihn erneut zu ändern. Normalerweise pflegte sie ein gesund-distanziertes Verhältnis zu den eher alltäglichen Kleinigkeiten aus dem Leben ihrer Tochter. Einmal im Monat telefonierten sie miteinander und schickten sich dazwischen relativ häufig E-Mails, doch keine von beiden hatte den Drang, sich ständig der Zuneigung der anderen vergewissern zu müssen.

Dana war immer eine liebevolle, aufmerksame Mutter gewesen und hatte sich während und nach dem Elliott-Debakel als wahrer Fels in der Brandung erwiesen. Joslyn hatte immer gewusst, dass sie sich auf ihre Mom verlassen konnte.

Ein wenig schuldbewusst, weil sie ihre E-Mails nicht schon früher gecheckt hatte, öffnete Joslyn die erste Nachricht. Dann die zweite und die dritte.

Die ersten Mails waren noch im Plauderton gehalten. „*Wie war die Reise? Wie ist es nach so langer Zeit wieder in Parable? Grüß Kendra lieb von mir; sie war immer so ein nettes Mädchen.*“

Danach wurde der Ton der Nachrichten zusehends besorgter. „*Es geht dir doch gut, oder?*“

Dann: „*Joslyn Lee, was ist los?*“

Und zu guter Letzt: „*Verdammt, Joslyn, beantworte deine Mails!*“

Joslyn lächelte, während sie ihre Antwortmail tippte. „*Tut mir leid, dass du dir Sorgen gemacht hast, Mom*“, schrieb sie und versuchte dabei, einen möglichst beruhigenden, munteren Ton anzuschlagen. „*Es geht mir gut. Ich bin noch dabei, mich hier einzugewöhnen. Bis jetzt hat mich noch niemand beschimpft, aber ich bin mir sicher, dass die ganze Stadt schon weiß, dass Elliott Rossiters Stieftochter wieder da ist.*“

Sie erzählte Dana noch von Kendra, erwähnte auch die morgige große Grillparty und schloss ihren Bericht damit, wie Lucy-Maude auf ihrer Türschwelle aufgetaucht war.

Die ganze Zeit war sich Joslyn absolut im Klaren darüber, was sie in ihrer E-Mail wegließ und was nicht.

Sie erzählte zum Beispiel nicht, wie schlimm sie es fand, dass Kendra nicht mehr an die Liebe glaubte. Kendra war eine tolle Frau und Freundin, und sie würde einmal eine wunderbare Ehefrau und Mutter sein.

Sie schrieb nicht, dass ihr regelrecht vor den möglichen Reaktionen der Leute graute, die morgen zum Barbecue kommen würden. Sie erwähnte auch nicht, wie viel Überwindung es sie kostete, hinzugehen.

Und schon gar nicht erzählte sie von den seltsamen Gefühlen, die Slade Barlow in ihr auslöste; wie sehr sie sich nach ihm sehnte, wie kribbelig er sie machte und wie sie überhaupt nicht mehr sie selbst war, das nüchtern denkende, von der linken Hirnhälfte gesteuerte Computergenie.

Dana war zwar nicht der überfürsorgliche Muttertyp, vor allem jetzt nicht, da Joslyn erwachsen war. Doch das bedeutete nicht, dass sie sich keine Sorgen machte.

Die E-Mail war ziemlich ausführlich geworden, als Joslyn sie schließlich mit einem *„Hab dich lieb!"* beendete und auf „Senden" klickte.

Da Joslyn seit ihrer Ankunft in Parable nie in ihren E-Mail-Account geschaut hatte, war ihr Postfach zum Bersten voll.

Sie löschte alle Spam-Mails und schickte einigen Freunden in Phoenix kurze, munter klingende E-Mails, in denen sie versicherte, dass es ihr *„gut, richtig gut"* ginge. Danach beantwortete sie noch ein paar technische Fragen, die ihr die Software-Leute jenes Unternehmens geschickt hatten, an das sie ihre Firma verkauft hatte.

Und dann loggte sie sich aus.

Es war Zeit für eine Schüssel Müsli und ein gutes Buch.

Slade rief Layne an diesem Abend an und berichtete, dass er ein Haus gemietet hätte und er und Shea demnächst nach Missoula fahren könnten, um Möbel auszusuchen.

Layne wirkte etwas abwesend – im Gegensatz zu ihm hatte sie ein *Leben* – und erklärte, dass sie und Shea irgendwann am Sonntagnachmittag ankommen würden. Sie würde anrufen, sobald sie im „Best Western"-Hotel eintrafen.

Slade fragte, ob er mit Shea sprechen könnte, doch Layne sagte, dass sie mit ihren Freunden im Shopping Center war, wo sie sich Jeans, Stiefel und ärmellose Blusen für Parable kaufen wollte.

Slade musste bei dieser Vorstellung lächeln. Er verabschiedete sich, legte auf und schenkte nun Jasper seine Aufmerksamkeit, der mitten in der Küche saß und geduldig auf sein Futter wartete.

Slade fütterte ihn, machte sich ein Bier auf und ging auf seine lächerlich kleine Veranda. An dem Ranchhaus war einiges zu reparieren, und er und Shea würden beide auf Luftmatratzen schlafen und ihre Mahlzeiten an einem Klapptisch einnehmen müssen. Aber es war trotzdem um Längen besser als hier.

Sowie Jasper mit seinem Abendessen fertig war, folgte er Slade auf die Veranda und setzte sich neben den Gartenstuhl.

Es war ein angenehmes, friedliches Gefühl, den Hund neben sich zu haben.

Slade kraulte ihn liebevoll hinter den Ohren und dachte an die Frau auf der anderen Seite der Gartenmauer, die in Kendra Shepherds Gästehaus wohnte.

Joslyn ist nicht dein Typ, Cowboy, sagte er sich. *Sie ist ein anspruchsvoller Stadtmensch, und du bist ein waschechtes Landei. Sie ist – ob sie es zugibt oder nicht – aus einem bestimmten Grund nach Parable zurückgekehrt. Und wenn sie das, weswegen sie hier ist, erledigt hat, wird sie der Stadt wieder schleunigst den Rücken kehren. Für immer.*

Seine Gedanken wanderten zu den Tagen und Nächten, als Layne fortgegangen war und Shea mitgenommen hatte.

Tief in seinem Herzen hatte er gewusst, dass er und Layne von Anfang an nicht das ideale Paar gewesen waren. Aber er hatte Kummer darüber empfunden, was aus ihnen hätte *werden* können, wenn es geklappt hätte. Er hatte den Verlust von etwas betrauert, das er nie wirklich gehabt hatte: eine Wunschvorstellung, die so viel mit der Realität zu tun hatte wie flirrende Luftspiegelungen über heißem Asphalt.

Seit damals hatte er sich davor in Acht genommen, dass jemand – oder etwas – ihm zu sehr ans Herz wuchs. Er hatte sich abgelenkt und in seine Arbeit gestürzt. Jasper allerdings hatte sich mittlerweile trotzdem in sein Herz geschlichen. Und Slade wusste, dass auch Joslyn Kirk ihm bereits unter die Haut ging – ob er nun wollte oder nicht.

An jenem Tag in diesem staubigen Wohnzimmer des Ranchhauses hätte er sie fast geküsst. Er hatte sich gerade noch beherrschen können, denn instinktiv war ihm klar gewesen, dass er nie mehr genug von Joslyn bekommen würde, wenn er einmal ihre Lippen berührte.

Irgendwann würde sie in die Großstadt zurückkehren, das stand fest. Und er würde von Neuem trauern. Er war stark – doch ob er so etwas noch einmal aushalten konnte, da war er sich nicht so sicher.

Was bedeutete, dass er besser vorsichtig sein sollte, wenn es um die zauberhafte Ms Kirk ging. Slade hatte diesen Entschluss gerade gefasst, als Jasper wie ein geölter Blitz Richtung Gartenmauer düste und mit einem Riesensatz darübersprang. Ein Hunde-Pegasus.

„Verdammt“, brummte Slade. Er zerdrückte mit einer Hand seine leere Bierdose. Dann warf er sie in die Mülltonne hinter der Garage, die er nie benützte, weil sein Pick-up nicht hineinpasste.

Slade machte das Tor auf, durch das man in Kendras Garten gelangte, dessen Blumen und Pflanzen einen starken Kontrast zu seinem eigenen Unkraut und dem Löwenzahn darstellte. Slade pfiff nach dem Hund.

„Jasper!“, rief er verärgert.

Keine Reaktion.

Dieser dumme Hund ... Slade marschierte über den Plattenweg. Die Hintertür war offen, und er konnte Joslyn im Haus lachen hören. Ihre Stimme erinnerte ihn an fernen Glockenklang.

„Jasper!“ Er blieb auf der Fußmatte stehen und hob eine Hand, um anzuklopfen.

In diesem Moment erschien Joslyn. Sie hatte sich zu Jasper hinuntergebeugt, hielt ihn mit einer Hand am Halsband fest und sah in ihrem weich fallenden, kleidähnlichen Etwas einfach umwerfend aus. Der Stoff war etwas dicker, mit Mustern in Gold, Türkis und einer Farbe, die man vermutlich Magenta nannte. Die Farben ließen ihre Augen leuchten. Sie war barfuß und lächelte; lächelte, bis sie hochschaute und ihn entdeckte.

„Ich schätze, er wollte Lucy-Maude kennenlernen.“ Sie ließ Jaspers Halsband los und richtete sich auf.

Slade wünschte, sie hätte ihn nicht so schnell bemerkt. Gerade hatte er nämlich einen Blick auf ihr aufregendes Dekolleté erhascht.

Er spürte plötzlich eine gewisse Enge in seiner Jeans. Einen Moment lang bereute er, dass er seinen Hut nicht mitgenommen hatte. Dann fand er seinen Gedanken selbst ziemlich albern und verwarf ihn.

„Tut mir leid, dass er dich gestört hat“, hörte er sich sagen.

Ihre Wangen glühten, wie er fand, geradezu entzückend, und angesichts ihrer Augen wurde ihm regelrecht schwindlig. Slade, der noch nie in seinem Leben Drogen genommen hatte, war plötzlich richtig high.

„Jasper ist einfach nur kontaktfreudig, das ist alles." Joslyn klang merkwürdig befangen.

Was *war* eigentlich dieses Ding, das sie da anhatte? Es war kein Nachthemd und auch kein Morgenmantel, da es weder vorne einen Reißverschluss noch einen Gürtel um die Taille hatte wie die Morgenmäntel seiner Mutter. Und das Ding hätte nicht so verdammt sexy sein dürfen! Es verhüllte zwar den Großteil ihrer Figur, aber bei dem Gedanken, was sich darunter verbergen mochte, geriet Slades sonst so nüchterne Fantasie außer Kontrolle.

„Was das Ranchhaus betrifft, ist alles geregelt, glaube ich. Die Besitzer sind damit einverstanden, dass du es mietest." Joslyn errötete wieder. Offenbar bereute sie, dass sie es erwähnt hatte, und wünschte wahrscheinlich, sie hätte es bei einem „Da ist dein Hund, mach's gut und tschüss!" belassen.

Slade wandte sich ein wenig von ihr ab. Der Anblick ihrer Brüste hatte ihn erregt, und er wollte auf keinen Fall, dass sie es mitbekam.

„Genau", antwortete er. „Der Vertrag ist unter Dach und Fach."

„Das ist toll." Joslyn stand noch immer auf der Türschwelle, obwohl Jasper mittlerweile schon zu Slade getrottet war. „Wann kommt deine Tochter?"

„Am Sonntag. Shea und ihre Mutter bleiben ein paar Tage hier. Sie werden im ‚Best Western' wohnen."

Joslyn wirkte enttäuscht. „Shea kommt also morgen nicht zur Grillparty?"

„Nö." Slade stellte mit Entsetzen fest, wie uncharmant er sich anhörte. Und das in seinem Alter …

Sie schluckte. „Und du?"

„Für mich ist morgen ein normaler Arbeitstag." Er dachte an den Moment, als er sie fast geküsst hätte, und war jetzt in

Versuchung, es zu tun. Er war kein Mann, der nicht zu Ende führte, was er einmal begonnen hatte. „Aber wahrscheinlich schaue ich irgendwann vorbei."

„Kendra würde sich sehr darüber freuen." Joslyns munterer Ton konnte nicht darüber hinwegtäuschen, dass ihre Stimme ein wenig bebte.

„Grund genug aufzutauchen. Kendra ist eine gute Freundin."

„Ja", stimmte Joslyn zu. „Das ist sie wirklich."

Beide verstummten. Das Schweigen stand zwischen ihnen wie eine unüberwindbare Mauer.

„Dann also bis morgen", verabschiedete sich Slade.

Sie schluckte wieder. Dann nickte sie. Und endlich wurde Slade klar, dass Joslyn in seiner Gegenwart genauso nervös war wie er in ihrer.

„Komm, Jasper." Slade lief zum Gartentor.

Jasper zögerte einen Moment. Dann trabte er hinterher.

Slade ging durchs Tor, durch seinen geradezu schändlich vernachlässigten Garten und durch die Verandatür in seine kleine Wohnung. Er hatte vor, sich eine kalte Dusche zu gönnen. Ausgerechnet jetzt musste das Festnetztelefon an der Wand klingeln …

Er hob ab und war froh, dass er an etwas anderes denken konnte als daran, dass Joslyn Kirk unter diesem kleidähnlichen Etwas nackt war.

„Hallo, Slade", begrüßte ihn eine muntere weibliche Stimme. „Hier ist Maggie Landers. Tut mir leid, dass ich Sie so spät anrufe, doch das Nachlassvermögen Ihres Vaters ist auf ein Konto überwiesen worden. Ich brauche Ihre Unterschrift, damit Sie auf das Konto zugreifen können."

Slade wollte schon protestieren, dass John Carmody nicht sein *Vater* war, allerdings war es ja nicht Maggie Landers' Schuld, dass ihn sein Vater zu Lebzeiten nicht als Sohn anerkannt hatte. Sie erledigte nur ihren Job.

„Das kann doch bis Montag warten", antwortete er.

Aber Maggie, ganz in ihrem Element, redete einfach weiter, als hätte sie ihn gar nicht gehört. „Ich dachte mir, ich könnte die

Papiere morgen Nachmittag zu Kendras Grillparty mitbringen und Ihnen geben, falls Sie vorhaben, auch zu kommen."

Slade spürte plötzlich einen ganz merkwürdigen Druck auf der Brust. „Warum die Eile, Maggie?"

„Es geht hier um sehr viel Geld, Slade. Möchten Sie nicht wissen, wie viel Sie geerbt haben? Abgesehen von Ihrem Anteil an der Whisper-Creek-Ranch?"

„Nicht so wichtig."

„Und ob es wichtig ist!", widersprach Maggie. Sie klang irritiert. „Sogar nach Steuerabzug, Gebühren und Ähnlichem sind Sie ein Multimillionär."

Slade war wie vor den Kopf gestoßen. Die Nachricht traf ihn mit einer solchen Wucht, als hätte ihm jemand mit dem Vorschlaghammer in den Bauch geschlagen. Er hatte maximal ein paar Hunderttausend Dollar erwartet, was ja auch eine ganz schöne Stange Geld war. Aber *damit* hatte er nicht gerechnet.

„Wahnsinn", stieß er gepresst hervor.

Als Maggie antwortete, hörte er das Lächeln in ihrer Stimme. „Alles in allem werden Sie ungefähr fünf Millionen Dollar ihr Eigen nennen können", erklärte sie. „Denken Sie nur mal, was Sie Callie mit so viel Geld alles ermöglichen können."

Slade war wie benommen. Er hatte immer noch nicht ganz begriffen, dass John Carmody ihm *überhaupt* etwas hinterlassen hatte – geschweige denn ein Vermögen dieser Größe.

„Slade?", fragte Maggie freundlich und ein bisschen amüsiert. „Sind Sie ohnmächtig geworden?"

„Ich bin noch da", antwortete Slade heiser. Er fuhr sich durchs Haar. „Sind Sie sicher, dass das Ganze kein Versehen ist?"

Jetzt musste Maggie lachen. „Kein Versehen. John Carmody war viel reicher, als die meisten Leute angenommen haben."

Slade erinnerte sich daran, wie schwer seine Mutter in seiner Kindheit zu kämpfen gehabt hatte, um genug Essen auf den Tisch zu bringen; ganz zu schweigen von den Jeans und Schuhen, aus denen er ständig herausgewachsen war, und den Kosten für medizinische Routineuntersuchungen oder für den Zahnarzt. Slade kochte vor Wut, während er jetzt daran dachte.

Was es für ihn bedeutet hatte, in ärmlichen Verhältnissen aufzuwachsen, damit hatte er längst Frieden geschlossen. Dank Callie war er ein glücklicher und ausgeglichener Junge gewesen. Aber sie selbst hatte sich jahrelang kein neues Paar Schuhe geleistet und die meisten ihrer Kleider im Secondhandladen gekauft. Wo war John Carmody mit seinem ganzen Geld gewesen, als Callie so dringend Unterstützung gebraucht hätte?

„Wir sehen uns auf der Grillparty", schaffte Slade schließlich zu sagen. „Gegen drei Uhr, falls ich nicht zu viel zu tun habe."

„Gut. Um drei."

Das Gespräch war beendet, Slade legte auf. Seine kalte Dusche hatte er mittlerweile total vergessen. Dafür merkte er, dass das Rumoren in seinem Magen nicht nur mit den Neuigkeiten zu tun hatte, die ihm Maggie gerade mitgeteilt hatte, sondern zumindest teilweise auch damit, dass er hungrig war. Glücklicherweise hatte er heute bei „Mulligan's" eingekauft. Dort hatte er zufällig auch Kendra getroffen und erfahren, dass die Kingman-Erben ihm das Haus vermieten wollten.

Er erhitzte in der Mikrowelle ein Fertiggericht – „Hackbraten", laut Verpackung – und bot Jasper etwas davon an. Der Hund schnüffelte kurz daran, seufzte sichtlich angeekelt und zog ab.

Joslyn stand auf einer Leiter hinter dem Herrenhaus und befestigte bunte Papierlampions an den Ästen der Ahornbäume, in deren Mitte der Grill aufgebaut war. Wenn Kendra eine Party gibt, dachte sie, dann macht sie definitiv keine halben Sachen.

Auch wenn es noch früher Morgen war und das Essen erst in ein paar Stunden serviert werden würde, glommen im riesigen Grill bereits die Kohlen. Die Mitarbeiter des „Butter Biscuit Café", die erst nachts wieder Dienst im Café hatten, waren ebenfalls schon da und stellten – unter Kendras Aufsicht – die gemieteten Tische und Klappstühle auf.

Die Frau hatte sogar eine Band engagiert! Das deutete darauf hin, dass der Verkauf der Hühnerfarm möglicherweise bis in die frühen Morgenstunden gefeiert werden würde. Eine erschreckende Vorstellung – zumindest für Joslyn.

Obwohl sie Partys an und für sich gern mochte, graute ihr vor dem heutigen Fest. Und nicht nur deshalb, weil sie mit Sicherheit ein paar Leute treffen würde, die ihr Stiefvater betrogen hatte. Sie wusste, dass Slade kommen würde, und das machte sie nervös.

„Die sehen toll aus." Kendra blieb vor der Leiter stehen, während Joslyn herunterstieg, und bewunderte die Lampions.

Joslyn lächelte ihr zu und betrachtete ihr Werk von unten. Dann blickte sie ihre Freundin an. „Das muss ja eine sensationelle Provision sein, die du gekriegt hast. Wie hoch war denn der Verkaufspreis dieser Hühnerfarm?"

Kendra kicherte. „Sehr hoch. Man darf nicht vergessen, dass zu der Farm ein eigenes Flüsschen, ein kleiner Teich und ungefähr fünfhundert Morgen Land gehören."

„Feierst du immer so groß, wenn du eine Immobilie an den Mann gebracht hast?"

Kendra schüttelte den Kopf. Sie lächelte immer noch. „Nur, wenn der Käufer neu in der Stadt ist. Es ist eine nette Art, jemanden willkommen zu heißen und ihm – oder ihr – zu helfen, die zukünftigen Freunde und Nachbarn kennenzulernen."

„Kein Wunder, dass du so erfolgreich bist", stellte Joslyn anerkennend fest. „Du gibst einfach immer 200 Prozent, meine Kleine."

Kurz schien ein Schatten über Kendras Gesicht zu huschen. Doch er war so schnell wieder verschwunden, dass Joslyn sich nicht sicher war, ob sie ihn tatsächlich gesehen hatte.

„Ich habe eine Frage an dich als meine Vermieterin", sagte Joslyn, währenddessen sie und Kendra die Leiter zusammenklappten. „Sind Haustiere erlaubt?"

Sie trugen die Leiter durch den Garten zu dem großen Geräteschuppen. Zwei junge Männer der „Butter Biscuit Café"-Crew liefen zu ihnen und nahmen ihnen die Leiter ab.

„Haustiere?", wollte Kendra wissen, nachdem sie den beiden Helfern dankbar zugenickt hatte.

„Es scheint so, dass ich mir eine Katze als vorübergehenden Mitbewohner zugelegt habe."

„Was ist das bloß mit dir und diesen vielen streunenden Tieren?", neckte Kendra. Ihre grünen Augen leuchteten. „Sie fühlen sich anscheinend magisch von dir angezogen."

„Es waren genau *zwei*, Kendra", wandte Joslyn ein. „Zähl mal nach. Ein Hund, eine Katze."

„Dein vorübergehender vierbeiniger Mitbewohner darf gerne bleiben."

„Ich bin überzeugt, dass die Katze irgendjemandem gehört. Lucy-Maude ist gesund und wohlgenährt. Sogar stubenrein. Und …"

„Und…?"

Tja, jetzt kam der problematische Teil der ganzen Sache … Doch Joslyns Gewissen erlaubte ihr nicht, es zu verschweigen. „Sie bekommt Junge. Vermutlich schon bald."

„Ach du Schande!", rief Kendra erschrocken. Aber dann strahlte sie übers ganze Gesicht. „Vielleicht nehme ich eines. Ich liebe junge Katzen."

Sie standen jetzt ein wenig abseits der hektischen Vorbereitungen im Schatten eines der vielen alten, knorrigen Ahornbäume. Als Kind war Joslyn auf jeden dieser Bäume geklettert und hatte sich dabei regelmäßig die Knie aufgeschürft. Einmal, da war sie acht gewesen, war sie vom Baum gepurzelt und hatte sich den linken Arm gebrochen.

Sie hatte deshalb in diesem Jahr nicht ins Schwimmcamp gedurft und deswegen tagelang Trübsal geblasen – bis Elliott den kleinen Spunky nach Hause gebracht hatte. Spunky, einen tollpatschigen, hilflosen Welpen, der zu früh von seiner Mutter und dem Rest des Wurfs getrennt worden war.

Elliott hat nicht nur schlechte Seiten gehabt, dachte Joslyn. Manchmal vermisste sie ihn sogar. Sie vermisste den witzigen, liebevollen, großzügigen Mann, der er einmal gewesen war.

Kendra riss Joslyn aus ihren Gedanken, indem sie den Kopf schief legte und sie erwartungsvoll anlächelte. „Was denkst du?"

„Hin und wieder", gestand Joslyn leise, „fällt mir etwas von früher ein, und dann bin ich eine Weile ganz in dieser Erinnerung gefangen."

„Geht es uns nicht allen so?" Kendra seufzte. Dann sah sie auf ihre Uhr, ein elegantes Teil mit winzigen Diamanten, die hinter dem Uhrglas funkelten. Im Gegensatz zu Joslyn, die Jeans und ein Top anhatte, trug Kendra eine schicke Leinenhose und eine gelbe, schulterfreie Bluse mit Rüschen. „Wir beide sind hier mit der Arbeit fertig – vorerst jedenfalls. Und ich muss in zehn Minuten im ‚Curly-Burly' sein. Kommst du mit?"

Lächelnd schüttelte Joslyn den Kopf. „Nein danke." Dann musterte sie ihre Freundin von oben bis unten. „Was könntest du denn in Callies Salon an dir machen lassen? Du bist doch schon perfekt."

Kendra musste wieder lachen. „Strähnchen." Sie warf den Kopf zurück, und ihr blondes Haar, das sie heute ausnahmsweise offen trug, glänzte in der Sonne. „Ich lasse sie jeden Monat auffrischen, und heute ist es wieder so weit."

Kendra ging zu ihrem Auto, in dem bereits ihre Handtasche lag, stieg ein und fuhr los.

Joslyn eilte zum Gästehaus und holte ihre Tasche. Die Katze sonnte sich gerade auf dem breiten Fensterbrett im Wohnzimmer.

Dann machte Joslyn sich auf den Weg zum großen Discounter außerhalb der Stadt, da es bei „Mulligan's" nicht alles gab, was sie brauchte.

Später musste sie sich noch die Haare waschen und föhnen und sich überlegen, was sie zur Grillparty anziehen sollte. Sie hatte beschlossen, dass es nichts *zu* Elegantes, aber auch nichts *zu* Legeres sein sollte.

Etwas dem Anlass Angemessenes eben.

Aber was? Sie trug praktisch immer Jeans und Tops. Außerdem hatte sie einen großen Teil ihrer Kleidung einer wohltätigen Einrichtung gespendet, bevor sie Phoenix verlassen hatte.

Der Parkplatz des Discounters war fast voll. Wahrscheinlich kamen Leute aus dem ganzen Land zum Einkaufen hierher. Außerdem war heute natürlich Samstag.

Joslyn beschloss, es schnell hinter sich zu bringen. Sie schloss ihr Auto ab, ging in den Laden und schnappte sich einen Einkaufswagen.

Für Lucy-Maude besorgte sie rasch Trockenfutter sowie Katzenstreu und die dazugehörige Katzentoilette. Sie suchte auch ein paar Spielzeuge und ein weich gepolstertes Körbchen aus, das mit einem rosafarbenen Stoff mit Blümchenmuster ausgekleidet war.

Als sie ihr Wägelchen in den vorderen Teil des Ladens schob, kam sie an der Abteilung für Damenmode vorbei. Ihr Blick fiel auf ein paar ärmellose Sommerkleider, deren schwarz-weißes geometrisches Muster ihr gut gefiel.

Joslyn nahm ein Kleidungsstück in Größe M von der Stange, hielt es an und betrachtete es. Sie würde sich die Beine rasieren und die Zehennägel lackieren müssen, aber das Kleid war hübsch und der Preis vernünftig.

„Du wirst fantastisch darin aussehen", hörte sie eine vertraute Stimme sagen.

Sie schaute auf und erblickte Hutch Carmody, der im Gang stand und sie anlächelte. Er schob keinen Einkaufswagen vor sich her, sondern hielt ein gebundenes Buch und eine Dose Rasierschaum in den Händen. Mit seinen dunkelblonden Haaren und den blauen Augen sah der Mann einfach umwerfend gut aus – doch bei Joslyn löste er keinerlei Gefühle aus.

Kein Kribbeln im Bauch wie in Slades Gegenwart.

„Tja", verkündete sie verschmitzt, „damit ist der Kauf beschlossene Sache." Sie legte das Kleid in ihren Wagen. „Sehen wir uns heute Nachmittag auf der Grillparty?"

„So etwas würde ich mir nie entgehen lassen", antwortete Hutch. „Wie man hört, wird ja sogar eine Band spielen."

Joslyn nickte, kicherte und verdrehte die Augen. „Kendra weiß, wie man Feste feiert."

In Hutchs Blick flackerte kurz etwas auf. Dann war es wieder verschwunden. „Oh ja", sagte er scheinbar gelassen. „Sie lässt sich keine Party entgehen."

Joslyn war einigermaßen erstaunt über diese Bemerkung.

Kendra lud offenbar gern Gäste zu sich nach Hause ein, dennoch war sie kein *Partygirl.* Zumindest nicht so eines, wie Hutch es gerade angedeutet hatte.

Ehe sie etwas darauf erwidern konnte, nickte ihr Hutch allerdings schon zum Abschied zu und ging. Nach ein paar Schritten drehte er sich kurz zu Joslyn um und sagte: „Reservier mir den ersten Tanz, okay?"

7. KAPITEL

Es war zwei Uhr nachmittags, und zur Party hatte sich mittlerweile nicht nur Tara Kendall, die neue Besitzerin der fünfhundert Morgen großen Hühnerfarm im Süden von Parable, eingefunden, sondern, wie es Joslyn schien, auch die halbe Stadt. Selbst wenn sie hätte flüchten wollen, wäre es jetzt dafür zu spät gewesen. Die Einfahrt war mit Autos aller möglicher Modelle und Größen zugeparkt, und ihr eigener Wagen stand eingepfercht in der Mitte.

Sie selbst fühlte sich in ihrem Sommerkleidchen vom Discounter und ihren Sandalen zwischen all den Gästen ganz ähnlich.

Kendra hatte Joslyn gerade entdeckt und ging – typisch Kendra – sofort zu ihr und hakte sich bei ihr unter.

„Na komm schon, Aschenputtel", flüsterte Kendra aufmunternd. In ihrem dünnen, spitzenbesetzten weißen Top und der dazu passenden Hose sah sie wie immer äußerst elegant aus. Niemand außer Kendra, dachte Joslyn, würde sich trauen, bei einer Grillparty Weiß zu tragen. „Es wird Zeit, diesen Leuten zu zeigen, wie umwerfend du bist."

Joslyn fühlte sich nicht besonders umwerfend, vor allem nicht neben Kendra in ihrem atemberaubenden Outfit. Dennoch zwang sie sich zu einem tapferen Lächeln. Jetzt war Party-Time.

Ein paar Leute, die Joslyn erkannten, nickten ihr zu, als sie und Kendra durch die Menge der Partygäste schlenderten und dann in der Mitte der Gruppe stehen blieben. Dort stand, mit einem Glas Weißwein in der Hand, eine schlanke, dunkelhaarige Frau mit ausdrucksstarken goldbraunen Augen und unterhielt sich mit ein paar Männern.

„Tara Kendall", sagte Kendra, „darf ich dir meine beste Freundin Joslyn Kirk vorstellen?"

Joslyn stutzte. *Das* war Tara? Die zukünftige Hühnerfarmerin? In ihrem blassblauen Sommerkleid und den hohen Riemchensandalen wirkte sie eher wie ein Model oder eine erfolgreiche Schauspielerin. Ihre dunklen Haare fielen ihr bis weit über die Schultern, und wenn sie lächelte, leuchtete förmlich ihr ganzes Gesicht.

„Freut mich, dich kennenzulernen." Tara reichte Joslyn zur Begrüßung ihre freie Hand.

„Willkommen in Parable." Joslyn schüttelte ihr die Hand.

Mittlerweile wurde der Trubel um sie herum immer größer. Die Band – drei Männer, eine Frau – war gerade eingetroffen, und das Personal des „Butter Biscuit Café" schwirrte umher und arrangierte Tabletts mit Essen für das Büfett.

Die Sommerluft war erfüllt vom Duft nach Gegrilltem, und Joslyn merkte mit einem Mal, wie hungrig sie war. Allerdings war sie so nervös, dass ihr gleich wieder der Appetit verging.

„Danke", antwortete Tara herzlich und mit einem verschmitzten Augenzwinkern. Offensichtlich wusste sie, dass sie ganz und gar nicht wie eine Hühnerfarmerin – oder so, wie man sich eine Hühnerfarmerin *vorstellte* – aussah, und schien sich über die Reaktion der Leute zu amüsieren. „Ich freue mich, hier zu sein."

Joslyn, die sich bewusst war, dass sie einigen Gästen bereits aufgefallen war, konnte das nicht von sich behaupten. Sie fühlte sich von den vielen Blicken aus allen Richtungen regelrecht durchbohrt. Zu allem Überfluss war es bis auf das Quietschen der Geige, die gerade gestimmt wurde, und ein paar Gitarrenakkorde auch noch beklemmend still geworden. Joslyn wünschte, sie könnte einfach die Hacken aneinanderschlagen und verschwinden wie Dorothy in „Der Zauberer von Oz".

Kendra, die immer noch neben ihr stand, stieß sie sanft mit dem Ellbogen in die Seite. „Kopf hoch, Brust raus."

Tara schien wegen dieser Bemerkung etwas irritiert, sagte aber nichts.

Joslyn beherzigte Kendras Rat und straffte energisch die Schultern.

Rasch nahm Kendra zwei Gläser von einem Tablett, das gerade herumgereicht wurde, und drückte Joslyn eines davon in die Hand.

„Auf die Heimkehrerin!“, sagte Kendra absichtlich so laut, dass alle es hören konnten, und hob ihr Glas.

Auch Joslyn und Tara erhoben ihre Gläser, und alle drei stießen miteinander an.

Joslyn musste unwillkürlich an die „Drei der Kelche“ denken, eine Tarotkarte, auf der drei Frauen abgebildet waren, die sich mit Kelchen über ihren Köpfen fröhlich zuprosteten.

Die Situation kam Joslyn seltsam schicksalhaft vor. Es war wie der Beginn einer neuen Ära. Wie einer jener Momente, in denen Menschen zur richtigen Zeit am richtigen Ort sind und sich alles wie bei einem Puzzle zusammenfügte.

Kendra und Tara schienen es auch zu spüren, denn beide sahen einigermaßen verblüfft aus. Dann lächelten sie.

Alle drei Frauen nippten an ihrem Wein.

„Du kommst allein zurecht, Joslyn?“ Kendras Frage hörte sich eher wie eine Feststellung an. Immerhin war sie die Gastgeberin und musste sich nun unter ihre Gäste mischen, damit alle sich willkommen fühlten.

„Alles bestens“, antwortete Joslyn.

Dann wurden Joslyn, Kendra und Tara von einer Traube Menschen beiseitegedrängt, und im nächsten Moment stand Joslyn praktisch Brust an Brust mit Slade Barlow.

Da er seine Sheriffmarke am Gürtel trug, war er offenbar noch im Dienst. Abgesehen davon war er jedoch gekleidet wie die meisten anderen Männer auf der Party – in Jeans, polierten Stiefeln und einem frisch gebügelten, langärmeligen Baumwollhemd.

Joslyns Herz setzte einen Schlag aus, als sie ihn anschaute. Er war so nah; er roch so männlich.

„Tag.“ Seinen Mund umspielte ein kleines Lächeln, und seine blauen Augen blitzen spitzbübisch. „Nette Party.“

Joslyn nahm die Party – nett oder nicht nett – kaum mehr wahr. Dieser Mann raubte ihr den Atem.

Erst jetzt merkte sie, dass sie Wein auf sein Hemd verschüttet hatte, als sie mit ihm zusammengestoßen war.

„Es tut …“

Er legte ihr einen Finger auf die Lippen. „Sag nicht, dass es dir leid tut."

Die Berührung elektrisierte sie, und sie errötete. Glücklicherweise war es nur Weißwein. Wahrscheinlich würden auf seinem Hemd keine Flecken zurückbleiben.

Trotzdem versuchte sie hastig, mit der rechten Hand den Fleck wegzuwischen. Ohne Erfolg.

„Joslyn." Slade schloss seine Hände um ihre Finger, damit Joslyn aufhörte. „Es ist doch nichts passiert."

Sie errötete wieder und wollte ihre Hand rasch wegziehen. Doch er hielt sie fest. „Ich glaube, ich bin ein bisschen nervös", gestand sie. Sie wusste, dass die Leute sie anstarrten und über sie redeten. Sie spürte die aufgeladene Stimmung in jeder Faser ihres Körpers.

„Welchen Grund hättest du, nervös zu sein?", wollte Slade wissen.

Männer, dachte Joslyn.

„Du weißt, warum", entgegnete sie irritiert. Slade hielt ihre Hand immer noch fest, was sowohl gut als auch schlecht war. Gut, weil sie seine ruhige, männliche Kraft spürte. Und schlecht, eben *weil* sie seine ruhige, männliche Kraft spürte. „Wegen Elliott und allem, was er angerichtet hat."

Slade schien dieser Sache nicht allzu viel Bedeutung zuzumessen. „Ich muss relativ bald wieder zurück zur Arbeit", meinte er und ließ ihre Hand endlich los. „Wie wär's, wenn du mir den Rücken freihieltest, während ich mich in der Schlange am Büfett vordrängle?"

Joslyn schmunzelte. Da die Schlange vor dem Büfett sich noch gar nicht gebildet hatte, bestand keine Notwendigkeit, sich vorzudrängeln.

Froh darüber, etwas zu tun zu haben, führte sie ihn zum Grill und zu den langen Tischen, auf denen das Büfett aufgebaut war: Es gab Unmengen von Salaten, von Obst und verschiedenen Saucen und Berge von Focaccias. In großen Wannen mit Eis wurden Saft, Bier und Wein gekühlt. Joslyn nahm einen Teller und gab ihn Slade.

„Bitte sehr, Sheriff. Hau rein!"

Der Mann am Grill legte ein mittelgroßes Steak auf Slades Teller, und die beiden wechselten freundlich ein paar Worte, wie es Leute eben tun, die sich schon ihr ganzes Leben kannten.

Beide empfanden das vermutlich als eine Selbstverständlichkeit, stellte Joslyn ein wenig traurig fest. Würde *sie* jemals auf diese Art und Weise zu einer Gemeinschaft gehören? Nicht unbedingt in Parable, sondern überhaupt irgendwo?

Die Möglichkeit, dass es vielleicht nie so sein würde, trieb ihr fast die Tränen in die Augen. Wieder hätte sie am liebsten die Flucht ergriffen und sich im Gästehaus versteckt, die Türen abgeschlossen und die Vorhänge zugezogen, um allein zu sein. Allein mit Lucy-Maude, bis alle Partygäste wieder nach Hause gegangen waren.

Doch sie blieb. Sie würde *nicht* kneifen. Immerhin war ihr Stolz das Einzige, was ihr geblieben war. Alles andere – ihre Firma, ihren Job und ihre Wohnung in Phoenix mit all den sorgfältig ausgesuchten Möbelstücken – hatte sie aufgegeben, damit sie die Schulden eines anderen begleichen konnte. Sie hatte ihren Freunden – okay, es waren weniger Freunde, sondern größtenteils eher Bekannte – Adieu gesagt und war mit ihrem Gebrauchtwagen nach Parable aufgebrochen. Und das, ohne eine Vorstellung davon zu haben, was sie dort erwartete.

Slade, auf dessen Teller sich nun das Essen türmte, riss sie aus ihren Gedanken. „Isst du denn nichts?", erkundigte er sich.

Joslyn schüttelte den Kopf. „Später."

Sein Blick wanderte wie ein zärtliches Streicheln über ihre Haare, ehe er ihr in die Augen schaute. „Leistest du mir trotzdem ein bisschen Gesellschaft?" Er klang ernst, doch in seinen – unglaublich – blauen Augen konnte sie wieder dieses Funkeln erkennen. „Sonst werden mich nämlich bald alle Leute auszufragen beginnen, ob ich in diesem Jahr wieder für das Amt des Sheriffs kandidiere."

„Ist er hier?", fragte sie leise.

„Ist *wer* hier?" Slade wartete, bis sie sich an einen Tisch gesetzt hatte, bevor er ebenfalls Platz nahm.

„Der Mann, den du nicht als deinen Nachfolger sehen möchtest“, flüsterte sie leicht irritiert, weil sie wusste, dass er sich gerade absichtlich dumm stellte.

Slade blickte sich um, schüttelte kurz den Kopf und stach mit der Plastikgabel in seinen Kartoffelsalat. „Nö“, sagte er, nachdem er gekaut und geschluckt hatte. Sein Blick schweifte kurz über die Taille ihres Kleides und ihre nackten Arme. Dann sah er ihr erneut in die Augen. „Ich entdecke ihn nirgends.“

Genau in diesem Moment bahnte sich ein anderer Mann den Weg durch die Partygäste und kam auf sie zu. Im Gegensatz zu seinem Vorgesetzten trug Deputy Boone Taylor seine Uniform. Boone, dunkelhaarig und dunkeläugig, war schon an der Highschool der Schwarm aller Mädchen gewesen und – Joslyns Meinung nach – immer noch ausgesprochen nett anzuschauen.

„Du solltest doch gar nicht im Dienst sein“, meinte Slade zu ihm und begann, mit dem Messer das Steak auf seinem Plastikteller zu schneiden.

„McQuillan hat sich krankgemeldet.“ Boone nickte Joslyn zur Begrüßung kurz zu. „Hat mich gebeten, für ihn einzuspringen.“

Slades Kiefermuskeln spannten sich an, lockerten sich jedoch gleich wieder. Es sah so aus, als würde Slade sich zwingen, ruhig zu bleiben. „McQuillan hat *dich* angerufen?“, fragte er, bemüht, gelassen zu klingen.

„Eigentlich hat er mir nur eine SMS geschickt.“ Boone warf einen Blick zu Tara, dem Ehrengast der Party, der gerade von einem halben Dutzend männlicher Bewunderer zum Büfett eskortiert wurde. „Ist das die Hühnerfarmerin? Die in dem blauen Kleid?“

„Genau“, antwortete Joslyn rasch. Die Atmosphäre war plötzlich merkwürdig angespannt, und obwohl Joslyn spürte, dass es nichts mit ihr persönlich zu tun hatte, fühlte sie sich mit einem Mal unbehaglich. „Das ist Tara Kendall. Ich kann sie dir gerne vorstellen, wenn …“

Doch Boone schüttelte den Kopf und richtete seine Aufmerksamkeit wieder auf Slade und – am Rande – auch auf Joslyn.

„Was hat Deputy McQuillan denn *diesmal*?" Slade legte sein Messer und die Gabel beiseite. Es war ihm anzumerken, wie sehr er sich bemühte, seine Verärgerung zu verbergen. „Und warum hat er nicht *mir* Bescheid gegeben, dass er sich freinehmen muss?"

Boone seufzte und hakte seine Daumen unter seinen Dienstgürtel. Manche Männer schafften es, in einer Uniform nicht wie ein zu groß geratener Pfadfinder auszusehen, und Boone war einer von ihnen. „Ich weiß es nicht, Sheriff." Er sah Slade mit leicht zusammengekniffenen Augen direkt an. „Ich schätze, das musst du ihn selbst fragen."

Man hörte die Spannung zwischen den beiden Männern beinahe knistern.

„Hol dir etwas zu essen, wenn du hungrig bist", sagte Slade zu seinem Deputy. Es klang wie eine Dienstanweisung.

Boone steuerte ohne ein weiteres Wort auf das Büfett zu.

„Es ist Boone Taylor", stellte Joslyn fest, nachdem sie und Slade wieder allein waren. „*Er* ist derjenige, der nicht zum neuen Sheriff gewählt werden soll, wenn es nach dir ginge."

Slade bedachte sie mit einem säuerlichen Blick und spießte mit der Gabel ein Stück Steak auf. Vorhin hatte er so gewirkt, als hätte er ziemlich großen Appetit, doch jetzt aß er bloß mechanisch. „Netter Versuch, aber du liegst total daneben. Es ist *McQuillan*, der sich wahrscheinlich um den Job bewerben wird."

Joslyn zog eine Augenbraue hoch und runzelte die Stirn. „Dieser Name sagt mir überhaupt nichts. Kenne ich ihn?"

„Nein. Und wenn du klug bist, belässt du es auch dabei."

„Harte Worte", erwiderte Joslyn erstaunt. „Warum hast du Deputy McQuillan dann überhaupt eingestellt, wenn du ihn nicht leiden kannst?"

Er bedachte sie mit einem Blick, der unmissverständlich „Nicht so laut!" bedeutete.

Als hätte sie jemand bei der flotten Nummer gehört, die die Band gerade angestimmt hatte ... Die Leadsängerin war Cookie Jean Crown, die früher an der Highschool in allen Musicals die Hauptrolle gespielt hatte. Sie war unglaublich talentiert gewesen, und alle hatten seinerzeit damit gerechnet, dass sie einmal richtig berühmt werden würde. Doch sie war hier – älter, wie alle anderen auch, mit etwas verbitterten Zügen und beträchtlich mehr Kilos als früher.

„Ich habe McQuillan nicht eingestellt", antwortete Slade mit gepresster, leise Stimme. „Ich habe ihn von meinem Vorgänger *geerbt.*"

„Oh." Joslyn fand, dass jetzt ein guter Zeitpunkt wäre, das Thema zu wechseln. Sie konnte Kendra später löchern, woher Slades offensichtliche Abneigung gegen den Deputy eigentlich kam. „Cookie Jean ist immer noch eine tolle Sängerin", meinte sie und winkte Cookie zu, die, begleitet von der Band, gerade „Georgia" sang.

Doch Cookie winkte nicht zurück und lächelte Joslyn auch nicht an.

Vielmehr warf sie ihr einen wütenden Blick zu und schaute dann demonstrativ in die andere Richtung.

Joslyn kam es vor, als hätte sie gerade eine Ohrfeige bekommen. „Aua", sagte sie zu niemand Bestimmtem.

Hier war sie also. Die Reaktion, vor der sie sich die ganze Zeit gefürchtet hatte.

In Gedanken ging sie die lange Liste durch, die ihre Anwälte mit den Namen jener Leute erstellt hatten, die Schecks zur Wiedergutmachung bekommen hatten. Cookie Jean war, soweit Joslyn sich erinnern konnte, nicht darunter gewesen.

Als sie sich wieder Slade zuwandte, merkte sie, dass er sie die ganze Zeit angesehen hatte. Es bestand kein Zweifel, dass er nicht nur mitbekommen hatte, was eben zwischen ihr und ihrer ehemaligen Klassenkameradin und Freundin passiert war. Er wusste auch, was es bedeutete.

Oh, natürlich! Joslyn ging plötzlich ein Licht auf.

„Wer war es?", fragte sie gepresst.

Slade verstand sofort, was sie meinte. „Ihr Onkel George Tulverson. Er hat ein zweites Darlehen auf die Milchfarm aufgenommen, um sich an Elliotts ‚Geschäften' beteiligen zu können. Es war keine besonders große oder schöne Ranch, aber sie war fast hundert Jahre lang im Besitz seiner Familie. Und George hat, wie alle anderen auch, durch Elliotts Spekulationen sein letztes Hemd verloren – und die Farm noch dazu."

Joslyn schlug sich vor Entsetzen unwillkürlich eine Hand vor den Mund.

Sie hatte das Gefühl, als müsste sie sich gleich übergeben.

„Die Leute sind oft sehr schnell mit ihrem Urteil", fuhr Slade fort und schob seinen fast noch vollen Teller von sich. „Vor allem, wenn Geld im Spiel ist. Sicher, Elliott Rossiter hat eine Schlüsselrolle in der ganzen Sache innegehabt. Aber viele Leute haben offenbar vergessen, dass niemand sie mit vorgehaltener Waffe gezwungen hat zu investieren. Ein paar haben Elliotts ‚Geschäft' von Anfang an durchschaut und sich nicht beteiligt. Sie haben ihre Freunde sogar davor gewarnt."

Joslyn nickte. Dann schluckte sie. Sie konnte die vorwurfsvollen Blicke der anderen Partygäste jetzt wieder regelrecht spüren. Vielleicht hatten sie alle ohnehin schon die ganze Zeit angestarrt, und sie hatte es wegen Slade nur nicht gemerkt.

Jetzt würde er gleich seinen Teller in einen der strategisch positionierten Mülleimer werfen und wieder arbeiten gehen.

„Joslyn?" Er war bereits aufgestanden.

Sie sah zu ihm auf. Es gelang ihr nicht, ihre Traurigkeit zu verbergen – sosehr sie es auch versuchte.

„Lauf nicht weg", sagte er leise zu ihr. „Du hast hier zwar ein paar Feinde, aber auch Freunde. Vergiss das nicht."

Sie wollte nicht, dass er aufbrach. Doch das hätte sie ihm niemals gesagt. „Ich komme schon klar", entgegnete sie, reckte dabei ihr Kinn empor und hoffte, dass er den kleinen Schauer nicht bemerkt hatte, der sie gerade durchlief. „Aber danke für deine Sorge."

Er grinste. „Gern geschehen."

Dann entsorgte er seinen Pappteller und gesellte sich zu Tara Kendall, die mit Kendra und ein paar anderen Leuten an einem Tisch saß.

Aus den Augenwinkeln sah Joslyn, wie Slade sich mit Tara unterhielt und über etwas lachte, das Kendra sagte.

Joslyn fühlte sich ausgeschlossen. Gleichzeitig wusste sie, dass ihre Reaktion kindisch war.

Die Luft war erfüllt vom Duft herrlicher Köstlichkeiten und vom Klang fröhlichen Geplauders, allerdings hatte Joslyn weder Appetit noch das Bedürfnis, mit den anderen Gästen zu feiern.

Am liebsten würde sie immer noch in ihrem Gästehaus sitzen und warten, bis alle weg waren. Doch das war schon vor Slades Rat, nicht wegzulaufen, keine Option gewesen, und war es auch jetzt nicht.

Nachdem Slade sich verabschiedet hatte, spürte sie die Lücke, die er hinterlassen hatte.

Die Party lief weiter. Die Band machte zwischendurch Pausen, in denen die Musiker mit allen anderen aßen und etwas tranken und anschließend wieder zu spielen begannen. Menschen kamen und gingen.

Joslyn mischte sich unter die Leute und folgte dem altbewährten Motto ihrer Mutter: Wenn du dich bei einem gesellschaftlichen Anlass unwohl fühlst, vergiss dich selbst und versuche, etwas zu tun, damit die anderen sich wohlfühlen. Manche der Gäste reagierten herzlich, andere kühl, und ein paar machten einen großen Bogen um Joslyn, um ein Gespräch zu vermeiden. Letzteres tat weh.

Hutch Carmody tauchte auf, als ein paar Männer auf dem Gartenweg gerade Bretter aus einem Pritschenwagen luden. Hutch half, die Bretter in der Mitte von Kendras Garten zu einem improvisierten Tanzboden zusammenzuschrauben.

Cookie Jean und die Band spielten ihren letzten Song und wurden von zwei Geigenspielern abgelöst.

Als Joslyn ihre ehemalige Klassenkameradin um eine Ecke von Kendras Haus verschwinden sah, warf sie all ihre Bedenken über Bord und eilte ihr nach.

„Cookie Jean?“, rief sie.

Die andere Frau blieb abrupt stehen, drehte sich jedoch nicht um. „Ich habe dir nichts zu sagen, Joslyn Kirk.“

Unter anderen Umständen hätte Joslyn über die Ironie dieser Bemerkung schmunzeln müssen.

„Nun ja, ich habe *dir* etwas zu sagen." Joslyn überholte Cookie Jean und stellte sich ihr in den Weg. Dann nahm sie allen Mut zusammen, den sie noch hatte. „Es tut mir leid. Ich meine, das, was Elliott getan hat, tut mir leid. Aber ich hatte nichts damit zu tun, und das weißt du. Wir waren Freundinnen, Cookie Jean. Erinnerst du dich?"

Cookie Jean erbleichte. Durch das Singen war ihr Lippenstift verwischt, und auch ihr restliches Make-up hatte sich während ihres anstrengenden Auftritts und wegen der Hitze fast aufgelöst. Ein paar Strähnen ihrer – allzu – blond gefärbten Haare waren aus ihrer altmodischen, zu einem „French Twist" gerollten Hochsteckfrisur gerutscht und hingen schlaff herunter.

„Du meinst wohl", stieß sie wütend hervor, „dass ich zu denen gehört habe, die dich aus der Ferne bewundern durften. Glaubst du etwa, Joslyn, ich hätte nichts von den unzähligen Pyjamapartys da drüben mitgekriegt?" Sie deutete mit dem Kopf auf das riesige Haus. „Den Partys, zu denen nur die beliebten Mädchen eingeladen wurden?"

Joslyn konnte nicht leugnen, dass damals Pyjamapartys ohne Cookie Jean stattgefunden hatten. Auch andere Kinder, die außerhalb von Parable gewohnt hatten und mit dem Bus zur Schule gekommen waren, waren nicht dabei gewesen. Was Joslyn allerdings nicht schaffte zu erklären, war, dass Elliott diese Partys immer auf nur sechs Mädchen beschränkt hatte – inklusive Joslyn selbst. Dazu kam, dass er auch noch derjenige gewesen war, der die Gästeliste zusammengestellt hatte.

„Es war nicht so, wie du denkst", widersprach sie matt.

„Ach nein?", blaffte Cookie Jean und fuchtelte mit einem Finger vor Joslyns Nase herum. Ihre Stimme bebte, und Joslyn merkte, dass Cookie Jean den Tränen nahe war. Na gut, das war *sie selbst* auch. „Warum bist du überhaupt nach Parable zurückgekommen?", fuhr Cookie Jean aufgeregt fort. „Du bist hier nicht willkommen, Joslyn. Du weckst nur Erinnerungen an schlimme Zeiten, sonst nichts."

Joslyn ließ es bleiben zu fragen, ob Cookie Jean oder einer ihrer Verwandten vor Kurzem mit der Post einen großen Scheck bekommen hatten. Sie konnte mit Geld nicht wiederherstellen, was Elliott ohne mit der Wimper zu zucken zerstört hatte: das Vertrauen und die Lebensgrundlage jener Leute, die ihn für einen Freund gehalten hatten. Joslyn war sich dessen nur allzu gut bewusst.

Wenn sie Parable als Mensch verlassen wollte, der mit sich im Reinen war, dann würde sie sich Begegnungen wie dieser mit Cookie Jean stellen müssen. Wahrscheinlich würden sich noch weit unangenehmere Konfrontationen ergeben. Joslyn wusste, dass sie besser den Mund halten und sich – bildlich gesprochen – aus dem Staub machen sollte, doch sie schaffte es nicht. *Irgendjemand* musste sich dem Unglück stellen, das ihr Stiefvater angerichtet hatte. Und da er tot war und ihre Mutter nicht das gleiche Bedürfnis hatte wie ihre Tochter, die Dinge wiedergutzumachen, fiel Joslyn nun mal diese Aufgabe zu.

Sie war wie Don Quijote, der gegen Windmühlen kämpfte.

„Aber was ist mit den schönen Zeiten, Cookie Jean?", fragte sie. „Erinnerst du dich an die Partys am See? Die Lagerfeuer nach den Spielen der Highschool-Mannschaft – unabhängig davon, ob unser Team gewonnen hat oder nicht? Die Abschlussbälle und den Schuljahrmarkt? Wir beide haben gemeinsam an dem Stand mit dem Ringwurfspiel gearbeitet, weißt du noch? Und wir hatten viel Spaß."

Cookie Jean hatte einen Moment lang feuchte Augen bekommen. Doch sie blinzelte die Tränen rasch weg. „Hör zu, Joslyn", sagte sie schließlich müde. „Vielleicht sind ja einige Leute hier in Parable bereit, so zu tun, als wäre nichts passiert. Aber ich nicht. Onkel George hat seine *Farm* wegen deines Stiefvaters und all der schicken Sachen verloren, die er dir und deiner Mutter gekauft hat. Meine kleinen Brüder und ich haben bei ihm und Tante Sarah gewohnt und damals das einzige Zuhause verloren, das wir kannten. Sechs Monate, nachdem die Bank die Farm versteigert hat, ist Onkel George an einem Herzinfarkt gestorben, und Tante Sarah musste zu ihrer Schwester nach Boise ziehen. Ich habe gleich nach der Highschool geheiratet – übrigens den falschen Mann –, weil ich meinen Brüdern so etwas wie eine Familie bieten wollte. Mein jüngerer Bruder Toby steckt ständig in Schwierigkeiten, und Bill ist bei der Army, wo ihm weiß Gott was passieren kann. Hast du eine Ahnung, was sein Traum war, Joslyn? Bill wollte auf der Milchfarm mitarbeiten und sie später einmal übernehmen, wenn es Onkel George zu viel würde …" Sie schaute weg.

Joslyn stand aufrecht und mit hoch erhobenem Kopf da, wie Kendra es ihr vorhin geraten hatte. Innerlich jedoch war sie zutiefst erschüttert. Sie hatte sich zwar bemüht, den Leuten das zurückzugeben, was ihnen seinerzeit genommen worden war, aber in vielen Fällen war der Schaden irreparabel.

Die Milchfarm der Tulversons gab es nicht mehr. Cookie Jean hatte, ebenso wie ihre Brüder Toby und Bill, einen hohen Preis gezahlt. Der Scheck, der wahrscheinlich an ihre Tante Sarah geschickt worden war, konnte den Verlust dieser Familie nicht einmal ansatzweise ausgleichen.

„Lass mich in Zukunft in Ruhe, okay?", bat Cookie Jean schneidend. Dann stürmte sie durch das Gartentor. Joslyn sah sie in ein altes Auto einsteigen und hörte, wie sie den Wagen unsanft startete. Der Motor heulte auf und gab ein lautes, schleifendes Geräusch von sich. Als der Wagen losfuhr, stiegen Rauchschwaden aus dem Auspuff.

„Hast du mir den ersten Tanz reserviert, wie versprochen?", vernahm Joslyn jemanden in leicht vorwurfsvollem Ton hinter sich.

Sie drehte sich um und entdeckte Hutch, der sie – erfreulicherweise – ohne eine Spur von Mitleid wissend anlächelte. Ebenso wie Kendra hatte er ihr nie die Schuld an Elliotts Betrügereien gegeben, und dafür liebte Joslyn ihn.

„Ja." Ihr lief eine einzelne Träne über die Wange.

Hutch kam zu ihr, legte einen Arm um sie und wischte ihr mit dem Daumen das Tränchen weg. „Ich schätze, Cookie Jean hat allen Grund, verbittert zu sein. Aber so darf sie dich trotzdem nicht behandeln."

Joslyn presste die Lippen zusammen. Von Hutch Carmody im Arm gehalten zu werden fühlte sich an wie die Umarmung eines Bruders, den sie leider nie gehabt hatte. Es war ein schönes Gefühl. „Elliott ist tot", sagte sie unglücklich. „Meine Mutter ist nicht hier. Wer, außer mir, sollte denn für alles, was geschehen ist, die Verantwortung übernehmen?"

„Vielleicht jene Leute, die auf Elliotts Masche, Geld zu verdienen, hereingefallen sind?", schlug Hutch vor. Er ließ sie los und nahm ihre Hand. „Elliott ist mit seinem raffinierten Plan auch zu meinem Dad gekommen. Dad hat gesagt, für ihn würde sich die ganze Sache unseriös und idiotisch anhören, woraufhin Elliott wütend wurde und ihn wüst beschimpft hat. Ich dachte damals, die beiden würden jeden Moment aufeinander losgehen, direkt auf unserer Ranch, aber Elliott ist irgendwann dann doch in seinen Wagen gestiegen und weggefahren. Dad hat die Sache mit keinem Wort mehr erwähnt."

Joslyn grübelte darüber nach, was Hutch gerade gesagt hatte. Gleichzeitig erinnerte sie sich wieder an Slades Worte: „Niemand hat sie mit vorgehaltener Waffe gezwungen zu investieren."

„Ich wünschte, diese verdammte Party wäre vorbei", erwiderte sie.

Hutch lachte leise. Dann zog er sie den Gartenweg zurück zum rauchenden Grill, der Country Music und der bunten Mischung aus freundlich und feindlich gesinnten Menschen.

„Tja", sagte er, „sie ist *nicht* vorbei. Die Leute fangen gerade erst *an* zu tanzen. Das Beste, was du tun kannst, ist vermutlich, dich prächtig zu amüsieren und dafür zu sorgen, dass alle es mitkriegen."

„Du bist ein guter Freund, Hutch Carmody." Joslyn schniefte gerührt.

„Ich bin auch ein ziemlich guter Tänzer." Er zwinkerte ihr zu.

Bald darauf standen sie auf der improvisierten Tanzfläche, und die Band spielte einen alten Johnny-Cash-Song. Langsam begann Joslyn daran zu glauben, dass sie diesen Abend doch überstehen würde.

Als Slade nach Dienstschluss zurück zur Party kam, sah er sich sofort suchend nach Joslyn um. Auf dem Weg hierher hatte er seine Mom, die sich für das Barbecue in ein Cowboy-Outfit mit Fransen geworfen hatte, vom „Curly-Burly“ abgeholt.

Seine Wangenmuskeln spannten sich an, als er Joslyn mit Hutch tanzen und gerade über irgendetwas lachen sah.

Callie stieß Slade unauffällig mit dem Ellbogen in die Seite. „Pass auf, dass dir nicht die Augen herausfallen, Cowboy“, zog sie ihn flüsternd auf. „Die beiden tanzen nur, das ist alles.“

Slade war plötzlich etwas gereizt. In Momenten wie diesen wünschte er sich sehnlich, er wäre für seine Mutter nicht so leicht zu durchschauen wie die Figuren aus ihren Heftromanen. „Du missverstehst da etwas“, brummte er. „Es interessiert mich nicht im Geringsten, was Joslyn und Hutch auf dieser Tanzfläche oder sonst wo tun.“

Callie kicherte. „Du könntest ja abklatschen“, schlug sie vor, bevor sie sich in die Menge stürzte und ihn stehen ließ wie einen Vollidioten. Sie wollte Kendra begrüßen und Tara Kendall kennenlernen – jene Frau, von der sie schon so viel gehört hatte.

Slade wünschte, er wäre zu Hause bei Jasper geblieben, anstatt sich nach der Arbeit zu duschen, sich umzuziehen und wieder herzufahren.

Wäre da nicht Callie gewesen, die er wieder nach Hause bringen musste, hätte er auf dem Absatz kehrtgemacht und wäre von hier verschwunden. Andererseits gab es mindestens ein Dutzend Leute, die Callie gern heimgebracht hätten. Doch der Gedanke an Flucht kam Slade dermaßen feige vor, dass er beschloss, jetzt erst recht zu bleiben.

Seine Mutter hatte mittlerweile bereits die Gastgeberin begrüßt und sich mit der untypischsten Hühnerfarmerin bekannt gemacht, die Slade jemals gesehen hatte. Jetzt war Callie gerade dabei, zu den zwei Geigern auf die Bühne zu gehen. Im nächsten Moment hatte sie ein Mikrofon in der Hand und wurde von den Partygästen angefeuert, zu singen.

Callie begann schmunzelnd mit einem langsamen, verträumten Song von Dolly Parton. Sie hatte alle Sängerinnen drauf – von Patsy über Reba bis zu Faith und Carrie oder Jewel. Und sie war alles andere als schüchtern. Callie Barlow war eine der selbstbewusstesten Frauen, die Slade kannte.

Er schüttelte bewundernd den Kopf, lächelte in sich hinein und marschierte dann direkt zu Kendra.

„Darf ich um diesen Tanz bitten?“, bat er übertrieben förmlich.

Ihm fiel auf, dass sie ein wenig bedrückt wirkte. Doch dann lächelte sie ihn fröhlich an. „Als könnte ich bei einem gut aussehenden Cowboy wie dir jemals Nein sagen.“

Sie gingen zusammen auf die Tanzfläche.

Slades Meinung nach kam Kendra Shepherd der perfekten Frau verdammt nahe. Schön, klug, sympathisch – und natürlich sexy. Aber zwischen ihnen hatte es nie geknistert – Kendra würde ihm diesbezüglich beipflichten, wenn er sie fragte. Sie beide würden einfach immer nur gute Freunde sein, mehr nicht.

Als er auf ihr Gesicht hinunterblickte, musste er an ihren Exmann, diesen Loser, denken. Er hoffte, dass der Mistkerl sich von Parable – und Kendra – fernhielt. Die Trennung hatte ihr sehr zugesetzt, obwohl sie sich tapfer bemüht hatte, sich nichts anmerken zu lassen. Slade nahm an, dass sie nur schwer darüber hinwegkommen würde. Vielleicht nie.

„Sie wissen wirklich, wie man Partys feiert, Ma'am“, sagte er in dem typischen Cowboyslang, den man aus alten Western kannte. Kendra schien in seinen Armen kurz zusammenzusacken und blickte verstohlen zu Hutch und Joslyn. Dann wandte sie sich wieder Slade zu.

„Die beiden sehen gut zusammen aus“, sagte sie. Es klang traurig und auch ein wenig verlegen.

„Hutch turnt mich persönlich nicht besonders an“, scherzte Slade, um die Stimmung ein bisschen zu heben, „aber in Bezug auf Joslyn kann ich dir nur beipflichten. Sie sieht wirklich toll aus.“

Kendra zwang sich zu einem schwachen Lächeln. „Wenn du Joslyn so toll findest …“, neckte sie ihn flüsternd und ein wenig müde, während Callies Stimme sich über die Musik der beiden Geigen emporschwang, „… warum tanzt du dann mit *mir*?“

Er lachte leise, auch wenn ihm Kendras Traurigkeit sehr naheging. Er mochte sie und wollte, dass sie glücklich war. Aber das war sie nicht, trotz all ihres beruflichen Erfolgs.

„Ich dachte, du wärst die Frau, die am ehesten Ja sagt", antwortete er nach kurzem Schweigen.

Ihr Lächeln wurde breiter. „Wirst du dich je dazu entschließen, dieses Kingman-Haus zu kaufen?"

Er zog eine Augenbraue hoch. „Du redest auf einer Grillparty über Geschäfte? Kendra, das ist *nicht* cool."

Kendra verdrehte ihre hellgrünen, leuchtenden Augen. „Ich rede überall über Geschäfte, das weißt du doch. Kaufst du nun diese Ranch oder nicht, Slade Barlow?"

Er seufzte. „Ich habe keine Ahnung." Der Song war zu Ende, und Callie stieg, begleitet von lautem Applaus und Rufen nach einer Zugabe, von der Bühne. Sie standen in der Mitte des Tanzbodens, er und Kendra, und sahen wie etwas aus, das sie nicht waren: ein Paar, das auf dem besten Weg ist, sich zu verlieben. „Es ist kompliziert, Kendra. Und es ist weder der richtige Zeitpunkt noch der passende Ort, um darüber zu reden."

Sie nickte. Die Musik hatte gerade wieder eingesetzt, als plötzlich Hutch – arrogant und cool wirkend wie immer – neben ihnen auftauchte. Er forderte Kendra zum Tanzen auf, indem er ihr stumm die Hand entgegenstreckte.

Trotz des Selbstbewusstseins, das Hutch ausstrahlte, fiel Slade dennoch das leichte Zucken im Gesicht seines Halbbruders auf, und er musste insgeheim lächeln.

8. KAPITEL

Mit einem Glas Punsch in der Hand sah Joslyn zu, wie Kendra sich ein wenig zögerlich in Hutchs Arme begab. Dann begannen die beiden unter den ersten Sternen des Sommerabends und den bunten Lichtern der chinesischen Lampions, die von den Ästen der Ahornbäume hingen, zu einer langsamen Melodie zu tanzen. Die Stimmung war beinahe unwirklich – auf eine magische, romantische Art und Weise.

Seufzend stellte Joslyn ihr Glas ab – es wurde sofort von einem der Kellner diskret abgeräumt – und überlegte, ob sie sich jetzt guten Gewissens in ihr Gästehaus zurückziehen konnte. Sie hatte sich auf der Party gezeigt, gelächelt, bis ihr das Gesicht wehgetan hatte, und so viele Gespräche begonnen, wie sie nur konnte. Zaghaft freundliche Reaktionen und schroffe Zurückweisung hatten sich in etwa die Waage gehalten. Sie hatte getanzt, zu viel gegessen und auch zu viel Wein getrunken, weshalb sie vor einer Stunde auf Punsch umgestiegen war. Ihre Füße schmerzten, sie war müde, und ihr war merkwürdig schwer ums Herz, während sie nun Hutch und Kendra beobachtete. Das Bild, wie die beiden einander beim Tanzen im Arm hielten, war so unglaublich stimmig.

„Scheint so, als würde da drin gerade viel vor sich gehen." Slade stand plötzlich neben ihr und tippte mit einem Zeigefinger zart an ihre rechte Schläfe.

Joslyn lächelte ein wenig befangen. Gleichzeitig fühlte sie sich, als wären ihre Lebensgeister zurückgekehrt. „Ich habe gerade gedacht …", sie deutete mit dem Kopf auf das Paar, das sie gerade beobachtet hatte, „… wie gut Hutch und Kendra zusammen aussehen."

Um Slades Mund zuckte ein Lächeln. Wie würde es sein, überlegte Joslyn, wenn er sie mit diesen wohlgeformten, sinnlichen Lippen küsste? Sie schlang die Arme um sich, um einen seltsamen kleinen vorfreudigen Schauer zu unterdrücken.

„Kendra hat das Gleiche über dich und Hutch gesagt." Slade

nahm Joslyn, ohne zu fragen – ohne fragen zu *müssen* – in seine Arme, und sie begannen sich zu der leisen, romantischen Melodie zu bewegen.

Joslyn bebte innerlich. Das war es, was Sheriff Slade Barlows körperliche Nähe offenbar immer wieder in ihr auslöste. Einigermaßen verwirrt blickte sie zu ihm auf.

„Wir sind nur gute Freunde, Hutch und ich", beeilte sie sich – für ihr eigenes Empfinden eine Spur *zu* hastig – zu erklären.

Slades Augen leuchteten kurz auf – oder hatte sie sich das nur eingebildet? „Tja", erwiderte er gedehnt und mit dem Anflug eines Lächelns, „ich schätze, *einen* Freund muss Hutch ja haben."

Joslyn hatte das seltsame Gefühl, als hätten sich die Nähte ihres Sommerkleides plötzlich gelockert; als würde der Stoff einfach auseinanderfallen und sich auflösen. Die Vorstellung, hier ganz nackt zu stehen, war beunruhigend.

„Hutch hat viele Freunde", entgegnete sie ziemlich schroff.

„Es war doch ein *Witz*", sagte Slade übertrieben geduldig und sichtlich amüsiert.

„Du zählst dich also nicht zu seinen Freunden?" Joslyn merkte, dass sie Slade generell nicht gern zustimmte, sondern lieber etwas entgegensetzte. Das war zwar verrückt, doch sie fühlte sich sicherer dabei.

„Nein", antwortete Slade, direkt wie immer. „Das kann man nun wirklich nicht behaupten."

„Warum nicht?" Joslyn *musste* ihn einfach herausfordern.

„Weil ich ihn für einen Idioten halte. Und ich würde meine Ranch – wenn ich denn eine hätte – darauf verwetten, dass er von mir das Gleiche denkt."

„Hutch ist kein Idiot", widersprach sie. Sollte Slade über ihre Feststellung, die ihn selbst ausdrücklich *nicht* von den Idioten ausnahm, doch denken, was er wollte.

Slades Augen funkelten. Verdammt, er genoss die Situation. Schon wieder! Ihm gefiel es anscheinend, sie aus der Fassung zu bringen und – bildlich gesprochen – Sand ins Getriebe zu streuen. Er war … er war immer *dagegen*. Genau das war er. Stur, uneinsichtig und vielleicht sogar arrogant.

Joslyn hasste Arroganz.

„Wie Sie meinen, Ma'am", erwiderte er spöttisch.

In diesem Augenblick kam es Joslyn vor, als würde der Song – und damit auch dieser Tanz – nie ein Ende haben. „Können wir dieses Thema einfach lassen, bitte?", zischte sie wütend.

„Sicher können wir", stimmte Slade ihr freundlich zu. Genau in diesem Moment hörte die Musik auf.

Ein paar Sekunden lang standen sie beide reglos da und sahen einander nur an. Dann ging Slade in eine Richtung, Joslyn in die andere.

Sie flüchtete in die kühle Stille des Gästehauses und schloss rasch die Tür hinter sich ab, als wäre ihr jemand auf den Fersen. Was sie betraf, war dieser Abend vorbei.

Lucy-Maude begrüßte sie mit einem fröhlichen „Miau". Die Katze saß mit gespitzten Ohren und flauschigem Schwanz in der Mitte der Küche auf dem Boden und war in einen Strahl buntes Licht getaucht, das die Partybeleuchtung durch das Fenster auf sie warf.

Joslyn beugte sich zu ihr hinunter und streichelte ihr über das seidige Fell. „Vielleicht war es doch ein Fehler, nach Parable zurückzukehren", vertraute sie dem Tier leise und traurig an. „Egal, was ich tue, ich bleibe immer Elliott Rossiters verwöhnte Stieftochter. Zumindest für ein paar Leute. Wie bin ich bloß auf die Idee gekommen, ich könnte mich hier zu Hause fühlen? Wenigstens für ein paar Wochen?"

Lucy-Maude schnurrte mitfühlend.

Joslyn ging zum Küchenschrank und nahm eine Schachtel mit einer Auswahl verschiedener Kräutertees heraus. Sie entschied sich für Ingwer-Minze, füllte Wasser in eine Tasse und stellte sie in die Mikrowelle. Dann zog sie die Vorhänge des Fensters hinter der Spüle zur Seite und starrte hinaus auf Kendras Garten.

Die Zwei-Mann-Band packte gerade ihre Instrumente ein. Die Gäste waren im Aufbruch. Die Helfer vom „Butter Biscuit Café" hatten bereits mit dem Aufräumen begonnen, und auch die Kerzen in den chinesischen Lampions waren gelöscht.

Wider besseren Wissens suchte ihr Blick nach Slade. Doch er war verschwunden – gemeinsam mit seiner singenden Mutter. Auch Hutch war nirgends zu entdecken.

Autos fuhren aus der Einfahrt hinaus auf die Straße.

„Tja, *das* ist endlich vorbei", sagte sie zur Katze. In diesem Moment piepte der Timer der Mikrowelle, und Joslyn drehte sich vom Fenster weg, um ihre Tasse Beruhigungstee herauszuholen. „Aber irgendwie bin ich auch froh", fügte sie hinzu.

Es stimmte *beinahe*, dass sie froh war. Beinahe, aber nicht ganz. Sie hatte den Abend genossen, sich hübsch in ihrem Sommerkleid gefühlt und die Musik und das Essen toll gefunden. Abgesehen von den paar Leuten, die ihr die kalte Schulter gezeigt hatten, waren die Gespräche sogar recht nett gewesen. Außerdem war sie ziemlich sicher, dass sie in Tara Kendall eine neue Freundin gefunden hatte.

Am besten aber hatte ihr gefallen – und das brauchte nie jemand zu erfahren, weil es niemanden etwas anging –, sich in Slade Barlows Armen zur Musik zu wiegen.

Maggie Landers' kleiner blauer Sportwagen bog hupend in die Einfahrt, als Slade gerade – mit seiner Mutter auf dem Beifahrersitz – wegfahren wollte. Das Auto war ein aus England importierter Klassiker, und Slade hätte den Wagen überall erkannt.

Seufzend ließ er das Autofenster hinunter.

Maggie stöckelte auf ihren hohen Schuhen auf ihn zu. In einer Hand hielt sie ein Bündel Papiere. „Ich bin in der Kanzlei aufgehalten worden und habe die ganze Grillparty versäumt", erklärte sie unnötigerweise und lächelte seiner Mutter herzlich zu. „Hi, Callie."

„Hi!" Callie hatte sich auf der Party gut amüsiert und strahlte immer noch wegen der vielen Komplimente, die sie für ihre Sangeskünste bekommen hatte.

„Noch mehr Unterlagen?" Slade klang alles andere als begeistert. Er war müde, in Gedanken bei Joslyn Kirk und wollte irgendwohin, wo er in Ruhe nachdenken konnte; wo er *gründlich* nachdenken konnte, bis alles irgendeinen Sinn ergab.

Maggie lächelte ihn an. In ihrem teuren sommerlichen Hosenanzug sah sie so adrett und frisch aus, als wäre es früher Morgen und nicht schon fast elf Uhr nachts. „Sie kennen diese Unterlagen, Slade", antwortete sie. „Wie wäre es, wenn Sie sie unterschreiben, damit ich wieder einen Punkt von meiner To-do-Liste streichen kann?"

„Hat Ihnen schon mal jemand gesagt, dass Sie ein Workaholic sind?", fragte Slade. Er nahm an, dass dies die Papiere waren, die eine Riesensumme von John Carmodys Vermögen auf sein Konto transferierten. Er hätte sich wie ein Lottogewinner fühlen müssen – doch dem war ganz und gar nicht so. „Ach, Maggie, es ist Wochenende. Die Banken sind doch gar nicht offen."

„Richtig", stimmte Maggie ihm unbekümmert zu. „Aber wenn ich jetzt Ihre Unterschrift bekomme, erspart das einem von uns – oder uns beiden – am Montag einen Weg." Sie atmete tief durch und reckte energisch das Kinn empor. „Außerdem geht es hier nicht nur um das Geld, das Mr Carmody Ihnen hinterlassen hat. Es gibt da, falls es Ihnen noch nicht aufgefallen ist, noch ein anderes Schreiben. Es handelt sich um ein offizielles Angebot von Hutch, Ihnen Ihren Anteil an Whisper Creek abzukaufen. Und es ist ein unglaubliches Angebot. Ich habe ihm, um ehrlich zu sein, abgeraten, so viel zu bieten, besonders angesichts der Wirtschaftslage. Doch er will die Ranch um jeden Preis ganz für sich allein, schätze ich."

Slade presste die Lippen aufeinander. Maggie mochte es vielleicht nicht aufgefallen sein, seiner Mom allerdings sehr wohl. Callie legte kurz eine Hand auf seinen Unterarm, wie sie es immer tat, wenn sie glaubte, er würde gleich etwas sagen, was er später vielleicht bereute.

„Haben Sie einen Stift?", meinte er barsch zu Maggie. Dann schaltete er die Innenraumbeleuchtung ein, damit er sehen konnte, was er im Begriff war zu unterschreiben. Seine Hälfte von Whisper Creek würde er allerdings nicht verkaufen, ehe er nicht gründlich darüber nachgedacht und alle seine Möglichkeiten ausgelotet hatte.

Es war nun mal seine Art, an Dinge heranzugehen. Er war einfach dieser Typ Mensch.

Maggie reichte ihm einen eleganten Kugelschreiber und den Stapel Papiere. Er überflog alles, unterschrieb an mehreren Stellen und gab ihr die Papiere zurück.

Maggie blätterte den Stapel durch. „Was ist mit Hutchs Angebot? Wollen Sie es sich denn nicht einmal anschauen?"

Slade hielt das mehrseitige Angebot immer noch in der Hand. „Na gut, ich lese es mir durch", sagte er mit gepresster Stimme. „*Später.*"

Maggie stieg auf das Trittbrett von Slades Pick-up und guckte an Slade vorbei zu Callie. „Bringst du diesen sturen Kerl bitte zur Vernunft?", bat sie ihre alte Freundin. „Hier geht es um sehr viel."

„Es ist Slades Entscheidung, Maggie", entgegnete Callie gelassen. „Und er ist sehr wohl in der Lage, sie allein zu treffen. Ich würde es, offen gestanden, auch nicht anders haben wollen."

„Aber ..."

Slade räusperte sich. Das letzte andere Auto war gerade weggefahren, und die Straße war dunkel und leer. Er konnte sogar hören, wie die Heuschrecken ihre Hinterbeine aneinanderrieben. „Würden Sie mir einen Gefallen tun, Maggie", brummte er. „Bitte."

„Sicher." Maggie stieg mit einer in Anbetracht ihrer Schuhe bemerkenswert eleganten Bewegung vom Trittbrett hinunter. „Welchen denn?"

„Richten Sie Hutch aus, er soll mich in Ruhe lassen", sagte Slade höflich, aber bestimmt. Er mochte Maggie und wusste, dass sie nur ihren Job machte. „Je mehr er mich unter Druck setzt zu verkaufen, desto weniger werde ich es tun."

Maggie seufzte. „Rufen Sie mich an, wann auch immer Sie bereit sind", meinte sie, nickte ihm ein wenig betrübt zu und ging.

Slade sah Maggie im Außenspiegel nach, bis sie wieder sicher in ihrem Wagen saß.

„Für jemanden, der sich – zumindest was das Finanzielle betrifft – keine Sorgen mehr machen muss", stellte Callie fest, „bist du ziemlich gereizt."

Maggie fuhr an ihnen vorbei, und auch Slade gab Gas. Er würde seine Mutter nach Hause bringen und dann zurück in seine Wohnung fahren, wo er Jasper inmitten von Umzugskartons zurückgelassen hatte.

Irgendwann morgen Nachmittag würde Shea ankommen. Sie würde mit Layne ein paar Tage im Hotel bleiben – lange genug, so hoffte er, um das gemietete Haus einigermaßen wohnlich zu gestalten. Außerdem musste er – unter anderem – ein paar Möbel, Lebensmittel und ein paar anständige Handtücher kaufen.

„Mir geht derzeit viel durch den Kopf", erklärte er.

„Ja." Callie nickte. Da er ihr natürlich von Sheas bevorstehendem Besuch erzählt hatte und Callie auch wusste, dass Layne mitkommen würde, nahm er an, dass seine Mom sich darauf bezog. Doch wie so oft überraschte sie ihn. „Ich habe gesehen, wie du mit Joslyn Kirk getanzt hast."

Er seufzte und strich sich durchs Haar. Bevor er in den Pickup eingestiegen war, hatte er seinen Hut auf die Rückbank geworfen. Normalerweise ging er nicht so achtlos damit um.

Er fühlte sich ertappt. Und das hasste er. „Es war nur ein *Tanz*, Mom. Mehr nicht."

„Habe ich vielleicht etwas anderes behauptet?", fragte sie sichtlich amüsiert. Dann streckte sie eine Hand aus. „Lass mich einen Blick auf diese Papiere werfen."

Er gab sie ihr, weiterhin auf die Straße schauend.

Die Innenbeleuchtung hatte sich mittlerweile wieder ausgeschaltete, doch der Mond und die Straßenlaternen gaben genug Licht zum Lesen. Callie blätterte ein paar Seiten durch. Dann stieß sie einen Pfiff aus.

„Hutch will *wirklich* jeden Quadratmeter der Whisper-Creek-Ranch haben", stellte sie fest.

„Was du nicht sagst …" Slade war nicht stolz auf seinen leicht aggressiven Ton, aber nun war es zu spät. Er hatte sich schon dazu hinreißen lassen.

„Slade." Das war alles, was Callie sagte. Nur seinen Namen. Doch dieses eine Wort war inhaltsschwer. Es bedeutete: *Mir kannst du nichts vormachen. Hier geht es um weit mehr, als du zugeben möchtest.*

Slade sagte nichts dazu. Den Rest der Fahrt zum „Curly-Burly" legten sie schweigend zurück. Als sie ankamen, stieg er aus, ging um den Wagen herum und machte Callie die Tür auf.

Egal, wie eilig er es hatte, von hier wegzukommen – er konnte erst heimfahren, wenn er wusste, dass seine Mom drinnen, das Licht an und alles okay war.

Also begleitete er sie zur Tür des Wohnwagenanbaus und wartete, bis sie ihre Tasche umständlich von einer Hand in die andere gegeben und aufgeschlossen hatte. Er griff an ihr vorbei und drückte auf den Lichtschalter.

„Kommst du auf eine Minute herein?", bat Callie leise. Sie rechnete offensichtlich damit, dass er ablehnte.

„Klar." Er unterdrückte einen weiteren Seufzer. „Allerdings kann ich nicht lang bleiben. Ich muss nach Hause und Jasper ins Freie lassen, bevor ihm ein Missgeschick passiert."

Callie lächelte. Slade machte die Tür zu.

„Wie wäre es mit Kaffee?", schlug sie vor.

„Danke." Slade blieb stehen, wo er war, und betrachtete den gemütlichen, vertrauten Raum. Die Einrichtung war zweckmäßig, wenn auch ein wenig schäbig. Er fragte sich, ob der Teppich – zwar abgenutzt, aber unverändert sauber – sich immer noch so weich auf den Fußsohlen anfühlte wie in seiner Kindheit. „Aber ich würde heute Nacht gern ein paar Stunden schlafen. Also lieber nicht."

„Dann einen koffeinfreien?" Callie Barlow wäre nicht Callie Barlow, würde sie leicht aufgeben.

„Trink du einen." Er folgte ihr in die kleine Küche, die nur geringfügig größer war als die Kochnische in seiner Wohnung. „Ich setze mich ein paar Minuten zu dir."

Callie, die immer noch ihr Cowgirl-Outfit mit Fransen anhatte, drehte sich kurz zu ihm um und lächelte. „Fein. Wenn ich so richtig auf den Putz haue, bin ich danach immer ein bisschen melancholisch."

Und wieder war es ihr gelungen, ihn zu überraschen.

Er ließ sich auf einen der roten Plastikstühle fallen, lehnte sich zurück und verschränkte die Arme, während Callie eine Tasse und die Dose mit dem koffeinfreien Kaffee aus dem Schrank holte. „Warum wirst du melancholisch?“, erkundigte er sich.

„Mit Partys ist das so eine Sache“, erklärte sie. „Sie lassen mich eine Zeit lang vergessen, dass ich zu Hause dann doch wieder allein bin.“

Slade gab es einen Stich ins Herz. Allerdings bemühte er sich, es sich nicht anmerken zu lassen. Immerhin hatte Callie ihren Stolz. Sie wäre gekränkt, sobald sie den Eindruck bekäme, er hätte Mitleid mit ihr. „Du brauchst nicht allein zu bleiben“, sagte er ruhig. „Sogar in diesem Nest gibt es jede Menge Männer, die dir liebend gern einen Ring an den Finger stecken würden.“

„Oder durch die Nase“, fügte Callie schelmisch hinzu. Dann kicherte sie. „Ja, ich könnte wieder heiraten.“ Sie schwieg nachdenklich. „Wenn ich mich binden wollte.“

„Hast du John Carmody geliebt?“, fragte Slade, nachdem sie beide eine Weile ihren Gedanken nachgehangen hatten. Er hatte ihr diese spezielle Frage eigentlich nicht stellen wollen, doch jetzt stand sie zwischen ihnen im Raum.

Callie, die gerade dabei war, ihre Kaffeetasse in die Mikrowelle zu stellen, hielt kurz inne und sah sich zu ihm um. „Natürlich“, antwortete sie mit leiserer Stimme als sonst. „Ich habe doch sein Kind auf die Welt gebracht, nicht wahr?“

Slade schloss einen Moment die Augen. Er spürte, wie es hinter seinen Lidern brannte. „Liebe und Kinder gehören nicht unbedingt zusammen“, erklärte er mit belegter Stimme. „Damals nicht und auch heute nicht.“

Callie setzte sich ihm gegenüber an den Tisch. Der Instant-Kaffee in der Mikrowelle schien vergessen. „Ich habe John sehr wohl geliebt“, flüsterte sie. „Und ich glaube, er hat mich auch geliebt.“

Verächtlich schnaubte Slade. „Dann hatte er ja eine *sehr* überzeugende Art, es zu zeigen“, stellte er leicht spöttisch fest. Er nahm sich in seinem Zynismus bewusst zurück, weil er Callie nicht traurig machen wollte. Sie hatte in ihrem Leben schon genug mitgemacht.

Callie schien an damals zu denken. Um ihren Mund spielte ein sanftes, abwesendes Lächeln. „Das verstehst du nicht. Und das kann man dir auch nicht verübeln."

Das Piepen der Mikrowelle riss Callie aus ihren Gedanken. Sie sprang sofort auf, war wieder ganz im Hier und Jetzt und brauchte offensichtlich dringend ihren Kaffee.

„Es tut mir leid." Slade meinte es aufrichtig. „Dass ich ihn erwähnt habe."

„Du denkst über deinen Vater nach …" Callie kam mit der Kaffeetasse, die zwischen ihren Händen dampfte, zurück an den Tisch und setzte sich, „… weil du immer angenommen hast, du wärst ihm egal. Und jetzt hat er dir aus heiterem Himmel ein Vermögen und die halbe Ranch vererbt. Es ist ganz normal, dass du – unter anderem – verwirrt bist."

Sie wollte auf irgendetwas Bestimmtes hinaus, doch Slade wusste nicht genau, was es war.

Also wartete er einfach ab. Er war sich sicher, dass sie es ansprechen würde, wenn sie so weit war.

„Möchtest du denn wirklich Whisper Creek …", begann sie schließlich, „… oder willst du Hutch einfach das Leben schwer machen, weil er der eheliche Sohn ist, den John immer bevorzugt hat?"

Slade hatte mit zusammengebissenen Zähnen zugehört. Er bewegte sein Kinn ein paarmal hin und her, um die Muskeln zu lockern. „Ich habe keine Ahnung", gab er zu, weil er nun mal nicht lügen konnte – auch dann nicht, wenn es leichter und sogar besser wäre, nicht die Wahrheit zu sagen.

„Meinst du nicht, du solltest es herausfinden?", fragte Callie sofort.

Die Situation erinnerte Slade an früher, als sie ebenfalls hier an diesem Küchentisch gesessen und alles besprochen hatten – angefangen von den kleinen Jobs, die er als Schüler gehabt hatte, bis hin zu Mädchen. „Lass mir etwas Zeit, Mom", bat er. „Ich weiß doch erst seit ein paar Tagen, dass der Alte eine großzügige Seite hatte."

Callie wirkte enttäuscht. „Man darf seinen Vater nicht hassen, Slade."

Slade beugte sich ein wenig vor und kniff die Augen zusammen. „Ich hasse John Carmody nicht. Um ihn zu hassen, müsste er mir etwas bedeuten."

„Nach all den Jahren bist du also immer noch verbittert ..." Callie hatte Tränen in den Augen.

„Genau. Das kann man wohl sagen."

„Ich habe mich so bemüht, für dich sowohl Mutter als auch Vater zu sein." Callie blinzelte, damit sie nicht zu weinen anfing. „Aber ich hätte es wissen müssen. Egal, wie sehr ich dich geliebt habe – du hättest trotzdem einen Vater gebraucht."

Er nahm kurz ihre Hand und drückte sie. „Viele Kinder wachsen mit nur einem Elternteil auf. Ich habe es doch gut überstanden, und du hast als Mutter weit mehr getan, als deine elterliche Pflicht gewesen wäre. Außerdem hat es ohnehin keinen Sinn, sich zu wünschen, es wäre anders gewesen."

„Ich glaube, wir sollten das Thema wechseln", schlug Callie bemüht fröhlich vor. „Freust du dich schon auf Shea?"

„Ich bin froh, dass sie den Sommer bei mir verbringt." Slade war Callie dankbar für den Themenwechsel. „Allerdings gebe ich zu, dass ich mir Sorgen mache. Was weiß ich schon über Teenager? Besonders über *Mädchen* in diesem Alter?"

Callie lächelte. „Du weißt sehr viel über Teenager. Erst letzten Monat hast du sogar *drei* Teenager dazu gebracht, wieder vom Wasserturm zu klettern, damit sie nicht herunterfallen und sich den Hals brechen."

„Auf den Wasserturm zu klettern ist eine Art Mutprobe, um zu beweisen, dass man schon erwachsen ist", erklärte er. „Ich habe es selbst auch getan, genau wie alle anderen in meinem Alter."

„Was hast du zu ihnen gesagt, Slade?", fragte Callie, obwohl sie es bereits wusste. Der Vorfall hatte damals für viel Aufregung gesorgt; die halbe Stadt hatte sich um den Turm versammelt und mit angehaltenem Atem den Ausgang des dramatischen Ereignisses abgewartet.

Solche Aufreger gab es – Gott sei Dank – selten in Parable. Aber wenn, dann waren alle Bewohner sofort zur Stelle.

„Ich habe Ihnen versprochen, dass sie keine Schwierigkeiten bekommen, wenn sie die Leiter langsam und vorsichtig herunterklettern. Des Weiteren habe ich erklärt, dass es für sie ziemlich teuer wird, wenn der Sheriff persönlich jeden einzeln runterholen und aufs Revier mitnehmen muss."

„Siehst du? Du hast genau gewusst, wie du mit ihnen umgehen musst."

„Mir hat das Herz die ganze Zeit bis zum Hals geklopft", gab Slade zu. „Mag sein, dass ich gelassen gewirkt habe. In Wahrheit hatte ich allerdings wahnsinnige Angst. 15 Meter Fallhöhe sind keine Kleinigkeit."

„Natürlich hattest du Angst. Wir alle hatten Angst, besonders die Eltern der Jugendlichen. Wichtig war, dass du dir nichts hast anmerken lassen. Du hast diesen Jugendlichen einen Ausweg gezeigt – eine Chance, aus der Sache wieder rauszukommen. Und diese Chance haben sie genutzt. Das war wirklich clever, Slade." Callie schluckte. Dann riss sie plötzlich erschrocken die Augen auf. „Du bist als Teenager wirklich auf diesen Wasserturm geklettert? Obwohl ich es dir mindestens tausend Mal verboten habe?"

Slade grinste. „Ich musste. Hutch Carmody hat mich provoziert."

Entsetzt hob Callie die Hände. „Na, dann musstest du es *natürlich* tun."

„Ich habe ihn auch provoziert", erinnerte sich Slade. „Und als wir oben waren, ist etwas ganz Merkwürdiges passiert."

„Was denn?"

„Ich wäre damals nie auf die Idee gekommen, dass Hutch sich vor irgendetwas fürchten könnte. Aber er hatte, wie sich herausgestellt hat, Höhenangst. Er war wie erstarrt – außer uns war niemand auf dem Turm –, und ich musste ihn Schlappschwanz nennen, damit er wieder herunterkletterte."

Callies Augen wurden sogar noch größer. „Und er hat dir nie verziehen, dass du ihn als Schlappschwanz bezeichnet hast?"

„Er hat mir nie verziehen, dass ich seine Angst kenne", erklärte Slade. „Es war schlimm genug für ihn, dass er auf diesem Turm plötzlich erstarrt ist. Dass ausgerechnet *ich* dabei war und es mitbekommen habe, hat ihn in seinem Stolz verletzt. Als wir dann beide wieder unten waren, haben wir uns furchtbar gefetzt."

„Warum ist er überhaupt hinaufgeklettert, wenn er doch Angst hatte?", wollte Callie wissen. Sie suchte nach einer sinnvollen Erklärung für ein Verhalten, das nicht von Vernunft, sondern von pubertären Testosteronausschüttungen gesteuert war.

„Weil ich ihn provoziert habe", antwortete Slade lapidar.

„Slade Barlow!" Callie drohte ihm mit dem Zeigefinger. „Deinetwegen hättet ihr *beide* sterben können."

„Aber es ist doch nichts passiert." Slade setzte sich aufrecht hin. „Ist dieses Gespräch jetzt endlich vorbei? Ich würde nämlich gern nach Hause fahren, meinen Hund ein paar Minuten ins Freie lassen, duschen und dann auf schnellstem Weg ins Bett gehen."

Callie lächelte. „Kommst du mich mit Shea besuchen?", fragte sie. Da Slade bereits aufgestanden war, erhob sie sich ebenfalls. „Wenn Layne dann weg ist, meine ich."

Slade tat so, als wäre er nicht nur erstaunt, sondern regelrecht schockiert. „Möchtest du Layne denn *nicht* sehen?"

„Du lieber Himmel, nein." Callie gab ihm einen Klaps auf die Brust.

Er lachte und küsste sie auf die Stirn. „Gute Nacht, Cowgirl."

„Verschwinde endlich. Es ist spät, und du langweilst mich langsam", antwortete sie augenzwinkernd.

Slade musste erneut lachen. Dann ging er.

Zu Hause wartete Jasper ungeduldig hinter der Verandatür und drückte bereits seine Schnauze in den Türspalt.

Slade schob die Tür auf, und der Hund schoss in den Garten.

„Spring nicht über die Mauer!", rief Slade ihm warnend nach. Er hatte keine Lust, sich mit Joslyn Kirk herumzuschlagen. Außer natürlich, wenn das bedeutete, mit ihr zu schlafen.

Darauf hätte er sogar große Lust.

Doch Jasper verhielt sich vorbildlich. Er verrichtete sein Geschäft und trottete danach wieder in die Küche. Die Hundemarken an seinem Halsband klimperten.

Slade gab ihm frisches Wasser und eine kleine Extraportion Trockenfutter – einfach so.

„Morgen bekommen wir Besuch“, sagte Slade und betrachtete die Umzugskartons, in denen sich alles befand, was er besaß.

Alles bis auf die Millionen, die Montagmorgen auf sein Konto überwiesen wurden, natürlich. Und bis auf die Hälfte einer der schönsten Ranches im Bundesstaat Montana.

Er schüttelte den Kopf. Völlig unrealistisch, dachte er. Ich bin nur ein Provinz-Sheriff und habe keinen blassen Schimmer, wie man eine Ranch wie Whisper Creek bewirtschaftet.

„Aber die Hälfte der Ranch gehört mir“, stieß er laut aus.

Und das war ähnlich erstrebenswert, wie einen halben Vater zu haben. Wie armselig!

Slade schloss die Tür ab, hörte seinen Anrufbeantworter ab – „Keine neuen Nachrichten“ – und schlenderte in sein Schlafzimmer.

Er versuchte, sich Joslyn in diesem Raum vorzustellen. Joslyn in ihren Sandalen und ihrem Sommerkleid ... Joslyn mit ihrem verdammten Widerspruchsgeist ... Doch es gelang ihm nicht. Außerdem war sie ohnehin nicht der Typ für ein aufblasbares Gästebett. Falls oder besser *wenn* – denn er wusste, dass es irgendwann passieren würde – er mit Joslyn Kirk schlief, würde es auf sauberen, duftenden Laken passieren. In einem Zimmer mit richtigen Möbeln und mit Fenstern, durch die ein sanfter Wind hereinwehte. Gut möglich, dass es Blumen gab. Vielleicht auch Kerzenlicht und langsame Musik.

Verdammt, ein Mann durfte doch mal *träumen*, oder?

Joslyn schlief sich am Sonntagmorgen aus. Sie wurde von den Kirchenglocken, die in der ganzen Stadt zu hören waren, sowie vom Gewicht einer Katze geweckt, die auf ihrer Brust stand.

„Miau.“ Es war klar, was Lucy-Maude damit sagen wollte. *Es wird langsam Zeit, dass du aufwachst, Schlafmütze. Ich bin am Verhungern.*

Joslyn lachte und streichelte ihr über das Köpfchen. Die Glocken läuteten immer noch, die Ziffern des Digitalweckers auf ihrem Nachttisch sprangen auf elf.

Lucy-Maude sprang von Joslyns Brust auf den Boden. Ihr Schwanz zuckte ungeduldig hin und her. Vor Joslyns geistigem Auge erschien das deutliche Bild einer Schüssel mit Katzenfutter. Sie musste wieder lachen.

„Botschaft angekommen“, sagte sie zur Katze. „Aber könntest du mir eine Minute geben? Ich bin praktisch noch im Halbschlaf.“

Wenig später trafen sich die beiden – Mensch und Vierbeiner – in der Küche, und Joslyn servierte der Katze ihr Futter, noch bevor sie Kaffee aufsetzte.

Während Lucy-Maude sich wie ausgehungert auf ihr Fressen stürzte, machte Joslyn die Hintertür auf und atmete die frische Morgenluft ein. Die Sonne schien, der Himmel war blau, und der Anblick der Blumen war eine reine Freude. Joslyn nahm sich Zeit, die ganze Farbenpracht auf sich wirken zu lassen – all das Blau und Rot, das viele Gelb, Gold, Rosa und Violett.

Bis auf die chinesischen Lampions, die feucht von den Zweigen der Ahornbäume hingen, und der dunklen Stelle im Gras, wo der Tanzboden aufgebaut gewesen war, erinnerte nichts mehr an die Grillparty.

Lucy-Maude hatte fertig gefressen, setzte sich ins warme Sonnenlicht auf der Türschwelle und begann sich zu putzen.

Es gibt Augenblicke, dachte Joslyn, die einfach vollkommen sind.

Als der Kaffee fertig war, nahm sie sich eine Tasse, ging in ihrer Baumwoll-Pyjamahose und dem langen T-Shirt hinaus in den Garten und ließ sich auf einen Gartenstuhl sinken.

Die Schiebetür auf Kendras Glasveranda öffnete sich einen Spalt, und Kendra kam heraus. Sie hatte abgeschnittene Jeans und ein Top, aber keine Schuhe an. Mit ihrem Pferdeschwanz sah sie aus wie ungefähr vierzehn.

„Gibt es noch Kaffee?“, rief sie.

„Bedien dich“, antwortete Joslyn lächelnd.

Kendra, die etwas bleich im Gesicht war, tapste an Joslyn vorbei in die Küche des Gästehauses und kam mit einer dampfenden Tasse Kaffee wieder heraus. Joslyn hatte inzwischen einen zweiten Gartenstuhl geholt, in den sich Kendra nun hineinfallen ließ. Ihre Zehennägel waren in hellem Korallenrot lackiert. „Ich habe gestern zu viel Wein getrunken", gestand sie.

Joslyn grinste. „Hast du deshalb mit Hutch Carmody getanzt?"

„Wahrscheinlich", antwortete Kendra zerknirscht. Um ihren Mund zuckte jedoch ein Lächeln. „Was ist *deine* Entschuldigung?"

„Dafür, dass ich mit Hutch getanzt habe?"

„Dafür, dass du mit *Slade* getanzt hast."

„Ich habe eine unglaublich hohe Schmerzgrenze", antwortete Joslyn fröhlich. „Er hat irgendetwas an sich …"

„Eine unwiderstehliche sexuelle Anziehung vielleicht?", neckte Kendra. Das Koffein zeigte offenbar seine Wirkung.

„Du hast sie also bemerkt?", scherzte Joslyn.

„Es ist schwer, sie *nicht* zu bemerken. Ich glaube, Gott wollte ein bisschen angeben, als er Slade Barlow geschaffen hat."

„Amen." Joslyn nickte.

Kendra kicherte. „Und dann ist da noch Hutch …"

Joslyn wartete.

Kendra starrte eine Weile ins Leere. „Wir sind eine Zeit lang miteinander ausgegangen", sagte sie leise. „Also, Hutch und ich."

„Das hast du mir nie erzählt." Joslyns Ton war fast vorwurfsvoll. Sie hatte natürlich gewusst, dass Kendra – wie sie selbst ja auch – manche Dinge für sich behielt. Aber das? „Was ist passiert?"

„Ich habe meinen Mann kennengelernt", antwortete Kendra nach langem Schweigen. „Jeffrey."

„Oh. Liebe auf den ersten Blick?"

„Wohl kaum." Kendra vermied es, Joslyn anzusehen. „Hutch und ich hatten einen Streit wegen irgendeiner albernen Kleinigkeit – ich kann mich nicht einmal mehr genau erinnern, was es war – und haben Schluss gemacht. Eigentlich war ich davon überzeugt, wir würden uns wieder versöhnen. Ich hatte ja keine Ahnung, wie starrköpfig und stolz Hutch sein kann. Dann ging alles durcheinander, und ehe ich mich's versah, war ich plötzlich verheiratet. Dabei hatte ich bis zum „Ja, ich will" gehofft, dass Hutch hereinstürmen und die Hochzeit verhindern würde." Kendra atmete zitternd aus. „Was er ja nun offensichtlich nicht getan hat."

„Aber neulich hast du doch gesagt, dass ..."

„Dass ich meinem Ehemann die Schuld gebe, dass ich mein Vertrauen in die Liebe verloren habe", unterbrach Kendra sie leise. „Ich wollte, dass du das glaubst. Ich wollte es selbst glauben. Doch die Wahrheit ist, dass nicht Jeffrey mir das Herz gebrochen hat, sondern ich selbst. Mit ein wenig Hilfe von Hutch."

Joslyn brauchte einen Moment, um das zu verdauen. Schließlich nickte sie seufzend. Die Menschen taten verrückte Dinge, wenn sie verliebt waren.

9. KAPITEL

Der Sonntag war ein Arbeitstag für Slade. Er kam frühmorgens in sein Büro, löste den Deputy ab, der in der Nacht Dienst gehabt hatte, und kochte sich eine Kanne starken Kaffee. Es war ein ruhiger Morgen. Die Gefängniszellen waren leer bis auf eine Zelle, in der Lyle Hoskins schlief. Er war der stadtbekannte Obdachlose, der für die Nacht einen Platz zum Schlafen gebraucht hatte und nun mit der Penetranz einer stumpfen Kreissäge vor sich hin schnarchte. Wenn Lyle aufwachte, würde Slade ihn in die Gefängnisdusche schicken und ihm dann eine Essensmarke für ein Frühstück drüben im „Butter Biscuit Café“ geben. Slade fand sich resigniert damit ab, dass er bis dahin das Schnarchen einfach über sich ergehen lassen musste.

Nachdem er eine Weile auf seinem Computer die aktuellen Fahndungen durchgelesen hatte, sah er zu Jasper, der zu seinen Füßen am Boden lag. Der Hund hatte die braunen Augen nach oben verdreht und schielte neugierig hinauf zu Slade. Es war ein drolliger Anblick.

„Du klingst fast genauso schrecklich, wenn du richtig tief pennst“, erklärte er dem Hund in freundschaftlichem Ton und deutet auf die Zelle, aus der Lyles lautes Schnarchen kam.

Jasper, dessen Schnauze immer noch auf seinen ausgestreckten Vorderläufen lag, winselte leise, hob jedoch nicht den Kopf. Seiner Körpersprache zufolge fand er seine Position gerade ziemlich gemütlich; wenn Slade jetzt endlich die Klappe hielte und ihn ein wenig schlummern ließe, wäre seine kleine Hundewelt vollkommen.

Die Tür des Büros ging auf. Slade drehte sich um und sah Deputy Treat McQuillan in einer frisch gebügelten Uniform hereinschlendern. McQuillan schaute mürrisch drein.

Slade war nicht überrascht, ihn zu sehen, denn er hatte ihn vor einer halben Stunde ins Revier beordert. Der unverhohlen missmutige Blick des Deputys verblüffte ihn jetzt allerdings doch. Man konnte Treat McQuillan vieles vorwerfen, mangelnde Unverschämtheit jedoch nicht.

„Sie wollten mich sehen, Sheriff?“ McQuillans Frage klang fast wie ein Knurren. Er war klein, schlaksig und hatte eine Hakennase. Seine wachsamen, vogelähnlichen Augen wirkten, als hätte er keine Lider, weil er so selten blinzelte. McQuillan war stets auf der Hut.

Wie irgendjemand – einschließlich einer liebenden Mutter – diesen Typen „Treat“, also „Leckerbissen“, hatte nennen können, war Slade schleierhaft. McQuillan musste schon als Baby wie ein Kalifornischer Kondor ausgesehen haben.

Vielleicht war der Name eine Familientradition. Oder vielleicht, dachte Slade amüsiert, stammt er aus einem Heftroman – so wie „Slade“.

„Ich bin froh, dass Sie kommen konnten“, sagte Slade in bewusst nachsichtigem Ton. McQuillan brachte ihn auf die Palme, wenn er bloß atmete – und das war nicht in Ordnung. Wo war seine Selbstbeherrschung geblieben, für die ihn alle rühmten? „Sie scheinen sonst ja Probleme zu haben, pünktlich zu Ihrem regulären Dienst zu erscheinen.“

McQuillan starrte ihn wütend an. Er war der Neffe des mittlerweile verstorbenen großen Wilkes McQuillan, der dreißig Jahre Sheriff in Parable County und ein sehr beliebter Mann gewesen war. Nach Wilkes plötzlichem Tod – er war einem Herzinfarkt erlegen – hatte Treat fest damit gerechnet, seine Nachfolge anzutreten. Treat hatte auch kein Geheimnis aus seiner Überzeugung gemacht, wie ein Thronfolger ein Anrecht auf die Sheriffmarke und alles, was dazugehörte, zu haben.

Allerdings hatte er es nur knapp geschafft, überhaupt als Kandidat aufgestellt zu werden, und Slades Sieg ging ihm nach mehr als fünf Jahren immer noch gegen den Strich. Das war offensichtlich.

„Boone hat sich wieder über mich beschwert, was?“ Treats Schneidezähne standen ein wenig übereinander und seine Augen zu nahe zusammen, was ihm ein hinterhältig wirkendes Aussehen verlieh. Unglücklicherweise traf das auch auf seine Art zu.

Slade lehnte sich in seinem Schreibtischstuhl zurück und

kraulte Jasper hinter den Ohren, als der Hund nun – mit einiger Verspätung – aufstand und knurrte.

„Wir reden hier nicht über Boone", stellte Slade klar. „Wir reden über Sie."

In einer perfekten Welt hätte McQuillan im Fall von Slades Rücktritt keine Chance auf das Amt des Sheriffs gehabt. Alle wussten, dass er ein lächerlicher Hitzkopf war, für den hinter jeder Ecke ein Gauner lauerte. Aber die Welt war nun mal nicht perfekt, nicht wahr? Die simple Wahrheit war, dass sonst niemand diesen Job wollte, weil die Dienstzeiten lang, die Bezahlung bekanntlich schlecht und der Arbeitsalltag fast immer langweilig war. McQuillan würde sich also vermutlich als einziger Kandidat aufstellen lassen.

Und er würde einen lausigen Sheriff abgeben.

„Sie würden mich gern loswerden, nicht wahr?", fragte McQuillan provokant. Slade nahm an, dass Treats „überschaubare" Körpergröße für sein Selbstbewusstsein nicht gerade förderlich war. Er war das, was Callie als „Zwerghahn" bezeichnete: ein kleiner Gockel, der herumstolzierte, ständig Streit suchte und – wenn er keinen fand – auch gern selbst einen vom Zaun brach. Jawohl, Treats ganzes Leben drehte sich, wie Slade schien, darum, irgendetwas zu *beweisen*.

Musste anstrengend sein.

Treat schien noch wütender zu werden, da Slade sich nicht provozieren ließ. „Ich werde Ihnen sagen, was Ihr Problem ist, Barlow. Ich erinnere Sie zu sehr an meinen Onkel – den besten Sheriff, den dieser County je hatte."

Slade seufzte, hörte auf, Jasper hinter den Ohren zu kraulen, und sah seinen Deputy lange an, bevor er antwortete. „Schmeicheln Sie sich nicht, McQuillan", sagte er schließlich. „Ja, Wilkes war ein erstklassiger Sheriff und ein anständiger Mensch. Aber alles, was Sie mit ihm gemeinsam haben, ist Ihr Nachname."

McQuillan errötete und ballte die Hände so fest zusammen, dass die Knöchel weiß hervortraten.

Komm schon, Junge, dachte Slade. Geh ruhig auf mich los. Dann hätte ich das doppelte Vergnügen, dich zu feuern und dir zusätzlich einen Tritt in deinen nutzlosen Hintern zu verpassen.

Treat biss nicht an, schäumte aber immer noch vor Wut. „Sie haben jegliche Glaubwürdigkeit verloren, *Sheriff*“, spottete er. „Jeder weiß, dass Sie diesen Job hassen. Sie würden doch viel lieber Löcher für Zaunpfosten buddeln und Vieh treiben wie diese hoffnungslos altmodischen Wildwest-Romantiker. Warum treten Sie nicht einfach zurück und lassen es gut sein?“

„Sie bewegen sich auf dünnem Eis, Treat“, warnte Slade ihn, ohne die Stimme zu erheben.

Treat stützte sich mit den Händen auf Slades Schreibtisch und beugte sich vor. „Sie sind jetzt sogar reich …“, blaffte er. Seine Ohren waren dunkelrot und glühten regelrecht. „… weil der alte John Carmody endlich Mitleid mit Ihnen hatte und Ihnen etwas vererbt hat, was eigentlich Hutch zugestanden hätte. Wissen Sie, warum John das getan hat, Slade?“

Slade stand auf und baute sich drohend vor seinem Deputy auf. Ihm war bewusst, dass er sich von Treat schon wieder reizen ließ. Allerdings half dieses Wissen nichts.

McQuillan wich zwar einen Schritt zurück, hielt aber immer noch nicht die Klappe. „Nicht etwa, weil der Alte Sie endlich als Sohn anerkannt hat“, fuhr er fort. „Sondern deshalb, weil er und Hutch sich nie verstanden haben. Von Anfang an nicht. Carmody wollte sich an Hutch rächen und ihm den ganzen Kummer heimzahlen, den er ihm bereitet hat – das ist alles. Und was wäre eine bessere Möglichkeit, als ihn praktisch zu enteignen und dafür zu sorgen, dass der ganze County davon erfährt?“

Slade spürte eine Vene unter seiner rechten Schläfe pochen.

„Raus hier“, sagte er eisig. „Und kommen Sie nicht mehr zurück, ehe ich Ihren Namen auf den Dienstplan gesetzt habe.“

Jasper schien McQuillan genauso satt zu haben wie Slade, denn jetzt knurrte er wirklich und machte Anstalten, hinter dem Schreibtisch hervorzukommen.

Slade beugte sich rasch zu dem Hund hinunter, nahm ihn am Halsband und hielt ihn zurück.

„Eine falsche Bewegung, du Köter …“, zischte Treat, der bereits zur Tür gegangen war, „und ich erschieße dich.“

„Wagen Sie es nicht, auch nur daran zu denken“, sagte Slade. Sein ganzes Leben hatte er immer gewusst, wie er sich in einer bestimmten Situation verhalten würde. Selbstbeherrschung, Ausgeglichenheit und eine ruhige Besonnenheit waren ihm in jeder Lebenslage wichtig gewesen. Doch bei McQuillan konnte er die Hand nicht mehr für sich ins Feuer legen.

Slade war sich darüber im Klaren, dass er bei diesem Typen unter bestimmten Umständen handgreiflich werden würde.

Vielleicht hatte McQuillan diese verstörende Wahrheit in Slades Augen gesehen; vielleicht spürte er sie nur. Auf jeden Fall merkte er endlich, dass er besser verschwinden sollte. Er stolzierte aus dem Büro und warf die Tür so heftig hinter sich zu, dass das Türschild mit Slades Namen in seinem Glasrahmen klirrte.

Da jetzt keine unmittelbare Gefahr mehr drohte, ließ Slade Jaspers Halsband los, sank auf seinen Stuhl und schloss die Augen. Ihm war schlecht, das Pochen an seiner Schläfe wurde immer heftiger. Slade hatte hämmernde Kopfschmerzen.

Er atmete tief und langsam ein und aus.

Dann rief er sich in Erinnerung, dass seine Stieftochter auf dem Weg nach Parable war. Und sie brauchte einen Vater – keinen Wahnsinnigen.

Lyle, den der laute Wortwechsel mit McQuillan geweckt hatte, rüttelte an den Gitterstäben seiner Zelle. „Sie können mich jetzt rauslassen, Sheriff“, rief er freundlich. „Sobald ich geduscht habe, bin ich startklar.“

Slade lächelte über die absurde Normalität dieser Situation, schob seinen Stuhl zurück und nahm die Zellenschlüssel aus der Schreibtischschublade.

Lyle hatte überall graue Stoppeln – angefangen von den millimeterkurzen, schütteren Haaren auf seinem Kopf bis zu seinem Bart. Vermutlich war er Mitte sechzig, doch wie alt er genau war, ließ sich schwer sagen. Slade konnte sich nicht erinnern, dass Lyle jemals anders ausgesehen hatte als jetzt. Auf jeden Fall schien er es für seine moralische Pflicht zu halten, der verschrobenste Bürger von ganz Parable zu sein. Lyle trank nicht, aber manchmal vergaß er, seine Medikamente zu nehmen. Und wenn das der Fall war, konnte alles Mögliche passieren.

Er kam dann beispielsweise auf die Idee, alle seine Klamotten auszuziehen und wie ein Seiltänzer auf der weißen Linie auf dem Highway zu balancieren. Oder er beschloss, im Stadtpark zu leben wie ein Obdachloser.

Als er einmal mehrere Tage verschwunden war – was bei Lyle öfter vorkam –, hatten Slade und Boone Taylor ganz Montana nach ihm abgesucht. Gefunden hatten sie ihn schließlich unmittelbar hinter der Stadtgrenze von Parable, wo er sich in einem Kanalschacht versteckt hatte. Lyle war sich absolut sicher gewesen, dass zwischen Montana und Idaho der Bürgerkrieg ausgebrochen und jeden Moment mit einem Bombenangriff zu rechnen war.

„Kartoffelbomber", hatte Boone damals grinsend gesagt. „Das sind die Schlimmsten."

Sie hatten Lyle auf der Ladefläche von Slades Pick-up in eine psychiatrische Klinik nach Great Falls gebracht. Sobald er medikamentös wieder gut eingestellt gewesen war, hatte man ihn entlassen, und Lyle war mit dem ersten Bus nach Hause gefahren.

„Hunger?" Slade sperrte die Zellentür auf. Die Duschen für die Häftlinge befanden sich gleich am Ende des Korridors. Schließlich hatten sie hier keinen Hochsicherheitstrakt …

Lyle huschte an ihm vorbei und hob die Papiertüte vom Boden auf, die er üblicherweise bei sich trug, wenn er dem Gefängnis einen Besuch abstattete. Slade wusste aus Erfahrung, dass sich in dieser Tüte saubere Kleidung, ein Handtuch, Zahncreme und eine Zahnbürste befanden. „Hunger? Ja, aber nur, wenn Sie mir einen von diesen Essenscoupons geben, die Sie anscheinend immer griffbereit haben", antwortete Lyle. „Ich habe mein letztes Geld für einen Haarwuchs-Helm mit Leuchtdioden verbraucht, den ich im Fernsehen gesehen habe. Und drüben im ‚Butter Biscuit' geben sie mir schon seit Monaten nichts mehr auf Kredit. Himmel, Essie würde nicht einmal mehr ein Stück Kuchen rausrücken."

Slade zwang sich zu einem Lächeln. „Selbstverständlich bekommen Sie Ihren Essenscoupon. Und jetzt ab unter die Dusche, und wenn Sie fertig sind, gebe ich Ihnen den Gutschein."

Lyle drückte seine Papiertüte an sich und befolgte die Anweisung.

Als er nach zehn Minuten – gründlich abgeschrubbt – zurückkam, schimmerte seine Haut rosa. Sein Blick suchte den versprochenen Gutschein.

Lyle wusste ein Gratisessen ungemein zu schätzen, da ihn seine wohlhabende Schwester finanziell äußerst kurzhielt. Eine volle Haarpracht war ihm aus unerklärlichen Gründen aber offenbar ebenso wichtig.

Lyle rieb sich die kleinen, dicken Hände. Offenbar freute er sich schon auf seine Mahlzeit, die üblicherweise aus Speck, Eiern und Keksen bestand. Er hatte einen Overall, ein Paar alte Knöchelturnschuhe mit abgerissenen Schnürsenkeln und ein Flanellhemd, das sogar für den Altkleidersack zu schäbig gewesen wäre, an. „Her mit dem Gutschein, Sheriff", sagte er. „Ich bin am Verhungern."

Stirnrunzelnd betrachtete Slade die grauen Haarstoppeln auf Lyles Kopf, während er ihm den Gutschein hinhielt.

„Hat es funktionier?", erkundigte er sich schließlich.

„Hat was funktioniert?" Lyle schnappte sich den Gutschein.

„Das Haarwuchs-Ding, das Sie erwähnt haben." Slade hatte Mühe, ernst zu bleiben.

Lyle fuhr sich verlegen mit einer Hand über seinen fast kahlen Kopf. „Es ist noch nicht angekommen", erklärte er betrübt. „Der Postweg dauert fünf bis sechs Wochen, wenn man nicht extra für den Express-Versand bezahlt."

Zum Entsetzen seiner leidgeprüften Schwester Myra liebte Lyle es, Verkaufsmarathons auf den Shopping-Kanälen und Dauerwerbesendungen im Fernsehen zu gucken. Myra hatte nie geheiratet und gab der Verrücktheit ihres Bruders zumindest teilweise die Schuld daran. Glücklicherweise hatten sie und Lyle nach dem Tod ihrer Eltern ein großes Backsteinhaus und ein beträchtliches Vermögen geerbt. Weder Myra noch Lyle waren nämlich jemals in der Lage gewesen, sich ihren Lebensunterhalt selbst zu verdienen. Auch nicht, als beide noch jung gewesen waren.

„Tja", sagte Slade gedehnt, „lassen Sie mich wissen, wie es wirkt, wenn Sie es erhalten haben."

Lyle, der schon zur Tür gegangen war, warf ihm einen skeptischen Blick zu. „Warum? Wollen Sie sich denn auch so etwas bestellen? Wüsste nicht, warum Sie das tun sollten, Sheriff – Sie haben doch schon genug Haare."

Slade biss sich auf die Unterlippe und verkniff sich ein Grinsen. „Reine Neugier, mehr nicht", erwiderte er fröhlich.

Das gefiel Lyle. Er nickte, drückte seine Papiertüte mit den Kleidungsstücken an sich, die er gestern – wenn nicht sogar schon länger – getragen hatte, und machte sich auf den Weg zum Frühstück. Als Gast von Parable County.

Als Kendra ihren Kaffee ausgetrunken und aufgestanden war, ging Joslyn ins Gästehaus, duschte schnell und zog schwarze Shorts und ein gelbes Top an. Sie drehte ihre feuchten Haare zu einem Knoten, steckte ihn mit einem Plastikclip hoch und schaltete ihren Laptop ein.

Nachdem sie sich eingeloggt hatte, sah sie auf der Homepage des Tierheimes die Liste mit den entlaufenen Tieren durch. Nur für den Fall, dass jemand Lucy-Maude vermisste.

Im Forum der Website gab es Postings mit verschwommenen Fotos von einem halben Dutzend zugelaufener Katzen sowie von ein paar Hunden und einigen Frettchen. Sie alle warteten in der städtischen Zweigstelle der Tierschutzorganisation „Paws for Reflection" auf ihre Besitzer.

Joslyn bekam beim Betrachten der Fotos feuchte Augen. Sie hätte am liebsten *allen* ein Zuhause gegeben. Den Katzen, Hunden *und* den Frettchen. Aber das ging natürlich nicht.

Sie betrachtete die wohlgenährte Lucy-Maude, die majestätisch mitten auf dem Teppich saß, den Opal vor vielen Jahren während ihrer leidenschaftlichen Handarbeitsphase selbst gehäkelt hatte. Joslyn fragte sich, wohin die Katze wohl gehören mochte und ob jemand sie vermisste.

Seufzend griff sie nach ihrer Handtasche, kramte ihr Smartphone hervor und machte ein Foto von Lucy-Maude. Dann kopierte sie es vom Handy auf ihren Laptop. Obwohl Joslyn langjährige Erfahrung mit Computern hatte, staunte sie immer noch über das Wunder der Technik: Es dauerte nur zwei Sekunden, und das Bild war auf die „Paws“-Website hochgeladen.

„Gefunden“, schrieb sie. „Gesunde graue Katze, Alter unbekannt, weiblich, mit bernsteinfarbenen Augen. Bekommt bald Junge.“

Falls Lucy-Maudes Besitzer das Foto auf der Website entdeckten, konnten sie Kontakt mit den Leuten im Tierheim aufnehmen. Die wiederum würden sich bei Joslyn melden. Sie holte tief Luft, tippte ihre Telefonnummer in das entsprechende Feld und klickte seufzend auf den Bestätigungs-Button. Ein Teil von ihr hoffte, dass sich niemand meldete, denn dann könnte sie Lucy-Maude behalten.

Genau, sagte die Stimme der Vernunft in ihrem Kopf spöttisch. Junge Katzen haben dir gerade noch gefehlt.

Joslyn stellte sich vor, wie ein Wurf miauender grauer Fellknäuel quer durchs Gästehaus tollte, und lächelte ein wenig traurig. Fehlt nur mehr die verrückte Katzenlady, dachte sie. Das wäre dann ich.

Sie stand auf, ging zu Lucy-Maude hinüber, nahm sie vorsichtig auf den Arm und kraulte ihr den seidigen Hals. „Mach dir keine Sorgen“, versprach sie der schnurrenden Katze. „Ich finde dein Herrchen oder Frauchen – und auch ein Zuhause für alle deine Babys. Ein *schönes* Zuhause.“

„Miau.“ Lucy-Maude strich Joslyn mit ihrem kalten Näschen über die Wange. Die Schnurrhaare kitzelten auf der Haut.

Es klopfte an der offenen Küchentür, die wegen der überschaubaren Größe des Gästehauses vom Wohnzimmer aus gut zu sehen war. Joslyn richtete sich auf und setzte die Katze vorsichtig auf dem Boden ab.

Hutch stand, lässig an den Türrahmen gelehnt, auf der Schwelle und schmunzelte. „Hi. Ich schaue nur vorbei, um zu fragen, ob du vielleicht Lust auf ein Mittagessen im ‚Butter Biscuit' und danach auf einen Ausritt hast."

Joslyn dachte daran, was Kendra ihr heute Morgen erzählt hatte, und zögerte. Dann ermahnte sie sich, doch nicht albern zu sein. Hutch war ihr Freund, und sie fiel Kendra nicht in den Rücken, wenn sie seine Einladung zumindest *teilweise* annahm.

„Ja zum Essen, nein zum Reiten." Einerseits freute sie sich, Hutch zu sehen, andererseits wünschte sie, der Vorschlag wäre von Slade gekommen. Ein seltsamer und total unvernünftiger Wunsch …

„Du weißt ja, ich bin ein hoffnungsloser Fall, was Pferde betrifft – ungeachtet dessen, dass ich als Rodeo Queen so getan habe, als könnte ich reiten."

Hutch lachte und kam in die Küche. Er wirkte entspannt und so wie jemand, der sich wohl in seiner Haut fühlte. „Meinst du nicht, dass es dann langsam Zeit wird, aus dir eine anständige Reiterin zu machen? Komm schon, Joslyn, sei kein Feigling. Es ist ein schöner Tag, und ich habe genau das richtige Pferd für dich – eine kleine Stute namens Sandy. Sie ist so harmlos wie ein Schaukelpferd."

Vor Joslyn lag der ganze restliche Sonntag, lang und einsam. Kendra hatte schon etwas vor, und zwar einen Shoppingtrip nach Missoula, der Joslyn nicht sonderlich gereizt hatte, obwohl Kendra sie eingeladen hatte mitzukommen. Was bedeutete, dass Joslyn bis Montag früh möglicherweise mutterseelenallein sein würde. Morgen war ihr erster Arbeitstag im Immobilienbüro, und sie freute sich, wieder einen Job zu haben.

Sie war nicht zum Nichtstun geboren.

„Ich bin kein Feigling", protestierte sie mit einiger Verspätung. „Zufällig halte ich mich für einen ausgesprochen mutigen Menschen."

„Das stimmt allerdings." Hutch sah nun ernster aus, aber Joslyn wusste, dass seine Augen gleich wieder schelmisch blitzen würden. „Es war wirklich mutig von dir, dich bei Kendras Grillparty den vielen bösen Blicken auszusetzen."

Joslyn seufzte, suchte ihre Sandalen und schlüpfte hinein.

„Ja, zwischendurch war es nicht gerade einfach", gab sie zu, während Lucy-Maude, die keinerlei Interesse für den Cowboy-Besuch zeigte, auf den Polstersessel sprang und sich für ein Schläfchen zusammenrollte.

„Du solltest statt dieser Shorts – wie gut sie dir auch stehen – doch lieber Jeans anziehen", riet ihr Hutch. Seine Augen funkelten nun wieder spitzbübisch. „Es wäre ein Jammer, wenn so hübsche Beine beim Reiten durchs Gestrüpp zerkratzt würden."

„Du Schmeichler." Joslyn ging schmunzelnd in ihr winziges Schlafzimmer.

„Ich sage nur, wie es ist!", rief Hutch ihr nach.

Ein paar Minuten später kam sie in gut eingetragenen Jeans, Turnschuhen und einem langärmeligen Baumwollhemd, unter dem sie ihr Top trug, zurück. Sie schaute auf ihre Schuhe hinunter. „Die müssen es wohl tun", sagte sie. „Ich besitze nämlich keine Stiefel."

„Noch etwas, was verbesserungswürdig ist", neckte Hutch sie. Er war inzwischen zum Lehnsessel geschlendert und hatte sich auf die breite Armlehne gesetzt. Nun strich er mit der Hand über Lucy-Maudes seidiges Fell. „Du weißt aber schon, dass diese Katze etwas im Ofen hat, oder? So zirka sechs bis acht Stück."

Joslyn seufzte. Einem raubeinigen Cowboy wie Hutch dabei zuzusehen, wie er eine Katze streichelte, rührte sie. „Oh ja", antwortete sie. „Das habe ich auch bemerkt."

Hutch musterte sie mit platonischer Bewunderung von Kopf bis Fuß und grinste wieder schief. „Vielleicht finden wir ja bei mir zu Hause ein Paar Stiefel für dich. Dad hat nach Moms Tod ein paar von ihren Sachen aufgehoben. Bevor sie krank wurde, ist sie viel geritten."

Joslyn spürte kurz einen Kloß im Hals. Sie erinnerte sich gut an Lottie Hutcheson Carmodys lange Krankheit und ihren Tod. Ihre Mutter und Elliott waren zu dem Begräbnis gegangen, hatten ihre Tochter aber zu Hause bei Opal gelassen. Joslyn war darüber damals insgeheim sehr erleichtert gewesen. Allerdings hatte sie sich wegen dieses Gefühls auch irgendwie geschämt.

Sie und Hutch waren damals beide zwölf und bereits gute Freunde gewesen, die sich – wie es für Kinder vor der Pubertät üblich ist – gern gestritten hatten. Mehr als einmal hatte Joslyn sich gewünscht, sie hätte darauf bestanden, an Lotties Begräbnis teilzunehmen. Dann hätte Hutch sie gesehen und wenigstens gewusst, wie leid es ihr tat, dass er seine Mutter verloren hatte.

Ihre eigene Mutter zu verlieren war für Joslyn unvorstellbar – damals wie heute.

Hutch legte ihr eine Hand auf den Rücken und schob sie zur Tür. Sie schulterte ihre Handtasche und ging mit ihm.

Das „Butter Biscuit Café" machte heute – wie jeden Sonntag – ein gutes Geschäft. Die Leute kamen vor und nach der Kirche zum Frühstück und dann zu einem späten Mittag- oder frühen Abendessen.

Die Besitzerin des Cafés, Essie Spotts, eine Frau mittleren Alters und eine durch und durch gute Seele, zauberte sofort einen freien Tisch herbei. Essies Haare waren Elvis-Schwarz gefärbt und zu einem lockeren Knoten frisiert, in dem Bleistifte unterschiedlicher Länge steckten. Sie war gestern nicht auf der Grillparty gewesen, hatte aber große Teile des Büfetts geliefert sowie das Personal gestellt.

Falls sie durch Elliott Geld verloren hatte, schien sie – im Gegensatz zu einer Reihe weniger nachsichtiger Menschen in Parable – Joslyn nicht die Schuld daran zu geben.

„So!", sagte Essie fröhlich, zog einen Bleistift aus ihrem Haarknoten und einen kleinen Bestellblock aus der Schürzentasche. „Blaubeer-Brunch-Bällchen sind das Tagesgericht. Dazu gibt es Rührei mit Speck oder Würstchen. Toast ist extra. In den Brunch-Bällchen stecken ohnehin schon genug Kohlehydrate."

Hutch verzog den Mund zu einem gutmütigen Grinsen, während er sich gegenüber von Joslyn hinsetzte und die Finger verschränkte. Er schien nicht unbedingt die Speisekarte lesen zu wollen. „Was zum Geier", fragte er, „ist ein Blaubeer-Brunch-Bällchen? Etwa etwas Unanständiges?"

Essie nahm die dicke Plastik-Speisekarte, die sie unter einen ihrer molligen Arme geklemmt hatte, und schlug Hutch damit sanft auf den Kopf. „Es ist ein frittiertes Gericht aus Blaubeeren in Pfannkuchenteig, du dämlicher Cowboy."

Hutch lachte. „Ich verstehe schon, Essie", neckte er sie. „Sie möchten nicht, dass es sich herumspricht, wie wahnsinnig verliebt Sie in mich sind. Sie haben mein vollstes Verständnis."

Essie, die schon über fünfzig sein musste, errötete unter dem Rouge, das sie aufgelegt hatte. „Jetzt hören Sie aber mit dem Unsinn auf, Hutch Carmody", wehrte sie – sichtlich geschmeichelt – ab. „Sagen Sie mir einfach, was Sie essen möchten. Falls es Ihnen noch nicht aufgefallen ist – das Café ist berstend voll, und ich habe nicht den ganzen Tag Zeit, hier mit Ihnen zu plaudern."

„Ich hätte gern das Tagesgericht", schaltete Joslyn sich höflich ein. „Bitte."

Hutch grinste immer noch. „Und ich nehme einen Cheeseburger, Pommes frites und einen doppelten Schokolade-Milchshake, genau wie immer."

Essie schnalzte scherzhaft tadelnd mit der Zunge, schüttelte den Kopf mit den Bleistiften im Haar und drehte sich um, um die Bestellung weiterzugeben.

„Blaubeer-Brunch-Bällchen?" Hutch sah Joslyn fragend an.

„Bitte hör auf", sagte Joslyn. „Du kannst es wohl gar nicht oft genug sagen."

„Aber du musst zugeben", entgegnete Hutch, „dass es eine Alliteration ist."

„Eine Alliteration?" Joslyn lächelte. „Ich kann mich nicht erinnern, dieses Wort je zuvor aus deinem Mund gehört zu haben."

„Ich bin in Wahrheit gar kein dämlicher Cowboy", flüsterte er verschwörerisch, als würde er ihr ein Geheimnis anvertrauen. „Auch wenn Essie das behauptet. Hin und wieder habe ich sogar schon mal ein Buch gelesen. Ich überlege sogar ernsthaft, mir einen dieser E-Book-Reader zuzulegen und jede Menge Shakespeare herunterzuladen."

Joslyn kicherte. Essie kehrte gerade mit einem kleinen, runden Tablett wieder, auf dem sie gekonnt Hutchs Milchshake sowie ein Glas Orangensaft und zwei Kaffeetassen balancierte. Sie servierte die Getränke und ging dann zur Tür, um einen neuen

Schwung Kunden zu begrüßen und sich bei denen, die gerade gingen, zu verabschieden.

„Du und Shakespeare." Joslyn runzelte schmunzelnd die Stirn. „Auf diese Kombination wäre ich in einer Million Jahren nicht gekommen."

„Fürwahr!", sagte Hutch.

„Fürwahr? Ist das alles, was du von Shakespeare kennst?"

Wieder lachte Hutch. „So ungefähr."

Das Essen kam. Etwas später erstarb Hutchs Lächeln plötzlich und der Schalk in seinem Blick war verschwunden.

Joslyn sah sich um, weil sie wissen wollte, was – oder wer – es schaffte, bei Hutch einen dermaßen schnellen Stimmungswechsel auszulösen.

Slade Barlow hatte das Lokal betreten. Er bemerkte Joslyn und Hutch sofort, nickte ihnen einigermaßen freundlich zu, nahm seinen Hut ab und sagte leise etwas zu Essie, die erneut errötete und ihn verzückt anlächelte.

Hutch schob seinen Stuhl zurück. „Ich bin gleich wieder hier", teilte er Joslyn mit, ohne sie dabei anzusehen.

Ihr gefiel das Flackern in seinen Augen nicht. „Warte ...", meinte sie.

Doch er steuerte bereits direkt auf Slade zu.

In dieser Sekunde schien es auf einmal völlig ruhig im Café zu werden. Niemand sprach ein Wort. Nicht einmal das Geräusch einer Gabel, die auf einem Teller abgelegt wurde, war zu hören. Keine Tasse wurde klirrend auf den Unterteller gestellt, und in der Küche klapperten keine Pfannen.

Da es nun absolut still war, war das, was Slade – wenn auch nur in leisem, knurrendem Ton – hervorpresste, klar und deutlich zu verstehen.

„Hallo, Hutch."

„Hast du dir schon mein Angebot angeschaut?", fragte Hutch, ohne die Begrüßung zu erwidern. Sein Rücken, den er Joslyn zugewandt hatte, wirkte angespannt, und sie konnte erkennen, dass er die Arme verschränkt hatte. „Das Angebot, deinen Teil der Whisper-Creek-Ranch zu kaufen."

Slade checkte mit geübtem – und etwas irritiertem – Blick die Situation im Café. Joslyn wusste, dass er ein ruhiger, zurückhaltender Mensch war. Einer, der Konfrontationen in der Öffentlichkeit zwar nicht aus dem Weg ging, sie aber auch nicht besonders gern mochte.

„Maggie hat mir die Unterlagen gestern Abend gegeben", erklärte er gelassen. „Allerdings habe ich noch keine Zeit gehabt, mir darüber Gedanken zu machen."

Hutch kochte sichtlich vor Wut. „Eine gute Methode, den Preis hochzutreiben, nicht wahr?"

„Hören Sie, Hutch", mischte sich Essie ein und drückte Slade seine Bestellung, einen Becher Kaffee zum Mitnehmen, in die Hand, „fangen Sie keine Schlägerei in meinem Café an. Das ist mein Ernst."

Slade stellte den Kaffeebecher auf die Theke neben der Kasse und legte seinen Hut daneben. „Genau", meinte er, „fang keine Schlägerei an, Hutch, denn die könnte übel für dich enden."

Hutch wollte Slade verprügeln. Das war Joslyn und allen anderen im „Butter Biscuit" völlig klar.

„Alles, was ich will, ist eine Antwort", stieß Hutch hervor. An seiner Körperhaltung merkte man, dass er seinen Halbbruder immer noch wütend anstarrte.

„Na gut", antwortete Slade, der sich jedes seiner Worte genau zu überlegen schien. „In diesem Fall muss die Antwort wohl Nein sein, schätze ich." Es folgte eine lange, gefährliche Pause. „Ich denke daran, mir ein paar Pferde zuzulegen. Welche Hälfte des Stalls auf Whisper Creek gehört mir?"

Essie schob sich zwischen die zwei Männer und legte beiden eine manikürte Hand auf die Brust.

„Hutch", sagte sie. „Sie setzen sich jetzt wieder zu Ihrer Lady, und zwar *sofort*. Und Sie, Slade, nehmen Ihren Kaffee – er geht diesmal aufs Haus – und gehen wieder an Ihre Arbeit."

Joslyn staunte nicht schlecht, als beide Männer Essies mütterlichen Befehl – wenn auch zögerlich – befolgten.

Slade griff nach dem Becher und verließ das Lokal.

Hutch kehrte zu Joslyn an den Tisch zurück, setzte sich und

schob das, was von seinem Cheeseburger und Milchshake noch übrig war, von sich.

„Verdammt", murmelte er nach kurzem, höchst angespanntem Schweigen.

Joslyn überlegte, ob sie irgendwie beruhigend auf ihn einwirken sollte; vielleicht seine Hand tätscheln. Doch das schien unter den gegebenen Umständen eine fast, nun ja … fast herablassende Geste. Also hielt sie sich zurück und starrte auf ihre Blaubeer-Brunch-Bällchen. Ihr war der Appetit vergangen.

„Komm, machen wir den Ausritt", sagte Hutch schließlich nach ein paar Sekunden, die ihr wie eine halbe Ewigkeit vorgekommen waren.

Joslyn nickte, Hutch beglich die Rechnung, und sie brachen auf.

Während sie auf die Tür des „Butter Biscuit Café" zuliefen, verstummten alle Gespräche. Es wurde so still, dass man eine Stecknadel hätte fallen hören können.

Slade hörte Essies Worte immer noch in seinem Kopf, während er – in einer Hand den Kaffee, in der anderen seinen Hut – draußen auf dem Parkplatz in seinen Pick-up stieg. Sie setzen sich jetzt wieder zu ihrer Lady, hatte sie gerade eben zu Hutch gesagt.

Seit wann war Joslyn denn Hutchs „Lady"?

Der Kaffee schwappte über, als Slade den Becher im Auto unsanft in den Getränkehalter stellte, und verbrannte ihm die Haut zwischen Daumen und Zeigefinger.

Slade fluchte. Jasper sah ihn vom Beifahrersitz aus an.

„Reiß dich zusammen!", ermahnte Slade sich laut. Kein, wie er annahm, unbedingt gutes Zeichen, so ein Selbstgespräch. „Hutch und Joslyn waren zusammen essen und haben sich nicht nackt im hohen Gras gewälzt."

Nun empfand Slade den Blick von Jasper weniger besorgt, sondern eher als mitleidig. Er winselte leise.

„Alles in Ordnung, mein Junge", beruhigte ihn Slade. „Ich bin nicht halb so verrückt, wie ich klinge, und für dich besteht keine Gefahr."

Slade atmete ein paarmal tief durch, ließ den Motor an, legte den Rückwärtsgang ein, blinkte und fuhr los. Er würde bei seinem ursprünglichen Plan bleiben, beschloss er. Was bedeutete, dass er jetzt einen Abstecher zum „Best Western"-Hotel am Stadtrand machen würde, um zu sehen, ob Shea und Layne schon angekommen waren.

Das würde ihn von Joslyn und Hutch ablenken. Hoffte er.

Als er mit Jasper am Hotel eintraf, stiegen Shea und Layne gerade aus einem weißen Mietwagen. Layne – sehr elegant in einem rot-weiß gepunkteten Kleid und mit großer Sonnenbrille – lächelte ihm zu und winkte. Sie war umwerfend schön, seine Exfrau, doch ihr Anblick raubte ihm weder den Atem, noch verursachte er ihm Herzklopfen.

Shea, die in Jeans-Shorts und einem kurzen, rosa und großzügig bauchfreien T-Shirt neben der Beifahrertür stand, hüpfte vor Freude auf und ab, sobald sie ihn entdeckt hatte. Slade nahm an, dass sie sich hier, wo ihre Freundinnen sie nicht sahen, nicht so cool geben musste, wie es bei Mädchen in ihrem Alter sonst üblich war.

„Hey!" Er sprang aus dem Wagen. Seinen Hut und seinen Hund ließ er im Pick-up.

Shea – klein, dunkelhaarig und mit großen, veilchenblauen Augen – quietschte vor Freude, schlang beide Arme um ihn und drückte ihre Stirn fest an seine Brust. „Hey", sagte sie mit ein wenig erstickter Stimme.

Layne nahm ihre Sonnenbrille ab, und sie und Slade schauten sich über Sheas Kopf hinweg an. Layne nickte ihm herzlich zu. Slade nickte ebenfalls herzlich und presste Shea noch eine Spur fester an sich.

Mit einem Teenager *und* einem neuen Hund würde sein Sommer ohne Zweifel ziemlich turbulent werden. Wie würde es erst sein, wenn Joslyn Kirk zu dieser bunten Mischung stieß?

10. KAPITEL

Joslyn stellte fest, dass Hutch nach dem Streit mit Slade im „Butter Biscuit" sogar noch versessener auf diesen Ausritt war.

Sie fuhren gerade in seinem zerbeulten alten Pick-up über die holprigen Straßen zur Whisper-Creek-Ranch. Joslyn, die auf dem Beifahrersitz saß, biss sich auf die Unterlippe.

„Möchtest du reden?", erkundigte sie sich.

Hutch verzog mürrisch das Gesicht, ohne den Blick von der staubigen Schotterstraße vor ihnen abzuwenden. „Worüber?", blaffte er sie an.

Joslyn musterte ihn einfach nur.

Zu Hutchs Entschuldigung musste man sagen, dass er sie sofort betreten ansah. „Tut mir leid."

„Was ist eigentlich los mit dir und Slade?" Joslyn hatte sich zwar während des Wortwechsels der beiden vorhin im Café einiges zusammengereimt, doch sie wollte Hutchs Sicht der Dinge hören. Also tat sie so, als hätte sie keine Ahnung, worum es ging.

Er schaute wieder geradeaus, und seine Wangenmuskeln spannten sich so sehr an, dass die Kieferknochen regelrecht hervortraten. „Die alte Geschichte", sagte er, bemüht, gelassen zu klingen. Es gelang ihm überhaupt nicht. „Wir sind wie Kain und Abel."

„Ich glaube, da steckt mehr dahinter", wandte Joslyn vorsichtig ein. Wie alle, die jemals mehr als einen Tag in Parable verbracht hatten, wusste sie, dass die beiden Halbbrüder waren – der eine ehelich geboren, der andere nicht. Doch das war nichts Neues. Also musste vor Kurzem irgendetwas passiert sein.

Hutch sah in ihre Richtung, blinkte und bog bei einem großen Briefkasten mit der Aufschrift „Carmody" in die Einfahrt ein, die Joslyn noch von früher gut kannte. „Vor ein paar Tagen", begann er, „hat Maggie Landers mich und Slade in ihre Kanzlei bestellt, um das Testament meines Dads zu verlesen. Die Hälfte von allem, was Dad besessen hat, kriegt Slade."

Joslyn sagte nichts dazu. Sie presste ihre Hände auf ihre

Oberschenkel und konzentrierte sich darauf, sich nicht auf die Zunge zu beißen, während der Pick-up über die Schlaglöcher hoppelte.

Sie hatte immer den Eindruck gehabt, dass John Carmody nicht zugeben wollte, dass Slade sein eigen Fleisch und Blut, sein Sohn aus einer früheren Affäre mit Callie war. Es war eines dieser „Geheimnisse" gewesen, über die in Wahrheit die ganze Stadt im Bilde war.

„Die Hälfte von allem", wiederholte Hutch grimmig und hielt den Wagen endlich – wenn auch ruckartig – an. Sie blieben bei laufendem Motor zwischen dem zweistöckigen Haus im Kolonialstil und dem langen, niedrigen Stall mit der verwitterten roten Farbe und den weißen Fensterläden stehen. „Einschließlich der Ranch."

„Oh", antwortete Joslyn wenig einfallsreich.

„Ja, *oh*."

Zaghaft lächelte sie. „Heißt das, dass du irgendwann im Armenhaus landest?", fragte sie in vorsichtig spöttischem Ton.

Immer noch wenig einfallsreich, dachte sie.

Hutch machte keine Anstalten auszusteigen. Immerhin stellte er den Motor ab. Dann schien er völlig in Gedanken zu versinken. „Geld ist nicht das Problem", erklärte er schließlich nach langem, unangenehmem Schweigen. „Davon ist genug da. Es geht um den Grund und Boden. Die Ländereien sind seit mehr als einem Jahrhundert im Besitz der Familie, Joslyn. Einige Carmodys sind hier sogar *begraben*. Es wäre falsch, die Ranch zu zerstückeln."

„Muss das denn sein?", erkundigte sich Joslyn leise. „Könnt du und Slade euch nicht irgendetwas einfallen lassen?"

„Ich habe ihm für seinen Teil von Whisper Creek mehr Geld angeboten, als er je gesehen hat", antwortete Hutch unglücklich. „Dabei will er die Ranch gar nicht. Er hatte nie Interesse daran, irgendwelche Ansprüche geltend zu machen. Und das hätte er gekonnt, wenn ihm etwas daran gelegen hätte. Er hätte sich ja einen Anwalt nehmen oder einen DNA-Test machen lassen können." Er atmete einmal durch und straffte die Schultern.

„Nein, Slade hält mich nur hin, das ist alles. Wahrscheinlich einfach deshalb, weil er es *kann*. Außerdem ist das jetzt seine Chance, mir heimzuzahlen, dass ich etwas hatte, was ihm immer gefehlt hat. Und das will er jetzt so richtig auskosten."

Joslyn überlegte sich gut, was sie dazu sagen sollte. Also ließ sie sich Zeit mit ihrer Antwort. Sie hatte Slade zwar früher, als sie jünger waren, auch nicht besser gekannt als jetzt, aber als neidischen Menschen hatte sie ihn nie empfunden. Slade war zurückhaltend und gern für sich allein oder mit seinem kleinen Freundeskreis zusammen gewesen. Und er hatte im Gegensatz zu ihr selbst und Hutch nie tolle Autos oder teure Kleidung besessen. Allerdings hatte auch nie etwas darauf hingedeutet, dass er diese Dinge unbedingt haben wollte. Joslyn hatte den Eindruck gehabt, dass er sogar schon als Jugendlicher in sich geruht hatte und zufrieden gewesen war.

„Ich weiß, dass du die Sache hinter dich bringen möchtest", sagte sie, „aber es ist noch nicht besonders lange her, dass dein Dad gestorben ist. Und jetzt musst du dich auch noch mit dieser Erbschaftsangelegenheit herumschlagen. Vielleicht solltest du einfach mal, tja, *durchatmen* und überhaupt nichts unternehmen. Und vielleicht hört Slade dann ja auf, auf stur zu stellen, und zieht dein Angebot doch noch in Erwägung."

Slade war begeistert von dem Kingman-Haus. Joslyn hatte das genau gemerkt, als sie gemeinsam hingefahren und es sich angesehen hatten. Er zögerte zwar immer noch, es zu kaufen, aber über kurz oder lang würde er dort einziehen – und bleiben.

Hutch seufzte und fuhr sich mit einer Hand durchs Haar. „Das heißt also, ich soll mich ein bisschen zurückhalten? Ist es das, was du mir damit sagen willst?"

Sie lächelte. „Genau das will ich. Slade ist ein Dickkopf. Und du auch. Was wir hier haben, ist eine klassische Patt-Situation. Das Ganze in einen Kleinkrieg ausarten zu lassen ist keine Lösung."

Jetzt drehte Hutch sich endlich zu ihr und sah sie, etwas verlegen lächelnd, an. „Vielleicht habe ich Slade wirklich zu sehr gedrängt", gab er zu.

„Vielleicht", wiederholte sie schmunzelnd. „Aber jetzt sollten wir uns diese Schaukelpferd-Stute ansehen, von der du mir erzählt hast. Sonst verlässt mich noch der Mut und ich laufe zu Fuß zurück in die Stadt."

Hutch lachte leise und machte die Autotür auf. „Ach, komm schon. Du wirst Sandy mögen, das verspreche ich dir."

„Jemanden zu mögen und auf ihm zu reiten sind zwei verschiedene Dinge." Joslyn stieg aus.

Hutchs Augen blitzten frech, während er zu ihr ging und sie anschaute. „Dazu verkneife ich mir besser jeden Kommentar."

Sie lachte. Allerdings merkte sie, dass sie rot wurde.

Er führte sie in den Stall, in dem sich an beiden Seiten Boxen aneinanderreihten. In vielen von ihnen befanden sich Pferde, aber ebenso viele standen leer.

Ich habe daran gedacht, mir ein paar Pferde zuzulegen, hatte Slade vorhin in Essies Café behauptet. Welche Hälfte des Stalls auf Whisper Creek gehört mir?

Die Stute Sandy war ein winziger Falbe, kaum größer als ein Pony. So, wie sie in ihrer Box stand, friedlich ihr Heu fraß und sichtlich die Muße eines Sommernachmittags genoss, kam sie Joslyn wirklich harmlos vor.

„Siehst du?" Hutch lehnte sich an Sandys Boxentür. „Völlig ungefährlich."

Joslyn seufzte. „Und welches Pferd reitest du?" Sie wollte mit dieser Frage zumindest teilweise Zeit gewinnen. Ihr war klar, dass Hutch ihre Verzögerungstaktik durchschaut hatte und es ihn erheiterte.

Hutch deutete auf eine Box. Der Wallach, der darin stand, war groß, schwarz-weiß gescheckt und hatte die langen Beine und den edlen Kopf eines Vollbluts. „Ich reite abwechselnd alle Pferde, aber Remington hier ist mein Lieblingspferd."

„Sandy auch?", zog Joslyn ihn auf. Sie musste bei der Vorstellung lächeln, dass Hutch, der einstige Rodeo-Champion und erfahrene Rancher, ein Minipferd ritt.

„Früher", antwortete er grinsend. „Als ich ungefähr so groß war." Er hielt eine Hand auf Ellenbogenhöhe. „Jetzt ist sie keine besondere Herausforderung mehr."

„Gut so“, sagte Joslyn. „Denn eine Herausforderung ist nicht gerade das, was ich hier suche.“

Hutch musste lächeln. Dann machte er sich daran, Sandy zu satteln. Nachdem er das erledigt hatte, holte er die Stute aus der Box und gab Joslyn die Zügel.

„Geh ruhig mit ihr hinaus in die Sonne“, meinte er. „Ich mache Remington fertig und bin dann gleich wieder bei dir.“

Zögernd nahm Joslyn die Zügel und führte Sandy ins Freie. Da sie und das Pferd praktisch auf Augenhöhe waren, fühlte sie sich wegen ihrer Nervosität plötzlich ziemlich lächerlich.

Lächerlich, aber auch merkwürdig *glücklich*.

Es war lange her, seit sie das letzte Mal auf einem Pferd gesessen hatte. Sie war nie eine gute Reiterin gewesen. Da Parable eine Art Westernstadt war, in der viele Leute regelmäßig ritten, hatten sowohl Elliott als auch ihre Mom versucht, Joslyn ihre Angst zu nehmen. Sie hatten ihr Reitstunden und sogar ein eigenes Pferd versprochen, wenn sie es wenigstens versuchte.

Elliott war es allerdings auch gewesen, der damals unbedingt wollte, dass Joslyn an dem Rodeo-Queen-Wettbewerb teilnahm. Joslyn hatte bei dieser ewigen Diskussion wegen des Reitens zumindest so weit nachgegeben, als dass sie sich bereit erklärt hatte, mitzumachen. Sie war verblüfft gewesen, dass sie gewonnen hatte, doch ihre Freude über den Sieg bekam bald einen Dämpfer. Sie hatte nämlich von dem Gerücht Wind bekommen, die ganze Sache sei abgesprochen gewesen.

Joslyn hatte den starken Verdacht, das Elliott ihr den Titel damals *gekauft* hatte.

Seither hatte sie sich immer für diesen „Sieg“ geschämt.

Hutch verließ mit Remington den Stall. Wegen seiner Größe kam Joslyn der gescheckte Wallach jetzt eher wie ein Clydesdale-Kaltblut und nicht wie ein normales Reitpferd mit ein paar Rennpferden im Stammbaum vor.

Sie hatte plötzlich Herzklopfen. Sicher, Sandy machte einen gemütlichen Eindruck, Remington allerdings sah so aus, als wollte er mit seinen langen, kräftigen Beinen gleich lospreschen. Seine mächtige Brust, in der sich vermutlich eine Lunge von der

Größe eines Traktors befand, hob und senkte sich bereits vor lauter Vorfreude.

Angenommen, sie und Hutch erreichten da draußen eine offene Weide oder irgendeine harte Landstraße, und Remington beschloss loszustürmen? Auch ein frommes Pferd wie Sandy würde sich wahrscheinlich verpflichtet fühlen, ihm hinterherzugaloppieren.

„Ich weiß nicht recht", murmelte Joslyn verunsichert und schaute von einem Pferd zum anderen.

Aber Hutch ließ sie keinen Rückzieher mehr machen. „Trau dich ruhig." Er schmunzelte.

„Du und dein ‚Trau dich'", grummelte Joslyn. Sie hatte bestens in Erinnerung, wie Hutch sie während der Highschool einmal dazu überredet hatte, auf den Wasserturm zu klettern. Er hatte sie von unten angefeuert. Und das war nur einer von vielen derartigen Anlässen gewesen.

„Hör mal, Joslyn." Hutch beugte sich zu ihr. „Ich verspreche dir, dass dir nichts passiert. Dafür sorge ich schon."

„Was ist, wenn dir Remington durchgeht?"

„Ich *lasse* ihn nicht durchgehen."

„Woher weiß ich, dass du ihn zurückhalten kannst? Er ist größer als du."

„Vertrau mir." Hutch lächelte gutmütig. „Er rennt nicht los, solange ich ihm die Zügel nicht schießen lasse, und ich habe nicht vor, das zu tun. Zumindest nicht, während du neben mir reitest."

„Okay." Joslyn seufzte. „Na dann." Sie drehte sich um, hielt sich mit einer Hand am Knauf von Sandys Westernsattel fest, steckte einen Fuß in den Steigbügel und schwang sich auf den Rücken der Stute.

Sandys hintere Flanken zitterten, und ihr Schweif zuckte hin und her.

„Sie wird sich nicht aufbäumen oder durchgehen", sagte Hutch beruhigend. Er hatte Joslyns Gesichtsausdruck richtig gedeutet: jämmerliche Angst.

Sandy ging, wie sich herausstellte, ebenso wenig durch wie Remington.

Hutch fing es ruhig an. Er ritt mit Remington auf die grüne Weide, die sich vermutlich über viele Meilen erstreckte, und Sandy folgte ihm gemächlich.

Nachdem Joslyn anfangs den Sattelknauf so fest umklammert hatte, dass ihre Handflächen zu schwitzen begannen, konnte sie sich nun endlich ein bisschen entspannen und das Reiten im langsamen Schritt genießen.

Sie und Hutch ritten bis zum Fluss, dem „Creek", von dem die Ranch ihren Namen hatte, und machten dort Rast, damit die Pferde trinken konnten. Für die relativ kurze Strecke hierher hatten sie zwanzig Minuten gebracht. Das reine, klare Wasser glitzerte in der Sonne.

„Geht's dir gut?", erkundigte sich Hutch.

„Alles bestens." Joslyn war immer noch ein wenig zittrig, fühlte sich allerdings schon wesentlich sicherer im Sattel. Wer weiß, vielleicht fand sie sogar Gefallen am Reiten.

Irgendwann.

„Du hast nicht einmal Stiefel gebraucht", stellte Hutch auf dem Rückweg trocken fest. Der arme Remington war unruhig und zappelig wie ein Rennwagen, dessen Motor bei angezogener Handbremse auf Hochtouren läuft.

„Vielleicht kaufe ich mir ein Paar." Das kleine Erfolgserlebnis des Ausritts hatte Joslyns Selbstbewusstsein gestärkt. Wenn sie einer ganzen Stadt voller Leute gegenübertreten konnte, die von ihrem Stiefvater abgezockt worden waren, dann würde sie bestimmt auch richtig reiten lernen können. In Montana war es praktisch selbstverständlich, dass man diese Kunst beherrschte.

„Fein." Hutch grinste.

Sie machten sich auf den Rückweg. Hutch ließ Remington draußen an der Pferdestange, und er und Joslyn führten Sandy zurück in ihre gemütliche Box.

Die Stute wirkte erleichtert, dass sie niemanden mehr auf ihrem Rücken herumtragen musste und sich nun wieder ganz dem Fressen und Trinken widmen konnte.

Hutch nahm den Sattel, die Decke und das Zaumzeug und ging gemeinsam mit Joslyn wieder hinaus.

Er deutete auf Remington. „Dieser Junge wird mir nie verzeihen, wenn ich ihn nicht ein bisschen laufen lasse. Stört es dich?"

Joslyn schüttelte lächelnd den Kopf. „Nur zu."

Hutch band den Wallach los, schwang sich in den Sattel und ritt durch das offene Tor hinaus auf die grüne Weide. Das Gras wogte im Wind, und der weite Himmel von Montana schien endlos zu sein.

Joslyn kletterte auf den Lattenzaun, um Pferd und Reiter zu beobachten.

Hutch stieß plötzlich einen Freudenschrei aus, und im nächsten Moment galoppierte Remington los. Mann und Tier verschmolzen zu einer Einheit und bewegten sich so schnell und mit einer derartigen Leichtigkeit und Anmut, dass es aussah, als würden sie gleich die Schwerkraft durchbrechen und sich in die Lüfte erheben.

Joslyn schirmte mit einer Hand ihre Augen vor der Sonne ab und schaute den beiden nach, bis sie plötzlich abbogen und verschwanden. Als sie nach einer Weile allmählich begann, sich Sorgen zu machen, tauchten die beiden wieder auf. Remington war vom Galopp in Trab gewechselt. Hutchs dunkelblondes Haar glänzte in der Sonne, und Joslyn konnte sein breites Lächeln aus der Ferne erkennen. Sie spürte ein wehmütiges Ziehen in ihrem Herzen.

Sosehr sie Hutch auch mochte – sie wusste, dass er nicht für sie und sie nicht für ihn bestimmt war.

Wie schade. Sie wären ein tolles Paar gewesen.

Shea erkundete zusammen mit Jasper, der sich an ihre Fersen geheftet hatte, gerade das Haus und das Grundstück der gemieteten Ranch. Layne und Slade standen – merkwürdig einträchtig – zwischen ihren beiden Autos.

Im kommenden Herbst würde Sheas elftes Schuljahr an der Highschool, ihr „Junior Year", beginnen, aber für Slade war sie immer noch sein kleines Mädchen.

Layne sah lächelnd zu, wie ihre Tochter sich gerade den verfallenen alten Stall von außen anguckte. „Seltsam, nicht wahr?", überlegte sie laut, „dass Shea dir mit ihren dunklen Haaren viel ähnlicher sieht als mir."

Slade gab es einen Stich ins Herz. Das tat es immer, wenn er – auch nur andeutungsweise – daran erinnert wurde, dass Shea nicht seine leibliche Tochter war. Er hätte alles dafür gegeben, wenn er ihr richtiger Vater hätte sein können.

Er nickte kurz und räusperte sich. „Layne, wegen des Hauses … ich meine, wegen seines derzeitigen Zustandes …"

Layne war ein taktvoller, großherziger Mensch. Sie grinste. „Wir haben ja noch ein paar Tage, bis ich zurück nach L.A. fliege. Shea und ich werden dir helfen, das Haus herzurichten." Sie schaute sich um. „Ganz so schlimm ist es nun auch wieder nicht."

Slade verlagerte sein Körpergewicht von einem Bein auf das andere und seufzte leise, während er Shea aus dem Augenwinkel beobachtete. Sie schien den alten Stall unerhört faszinierend zu finden. Das Problem war bloß, dass das wackelige Ding jeden Moment einstürzen konnte. Ein einziger kräftiger Windstoß – und das ganze Gebäude war nur mehr ein Haufen Kleinholz.

Er biss sich auf die Zunge, um Shea nicht das zuzurufen, was ihm gerade durch den Kopf ging.

Sei vorsichtig!

Teenager neigten dazu, rebellisch zu sein – Shea noch mehr als die meisten Jugendlichen ihres Alters. Slade wollte sie beschützen, doch er wollte auch nicht gleich den Eindruck erwecken, er wäre überfürsorglich.

„Wie ist es dir ergangen, Slade?", fragte Layne und riss ihn aus seinen Gedanken. Täuschte er sich, oder hatte in ihrer Stimme gerade eine Spur Besorgnis mitgeschwungen? „Seit der Scheidung, meine ich", fügte sie hinzu.

Er hatte das Gefühl, als würde er ersticken. In den ersten Tagen – und Nächten – nach der Trennung von Layne war er ein emotionales Wrack gewesen. Allerdings hatte er es geschafft, es vor allen Leuten zu verbergen. Außer vor Callie. Zumindest anfangs hatte er mehr Bier getrunken, als gut für ihn war, und im Dunkeln wochenlang immer wieder eine aus zehn CDs bestehende Jazzblues-Collection gehört.

Aber sogar damals, als er gewissermaßen Dauergast im „Heartbreak Hotel“ gewesen war, hatte er gewusst, dass die Scheidung für alle Betroffenen das Beste war. Shea eingeschlossen. Zumindest langfristig gesehen.

„Ich möchte so etwas nicht noch einmal durchmachen“, antwortete er aufrichtig, „aber es geht mir gut.“

Shea kam durch das hohe Gras auf sie zu und strahlte. Jasper lief neben ihr her.

„Können wir ein Pferd kaufen, Dad?“ Sheas veilchenblaue Augen leuchteten förmlich vor Begeisterung. „Ich füttere es, gebe ihm Wasser und erledige alle Arbeiten.“

Sie kam Slade in diesem kurzen Moment weit jünger vor als sechzehn. Aber sie stand zweifellos bereits an der Schwelle zum Erwachsenwerden. Dieses Mädchen, das zwar nicht sein eigen Fleisch und Blut war, aber ein Teil seines Herzens war, wuchs langsam zu einer Frau heran.

„Dieser Stall ist nicht mal mehr für Feldmäuse geeignet, geschweige denn für Pferde“, antwortete Slade. Allerdings hatte er bereits beschlossen, dass er mit Shea am kommenden Wochenende zu der Viehauktion in der Nähe von Missoula fahren würde. Er würde sich dort das Angebot ansehen und dann eine Entscheidung treffen. Bis dahin würde er nichts versprechen.

„Wir könnten ein paar Bretter und Nägel kaufen und den Stall wieder auf Vordermann bringen“, schwärmte Shea und breitete die Arme aus. Auf ihrem rechten Unterarm sah man ein abwaschbares Henna-Tattoo. Slade *hoffte* zumindest, dass es abwaschbar war.

Layne verdrehte bei Sheas Vorschlag die Augen. Doch in dem Blick, mit dem sie ihre Tochter dann kopfschüttelnd bedachte, lag viel Liebe. „Sieh an, die tüchtige kleine Handwerkerin“, sagte sie. „Zu Hause kann ich dich nicht einmal motivieren, eine Glühbirne zu wechseln. Und jetzt möchtest du gleich einen ganzen Stall renovieren?“

„Ich würde alles für ein Pferd tun“, erwiderte Shea und beugte sich hinunter, um Jaspers Kopf zu tätscheln. „Das heißt nicht, dass *du* nicht klasse bist, mein Junge. Denn das bist du. Total.“

Slade schmunzelte. Da war sie, diese Eigenschaft, von der er immer – auch in schwierigen Zeiten – gewusst hatte, dass Shea sie hatte. Diese Eigenschaft, die ihn so sicher sein ließ, dass alles gut ausgehen würde. Shea war *warmherzig*.

„Lasst uns zurück zu Callie fahren", sagte er mit ein wenig belegter Stimme. „Sie erwartet uns zum Abendessen."

„Hurra …", erwiderte Layne leise. Sie verzog den Mund zu einem verzweifelten Lächeln und setzte ihre Sonnenbrille, die sie vorhin in die Haare geschoben hatte, wieder auf.

„Mom!", protestierte Shea scheinbar entrüstet.

Achtung, Zickenalarm, schoss es Slade durch den Sinn. Es war merkwürdig, welche Dinge ein Mann aus seiner Ehe und dem Familienleben mit einer Tochter vermisste.

Slade legte einen Arm um Shea und drückte sie kurz, um sie abzulenken. „Alles gut, meine Kleine", versicherte er ihr. „Es ist nur ein Abendessen. Und falls die Feindseligkeiten eskalieren, können wir beide uns ja heimlich zu McDonald's schleichen."

Layne sah ihn mit gespielter Verzweiflung an. „Na, großartig. Ihr wollt mich also mit einer Frau allein lassen, die glaubt, ich hätte nicht alle Tassen im Schrank."

Slade lachte. „Ach was, *das* glaubt Mom doch nicht von dir", neckte er sie. „Sie wäre vielleicht erstaunt, dass du *überhaupt* eine Tasse besitzt."

„Wahnsinnig komisch", meinte Layne, während Shea eine der hinteren Türen von Slades Pick-up für Jasper aufmachte, damit er einsteigen konnte. Dann kletterte sie auf den Beifahrersitz.

„Ich fahre mit Dad!", teilte sie fröhlich mit und stellte Layne damit vor vollendete Tatsachen.

„Es wird schon gutgehen", sagte Slade zu seiner Exfrau. Seine Mundwinkel zuckten jedoch verräterisch. „Solange du dich von Mom zu keiner Dauerwelle überreden lässt. Ach ja, und du solltest mich vielleicht dein Essen kosten lassen, bevor du es zu dir nimmst."

„Hörst du jetzt auf, Slade? Ich war den ganzen Tag mit einem Teenager unterwegs und bin schon nervös genug."

„Okay“, lenkte Slade ein. „Ich höre ja schon auf. Du und Mom seid vielleicht nicht die besten Freundinnen, Layne, aber sie freut sich riesig darauf, Shea wiederzusehen. Und sie wird sich dir gegenüber bestimmt zusammenreißen.“

Layne seufzte, winkte schicksalsergeben und setzte sich hinters Lenkrad ihres Mietwagens.

Als sie nach einer Fahrt über holprige Landstraßen beim „Curly-Burly“ ankamen, hatte Callie den Laden bereits geschlossen. Sie trug ein rosa T-Shirt-Kleid und Sandalen mit Strasssteinchen – ein für ihre Verhältnisse dezentes Outfit – und hatte sich sogar eine Rüschenschürze umgebunden.

Slade konnte sich nicht erinnern, diese Schürze jemals an seiner Mutter gesehen zu haben.

Seit er erwachsen war und nicht mehr zu Hause lebte, hatte Callie von Salaten aus dem Feinkostladen und Essen aus der Mikrowelle gelebt.

Jetzt wirkte Callie plötzlich wie die Provinz-Version von Martha Stewart.

Sie lief auf den Parkplatz heraus, lächelte Layne höflich zu und schlang beide Arme um Shea, nachdem das Mädchen aus Slades Pick-up ausgestiegen war.

„Sieh nur, wie erwachsen du geworden bist!“, staunte sie. In ihren Augen schimmerten Tränen.

Shea umarmte Callie lachend.

Slade hob Jasper vom Rücksitz, und der Hund stürmte mit wedelndem Schwanz zu Shea und Callie, um an dem freudigen Wiedersehen teilzunehmen.

„Kommt rein, kommt alle rein“, forderte Callie sie gerührt und schniefend auf. Sie hatte einen Arm immer noch um Shea gelegt und strahlte. Dann guckte sie Jasper an. „Du auch. Wer auch immer du bist.“

„Das ist Jasper“, erklärte Shea ihrer Stiefgroßmutter. „Wir waren gerade bei Dads neuem Haus, und er hat gemeint, dass wir den Stall reparieren und uns ein paar Pferde zulegen.“

„Jetzt mal langsam“, unterbrach Slade sie nachsichtig. „So war das nicht abgemacht.“

Layne warf ihm einen „Hab ich's dir nicht gesagt?"-Blick zu. Slade konnte sich aber nicht erinnern, *was* sie ihm gesagt hatte.

Irgendetwas, wahrscheinlich. Layne hatte immer erklärt, es sei eines ihrer gemeinsamen Probleme gewesen, dass er die halbe Zeit nicht zuhörte.

Alle, einschließlich Jasper, gingen in den Anbau des „Curly-Burly"-Wohnwagens.

Drinnen war es heiß, und das, obwohl mehrere Ventilatoren liefen. Callie hatte nämlich gekocht. Deshalb also die Retro-Schürze.

Layne setzte sich in eine Ecke der Couch und fächelte sich mit einer Ausgabe des „TV-Guide" Luft zu. Callie hatte immer noch ein Abo. Sie besaß weder einen DVD-Player noch einen Computer und konnte deshalb bezüglich Tratsch und Klatsch aus der Welt des Entertainments nicht wie so viele andere auf das Internet zurückgreifen.

Jasper hatte sich zufrieden auf dem Boden zusammengerollt, und Shea erzählte vom Flug aus L.A., der Fahrt vom Flughafen nach Parable und von ihren Freunden, die sie den ganzen Sommer nicht sehen würde.

„Du wirst hier neue Freundschaften schließen", sagte Callie im Brustton der Überzeugung. „Im Park treffen sich viele Teenager, weil es dort ein Schwimmbad gibt."

Shea schien im Moment nicht übermäßig viel Interesse an Jugendlichen aus Parable zu haben. „Kann ich meine E-Mails checken?" Sie blickte sich in dem winzigen Raum suchend um. „Wo ist dein Computer, Grands?"

Callie lächelte über den alten Kosenamen. Vermutlich fand sie es wundervoll, ihn wieder zu hören. Da Shea so weit weg wohnte, hatte Callie sie seit der Scheidung nicht mehr gesehen. Slade wurde schlagartig bewusst, wie schwierig diese Trennung für seine Mom gewesen sein musste.

„Kein Computer", antwortete sie. „Ich mache das meiste auf die altmodische Art."

Layne schaute Slade an und schnitt, ohne dass ihre Tochter und ihre ehemalige Schwiegermutter es sehen konnten, eine Grimasse.

Slade lachte. „Deine E-Mails können bestimmt ein, zwei Stunden warten“, meinte er zu Shea.

Doch die Aufmerksamkeit des Mädchens galt bereits etwas Neuem. „Ist das Lasagne?“, erkundigte sie sich, als Callie zwei Topflappen nahm, eine Auflaufform aus dem Backofen holte und sie auf die Anrichte stellte.

„Aber sicher doch“, sagte Callie fröhlich.

„Das ist mein Lieblingsessen!“, rief Shea.

„Ich erinnere mich.“ Callie blickte Layne kurz an und dann schnell wieder weg.

Slade seufzte innerlich.

Callie hatte Layne nie gemocht.

Layne hatte Callie nie gemocht.

Aber beide mochten Shea. Und das war höchstwahrscheinlich der einzige Grund, weswegen seine Exfrau und seine Mutter sich nicht schon längst in den Haaren lagen. Die beiden hatten während Slades und Laynes Ehe eine Art Waffenstillstand geschlossen und ihn nur hin und wieder durch heftiges Kanonenfeuer unterbrochen.

Immerhin, dachte Slade. So weit, so gut.

Nachdem Hutch sie zum Gästehaus zurückgebracht und sich mit einem Kuss auf die Stirn verabschiedet hatte, fütterte Joslyn Lucy-Maude und gab ihr frisches Wasser. Anschließend gönnte sie sich eine lange Dusche, um den Schweiß und den Staub loszuwerden.

Später, als ihre Oberschenkel von dem kurzen Ritt auf Sandy anfingen wehzutun, schluckte sie zwei Aspirin und wärmte sich in der Mikrowelle eine Portion chinesische Nudeln. Nach dem Essen unterzog sie ihren schwindenden Vorrat an Lesestoff einer Überprüfung.

Finito. Nur noch ein Kapitel und dann hatte sie auch die Biografie, die auf ihrem Nachttisch auf sie warte, ausgelesen – und das war’s dann. Jetzt hatte sie ein Problem. Ihres Wissens gab es in Parable keine Buchhandlung, und sie hatte noch keine Zeit gehabt, sich in der Stadtbücherei eine Mitgliedskarte zu besorgen.

Und sie war zu müde und erschöpft, zu „Mulligan's" oder zum Discounter zu fahren, um zu sehen, was es dort an Büchern gab.

Sie schaute aus dem Fenster. Kendras Cabrio stand, bedeckt mit einer Staubschicht, in der Einfahrt. Das Verdeck war offen. Möglich, dass in der Küche des Herrenhauses Licht brannte. Ganz sicher war sich Joslyn aber nicht, da immer noch die Sonne schien.

Sie ging eine Weile auf und ab – wobei sogar *das* wehtat –, blieb dann stehen, nahm ihr Handy und wählte Kendras Nummer.

Ihre Freundin klang müde, nachdem sie abgehoben hatte. Doch in ihrem ziemlich kühlen „Hallo" schwang noch irgendetwas anderes mit.

„Wie war dein Shoppingtrip?", erkundigte sich Joslyn.

„Wie war dein Ausritt?", fragte Kendra sofort. Dann seufzte sie. „Entschuldige, Joss. Ich hätte dich nicht so anschnauzen sollen."

Joslyn, die nicht mehr daran gewöhnt war, wie schnell sich Neuigkeiten in einer Kleinstadt verbreiteten, war trotz Kendras Entschuldigung verletzt. „Stimmt", erwiderte sie, „hättest du nicht."

„Sei nicht böse", bat Kendra.

„Das bin ich nicht", antwortete Joslyn wahrheitsgemäß. „Ein bisschen verwirrt vielleicht. Aber böse? Nein."

Schweigen.

„Kendra?", fragte Joslyn nach einer Weile.

„Entschuldige", wiederholte Kendra mit erstickter Stimme.

„Wir können ein andermal darüber reden", sagte Joslyn sanft. Sie fragte sich, ob ihre Freundin vielleicht weinte. „Es ist ja keine große Sache. Und jetzt will ich dich nicht weiter stören."

„Aber du hast doch bestimmt aus einem bestimmten Grund angerufen", entgegnete Kendra schniefend. Sie hatte sich offenbar ein wenig beruhigt.

„Ich hatte gehofft, ich könnte mir ein Buch ausleihen." Joslyn wünschte, sie hätte sich nicht bei Kendra gemeldet. „Keinen Freund", fügte sie leise hinzu.

„Hutch ist nicht mein Freund“, protestierte Kendra. „Ich weiß nicht, warum ich so schnippisch zu dir war, Joslyn. Wahrscheinlich bin ich nach der Party und allem einfach nur kaputt, und jetzt habe ich auch noch PMS und … Aber das alles entschuldigt nicht meine unfreundliche Art dir gegenüber, nicht wahr?“

„Es ist wirklich kein Problem, Kendra. Wir sehen uns morgen. Punkt neun.“

„Warte!“, sagte Kendra in fast flehentlichem Ton. „Leg nicht auf. Ich habe da dieses tolle Buch, mit dem ich gerade fertig geworden bin. Es sind die Memoiren einer Frau, die sich in den späten 70er-Jahren dem Friedenscorps angeschlossen hat. Ich könnte es dir rüberbringen …“

Joslyn zögerte. „Okay“, meinte sie schließlich. „Ich warte auf dich.“

Am nächsten Morgen wachte Joslyn nur langsam auf. Sie hatte die halbe Nacht das Buch gelesen, das Kendra ihr geliehen hatte. Als ihr einfiel, dass heute der Tag war, an dem sie ihren neuen Job antreten würde, sprang sie erschrocken aus dem Bett.

Lucy-Maude, die zusammengerollt am Fußende schlief, protestiert mit einem lauten und gedehnten „Miauuuu“.

Joslyn tapste ins Bad, sprang unter die Dusche und ließ das Wasser die letzten Reste eines unruhigen Schlafs wegspülen.

Sie war fest entschlossen, an ihrem ersten Tag bei „Shepherd Real Estate“ nicht zu spät zu kommen. Also duschte sie rasch fertig, trocknete sich ab, putzte sich die Zähne und zog schnell eine schwarze Hose und ein hellblaues Top mit geradem Ausschnitt an. Da sie nie viel Make-up verwendete – nur getönte Tagescreme, etwas Wimperntusche und Lipgloss –, dauerte auch das Schminken nicht allzu lang.

Ihre Haare waren vom Duschen allerdings noch feucht und etwas kraus – und Joslyn wollte heute einigermaßen professionell, aber nicht *zu* geschäftsmäßig aussehen, wenn sie im Büro auftauchte. Also steckte sie ihr Haar nicht zu einem strengen Knoten hoch, sondern flocht sich einen Zopf. Dann drehte sie ihren Kopf vor dem Spiegel hin und her und begutachtete ihr Werk.

Genau in diesem Moment verkündete Lucy-Maude, die auf der Schwelle zum Badezimmer saß, dass es Zeit für ihr Frühstück war.

Joslyn machte sich nur eine Tasse Instantkaffee. Eine ganze Kanne aufzusetzen hatte wenig Sinn, da sie den Großteil des Tages drüben in Kendras Büro verbringen würde. Dann gab sie Lucy-Maude ihre morgendliche Ration Trockenfutter, ohne dabei die Küchenuhr aus den Augen zu lassen.

Während sie ihren Kaffee trank, dachte sie an gestern Abend, als Kendra praktisch darauf bestanden hatte, ihr das Buch herüberzubringen. Joslyn hatte damit gerechnet, dass ihre Freundin sich nach dem Ausritt mit Hutch erkundigen würde, doch letztlich hatten sie beide das Thema vermieden. Vielleicht war es auch am besten so gewesen.

Joslyn hätte gern erklärt, dass sie und Hutch wirklich nur gute Freunde waren, aber diese Phrase, dieses „gute Freunde", war so abgedroschen. Alle Leute sagten es ständig, aber was bedeutete es wirklich?

Rasch schaute sie noch ihre E-Mails durch und rief die „Paws for Reflection"-Website auf. Es deutete immer noch nichts darauf hin, dass irgendjemand eine Katze vermisste, auf die Lucy-Maudes Beschreibung passte. Joslyn verabschiedete sich von ihrer vierbeinigen Mitbewohnerin und eilte hinüber zum Herrenhaus.

Die vordere Eingangstür war nicht abgeschlossen. „Kendra?", rief Joslyn und ging weiter ins Büro.

Ihre Freundin saß mit roten, verquollenen Augen an ihrem Schreibtisch.

Erschrocken stellte Joslyn ihre Handtasche auf den Schreibtisch, der ihrer sein würde, trat zu Kendra und legte ihr eine Hand auf die zitternde Schulter. „Was ist los?"

„Es ist ... Es gibt schlechte Neuigkeiten ...", stammelte Kendra, offenbar nicht in der Lage, von ihrem Stuhl aufzustehen. „Es geht um Jeffrey."

Joslyn schluckte. „Deinen Exmann? Ist ihm etwas passiert, Kendra?“

Langsam nickte Kendra. „Er ist ... sehr krank. Es ist irgendeine Art von Krebs. Sie sagen, dass er es nicht überleben wird, und ... und er hat nach mir gefragt.“

Joslyn bekam weiche Knie. Sie ging zu ihrem Schreibtischstuhl, rollte ihn zu Kendra und sank darauf. „Ist er in England?“, fragte sie sehr leise.

Wieder nickte Kendra. „Seine Mutter hat mich angerufen“, antwortete sie benommen, den Blick starr geradeaus gerichtet. „Sie selbst. Du hast keine Ahnung, wie viel sie das gekostet haben muss. Und ich meine nicht die Telefonrechnung.“

Joslyn biss sich auf die Lippe. Sie rief sich in Erinnerung, was Kendra über das Scheitern ihrer Ehe mit Jeffrey erzählt hatte. Seine Familie hatte Kendra offensichtlich von Anfang an verabscheut und alles getan, um die Beziehung der beiden zu zerstören. „Was wirst du tun?“

Kendras Augen füllten sich mit Tränen. „Ich muss zu ihm. Nicht aus Liebe, aber Jeffrey war mein Ehemann ...“

Joslyn nahm die Hand ihrer Freundin und drückte sie. „Dann flieg zu ihm“, sagte sie sehr leise. „Natürlich kann ich ohne Maklerlizenz keine Immobilienanzeigen aufgeben oder Häuser verkaufen, doch ich werde dich vertreten, so gut ich eben kann.“

„Danke. Ich weiß nicht genau, wie lang ich weg sein werde, aber ich rufe an, so oft es geht.“

Joslyn umarmte ihre Freundin und half ihr dann beim Packen und beim Buchen eines Flugs nach London.

„Eines noch“, sagte Kendra, als sie in den Wagen stieg, um zum Flughafen in Missoula zu fahren. „Ich möchte das Haus nicht leer stehen lassen, während ich weg bin. Würde es dir etwas ausmachen, hier zu wohnen – nur, bis ich wieder da bin?“

11. KAPITEL

Der restliche Morgen verlief relativ ruhig bei „Shepherd Real Estate". Bereits vor ihrer Mittagspause hatte sie einigen Anrufern erklärt, dass Kendra aus privaten Gründen verreisen musste und noch nicht genau abzusehen war, wann sie wieder in Parable sein würde. Joslyn hatte jedem einzelnen Anrufer höflich versichert, dass Kendra trotzdem über alles auf dem Laufenden war und ihr alle Nachrichten ausgerichtet werden würden. Die Fragen nach dem genauen *Grund* für das plötzliche Verschwinden ihrer Freundin hatte Joslyn ausweichend beantwortet.

Da sie nicht besonders hungrig war, freute sie sich schon darauf, nach ihrer Pause wieder ins Büro zurückzukehren. Sie merkte, wie sehr sie das Arbeiten vermisst hatte. Sie hatte den Rhythmus vermisst, den ein Job mit geregelten Arbeitszeiten mit sich brachte, und auch die Herausforderung, Neues zu lernen.

Und weiß Gott, sie hatte noch viel über die Arbeit in einem Immobilienbüro zu lernen.

Als sie durch die Hintertür ins Gästehaus kam, wartete Lucy-Maude geduldig in der Küche.

„Du wirst es nicht glauben", sagte Joslyn zur Katze, während sie sich an der Spüle die Hände wusch. Obwohl der Gedanke an Essen im Moment nichts Reizvolles an sich hatte, wollte sie sich rasch ein Sandwich machen. Wenn sie Mahlzeiten ausfallen ließ, spielte ihr Blutzuckerspiegel gern verrückt und sie wurde unruhig und unkonzentriert. „Wir ziehen um."

Ebenso wie das Pausen-Sandwich war auch die Vorstellung, selbst für kurze Zeit in das Herrenhaus zu ziehen, nicht sonderlich reizvoll für Joslyn. Doch sie konnte nachvollziehen, warum Kendra das Haus während ihrer Abwesenheit nicht leer stehen lassen wollte. In einem unbewohnten Haus konnte alles Mögliche passieren – Rohrbrüche, Elektrobrände und unzählige andere Katastrophen, um die man sich rasch kümmern musste. Und natürlich kam es auch seltener zu Vandalismus und Einbrüchen, wenn jemand anwesend war.

Für Joslyn war das Haus allerdings ein emotionaler Krisenherd. Hier war das Leben ihrer Familie – das ihrer Mutter und Elliotts, ihr eigenes und sogar das von Opal – zerbrochen. Vom Zentrum ausgehend hatte sich das Unheil wie ein Flächenbrand auf die Bewohner von Parable und weit über die Grenzen der Stadt hinaus ausgebreitet.

Es war eine Katastrophe gewesen, die Joslyn – und natürlich Elliotts noch lebende Opfer – völlig aus der Bahn geworfen hatte. Die Nachwirkungen waren selbst heute noch zu spüren.

Bedrückt füllte Joslyn frisches Futter in Lucy-Maudes Napf und schmierte sich ein Weißbrot mit Putenwurst und Salat. Nach zwei Bissen brachte sie jedoch trotz all ihrer guten Vorsätze nichts mehr hinunter. Ihre Kehle war wie zugeschnürt, und ihr Magen drohte zu rebellieren.

Wieder einmal fragte sie sich, was sie eigentlich mit ihrem Aufenthalt in Parable bezweckte. Die finanzielle Wiedergutmachung für Elliotts Diebstahl war überall dort, wo es möglich war, bereits erfolgt. Was konnte sie sonst noch tun?

Außer scharf auf einen bestimmten Cowboy-Sheriff zu sein, für den sie wahrscheinlich etwas Ähnliches wie eine dieser geistig beschränkten reichen Erbinnen war, die ständig im TV auftauchten. Am besten, sie dachte nicht an Slade Barlow und daran, wie er sie fast im Wohnzimmer dieses bezaubernden alten Ranch-Hauses, das er jetzt gemietet hatte, geküsst hätte. Am besten, sie verdrängte auch alle Gedanken daran, wie sehr sie sich wünschte, er hätte es getan …

Ganz ruhig, befahl sie sich und verzog schuldbewusst das Gesicht. Krieg dich wieder ein, Kleine.

Fazit? Sie saß hier fest – zumindest bis Kendra aus England wieder zurück war. Und wer konnte schon sagen, wann das sein würde? Bis dahin musste sie ihr Versprechen halten und sich um die Firma kümmern.

„Was weiß ich denn schon vom Immobiliengeschäft?“, fragte sie Lucy-Maude, die gerade ohne Probleme die Extraportion Futter verschlang. „Nichts.“ Joslyn breitete ihre Hände aus, um ihre nicht vorhandenen Kenntnisse zu verdeutlichen. „Null. Nix. Nada."

Lucy-Maude hielt kurz inne, schenkte Joslyn einen dieser „Krieg dich wieder ein, ich habe schon verstanden, was du meinst"-Blicke und widmete sich wieder ihrer Mahlzeit.

„Ich verbringe viel zu viel Zeit allein", jammerte Joslyn, warf die Reste ihres Sandwiches weg, spülte dann den Teller und das Buttermesser ab und legte beides ordentlich auf das Abtropfbrett. Die beiden sahen ganz einsam darauf aus; die einzige Gesellschaft, die sie hatten, war die Frühstückskaffeetasse. „Entschuldige bitte, wenn ich so etwas sage", redete sie weiter mit Lucy-Maude. „Theoretisch bin ich ja nicht ganz allein, weil *du* da bist. Aber, nun ja, du bist eben eine *Katze*."

Nachdem Joslyn sich wieder beruhigt hatte, verbrachte sie die nächsten zwanzig Minuten damit, das Notwendigste für ihren „Umzug" – Zahncreme, Zahnbürste, ihren Pyjama, das Buch, das sie sich von Kendra ausgeliehen hatte etc. – in ihren kleinen Koffer zu packen. Dann holte sie alles, was Lucy-Maude brauchen würde – Körbchen, Schlafdecke, Futter, Katzenklo und -streu – und stellte es im Wohnzimmer auf den Boden.

Joslyn kam es so vor, als hätte sich viel zu viel *Zeug* für ein rasches Ausziehen angesammelt – das von Lucy-Maude und ihr eigenes. Seit sie Phoenix verlassen hatte, war sie immer nur mit leichtem Gepäck gereist, und jetzt war sie wieder dabei, Dinge anzuhäufen.

Nicht gut.

Wenn es eine Lektion gab, die sie seit dem Verkauf ihrer Firma gelernt hatte, dann die, wie wenig ein Mensch in Wahrheit brauchte.

Bei ihrer ersten Umzugstour durch den Garten ging sie, beladen mit ihrem Laptop und dem Koffer, durch die Schiebetür der verglasten Veranda ins Herrenhaus. Sie hatte die Tür vorhin in weiser Voraussicht aufgeschlossen.

Sie entschied sich, nicht in ihr altes Zimmer oder eine der zahlreichen Gäste-Suiten zu ziehen, sondern in Opals frühere Wohnung neben der Küche. Es war eine Möglichkeit, zumindest symbolisch, lediglich *einen* Fuß in der Tür zu diesem großen Haus zu haben. Vielleicht bestand dadurch ja Hoffnung, dass sie nicht in einen Strudel der Gefühle hineingezogen und in jene aufwühlende Zeit zurückgeworfen würde, an die sie sich größtenteils nicht mehr erinnern wollte.

Seltsam, dass sie dieses monströse Haus und das Leben, das sie hier geführt hatte, einmal vermisst hatte. Jetzt kam es ihr fast erdrückend vor.

Opals frühere Wohnung war fast genauso groß wie das Gästehaus. Ein eigenes Badezimmer – konnte man heutzutage Waschbecken, Toiletten und Wannen in diesem merkwürdigen Rosa überhaupt noch kaufen? – gehörte ebenso dazu wie ein Wohnzimmer. Es gab sogar eine kleine Herdplatte und einen Mini-Kühlschrank. Hier hatte Kendra an der Einrichtung nichts verändert; das billige, aber zweckmäßig Sofa, der Lehnsessel und der Couchtisch sowie die Stehlampen und Opals Fernseher standen immer noch an ihrem alten Platz.

Es war ziemlich gespenstisch, hier zu sein und sich in dieser vertrauten Wohnung umzusehen. Joslyn hatte das Gefühl, als wäre die Haushälterin, die sie so geliebt hatte, nur schnell mit ihrem Wagen einkaufen gefahren oder würde gerade etwas aus dem Ofen oder dem Wäschetrockner nehmen.

Kurz stiegen Joslyn Tränen in die Augen, da sie sich – wie schon so oft – fragte, wo Opal jetzt sein mochte. Ob es ihr gut ging und sie glücklich war? War sie überhaupt noch am Leben? Joslyn überlegte, ob sie später, wenn ihr Arbeitstag vorbei war, nicht versuchen sollte, ihre alte Freundin über das Internet zu suchen.

Aber was würde sie sagen, wenn sie Opal tatsächlich fand? *Erinnerst du dich an mich? An Joslyn? Ich bin wieder im Rossiter-Haus. Weiß der Himmel, warum ich zurückgekehrt bin. Wahrscheinlich, um mich irgendwie selbst zu bestrafen. Jedenfalls hat mich alles hier an dich erinnert.*

Würde sie das sagen? Wohl kaum. Außerdem war Opal mittlerweile um einiges älter; selbst wenn sie noch lebte, war sie mittlerweile vielleicht schon gebrechlich und befand sich in einem Pflegeheim. Besser, ich lasse die alte Frau in Ruhe, dachte Joslyn.

Andererseits konnte sie Opal einfach nicht aus ihren Gedanken vertreiben. Und zwar deshalb, weil sie sie lieb hatte.

Da in der Wohnung noch einiges getan werden musste, schüttelte Joslyn ihre Nostalgie ab und begann, ihr Hab und Gut einzuräumen.

Nachdem sie das erledigt hatte, schleppte sie Lucy-Maudes Sachen in ihr neues Domizil. Zu guter Letzt trug sie eine beleidigt maunzende Lucy-Maude in einem Pappkarton hinüber, dessen Deckelklappen sie ineinandergesteckt hatte, damit die Katze nicht flüchten konnte. Dann ließ Joslyn die missmutige Lucy-Maude in der kleinen Wohnung, die sie sich bis zu Kendras Rückkehr teilen würden, aus dem Karton.

Vorsichtig machte sich der Vierbeiner auf Entdeckungstour und sah sich das kleine Schlafzimmer, das Retro-Bad und den geheimnisvollen Bereich hinter dem Sofa an.

Joslyn beschloss, dass sie die paar Lebensmittel, die sie im Gästehaus gelassen hatte, später holen würde. Ihre Mittagspause war vorbei, und nun hieß es, zurück an die Arbeit. Nicht, dass im Immobilienbüro übermäßig viel zu tun gewesen wäre …

Sie wusch sich nochmals die Hände, überließ Lucy-Maude ihren Erkundungen und ging durch die Küche und das Esszimmer in das ehemalige Wohnzimmer, von dem aus Kendra ihre Firma leitete.

Eine stämmige grauhaarige Frau in einer Caprihose, einer ärmellosen Bluse und ausgewaschenen Turnschuhen stand im Türbogen. Joslyn erschrak ein wenig, da sie niemanden kommen gehört hatte. Die Augen der Besucherin waren blau und klar wie ein Bergsee, ihr Blick ruhig. Ihre Haut sah trotz der Falten rosig und frisch aus. Alles an ihr strahlte und ließ auf einen liebenswürdigen Charakter schließen.

Wie schon bei vielen anderen Leuten in Parable hatte Joslyn auch bei dieser Frau das Gefühl, sie von früher zu kennen.

„Ich bin Martie Wren." Die Besucherin streckte Joslyn zur Begrüßung die rechte, vom Arbeiten schwielige Hand entgegen.

Lächelnd trat Joslyn auf sie zu. „Joslyn Kirk", sagte sie und schüttelte Martie die Hand. „Falls Sie Kendra suchen – ich fürchte, sie kommt erst in ein paar Tagen wieder ins Büro."

Wochen? Monaten?

„Eigentlich suche ich Sie", unterbrach Martie sie fröhlich. „Ich leite das Tierheim ‚Paws for Reflection' und bin wegen der Katze hier, die Ihnen zugelaufen ist. Sie haben ein Bild von ihr auf unserer Website gepostet, nicht wahr?"

Ihr Magen zog sich schmerzhaft zusammen. Sie hatte Lucy-Maude bereits lieb gewonnen und wollte sie nicht mehr hergeben. „Kommen Sie bitte herein", meinte sie mit einem gezwungenen Lächeln zu Martie. „Setzen Sie sich."

„Ich kann nicht lange bleiben", erwiderte Martie sofort. „Unsere Schützlinge im ‚Paws' halten uns ganz schön auf Trab, und ich muss noch jede Menge erledigen, bevor ich ans Hinsetzen überhaupt denken kann."

Joslyn lächelte immer noch, obwohl sie sich fast sicher war, dass Martie hier war, um Lucy-Maude abzuholen und ihren rechtmäßigen Besitzern zurückzubringen. Die Vorstellung zerriss ihr fast das Herz.

Prüfend sah Martie sie an. „Mir scheint, Sie sind von dieser Katze ziemlich angetan."

„Ja, ziemlich", gab Joslyn zu. *Das* war die Untertreibung des Tages. „Aber ich habe mir schon gedacht, dass jemand sie vermisst. Sie kommt mir nämlich nicht verwahrlost vor." *Trächtig, nicht verwahrlost.*

„Ich würde sie mir gern mal anschauen. Sie sozusagen persönlich kennenlernen." Martie zwinkerte. „Ich weiß, dass Sie ein Foto von ihr auf unsere Website hochgeladen haben, aber es gibt viele graue Katzen auf der Welt. Falls es diejenige ist, von der ich vermute, dass sie es ist, gab es sehr wohl Leute, die sich um sie gekümmert haben. Doch das bedeutet ja nicht unbedingt, ein richtiges Zuhause zu haben und geliebt zu werden, nicht wahr?"

Ein richtiges Zuhause zu haben und geliebt zu werden.

Was für eine schöne Vorstellung.

„Hier entlang." Joslyn führte Martie in den ehemaligen Personaltrakt.

Lucy-Maude thronte – majestätisch wie Cleopatra auf ihrer legendären Barke – auf dem Lehnsessel in Opals früherem

Wohnzimmer. Als Joslyn und Martie hereinkamen, streckte sie sich genüsslich.

„Sieh einer an …" Martie ging langsam auf die Katze zu und streckte ihr eine Hand entgegen, damit Lucy-Maude sie beschnüffeln konnte. „Das ist ja tatsächlich Carlotta."

„Carlotta?", wiederholte Joslyn ungläubig und merkte sofort, wie idiotisch sie sich anhören musste. Lucy-Maude war schließlich nicht mit dem Namen, den sie ihr gegeben hatte, auf die Welt gekommen. Warum also war es so ein Schock für sie, wenn jemand die Katze anders nannte?

Martie nickte. „Carlotta ist eine Art Gemeinschaftskatze. So könnte man es ausdrücken, glaube ich. Sie gehört sozusagen allen in Parable. Wir haben versucht, sie einzufangen, um sie sterilisieren und impfen zu lassen, sie ist uns allerdings immer entwischt. Bei schlechtem Wetter oder wenn die Kojoten hier herumstreunen, sucht sie sich bei irgendjemandem ein sicheres Plätzchen zum Schlafen und lässt sich dort eine Weile durchfüttern."

Joslyn hatte das Furcht einflößende, einsame Heulen der Kojoten, die ab und zu in Parable auftauchten, schon vergessen. Meistens kamen sie in der Dunkelheit. Allein bei dem Gedanken, dass die arme Lucy-Maude ganz allein und schutzlos den hungrigen Raubtieren ausgesetzt war, lief ihr ein Schauer über den Rücken.

„Wie lange ist sie schon bei Ihnen?", erkundigte sich Martie, da Joslyn keine Anstalten machte, etwas zu sagen.

„Ein paar Tage."

Martie lächelte erfreut und strahlte übers ganze Gesicht. „Meines Wissens ist Carlotta nie länger als einen Tag irgendwo geblieben. Mir scheint, sie hat sich entschlossen, von jetzt an Ihre Katze zu sein. Und zwar *ausschließlich* Ihre Katze."

Joslyns Reaktionen waren merkwürdig gemischt. Sie spürte eine gewisse Unschlüssigkeit – schließlich waren ihre Pläne für die Zukunft alles andere als konkret. Andererseits war sie erleichtert darüber, dass Lucy-Maude nicht von irgendjemandem verzweifelt gesucht wurde.

Joslyn schluckte und suchte nach den richtigen Worten. „Aber ich bin vielleicht nicht mehr allzu lange hier in Parable“, erklärte sie unsicher. „Ich hatte eigentlich nicht vor, mir ein Haustier zuzulegen. Außerdem bin ich mir ziemlich sicher, dass Lucy-Maude trächtig ist, und …“

Marties Lächeln erstarb. „Ach herrje.“ Sie befühlte mit den Fingerspitzen vorsichtig Lucy-Maudes Bauch. Dann nickte sie. „Kein Zweifel, sie bekommt Junge.“

„Und, wie gesagt, ich hatte nicht vor, mir ein Haustier …“

Martie schmunzelte, als Joslyn mitten im Satz abbrach. „Wegen der Jungen machen wir uns Gedanken, wenn es so weit ist“, meinte sie. „Doch wegen Ihrer Pläne, sich kein Haustier nehmen zu wollen … Tja, manchmal funktioniert es umgekehrt, und das Haustier sucht sich seinen Besitzer selbst aus.“ Sie atmete tief durch. „Ich kann Carlotta natürlich ins Tierheim mitnehmen, wenn es das ist, was Sie möchten. Allerdings haben wir schon jede Menge Tiere, die dringend ein Zuhause brauchen.“

Joslyn zuckte innerlich bei der Vorstellung zusammen, dass Carlotta/Lucy-Maude irgendwo in einem Käfig saß – egal, wie einigermaßen tiergerecht sie dort auch gehalten werden mochte. An die vielen anderen Katzen, Hunde und Vögel, die überall auf der Welt in Tierheimen auf ein gutes Plätzchen warteten, durfte sie gar nicht denken.

Sie warteten und warteten.

„Dann behalte ich sie.“ Joslyn war glücklich und seltsam traurig zugleich. „Irgendwie werden wir es schon schaffen, Lucy-Maude und ich.“

Martie klopfte Joslyn auf die Schulter und lächelte wieder. „So ist es recht“, sagte sie anerkennend. „Sie können jederzeit bei uns vorbeischauen, wenn Sie möchten“, fügte sie hinzu und blickte Joslyn dabei ein wenig skeptisch von der Seite an.

Joslyn gab ein ersticktes, leicht hysterisches Lachen von sich und konnte sich gerade noch beherrschen, nicht die Augen zu verdrehen. „Klar. Und noch mehr Katzen mit nach Hause nehmen? Vielleicht auch noch einen Hund und ein paar Kaninchen, wenn ich schon einmal dabei bin?“

Martie musste jetzt ebenfalls lachen. „Es war zumindest ein Versuch." Dann wurde sie ernst und schaute sich in Opals kleinem Wohnzimmer um. „Es ist seltsam, wieder in diesem Haus zu sein. Ich hätte nie gedacht, dass ich noch einmal herkommen würde."

Joslyn wollte gerade versprechen, dass sie Lucy-Maude demnächst im Tierheim vom Tierarzt untersuchen und impfen lassen würde. Doch bei Marties Bemerkung blieben ihr die Worte im Hals stecken. „Sie haben ... Opal gekannt?", stammelte sie, nachdem sie sich wieder einigermaßen unter Kontrolle hatte.

Martie nickte. „Wir sind gut befreundet."

Joslyn rang nach Luft. „Dann haben Sie also Kontakt mit Opal?"

„Aber natürlich. Sie lebt seit Jahren bei ihrer Schwägerin in Great Falls. Opal war sogar verheiratet, aber ihr Mann hat nicht lange gelebt."

Joslyns Herz schlug schneller. Sie machte den Mund auf und wieder zu – und brachte kein Wort heraus.

Martie sah sie wieder skeptisch an, doch diesmal war ihr Blick nicht so freundlich wie vorhin. Langsam schien es ihr zu dämmern, wen sie vor sich hatte. „Sie haben sich mir vorhin zwar vorgestellt, aber der Name hat mir im ersten Moment nichts gesagt", murmelte sie. „Sie sind Elliott Rossiters Stieftochter. Ich wusste doch, dass Sie mir bekannt vorkommen."

Joslyn schluckte. Da sie sich nicht dafür entschuldigen wollte, wer sie war, wusste sie nicht, was sie jetzt sagen sollte.

Marties ernster Gesichtsausdruck verschwand, und sie war nun wieder ganz die freundliche, kompetente Leiterin des „Paws for Reflection". Kurz legte sie Joslyn eine Hand auf die Schulter und lächelte sie gütig und herzlich, allerdings auch ein wenig traurig an. „Ich habe gehört, dass Sie wieder in Parable sind, aber es ist mir anscheinend entfallen. Ich habe die ganze Zeit so verdammt viel zu tun."

Joslyn musste die Frage stellen, obwohl ihr vor der Antwort graute. „Hat Elliott ... hat er sie um ihr Geld gebracht?"

Grimmig nickte Martie. „Wir haben diesem Gauner unsere gesamten Ersparnisse anvertraut, Charlie und ich", antwortete sie. „Charlie war damals mein Ehemann. Wir hatten die Familie Rossiter damals schon ewig gekannt. Wir wären nicht einmal im Traum auf die Idee gekommen, Elliott könnte ein Betrüger sein. Seine Familie war immer anständig und ehrlich. Trotzdem haben wir jeden Penny verloren, den wir hatten."

„Es tut mir furchtbar leid", sagte Joslyn heiser.

„Das muss es nicht", antwortete Martie tapfer. „Sie können ja nichts dafür. Schuld waren Charlie und ich. Und Elliott. Egal, ich habe jedenfalls vor ein paar Wochen einen Riesenscheck mit der Post erhalten. Sogar nachdem ich Charlie – wir sind jetzt geschieden – die Hälfte des Geldes gegeben hatte, ist mir noch ein schöner Batzen übriggeblieben." Kurzes Schweigen. „Anscheinend ist also doch alles gut ausgegangen."

Joslyn fragte sich, ob sie jemals alle Geschichten hören würde – jedes Opfer von Elliott hatte schließlich eine zu erzählen. Sie bezweifelte, dass die Zeit dafür jemals ausreichen würde, selbst wenn sie den Rest ihres Lebens in Parable bliebe.

Nicht, dass sie das vorgehabt hätte. Sie hatte sich bloß noch keine Alternative überlegt.

„So hat alles sein Gutes, schätze ich", sagte Martie, schüttelte Joslyn die Hand und wandte sich zum Gehen.

„Ich bringe Lucy-Maude so bald wie möglich zum Impfen vorbei!", rief Joslyn ihr nach.

„Tun Sie das", erwiderte Martie freundlich.

Dann verließ sie das Haus.

Joslyn setzte sich an ihren Schreibtisch und loggte sich mit dem Passwort, das Kendra ihr vor ihrer Abreise gegeben hatte, auf dem Computer ihrer Freundin ein. Dann versuchte sie, alle nicht privaten Mails, die sich im Posteingang angesammelt hatten, so gut es ging zu beantworten. Glücklicherweise waren es nicht allzu viele. Das Schreiben der Antworten dauerte allerdings eine Weile, da Kendra sie noch nicht eingearbeitet hatte.

Gegen drei Uhr hatte sie fast das ganze Internet nach Ausbildungsmöglichkeiten für Immobilienmakler abgegrast. Es war klar, dass sie eine Lizenz brauchte, wenn sie sich hier auf irgendeine Art und Weise nützlich machen wollte.

Sie fand einen Onlinekurs, vergewisserte sich, dass die Ausbildung in Montana anerkannt wurde, und meldete sich an.

Wenige Minuten später bekam sie per Mail die ersten Kursunterlagen zugesandt. Joslyn druckte sie aus, um sich nach Feierabend mit ihnen zu beschäftigen.

Kurz nach vier rief Kendra kurz an; sie hatte gerade einen zweistündigen Zwischenstopp in New York und würde dann nach London weiterfliegen. Sie klang wie betäubt und hörte sich so an, als würde sie eine vorbereitete Rede ablesen.

Joslyn hatte schreckliches Mitleid mit ihrer Freundin. Sie wünschte, sie – oder irgendjemand anderer – würde Kendra auf ihrer Reise begleiten und sie moralisch unterstützen. „Ich bin für dich da", meinte sie. „Falls du mit jemandem reden möchtest, ruf mich an. Egal, um welche Tageszeit."

Kendra seufzte leise und traurig. „Okay", entgegnete sie mit der gleichen monotonen Stimme wie vorhin, „danke."

„Kendra ..." Joslyn wollte gerade sagen, dass die Reise vielleicht doch keine gute Idee gewesen war, und vorschlagen, dass Kendra auf der Stelle kehrtmachen und nach Hause kommen sollte. Doch am anderen Ende der Leitung klickte es, und die Verbindung wurde unterbrochen.

Langsam legte Kendra auf, saß ein paar Minuten reglos da und dachte besorgt an Kendra. Dann durchsuchte sie die Bücherregale nach Handbüchern für die Unternehmensabläufe der Firma und machte sich mit den Strukturen des Immobilienbüros vertraut.

Es gab eine Menge durchzuackern. Zum Glück hatte sie schon immer eine schnelle Auffassungsgabe gehabt.

Um Viertel nach fünf sperrte sie die Haustür zu, schaltete das Licht aus und ging durch die Küche in Opals ehemalige kleine Wohnung.

Lucy-Maude schnurrte zur Begrüßung so laut wie ein Rasenmäher und rieb sich an Joslyns Fesseln.

Leise lachend ging Joslyn in die Küche. Sie musste aufpassen, dass sie nicht über die Katze stolperte, die ihr unaufhörlich um die Beine strich. In einem der Küchenschränke fand sie das bunt gemischte Geschirr, das Opal im Laufe der Zeit gesammelt hatte, und nahm ein Schüsselchen heraus, an dessen Rand ein Stückchen abgebrochen war.

Sie gab Dosenfutter hinein, mischte Trockenfutter darunter und platzierte es neben die Wasserschüssel, die sie Lucy-Maude vorhin hingestellt hatte.

Die Katze machte sich mit zuckendem Schwanz und wie ausgehungert über das Fressen her. Schließlich fraß sie ja auch für zwei – oder sechs oder acht.

Joslyn seufzte. „Ich sollte dir gleich sagen, dass wir hier zu neunundneunzig Prozent bald wieder ausziehen", erklärte sie Lucy-Maude, die sie ignorierte und weiterfraß. „Parable ist zwar ganz nett, wenn man wirklich hierhergehört, aber ich vermute, dass wir hier nur auf der Durchreise sind. Also gewöhn dich nicht zu sehr an alles."

Lucy-Maude gab natürlich keine Antwort. Sie sah nicht einmal von ihrem Fressen auf.

Joslyn war froh, als ihr Handy in den Tiefen ihrer Handtasche klingelte. Es lenkte sie von dem merkwürdigen Gefühl der Leere ab, das sie bei der Vorstellung befiel, für immer aus Parable wegzugehen.

„Hallo?", sagte sie, ohne zuerst nachzusehen, welche Rufnummer auf dem Display angezeigt wurde.

„Ist da meine kleine Jossie?" Es war Opal, laut und herzlich wie immer.

Joslyn stiegen sofort Freudentränen in die Augen. „Opal?", rief sie.

„Wer sonst?", sagte Opal gutmütig.

Joslyn drückte den Hörer fest ans Ohr, wankte zum Lehnsessel und ließ sich hineinsinken. „Ach, Opal", stieß sie seufzend aus, während Lucy-Maude nach dem Fressen mit ihrem aufwendigen Putzritual begann. „Ich kann gar nicht glauben, dass du es bist."

„Glaub es ruhig", sagte Opal ein wenig schroff, um sich ihre Rührung nicht anmerken zu lassen. „Meine Freundin Martie hat vorhin angerufen und erzählt, dass ihr euch heute kurz über mich unterhalten habt und sie den Eindruck hatte, du würdest vielleicht gern mit mir reden. Ich habe sofort im Büro angerufen, doch da hat keiner abgehoben. Also habe ich diese Nummer probiert, und siehe da, schon plaudern wir wie in alten Zeiten."

Über Joslyns rechte Wange kullerte eine Träne. Sie machte sich nicht die Mühe, sie wegzuwischen. „Wie geht es dir Opal?", fragte sie fast im Flüsterton.

„Ach, ganz gut", antwortete Opal mit der für sie typischen Gelassenheit. „Ich bin vielleicht ein bisschen langsamer als früher, und hier und da zwickt und zwackt es ein wenig. Aber im Großen und Ganzen bin ich gesund wie ein Pferd." Sie kicherte. „Wahrscheinlich auch so schwer."

Joslyn lächelte. „Schön zu hören."

„Schön zu hören, dass ich so schwer bin wie ein Pferd?", fragte Opal lachend.

Joslyn lachte ebenfalls, doch ihr Lachen hörte sich fast wie ein Schluchzen an. „Schön, dass es dir gut geht, meine ich."

„Und du?", erkundigte sich Opal. „Alles in Ordnung, meine Süße?"

„Geht so." Joslyn hatte es nie geschafft, Opal anzulügen – außer, indem sie etwas *nicht* erwähnte. Aber auch das funktionierte nicht immer, weil Opal fast übernatürlich hellhörig und sensibel war.

„Geht so?", wiederholte Opal enttäuscht. „Ich weiß nicht, ob mir gefällt, wie das klingt, mein Mädchen. Bist du schon verheiratet? Hast du Kinder?"

Joslyn schüttelte den Kopf. Dann fiel ihr ein, dass Opal das nicht sehen konnte. „Nein, dafür hatte ich irgendwie keine Zeit."

„Nun, dann solltest du dir die Zeit besser nehmen, nicht wahr? Du wirst nicht jünger, weißt du."

Wieder lachte Joslyn. Diesmal kam es von Herzen. „Na gut", stimmte sie fröhlich zu. „Sobald wir zu telefonieren aufhören, laufe ich raus, schnappe mir – wenn es sein muss, mit Gewalt – einen passenden Ehekandidaten und werde in den Flitterwochen schwanger."

Opal prustete nun ebenfalls los. War es ein Lachen unter Tränen? „Was zum Teufel machst du eigentlich in Parable?“, wollte sie dann ohne Umschweife wissen.

So viel zum „Plaudern“.

Joslyn rutschte unbehaglich auf ihrem Sessel hin und her. Diese Frage hatte natürlich kommen *müssen*. „Ich nehme an, ich versuche, ein paar Dinge wiedergutzumachen.“

„Welche Art von Dingen?“, fragte Opal argwöhnisch.

Joslyn zögerte. Dann holte sie tief Luft und seufzte. „Du weißt ja, Opal“, sagte sie schließlich, „wie viel Schaden Elliott hier angerichtet hat. Er hat so vielen Menschen geschadet …“

„Und inwiefern bist *du* dafür verantwortlich?“, hakte Opal streng nach. Doch Joslyn wusste, dass aus Opal die unerschütterliche, liebevolle Fürsorge sprach, die sie schon immer für Joslyn und ihre Mutter empfunden hatte.

„Bin ich nicht“, verteidigte sich Joslyn traurig. „Aber *irgendjemand* muss es doch wiedergutmachen, oder? Falls das überhaupt möglich ist.“

„Nun ja“, antwortete Opal nach kurzem, nachdenklichem Schweigen. Ihr Ton war nun sanfter. „Meiner Meinung nach siehst du die Situation völlig falsch. Aber es ist trotzdem ein Geschenk des Himmels, deine Stimme wieder zu hören.“ Kurzes Schweigen. „Wie geht es denn deiner Mama?“

Joslyn erzählte Opal von Danas neuem Leben in Santa Fe mit ihrem Ehemann Brian, dem Künstler.

„Freut mich riesig, das zu hören.“ Opal wirkte zufrieden. „Ich habe Dana immer gemocht. Sie war für mein Empfinden zwar viel zu gut für Elliott Rossiter, aber offenbar hat sie den Mann nun mal geliebt.“

„Das hat sie.“ Joslyn hatte wieder einen Kloß im Hals, sowie sie an die glücklichen Zeiten dachte, bevor Elliotts Gier unersättlich geworden war.

Es war erstaunlich, dass Opal immer noch eine so hohe Meinung von Dana hatte. Immerhin hatte Opal schon lange als Haushälterin für die Familie Rossiter gearbeitet, bevor Joslyn und ihre Mutter auf der Bildfläche erschienen waren. Es gab schließlich auch Leute wie Cookie Jean Crown, die davon überzeugt waren, Elliott hätte das Geld gestohlen, um seiner Frau und seiner Stieftochter weiterhin ein Leben im Luxus zu ermöglichen. Er hatte Dana in Designerklamotten eingekleidet und teure Urlaube mit ihr gemacht, für die er oft sogar ein eigenes Flugzeug gechartert hatte. Auch Joslyn hatte es an nichts gefehlt – weder als kleines Mädchen noch als Teenager.

„Ich hätte große Lust, dich zu besuchen", verkündete Opal. „Hast du Platz für mich?"

Joslyn lachte. Gleichzeitig merkte sie, dass ihr wieder Tränen in die Augen stiegen. „Ist das dein Ernst, Opal? Wenn du mich besuchen kämst, wäre das für mich derzeit das Größte überhaupt."

„Sicher ist das mein Ernst", erwiderte Opal mit Nachdruck. „Oder glaubst du, ich plappere nur vor mich hin? Du, ich kann ohne Probleme in den nächsten Bus springen. Ich werfe nur rasch ein paar Sachen in meinen alten Koffer, kaufe mir eine Fahrkarte und bin schon unterwegs zu dir." Opal klang genauso pragmatisch wie immer. Sie packte die Dinge einfach an. „Hält der Bus immer noch vor der Tankstelle auf der Hauptstraße? Direkt gegenüber vom ‚Butter Biscuit Café'?"

„Wahrscheinlich schon." Joslyn dachte rasch nach. Opal könnte im Gästehaus wohnen, da es im Moment ja leer stand. „Egal, wo er hält – ich hole dich jedenfalls dort ab. Gib einfach Bescheid, um wie viel Uhr du da bist."

„Ich rufe dich gleich wieder an", sagte Opal.

Zehn Minuten später tat sie genau das.

Es stellte sich heraus, dass der Bus immer noch jeden Nachmittag um Punkt Viertel vor vier durch Parable fuhr. Wenn Passagiere aus- oder zustiegen, hatte er eine halbe Stunde Aufenthalt an der Tankstelle, damit die Leute sich ein wenig die Beine vertreten oder im „Butter Biscuit" einen Happen zu sich nehmen konnten.

Opal versprach, mit dem morgigen Bus zu kommen.

Nachdem Joslyn zum zweiten Mal aufgelegt hatte, rief sie sofort ihre Mutter in Santa Fe an und berichtete – übersprudelnd vor Freude – von Opals bevorstehendem Besuch.

Dana war genauso begeistert wie Joslyn.

„Das ist wunderbar, Liebling." Dana lachte gerührt. „Und es ist, wenn ich das so sagen darf, schön zu hören, wie, nun ja, wie *glücklich* du klingst."

Joslyn stutzte. Klang sie nicht *immer* glücklich? Okay, zugegeben, die letzten paar Jahre waren nicht einfach gewesen. Sie hatte zu viel gearbeitet und war immer mehr vereinsamt, aber sie war doch nicht *un*glücklich gewesen, oder?

Sie beschloss, auf die Bemerkung ihrer Mutter nicht näher einzugehen. „Warum kommst du nicht zu uns?", fragte sie. „Nach Parable zu Opal und mir."

Dana seufzte. „Ach, Schatz, ich würde dich *und* Opal furchtbar gern sehen, doch Brian hat in zwei Wochen eine große Vernissage in Chicago. Wir sind deshalb beide total im Stress, weil noch alles in Kisten verpackt und transportfertig gemacht werden muss."

Joslyn schloss einen Moment lang die Augen. „Oh." Sie konnte ihre Enttäuschung nicht verbergen.

Am anderen Ende der Leitung herrschte kurzes, gekränktes Schweigen. „Du glaubst, die Vernissage ist nur eine Ausrede, stimmt's? Du denkst, ich habe Angst, nach allem, was passiert ist, wieder nach Parable zu kommen, nicht wahr?", fragte Dana leise. Sie klang alles andere als vorwurfsvoll.

„Natürlich nicht, Mom", antwortete Joslyn genauso sanft. „Ich weiß, dass du nicht lügst."

Dana seufzte. „Brian darf sich diese Ausstellung nicht entgehen lassen. Das können wir uns nicht leisten", fuhr sie fort. „Er hat ein paar passionierte Sammler in Chicago. Und angesichts der Wirtschaftslage und der Tatsache, dass Kunst als Luxus angesehen wird ..."

„Ich verstehe schon, Mom", erwiderte Joslyn. Sie verstand es wirklich. In Boomzeiten war Brian mit seinen Auftragsarbeiten gar nicht mehr nachgekommen. Porträts, Landschaften und farbenfrohe abstrakte Malereien hatten sich praktisch von selbst verkauft. Mittlerweile war das längst nicht mehr so.

„Ich komme dich nach Brians Ausstellung besuchen", versprach Dana. Sie klang nun wieder fröhlich. „Sag Opal, dass ich sie vermisse und mich schon bald bei ihr melden werde. Dann arrangiere ich ein Treffen für uns drei."

„Klar, ich richte es aus."

Sie unterhielten sich noch ein wenig und verabschiedeten sich schließlich.

Eine halbe Stunde später begann Joslyns knurrender Magen sie daran zu erinnern, dass sie zu Mittag nichts gegessen hatte. Sie wusste, dass es Kendra nicht im Geringsten stören würde, wenn sie ihren Kühlschrank und ihre Speisekammer plünderte. Doch irgendwie kam es Joslyn nicht richtig vor, sich einfach zu bedienen. Die paar Dinge, die sie im Kühlschrank des Gästehauses gelassen hatte, reizten sie allerdings auch nicht.

Sie hatte ohnehin keine Lust, sich etwas zu kochen.

Also beschloss sie spontan, sich schnell im „Butter Biscuit Café" etwas zu holen. Sie hatte Lust auf richtige Hausmannskost, auf einen „Seelentröster" – auf etwas, was Opal kochen würde. Wie zum Beispiel Brathähnchen mit Kartoffelpüree und Soße.

Du lieber Himmel! Allein bei dem Gedanken an das viele Fett begann ihre Hose zu kneifen. Andererseits, wann hatte sie das letzte Mal so richtig gesündigt? In den letzten paar Jahren hatte sie nichts als gearbeitet und sich Sorgen gemacht. Und ihr Arzt in Phoenix hatte ihr doch geraten, fünf Kilo zuzunehmen, nicht wahr? Ein Plus von gut zwei Kilo ließe sich mit Brathähnchen & Co. heute spielend erreichen.

Fünf Minuten später bog sie auf den Parkplatz des „Butter Biscuit Café" ein. Die alte Tankstelle, bei der Opals Bus stehen bleiben würde und die dringend einen neuen Farbanstrich brauchte, befand sich direkt gegenüber auf der anderen Straßenseite.

Joslyn lächelte, als sie an das bevorstehende Wiedersehen dachte. Gleichzeitig stellte sie in Gedanken eine To-do-Liste auf: Bett im Gästehaus frisch beziehen, Bad putzen, gründlich abstauben und saugen und einen Strauß Blumen aus Kendras Garten als bunten Willkommensgruß vorbereiten.

Im Café herrschte Hochbetrieb; alle Tische waren besetzt. Joslyn war wegen der vielen Dinge, die sie noch zu erledigen hatte, und ihrer Vorfreude auf Opal so in Gedanken versunken, dass sie den großen Mann neben sich an der Kasse anfangs nicht erkannte. Er stand zwischen einer Frau mit kastanienrotem Haar, die wie ein Model aussah, und einem sehr hübschen jungen Mädchen.

Slade Barlow bedachte Joslyn mit seinem typischen verschmitzten Lächeln, bei dem ihr Körper regelmäßig verrücktspielte, und sagte leise Hallo.

Sie fühlte sich überrumpelt. Slade zu treffen war doch etwas, worauf man sich als Frau *vorbereiten* musste! Immerhin schaffte sie es, ein freundliches Gesicht zu machen und seinen Gruß zu erwidern.

Er machte sie mit seiner Exfrau Layne und seiner Stieftochter Shea bekannt.

Layne blickte sie interessiert an und lächelte in sich hinein.

Shea, der Teenager, war äußerst aufgeschlossen. „Wir sind wegen des Hackbratens hier“, erklärte sie. „Dad sagt, er ist es wert, auf einen freien Tisch zu warten.“ Ihre Augen waren veilchenblau und strahlten. „Vielleicht möchtest du dich zu uns setzen?“

„Ich wollte mir etwas nach Hause mitnehmen“, antwortete Joslyn lahm. „Da wartet nämlich noch jede Menge Arbeit auf mich.“

Slade schmunzelte. Seine blauen Augen funkelten. „Dann eben nächstes Mal.“

Joslyn griff sich eine Speisekarte und studierte sie so intensiv, als würde es sich um die Hieroglyphen auf dem berühmten Stein von Rosette handeln. „Klar“, meinte sie und nickte abwesend. „Nächstes Mal.“

12. KAPITEL

Auch nachdem Joslyn Kirk mit ein paar Tüten aus dem „Butter Biscuit" geflüchtet war, hatte Slade immer noch ihr Bild vor Augen. Es schien sich wie ein Tattoo in sein Gehirn eingebrannt zu haben.

Er hatte immer noch den blumigen Duft ihrer Haare in der Nase.

Essie, die ihm offenbar seinen Anteil an der gestrigen Szene mit Hutch in ihrem Lokal verziehen hatte, lächelte und ließ zwei Kellnerinnen den ersten frei gewordenen Tisch abräumen und abwischen. Er, Layne und Shea nahmen Platz. Sie hatten Callie eingeladen, sie zu begleiten, doch die hatte dankend abgelehnt. In dieser Woche war nämlich sie als Gastgeberin der Damen-Pokerrunde an der Reihe.

„Bei meiner Mom", hatte er einer sichtlich erleichterten Layne erklärt, „kann nichts mit einer Partie ‚Five Card Stud' konkurrieren."

„Du hast in den letzten zwanzig Minuten kein Wort von dem mitbekommen, was wir gesagt haben", erwiderte Layne trocken, nachdem Shea kurz aufgestanden war, weil gerade ihr schickes Smartphone geklingelt hatte.

Als Sheriff musste Slade nicht selten zwanzig Stunden am Stück durcharbeiten, wenn die Umstände es erforderten. Doch Rasterfahndungen und zeitaufwendige langweilige Überwachungen waren, wie er heute festgestellt hatte, *nichts* im Vergleich zu einem Einkaufsbummel mit zwei Frauen.

Er hätte schwören können, dass die beiden seit heute Morgen in jedem einzelnen Laden in Great Falls gewesen waren, um Möbel, Küchengeräte, Handtücher und Bettzeug sowie Töpfe und Pfannen auszusuchen – sprich, alles, was man ihrer Meinung nach eben für einen Haushalt brauchte. Essies Hackbraten war das Einzige gewesen, womit man ihn abends aus dem Ranchhaus und weg von Jasper hatte locken können, der in seinem eleganten Hundebett mit dem aufgestickten Namen schlummerte.

„Du warst schon immer davon überzeugt, dass das unser Hauptproblem wäre." Slade war sich bewusst, dass seine Antwort mit einiger Verspätung kam, doch es war ihm egal. Er war hundemüde. „Dass ich dir nie zugehört habe, meine ich."

„Das stimmt auch." Layne lächelte. „Ich habe dich sogar auf die Probe gestellt – nur, um zu beweisen, dass ich recht habe. Ich habe beispielsweise gesagt: ‚Im Garten trampeln gerade drei rosa Elefanten durch die Blumenbeete.' Worauf du – natürlich völlig abwesend – geantwortet hast, das sei ‚großartig, einfach großartig'."

Slade trank einen Schluck Kaffee und lächelte erschöpft. „Du hast mir also die ganze Zeit eine Falle nach der anderen gestellt", zog er sie auf.

Eine Weile schwiegen sie einträchtig.

„Diese Frau, die wir vorhin getroffen haben, während wir auf einen Tisch gewartet haben ..." Layne vergewisserte sich, dass Shea außer Hörweite war und auch die anderen Gäste im Lokal nicht neugierig die Ohren spitzten. „... wie war noch mal ihr Name? Joslyn?"

Als hätte sie es vergessen ... Seit sie Joslyn vorhin begegnet waren, hatte Layne es in Wahrheit doch gar nicht mehr *erwarten* können, sich nach ihr zu erkundigen.

Slade stellte seine Tasse ab. „Ja", antwortete er gelassen. „Joslyn."

„Du magst sie", stellte Layne fest.

Unbehaglich rutschte Slade auf seinem Stuhl hin und her. „Klar mag ich sie. Wir sind ja zusammen aufgewachsen – gewissermaßen."

Sogar „gewissermaßen" ist übertrieben, tadelte er sich insgeheim, und das weißt du genau. Joslyn war die Prinzessin und du der Bettelprinz.

„Nein", widersprach Layne. Ihre Augen blitzten. „Ich meinte, du *magst* sie. Dass sie dir gefällt, war nur eine Spur weniger auffällig als eine Reklametafel mit blinkenden Lichtern. Und angesichts der Tatsache, dass sie rot geworden ist und sich dermaßen in diese Speisekarte vertieft hat, als stünden dort die Lottozahlen für die nächste Woche, würde ich meinen, es beruht auf Gegenseitigkeit."

Slade fühlte sich bei der Wendung, die diese Unterhaltung genommen hatte, ein wenig unbehaglich. Shea stand immer noch drüben bei der Jukebox und telefonierte lebhaft vor sich hin. Er wünschte, sie würde aufhören und sich wieder zu ihnen gesellen, was natürlich nicht der Fall war. Also starrte er scheinbar fasziniert auf den Rest seines Hackbratens.

Layne kicherte. „Wirst du in dieser Angelegenheit denn irgendwie *aktiv* werden, Slade? Oder hast du vor, weiterhin den wortkargen, lässigen Cowboy zu spielen, bis Joslyn resigniert und sich einen anderen sucht?“

„Woher kommt dieses plötzliche Interesse an meinem Liebesleben?“, zischte Slade leise. In einer Kleinstadt wie Parable würde es wegen Laynes Besuch ohnehin genug Gerede geben; man musste den Leuten nicht zusätzlich Stoff für Spekulationen liefern.

„Ich möchte, dass du glücklich bist.“ Layne tat so, als wäre sie gekränkt. „Was ist denn falsch daran?“

„Hast du vielleicht schon einmal darüber nachgedacht, dass die Eigenschaften *alleinstehend* und *glücklich* sich nicht gegenseitig ausschließen müssen?“, entgegnete Slade. „Und wie kommst du darauf, dass ich *nicht* glücklich bin?“

Layne seufzte. „Da wäre zum Beispiel diese Wohnung, in der du lebst. Ich weiß, dass dein Geschmack eher in Richtung Bier als Champagner tendiert, aber diese Wohnung ist *deprimierend*. Ich bitte dich, eine *Luftmatratze*? Laken statt Vorhängen an den Fenstern? Und erst dieser *Teppich*! Ich bin mir ziemlich sicher, dass diese Farbe in Kalifornien verboten ist.“

„Wir sind hier nicht in Kalifornien“, stieß Slade gereizt hervor. „Und könntest du bitte nicht *ganz* so laut schreien?“

Layne seufzte nur und schüttelte den Kopf. Dabei schaute sie ihn leicht amüsiert an. „Manche Männer sind einfach für die Ehe bestimmt“, erklärte sie. „Sie sind die geborenen Ernährer, Stützen der Gesellschaft und Wächter über das Gute. Sie geben ideale Partner und Väter ab. Und du bist einer von diesen Männern, Slade.“

Slade räusperte sich. „Das ist eine interessante Beobachtung.

Vor allem, weil sie von dir kommt.“ Es war nicht nötig, ihr unter die Nase zu reiben, dass die Scheidung ihre Idee gewesen war, nicht seine. Er hätte eisern durchgehalten, passiere, was wolle. Und wäre es nur Shea zuliebe gewesen.

Was nicht unbedingt etwas Positives war, wie er mittlerweile wusste.

Manchmal war es besser, einen klaren Schnitt zu machen.

„Autsch.“ Layne verzog das Gesicht.

Slade schwieg. Er hatte sein Kontingent an Worten nicht nur für den heutigen Tag ausgeschöpft, sondern auch schon zu einem guten Teil für den morgigen.

„Du hast mich geheiratet, weil du Sheas Vater sein wolltest“, fuhr Layne gelassen fort. „Nicht, um mein Ehemann zu sein.“

Slade widersprach nicht. An ihrer Bemerkung war etwas Wahres dran. Am Anfang seiner Beziehung mit Layne hatte er geglaubt, er würde sie lieben. Aber es war Shea gewesen, die sein Herz berührt hatte. Shea und die Vorstellung, jemandes Dad zu sein.

Es hatte sich relativ unkompliziert gestaltet.

Das hatte man von seinen Gefühlen für Layne allerdings nicht behaupten können. Er nahm an, dass die Hormone eine große Rolle gespielt hatten. Die Hormone und das Wunschbild, dass er von ihr als Frau gehabt hatte.

Die einfache Wahrheit war, dass er Layne auf eine Art und Weise mochte, wie er Kendra, Boone Taylor oder Maggie Landers mochte. Freundschaftlich.

„Dieser Bentley …“, sagte Slade, nachdem er wieder zu Shea geguckt hatte, die noch immer mit ihrem Smartphone telefonierte. Sie strahlte dermaßen, dass er gewettet hätte, dass sie sich mit einem Jungen unterhielt. „… ist er okay?“

„Er ist wunderbar“, antwortete sie verträumt. Dann blickte sie ihn spitzbübisch an. „Und er hört mir *zu*.“

Slade runzelte die Stirn und deutete mit dem Kopf auf Shea. „Telefoniert sie immer so lang?“

Layne schmunzelte. „Heimweh. Sie vermisst ihre Freunde in L.A., das ist alles. Es geht vorbei.“

„Das hoffe ich. Es ist für ein Kind doch nicht normal, ständig mit einem Plastikteil am Ohr herumzulaufen."

„Heutzutage schon", kommentierte Layne ungerührt. Dann schob sie ihren Teller weg, verschränkte die Arme und stützte sich mit den Ellbogen auf den Tisch. „Shea benimmt sich momentan vorbildlich, da sie einen guten Eindruck bei dir hinterlassen möchte und außerdem gern ein Pferd hätte. Aber wart's nur ab, *Dad*. Hinter dieser sonnigen Art, die sie momentan an den Tag legt, lauert ein Teenager, wie er im Buche steht. Langweilig wird dir bestimmt nicht, zumindest nicht den Rest des Sommers."

Shea legte endlich auf und kam an den Tisch zurück.

Slade lächelte dem Kind zu, das für ihn immer seine Tochter bleiben würde – egal, welchen Unfug sie anstellen mochte.

„Ein Pferd", murmelte er in sich hinein, „könnte genau das sein, was sie derzeit braucht."

Zu Hause angekommen stellte Joslyn ihr Essen auf den winzigen Tisch in der früheren Personalküche von Kendras Haus. Sie nickte Lucy-Maude zu, die sie mit einem Miau begrüßt hatte.

„Ich wollte mir doch nur schnell etwas zu essen holen", erzählte sie der Katze kleinlaut, „und wen habe ich getroffen? Slade Barlow, seine Exfrau und seine Stieftochter. Ich schwöre dir, diese Frau – seine Ex – sieht wie ein Filmstar aus. Mindestens. Fast wie eine Göttin."

Lucy-Maude sprang frech auf den Tisch und schnüffelte an den Behältern mit Joslyns Abendessen aus dem „Butter Biscuit Café": Brathähnchen mit Kartoffelpüree und Soße *plus* grüne Bohnen mit Speck und Zwiebeln.

Sanft schob Joslyn die Katze hinunter.

„Offen gestanden", fuhr sie fort, „ist mir der Appetit vergangen." Sie verschränkte die Arme vor der Brust und lief unruhig auf und ab. „Kein Mann, der bei klarem Verstand ist, würde sich von dieser Frau scheiden lassen." Sie musste sich einfach Luft machen, sonst würde sie noch platzen. „Was bedeutet, dass *sie* ihn abserviert hat. Und *das* wiederum bedeutet, dass mit ihm wahrscheinlich irgendetwas nicht stimmt ..."

Lucy-Maude sah sie fast mitleidig an und sprang elegant auf die Lehne des Polstersessels. „Miau."

„Du hast natürlich völlig recht", fuhr Joslyn fort. „Ich ziehe voreilige Schlüsse." Sie presste die Lippen aufeinander und schwieg einen Moment. „Und ich *rede* mit einer Katze. Schon *wieder*! Lucy-Maude, ich muss mein Leben schleunigst in den Griff bekommen."

„Miau", wiederholte Lucy-Maude und fing an, sich ein zartes Vorderpfötchen zu putzen.

Plötzlich musste Joslyn lachen – über sich selbst, über die Situation und über die Welt im Allgemeinen. „Hast du einen Vorschlag", fragte sie die Katze, „wie ich mein Leben in den Griff bekomme?"

So wie es aussah, würde sie von Lucy-Maude keine guten Tipps bekommen.

Also deckte Joslyn den Tisch, setzte sich und begann voller Entschlossenheit, ihr Hähnchen zu essen.

Nachdem sie die Reste in den winzigen Kühlschrank gestellt hatte, wusch sie das Geschirr ab. Die nächsten zwei Stunden verbrachte sie damit, wie ein Wirbelwind durch das ohnehin schon saubere Gästehaus zu fegen und alles – ob notwendig oder nicht – zu putzen und zu wienern. Alles musste tipptopp sein, wenn Opal kam. Danach las sie sich, bewaffnet mit einem Textmarker, den Ausdruck der ersten Lektion ihres Online-Immobilienmaklerkurses durch. Anschließend gönnte sie sich ein ausgiebiges Schaumbad und ging danach ins Bett. Nachdem sie sich eine Weile unruhig herumgewälzt hatte, drehte sie sich schließlich auf die Seite, und Lucy-Maude rollte sich, zufrieden schnurrend, hinter ihren Knien zusammen.

Normalerweise hatte Joslyn Probleme durchzuschlafen – selbst dann, wenn sie erschöpft war. Diese Nacht jedoch war es anders. Sie tauchte sofort ins Traumland ab und schlief tief und fest bis zum nächsten Morgen.

Die Sonne fiel auf ihr Gesicht, als sie die Augen öffnete. Langsam wurde sie wach, und voller Vorfreude setzte sie sich kerzengerade auf.

Heute war es so weit!

Opal würde zu Besuch kommen – Opal, ihre liebe Freundin, die wie eine zweite Mutter für sie war. Joslyn hatte sie so sehr vermisst und schon befürchtet, sie vielleicht nie mehr wiederzusehen.

Sie würden sich so viel zu erzählen haben!

Joslyn schlüpfte rasch in das schwarz-weiße Sommerkleid, das sie sich für Kendras Grillparty gekauft hatte, fütterte Lucy-Maude und lief hinüber ins Büro, um die Haustür aufzuschließen und ihren Computer hochzufahren.

Sie hatte gerade für Lucy-Maude einen Termin in der Tierklinik, die zum Tierheim gehörte, vereinbart, da klingelte das Telefon auf ihrem Schreibtisch.

„Shepherd Immobilien", meldete sie sich gut gelaunt. „Wie kann ich Ihnen helfen?"

„Wahrscheinlich gar nicht", antwortete Kendra mit einem müden Lächeln in der Stimme. „Aber du hast das Zeug zu einer erstklassigen Sekretärin, obwohl du dafür total überqualifiziert bist."

„Wie war dein Flug?", erkundigte sich Joslyn vorsichtig.

„Lang. Ich habe in meinem Hotel eingecheckt und ein paar Stunden geschlafen, aber ich leide immer noch unter dem Jetlag. Jeffreys Bruder Dennis kommt mich gleich abholen und fährt mich zu Jeffrey ins Krankenhaus."

„Ach, Kendra", flüsterte Joslyn.

„Das ist alles sehr schwer für mich", vertraute Kendra ihr an. „Einerseits weiß ich, dass ich Jeffrey sehen und mir anhören muss, was er zu sagen hat. Sonst werde ich es irgendwann bereuen und mich immer fragen, was er mir mitteilen wollte. Andererseits würde ich am liebsten so schnell und so weit weglaufen wie möglich."

„Das kann ich gut verstehen", versicherte Joslyn ihr sanft. Seit ihrer Rückkehr nach Parable hatte sie diesen Wunsch schon oft gehabt – und in gewisser Weise auch bei Slade Barlow. Sie fühlte sich zu ihm hingezogen und hatte gleichzeitig Angst davor, was er in ihr auslöste – nicht nur körperlich, sondern auch emotional. „Immer schön einen Schritt nach dem anderen, Kendra. Und sei nicht zu streng mit dir, okay?“

„Okay.“ Kendra seufzte wieder. Dann schwieg sie kurz. „Erzähl mir etwas Schönes, Joss. Ich könnte wirklich eine gute Nachricht gebrauchen.“

„Opal besucht mich heute“, sagte Joslyn sofort. „Kaum zu glauben, oder? Nach so langer Zeit treffen wir uns endlich wieder.“ Sie schwieg einen Moment. „Ich habe ihr angeboten, im Gästehaus zu wohnen, da ich ja im Herrenhaus schlafe, während du weg bist. Das ist dir doch recht, oder?“

„Selbstverständlich.“ Kendra klang nun nicht mehr ganz so bedrückt. „Opal war immer so nett zu mir. Sie hat uns nach der Schule immer Milch und Kekse gegeben, erinnerst du dich? Und dann hat sie uns Geschichten aus ihrer Kindheit in Arkansas erzählt.“

„Ja, ich erinnere mich“, meinte Joslyn leise. Opal hatte damals schnell erkannt, wie verloren und einsam Kendra gewirkt hatte, und sie unter ihre Fittiche genommen. Sie hatte sie genauso geliebt wie Joslyn und die beiden beschützt wie eine Löwin. „Ich glaube, sie hat vor, nur ein paar Tage zu bleiben.“

„Sag Opal, sie kann so lange bleiben, wie sie möchte“, bot Kendra an.

„Das mache ich.“

Sie besprachen die Anrufe und E-Mails, die seit ihrem letzten Telefonat eingegangen waren, und Joslyn erwähnte kurz, dass sie begonnen hatte, für die Immobilienmakler-Prüfung zu lernen. Kendra war von Joslyns Plan sofort begeistert und ermunterte sie, die Arbeitszeit zum Lernen zu nutzen, falls im Büro wenig zu tun war.

Nachdem sie sich von Kendra verabschiedet hatte, fühlte sich Joslyn innerlich merkwürdig leer. Sie wünschte, sie hätte ihrer Freundin am Telefon irgendetwas sagen können, das die Situation für sie ein bisschen erträglicher machte.

Der Rest des Vormittags verflog geradezu. Zu Mittag beschloss Joslyn, Kendras Blumenbeete zu plündern. Sie pflückte Zinnien, Taglilien und Rosen und stellte den bunten Strauß in eine hübsche Glasvase, die sie in der Vorratskammer des Herrenhauses fand. Dann platzierte sie die Vase auf dem Nachttischchen im Gästehaus.

Sie war gerade einen Schritt zurückgetreten, um ihr Werk zu bewundern, als sie das Geräusch großer Reifen hörte, die über die weiße Kieseinfahrt knirschten.

Sie ging hinaus und sah Hutch aus seinem Pick-up aussteigen. Sein Gesichtsausdruck strahlte die Liebenswürdigkeit eines herannahenden Tornados aus.

„Stimmt es, dass Kendra nach England abgehauen ist?“, fragte er statt einer Begrüßung. Während er auf Joslyn zulief, fuhr er sich mit einer Hand durch seine ohnehin schon zerzausten Haare.

Joslyn verschränkte die Arme und reckte das Kinn empor. „Ja. Obwohl ich nicht unbedingt sagen würde, dass sie ‚abgehauen‘ ist. Bei dir klingt es so, als hätte Kendra irgendetwas angestellt – und das ist keineswegs der Fall.“

Hutch stieß einen tiefen Seufzer aus. „In der Stadt wird geredet, dass sie zu ihrem Exmann zurückgekehrt ist“, meinte er und wirkte in diesem Moment so unglücklich, dass er Joslyn sofort leidtat.

Sie biss sich auf die Lippe und überlegte, wie viel sie ihm erzählen sollte. Kendras Gründe für ihren London-Aufenthalt waren zwar privat, allerdings sah Hutch so aus, als hätte ihm jemand just einen Schlag in die Magengrube versetzt.

Er war sogar ein wenig bleich unter seiner sonnengebräunten Cowboyhaut. Und er war ihr Freund.

„Sie haben sich nicht versöhnt“, erklärte sie sehr, sehr leise. „Jeffrey ist schwer krank, Hutch. Er liegt offenbar im Sterben.“

Hutchs Gesichtszüge spannten sich ein wenig an. Dann schien er sich bewusst zu entspannen. Er murmelte irgendetwas vor sich hin und ließ die Schultern sinken.

Joslyn legte ihre Hand auf seinen Oberarm. Sie hatte das Bedürfnis, ihn zu trösten. Aber vielleicht hatte sie schon mehr gesagt, als gut war. Also hielt sie sich zurück.

„Was ist, wenn sie nicht mehr zurückkommt?“ Hutch klang regelrecht verzweifelt.

Joslyn merkte sofort, dass er seine Offenheit bereits bereute. Also tat sie so, als hätte sie seine Frage nicht gehört.

Hutch, der nun offenbar nichts mehr zu sagen hatte, drehte sich um, ging zu der immer noch offenen Tür seines Pick-ups, stieg ein und ließ den Motor unsanft an.

Dann hob er kurz die Hand zum Abschied und fuhr davon.

Joslyn blieb in der Einfahrt stehen, nagte auf ihrer Unterlippe und dachte über Hutchs Worte nach, während die Staubwolke hinter seinem Wagen sich langsam wieder auflöste.

Es war offensichtlich, dass ihm immer noch etwas an Kendra lag, obwohl er es – stolz und dickköpfig wie er nun mal war – wahrscheinlich nie zugeben würde. Und Kendra, die eindeutig immer noch in ihn verliebt war, würde es wahrscheinlich ebenso wenig zugeben.

Wie schade. Aus manchen Leuten wurde man einfach nicht schlau.

Die Ironie ihrer Überlegung würde ihr erst später bewusst werden. Viel später.

Um Viertel vor vier an diesem Nachmittag hielt der Bus mit spuckendem Dieselauspuff direkt vor der Tankstelle an der Hauptstraße.

Joslyn wartete im Schatten neben der Eingangstür. Sie strahlte über das ganze Gesicht, weil sie sich schon so sehr auf Opal freute.

Zwei junge Mädchen und ein älterer Mann stiegen aus, bevor Opal – groß, grauhaarig und mit ihrer großen Lederhandtasche, die sie an sich presste – aus dem Bus kam. Sie hatte eine Nickelbrille und einen Hut mit einem kleinen Schleier auf, den sie vermutlich auch trug, wenn sie sonntags in die Kirche ging. Ihre Schuhe glänzten frisch geputzt. Ihr adrettes Baumwollkleid mit violetten, orangefarbenen und türkisen Blümchen war trotz der langen Fahrt überhaupt nicht zerknittert.

Joslyn zögerte kurz. Dann lief sie zu Opal hinüber, und die beiden fielen sich in die Arme. Sie lachten und weinten gleichzeitig vor Freude.

Der Fahrer wurde langsam ungeduldig. Er wartete darauf, dass Opal ihm erklärte, welcher Koffer im Gepäckfach des staubigen Busses ihr gehörte.

Opal drehte sich zu ihm um. „Ach, immer mit der Ruhe, junger Mann“, sagte sie in dem für sie typischen freundlichen, aber bestimmten Ton.

Der „junge Mann“, der vermutlich auf die Fünfzig zuging und in seiner zu engen Uniform stark schwitzte, wirkte zerknirscht wie ein kleiner Schuljunge.

„Lass dich mal anschauen.“ Opal legte ihre kräftigen Hände auf Joslyns Schultern und musterte sie mit mütterlichem Blick. „Du bist zu dünn. Ich werde dich ein bisschen aufpäppeln müssen.“

Joslyn lachte und wischte sich mit einem Handrücken über die rechte Wange. „Es ist so schön, dich zu sehen, Opal.“

Opal erbarmte sich nun des Busfahrers und erklärte ihm, dass der braune Koffer, der im Gepäckfach ganz vorne zwischen den beiden mit Klebeband geflickten Kühlern des Motors eingequetscht war, ihrer war.

Der Fahrer hob den Koffer heraus. Joslyn nahm ihn ihm ab, schleppte ihn zu ihrem Auto und lud ihn in den Kofferraum.

Opal blickte sich um. „Diese Stadt hat sich kein bisschen verändert, seit wir damals von hier fort sind, deine Mama, du und ich“, stellte sie trocken fest. „Hier sagen sich noch immer Fuchs und Hase gute Nacht.“ Sie sah Joslyn mit ihren braunen Augen an. „Würdest du mir jetzt endlich verraten, was zum Teufel du dir dabei gedacht hast, hierher zurückzukommen?“

„Später“, versprach Joslyn. „Lass uns zuerst nach Hause, damit du in Ruhe auspacken kannst.“

„Da ist nicht viel auszupacken.“ Opal machte die Beifahrertür von Joslyns Wagen auf und stieg ein. „Ich habe nur ein paar Dinge mit, weil ich dir nicht länger als ein paar Tage Umstände bereiten will.“

„Du kannst so lange bleiben, wie du möchtest“, erwiderte Joslyn. „Kendra hat mich gebeten, dir das auszurichten.“

„Wo ist sie eigentlich?“ Opal schaute sich suchend um. „Arbeitet sie gerade?“

Joslyn hatte sich inzwischen ans Steuer gesetzt. Jetzt nahm sie sich einen Moment Zeit, um Opal richtig anzusehen. Es war zu schön, dass sie hier war. „Kendra ist in England“, antwortete sie schließlich.

„England?“, wiederholte Opal dermaßen verblüfft, als hätte sie gerade erfahren, dass Kendra sich in ein Paralleluniversum gebeamt hatte. „Was macht sie denn *dort*?“

„Lange Geschichte“, antwortete Joslyn. „Es dauert Stunden, bis ich dir alles erzählt habe.“ Sie lächelte und startete den Wagen. „Lass uns nach Hause fahren.“

Sobald alle Möbel geliefert waren und das Ranchhaus endlich so aussah, als würden Menschen und nicht nur Geister hier leben, verkündete Layne, dass sie am nächsten Tag nach L.A. zurückfliegen würde. Sie vermisste Bentley und wollte ihr kleines „Home Staging“-Unternehmen nicht allzu lange allein lassen.

Slade fiel auf, dass seine Exfrau ihre Tochter genau beobachtete, während sie in der mit Kartons vollgestopften Küche mit ihr darüber redete. Wahrscheinlich wollte sie abschätzen, wie das Mädchen darauf reagierte, allein hierzubleiben.

Shea, die ihr dunkles Haar mit einer großen Spange zusammengesteckt hatte, sodass es ihr wie die fächerartig ausgebreiteten Schwanzfedern eines Hahns über die Schultern fiel, grinste ihre Mutter an. Sie trug Jeans und ein rosa Top, und hatte vom vielen fleißigen Arbeiten einen Schmutzfleck auf der rechten Wange.

„Soll ich mich jetzt auf den Boden werfen, beide Arme um deine Beine schlingen und dich anflehen zu bleiben, liebste Mommy?“, fragte sie keck.

Slade, der gerade von der Arbeit nach Hause gekommen war, lächelte in seinen Kaffeebecher hinein, den Shea ihm sofort in die Hand gedrückt hatte, als er durch die Hintertür gekommen war. Sie hatte ihn fast so begeistert begrüßt wie Jasper.

„Kleiner Klugscheißer“, sagte Layne gutmütig und stemmte die Hände in die Hüften. Sie war, wie Shea, für die Hausarbeit angezogen. Nicht unbedingt eine ihrer Lieblingsbeschäftigungen, falls Slade sich richtig erinnerte.

Shea lachte, legte einen Arm um Slade und schmiegte ihren Kopf kurz an seine Schulter. „Dad wird schon auf mich aufpassen. Stimmt's Dad?"

„Darauf kannst du wetten", brummte er gerührt. Dann straffte er die Schultern. „Das heißt natürlich nicht, dass es keine Regeln gibt. Die gibt es nämlich sehr wohl."

Shea runzelte die Stirn, kräuselte ihr Stupsnäschen und kniff die Augen ein wenig zusammen. „Welche *Regeln* denn?"

„Das Übliche", antwortete Slade, nachdem er und Layne einen Blick gewechselt hatten.

„Zum Beispiel?" Shea sah ihn gespannt an. Sie hatte ihn losgelassen und war einen Schritt zurückgetreten.

„Du kletterst nicht auf den Wasserturm", begann Slade und stellte seinen Kaffeebecher ab, um die Regeln an seinen Fingern aufzuzählen. „Du lädst keine Freunde hierher ein, wenn ich nicht zu Hause bin. Kein stundenlanges Fernsehen, Internetsurfen und Simsen."

Wieder runzelte Shea die Stirn. „Ich hatte nicht vor, auf den Wasserturm zu klettern. Ich bin ja nicht blöd."

Layne stand mit verschränkten Armen da und hörte sich den Wortwechsel amüsiert an.

Slade fiel auf, dass seine Stieftochter zu den restlichen Regeln nichts gesagt hatte. „Es gibt noch mehr", erklärte er. „Du musst Ordnung halten. Das heißt, das Badezimmer darf nach dir nicht so aussehen, als hätte ein Orkan darin gewütet. Und wenn du dein Smartphone weiterhin benutzen willst, brauchst du einen Job, damit du die Gebühren zahlen kannst."

Shea blinzelte verdutzt. „Wo soll ich denn einen Job herkriegen?"

„Mom braucht immer jemanden, der den Laden fegt und sich um die Terminanfragen kümmert", sagte er. „Du könntest sie ja mal fragen."

Shea starrte ihn fassungslos an. „Du meinst, ich soll die *Haare* anderer Leute vom Boden fegen?"

„So ungefähr, ja."

„Aber Mom gibt mir doch Taschengeld."

Slade sah lächelnd zu Layne. „Wofür?"

Shea wirkte ehrlich verwirrt. „Dafür, dass ich ihr Kind bin", murmelte sie.

„Das nenne ich mal leicht verdientes Geld." Slade schmunzelte.

„Ich denke, ich werde jetzt besser in unser Hotel zurückfahren und packen", schaltete Layne sich fröhlich ein und zwinkerte Slade zu. „Soll ich Shea morgen auf dem Weg zum Flughafen bei dir im Büro absetzen?"

Statt zu antworten, blickte Slade seine Stieftochter an.

Jetzt, da sie wusste, dass sie nicht tun und lassen konnte, was sie wollte, war es gut möglich, dass sie es sich anders überlegte und nicht in Parable bleiben wollte.

Doch das Kind setzte ein strahlendes Lächeln auf, bei dem ihre männlichen Freunde vermutlich reihenweise aus den Socken kippten.

„Ich könnte ja einfach hier bei Dad und Jasper bleiben", meinte sie. „Mein Zimmer ist schließlich schon fast fertig. Sobald die neuen Laken aus dem Wäschetrockner kommen, kann ich mein Bett beziehen."

„Am besten, du verbringst noch eine Nacht bei deiner Mutter", sagte Slade, nachdem er sich geräuspert hatte. Merkwürdigerweise brannten ihm die Augen ein bisschen. Um sich irgendwie zu beschäftigen, griff er wieder nach seinem Kaffeebecher. „Da du sie ja dann eine Weile nicht sehen wirst."

Shea seufzte.

Layne warf Slade einen dankbaren Blick zu.

Und das war's dann.

Shea und Layne fuhren im Mietwagen davon.

Slade trank seinen Kaffee aus, stellte den Becher in die Spüle und betrachtete die vielen neuen Anschaffungen, die sich in der Küche türmten: Geschirr, und, Grundgütiger, sogar einen Mixer. Das alles musste irgendwann weggeräumt werden.

Dann schaute er zu Jasper hinunter, der fröhlich schwanzwedelnd der Dinge harrte, die da kommen mochten.

Slade lachte, beugte sich zu ihm hinunter und kraulte ihn

hinter den Ohren. „Komm, gehen wir raus und genießen die unendliche Weite, für die Montana so berühmt ist."

Das ließ sich Jasper nicht zweimal sagen.

Sie spazierten bis zum Fluss hinunter und sahen dem rauschenden Wasser zu, das sich seinen Weg zwischen den Felsen bahnte und auf dessen Oberfläche die Sonnenstrahlen tanzten.

Der Augenblick war fast perfekt gewesen – bis Hutch Carmody ihn ruinierte, indem er ausgerechnet jetzt mit seinem klapprigen alten Pick-up daherkommen musste. Bei dem vielen Geld, das der Mann hat, dachte Slade, sollte man eigentlich annehmen, er würde ein anständiges Auto fahren.

Slade schob energisch das Kinn vor. „Was nun?", brummte er und schaute Jasper an.

Hutch stellte den Wagen ab und kam über die Böschung auf Slade und den Hund zu.

Jasper wedelte zur Begrüßung mit dem Schwanz und ließ sich von Hutch hinter den Ohren streicheln.

„Was willst du?", fragte Slade ohne Umschweife. Small Talk lag ihm nicht.

Hutch lachte rau. Sein Blick war jedoch alles andere als heiter. „Das ist aber eine nicht gerade freundliche Begrüßung."

„Wir sind auch keine Freunde", erwiderte Slade.

„Wir sind vieles nicht", entgegnete Hutch schroff. Er ließ den Blick über den Fluss und das üppige Weideland schweifen, das am Horizont von großen Pinien und Tannen gesäumt wurde. „Schönes Plätzchen."

„Fürs Erste reicht es mir." Slade war klar, warum sein Halbbruder hier war. Hutch wollte ihn wieder überreden, seinen Anteil an der Whisper-Creek-Ranch zu verkaufen. Was Slade *nicht* wusste, war, warum ihm selbst der Gedanke so zuwider war, auf seinen Teil der Ranch zu verzichten. Er hatte ihn ohnehin nie haben wollen.

Hutchs Angebot war schließlich mehr als fair. Allerdings verstand Slade nur zu gut, warum der Mann unbedingt alles besitzen wollte, anstatt es mit einem Bruder zu teilen, den er eigentlich lieber ignorieren würde.

Hutch seufzte und starrte eine Weile auf den Fluss, als würde ihn das Wasser unerhört faszinieren. Vielleicht tat es das ja auch.

Es war tatsächlich ein schöner Anblick, dieses fließende Band aus Sonnenlicht.

„Ich habe einen Vorschlag für dich", sagte er schließlich und schaute Slade dabei in die Augen.

„Was für einen Vorschlag?" Slade war etwas irritiert, was selten passierte. „Wenn es mehr Geld ist, kannst du es vergessen. Ich besitze genug für zehn Leben – ganz zu schweigen für das eine, was ich habe."

Hutch lächelte, doch wieder hatte sein Lächeln nichts Freundliches an sich. Es ließ lediglich auf eine gewisse Beharrlichkeit schließen, die Slade bestens von sich selbst kannte.

„Ich rede von einem Pferderennen."

Slade bemühte sich, seine Überraschung zu verbergen. „Ich habe kein Pferd", teilte er seinem Bruder mit und kam sich wegen seines albernen Arguments sofort wie ein Idiot vor. Jeder wusste, dass er kein Pferd besaß.

„Dann solltest du dir vielleicht eines zulegen", erwiderte Hutch gelassen. „Je schneller, desto besser."

„Worauf zum Teufel willst du hinaus, Carmody?"

Hutch bückte sich, hob ein Stöckchen auf und warf es für Jasper, der – das personifizierte Glück auf vier Beinen – ihm sofort hinterherjagte.

„Wie gesagt", antwortete John Carmodys ehelicher Sohn und Erbe. „Ich schlage ein Wettrennen vor. Wenn du gewinnst, ziehe ich aus dem Ranchhaus auf Whisper Creek aus und du kannst statt mir darin wohnen. Ich baue mir ein eigenes Haus oder stelle mir einen Wohnwagen auf die Ranch. Wir gehen beide das gleiche Risiko ein. Wenn nämlich *ich* gewinne, was meiner Meinung nach einen Tick wahrscheinlicher ist, nimmst du mein Angebot an, und die Ranch gehört mir allein."

Slade kniff die Augen zusammen. Hutch war praktisch schon hoch zu Ross geboren worden, doch er selbst war auch kein gerade schlechter Reiter. „Wann soll dieses Rennen stattfinden?"

Hutch zuckte mit den Schultern, beugte sich grinsend zu

Jasper hinunter und nahm das Stöckchen, das ihm der Hund gerade zurückgebracht hatte. Dann warf er es, sehr zu Jaspers Freude, noch einmal. „Ich nehme an, du wirst etwas Zeit zum Trainieren brauchen, wenn die ganze Sache fair sein soll", sagte er freundlich, aber nicht ohne eine gewisse Schärfe. Sein Blick war kalt. „Wir sollten also bis zum Labor-Day-Wochenende warten. Bis dahin klären wir alle Details."

Slade, der die Zähne die ganze Zeit fest zusammengebissen hatte, lockerte seinen Unterkiefer. So, wie Hutch über ihn redete, klang es, als wäre er ein Greenhorn, das Cowboy spielen wollte. Tatsache war allerdings, dass Slade im Laufe der Jahre nicht gerade wenige Rodeos gewonnen hatte. Er hatte wilde Pferde und noch wildere Bullen geritten, und auch im Kälberfangen war er ziemlich gut. Er war nur immer der Meinung gewesen, dass er sich die Ausgaben für ein eigenes Pferd nicht leisten konnte.

Er sah Hutch fest in die Augen.

„Kleiner Bruder", sagte er schließlich, „die Wette gilt."

13. KAPITEL

In Wahrheit", gestand Opal freimütig, als sie und Joslyn später am großen Tisch in Kendras Küche Platz genommen hatten und Tee tranken, „vermisse ich es sehr, mir meinen Lebensunterhalt selbst zu verdienen, so wie früher. Dank Willie bin ich zwar seit seinem Tod finanziell gut abgesichert, aber ich bin zu *jung* für ein Rentnerdasein. Und es gibt Tage, da treibt mich meine Schwägerin einfach in den Wahnsinn."

Joslyn lächelte. Sie konnte es immer noch nicht ganz fassen – Opal war wieder da! Sie war wieder da und saß Joslyn direkt gegenüber in genau demselben Raum, in dem sie schon früher lange Gespräche geführt hatten – manche davon tiefgründig, die meisten allerdings erfrischend normal und alltäglich.

Sie hatten einander in der letzten Dreiviertelstunde auf den aktuellen Stand der Dinge gebracht, und Opal hatte bereits von ihrem Ehemann namens Willie erzählt, den sie in der Kirche kennengelernt hatte. Ein Jahr nach der Hochzeit war er gestorben. Opals Willie, der viele Jahre als Geschäftsführer in einem Laden für Autoersatzteile gearbeitet hatte, war ein sparsamer Mensch gewesen. Für den Fall seines Ablebens hatte er dafür gesorgt, dass sowohl seine Frau als auch seine Schwester gut versorgt waren.

„Ich habe dich so sehr vermisst", sagte Joslyn.

Opal tätschelte Joslyns Hand. Lucy-Maude, die auf dem dritten Stuhl am Tisch hockte, schaute die beiden Frauen interessiert an. Es wirkte fast so, als würde die Katze erwarten, ebenfalls ein Tässchen Tee serviert zu bekommen.

„Es ist kein Tag vergangen, an dem ich nicht an dich und deine Mama gedacht habe", sagte Opal. „Ich habe über Elliott in der Zeitung gelesen – dass er im Gefängnis gestorben ist und so weiter. Dass es so enden musste, hat mich schrecklich traurig gemacht. Besonders, wenn man bedenkt, aus was für einer anständigen Familie er stammte. Soviel ich mitgekriegt habe, hat es weder ein Begräbnis noch eine Gedenkfeier gegeben, die ich hätte besuchen können. Doch natürlich habe ich mich oft gefragt, wie du und Dana wohl zurechtkommen mögt. Ich habe keine Ahnung von Computern – in meinem Alter hat es meiner Meinung nach auch keinen Sinn mehr, sich damit anzufreunden – aber ich hätte mir eigentlich denken können, dass du mit Kendra Kontakt hast."

Joslyn schloss die Augen. Sie selbst kannte sich bestens mit Computern aus, hatte aber im Internet *nicht* nach Opal gesucht. Vielleicht hatte sie Angst davor gehabt, was sie finden würde. Möglicherweise hatte sie sich aber auch zu sehr geschämt. Obwohl man sie oder ihre Mutter für Elliotts kriminelle Machenschaften nicht verantwortlich machen konnte, fühlte sich Joslyn an der ganzen Misere auch nicht ganz unschuldig.

Sie hatte ohne Zweifel die Annehmlichkeiten genossen, die ihr als Kind eines reichen Stiefvaters zuteil geworden waren: das Leben im Herrenhaus, die neuesten Klamotten, das tolle Auto, das sie als Teenager gefahren war ... Ein Auto, das sich – auch damals – viele hart arbeitende Erwachsene nicht leisten konnten.

Vielleicht hatte ihr Stiefvater viele seiner Dinger – zumindest teilweise – auch deshalb gedreht, damit er Joslyn jeden Wunsch erfüllen konnte. Ob es wirklich so gewesen war, würde sie nie mit Sicherheit wissen, doch eine Möglichkeit wäre es sehr wohl. Elliott hatte gern mit seiner schönen Frau und seiner Stieftochter angegeben – und das hatte Geld gekostet.

Opal schien ihre Gedanken lesen zu können. „Das Heute ist wichtig, Liebes", sagte sie sanft. „Ich schätze, wir hätten uns beide mehr anstrengen können. Allerdings hat es seine Zeit gebraucht, bis die Wunden von damals verheilt waren. Außerdem ist es nicht wichtig, was gestern oder vor zehn Jahren passiert ist. Es ist auch nicht wichtig, was morgen geschieht. Alles, was wir haben – wir alle –, ist das *Jetzt*."

Joslyn musste schlucken. Dann nickte sie. Aus heutiger Sicht hatte sie eigentlich immer so gehandelt, als hätte sie ewig Zeit für alles, was sie tun wollte: heiraten, Kinder bekommen und neue Freundschaften schließen, statt ständig nur allein zu sein.

Sie hatte sogar vor, irgendwann ein Unternehmen aufzubauen, das sie behalten konnte, statt es zu verkaufen.

Slade Barlow schoss ihr in den Sinn – er war nie weit entfernt –, und allein der Gedanke an ihn ließ sie erröten.

„Was machst du eigentlich hier in Parable?“, erkundigte sich Opal, nachdem sie Joslyn und sich aus der Porzellanteekanne, die in der Mitte des Tischs stand, Tee nachgeschenkt hatte.

Joslyn lachte leise. Es überraschte sie, dass Opal so lange gebraucht hatte, um wieder zum Thema zurückzukommen. Gleichzeitig spürte sie, dass ihr Tränen in die Augen stiegen. „Diese Frage macht mir selbst zu schaffen“, gab sie zu. „Ich hatte die finanziellen Mittel, um das, was Elliott angerichtet hat, wiedergutzumachen. Und ich nehme an, das war einer der Gründe, zurückzukehren. Aber jetzt, tja ...“ Sie brach mitten im Satz ab und biss sich auf die Unterlippe. „Jetzt frage ich mich langsam, ob ich nicht deshalb wieder hier bin, weil die Begriffe *Heimat* und *Parable* für mich immer gleichbedeutend waren.“

Opal nickte. „Nun kommen wir der Sache schon näher“, erwiderte sie sofort. „Ich glaube, ich kann das Gleiche über dieses Städtchen sagen. Dass es sich wie Heimat anfühlt, meine ich. In Great Falls ist es wirklich nett, dennoch wird Parable immer die Stadt sein, in der mein Leben wirklich begonnen hat.“ Sie trank einen Schluck Tee und schwieg eine Weile, um ihn zu genießen. Opal hatte Tee schon immer geliebt. Er würde, hatte sie stets lachend behauptet, statt Blut in ihren Adern fließen. „Ja, stimmt schon, ich bin natürlich in Arkansas geboren und aufgewachsen“, fuhr sie schließlich fort, „aber als ich mich auf die Annonce beworben habe und hierhergezogen bin, um für die alte Mrs Rossiter – Elliotts Großmutter, Gott hab sie selig – als eine Art Gesellschafterin zu arbeiten, habe ich gleich von Anfang an hierhergepasst.“ Sie lächelte bei der Erinnerung. „Damals war ich die einzige Schwarze in Parable – vielleicht sogar im ganzen County. Die Leute waren zweifellos neugierig, was für ein Mensch ich wohl sein mochte, doch ich gestehe gerne, dass ich das Interesse genossen habe.“

„Aber du hast nie geheiratet – vor Willie.“

Opal schüttelte den Kopf. „Vor Willie hat es nie einen Mann gegeben, den ich so nahe an mich heranlassen wollte." Sie lächelte wehmütig. „Er hat immer gesagt, ich wäre seine Prinzessin. Und obwohl wir eine gute Ehe geführt haben, mussten wir beide uns erst aneinander gewöhnen. Er war seit zwanzig Jahren Witwer, und ich war als alte Jungfer ans Alleinsein gewöhnt und hatte meine Eigenheiten. Aber die Ehe hat funktioniert. Wir haben dafür *gesorgt*, dass sie funktioniert." Sie schwieg wieder und sah Joslyn nachdenklich an. „Und was ist mit dir? Wie kommt es, dass eine hübsche Frau wie du immer noch Single ist?"

„Ich vermute, ich habe meinen Willie noch nicht gefunden", antwortete sie. „Hast du Hunger, Opal?"

Opal schüttelte den Kopf. „Ich habe mir einen Snack gemacht, bevor unser Nachbar mich zum Bus gefahren hat, und auf der Fahrt hierher gegessen. Morgens frühstücke ich normalerweise nur Toast und Obst, und dann esse ich meistens relativ ausgiebig zu Mittag. Das ist mehr als genug für mich." Sie musterte Joslyn wieder. „Aber *dich* würde ich gern ein bisschen aufpäppeln."

„Bitte nicht", flehte Joslyn halb im Ernst, halb im Spaß. „Du weißt, dass ich deinen Kochkünsten nicht widerstehen kann, vor allem, wenn du backst. Außerdem bist du nicht hier, um zu kochen. Du bist hier Gast, Opal."

„Wie auch immer", antwortete Opal trocken. „Es gibt kaum etwas, was ich lieber tue, als für jemanden zu kochen, den ich mag."

Joslyn war gerührt. Außerdem war die Liebe zum Kochen etwas, das sie und Opal gemeinsam hatten.

Opal hatte ihr vor Jahren die Grundlagen vermittelt, die Joslyn dann selbst vertieft hatte. Sie hatte Fernsehköchen auf die Finger geschaut, Kochbücher studiert und eigene Rezepte ausprobiert. Die ganze Zeit über hatte sie normal gegessen, aber offenbar reichte es nicht, damit ihr Arzt oder Opal davon überzeugt waren.

„Das ist das Schöne daran", stimmte sie zu. „Zu kochen und das Essen dann mit jemandem zu teilen."

Opal nickte und schien etwas erwidern zu wollen. Doch dann gähnte sie, blinzelte ein paarmal hinter den blank geputzten Gläsern ihrer trendigen Brille und sagte schmunzelnd: „Heute bin ich ziemlich früh aufgestanden. Ich wollte diesen Bus auf keinen Fall versäumen."

Joslyn lächelte. Es war noch nicht einmal fünf Uhr, aber Opal sah wirklich müde und erschöpft aus. „Wenn du dir sicher bist, dass du nicht zu Abend essen möchtest, begleite ich dich hinüber ins Gästehaus. Dann kannst du dich ausruhen."

Opal lachte rau. „Ich bin mir sicher." Ihre dunklen Augen blitzten schelmisch. „Glaub mir, wenn ich hungrig bin, esse ich." Sie atmete tief durch. Dann schüttelte sie den Kopf. „Das Gästehaus, sagst du? Du meine Güte! Das habe ich früher nur betreten, wenn Besuch gekommen ist und ich alles für die Gäste vorbereitet habe. Jetzt bin *ich* der Gast."

„So ist es." Joslyn stand auf und umarmte ihre Freundin, die sich ebenfalls erhoben hatte.

„Ich hole deinen Koffer." Joslyn ging zum Auto, das sie in der Einfahrt direkt vor dem Herrenhaus geparkt hatte.

Opal folgte ihr. Ihre blank polierten Schuhe, die nun nicht mehr ganz so strahlend glänzten, knirschten auf dem Kies.

Im Gästehaus führte Joslyn Opal dann ins Schlafzimmer und stellte den Koffer auf die Bank am Fußende des Messingbetts.

Opal bewunderte den bunten Strauß in der Vase auf dem Nachttisch. „Blumen …", stieß sie staunend aus. „Du hast ja wirklich an alles gedacht."

„Es gibt jede Menge frische Handtücher", erklärte Joslyn. Sie wollte, dass sich Opal möglichst wohlfühlte. „Und die Kaffeemaschine ist so programmiert, dass sie sich um Punkt sieben Uhr morgens einschaltet."

Solange Joslyn denken konnte, war Opal ohne Ausnahme immer um genau diese Uhrzeit aufgestanden – egal, ob krank oder gesund, ausgeruht oder müde. Sie hatte immer gesagt, dass ihre innere Weckuhr auf sieben eingestellt war und sie um genau diese Zeit unwillkürlich die Augen öffnete.

„Wunderbar", sagte Opal leise. „Ich werde jetzt ein schönes, heißes Bad nehmen und dann vielleicht im Bett noch ein wenig lesen. Das hilft mir beim Einschlafen."

„Falls du irgendetwas brauchst ...", begann Joslyn. Sie selbst würde natürlich erst sehr viel später schlafen, doch sie konnte ja noch ein neues Kapitel ihres Immobilien-Kurses durchackern.

„Danke, alles bestens", antwortete Opal entschieden. „Geh du nur zurück ins große Haus, kümmere dich um deine Katze und alles, was du sonst noch zu erledigen hast. Mach dir keine Sorgen um mich."

Zögernd nickte Joslyn. Dann wünschte sie Opal eine gute Nacht, umarmte sie noch einmal und machte sich auf den Weg hinüber ins Herrenhaus.

Am heutigen Nachmittag wirkte es größer und unbewohnter denn je. Joslyn war daher froh über Lucy-Maudes Termin in der Tierklinik. Dr. Ryan, der Tierarzt, teilte sich mit mehreren Kollegen eine gut laufende Praxis, und einmal pro Woche hatten sie länger Sprechzeiten.

Joslyn setzte die wenig erfreute Lucy-Maude wieder in den Karton, den sie schon beim Umzug verwendet hatte, und ging zu ihrem Wagen.

„Für eine Sterilisation ist es ein bisschen spät", erklärte sie der beleidigten Katze, die in ihrem Karton jaulte und an den Wänden kratzte, obwohl Joslyn eine Decke hineingelegt und sich vergewissert hatte, dass genügend Luftlöcher vorhanden waren. „Aber du musst untersucht und geimpft werden."

Joslyn fiel auf, dass sie schon *wieder* mit einer Katze redete. Doch solange das Tier keine Antwort gab, war noch alles einigermaßen in Ordnung.

Rückblickend würde Slade nie genau sagen können, *warum* er es getan hatte. Aber am nächsten Morgen, als Layne mit ihrem Mietwagen zum Flughafen gefahren war und Shea ihm sichtlich gelangweilt Gesellschaft leistete, während er im Büro Papierkram erledigte, wurde ihm klar, dass er Joslyn sehen musste.

Einfach so.

Nachdem er Shea ins „Curly-Burly" gebracht hatte, damit sie

Callie um einen Ferienjob bitten konnte, fuhren er und Jasper sofort zu Kendras Haus. Sofort, damit er es sich nicht anders überlegen konnte.

Um halb neun klopfte er an die Tür des Gästehauses. Allerdings war es nicht Joslyn, die ihm öffnete.

Es war Opal, die langjährige Haushälterin und Köchin der Familie Rossiter.

„Slade Barlow!", rief die alte Dame begeistert. „Meine Güte, du bist ja noch hübscher als früher! Wie geht es deiner lieben Mutter?"

Überrascht lächelte Slade. „Opal?"

Sie lachte. „Ganz genau. Ich bin es wirklich. Aber ich vermute, ich bin nicht diejenige, die du suchst."

Slade räusperte sich. Dann besann er sich auf seine Manieren, nahm rasch seinen Hut ab. „Ist Joslyn da?" Er konnte nicht fassen, was er gerade machte. Spontaneität war nie sein Ding gewesen. Er tat fast nie irgendetwas, ohne sich jeden Schritt vorher gründlich zu überlegen.

Und dennoch war er jetzt hier, um eine Frau zu sehen, die er kaum kannte. Er war hier und hatte nicht den blassesten Schimmer, was er sagen sollte, wenn er ihr schließlich gegenüberstand.

„Sie wohnt im großen Haus, solange Kendra nicht da ist." Opal betrachtete ihn so interessiert, dass ihm etwas unbehaglich zumute wurde und er verlegen von einem Bein auf das andere trat. „Ich schätze, ich als alte Frau darf schon mal ganz unverblümt sein", fuhr sie fort, nachdem sie einen Blick auf die Dienstmarke an seinem Gürtel geworfen hatte. „Handelt es sich hier um einen dienstlichen Besuch, Sheriff, oder einen eher privater Natur?"

Slade räusperte sich wieder. War es denn zu fassen? Da war er *einmal* spontan und handelte impulsiv – mit dem Ergebnis, dass er an der falschen Tür geklopft hatte.

„Weder noch", antwortete er verlegen. „Ich wollte sie nur sehen, das ist alles."

Frag nicht, warum.

Opal lächelte breit. „Wie nett." Auf Slade wirkte sie so, als würde sie diesem überraschenden Besuch viel mehr Bedeutung beimessen, als tatsächlich dahintersteckte. „Wirklich sehr nett."

„Vielleicht schaue ich später noch mal vorbei." Er hatte sich wirklich gefreut, Opal zu treffen. Doch jetzt wollte er schleunigst von hier weg.

„Bist du etwa ein Feigling geworden, seit ich dich das letzte Mal gesehen habe?", fragte Opal und reckte ihr Kinn ein wenig vor. „Nie hätte ich gedacht, dass Callie Barlows Junge einmal vor irgendetwas Angst haben könnte."

Slade spürte, dass es ihm heiß den Nacken hinaufkroch und er errötete. Ihm war klar, dass er das, was Opal eben gesagt hatte, nicht auf sich sitzen lassen durfte. Und das wusste Opal ganz genau.

„Meinst du, Joslyn ist schon wach?", fragte er.

„Aber natürlich", antwortete Opal wie aus der Pistole geschossen. „Sie muss Kendras Büro doch um neun aufsperren."

„Wo ist Kendra denn?", erkundigte sich Slade, um ein wenig Zeit zu gewinnen. Er musste überlegen, was er jetzt tun sollte. Verlegen nahm er seinen Hut von der rechten in die linke Hand und dann wieder in die rechte.

„Wenn Miss Kendra gewollt hätte, dass du das weißt", antwortete Opal schmunzelnd, „hätte sie es dir bestimmt gesagt, bevor sie abgereist ist, vermute ich mal."

Slade seufzte. Dann lächelte er. „Stimmt. Wohnst du jetzt eigentlich wieder hier in Parable oder bist du nur zu Besuch?"

Opal, die immer noch lächelte, verschränkte die Arme und gab – ohne dass sie es aussprechen musste – Slade zu verstehen, dass er für sie wie das sprichwörtliche offene Buch war. „Könnte sein, dass ich länger bleibe, wenn ich einen Job finde", antwortete sie. „Kennst du zufällig jemanden, der eine ausgezeichnete Köchin und Haushälterin sucht, Slade?"

Er dachte an seine nicht vorhandenen Kochkenntnisse, an das Durcheinander in seinem Ranchhaus und an Shea, die zumindest immer dann allein sein würde, wenn er arbeitete. Es wäre weder für seine Tochter noch für ihn selbst sonderlich gesund, ständig im „Butter Biscuit Café“ zu essen oder sich von Mikrowellengerichten zu ernähren.

„Mich“, erwiderte er. Spontane Aktion Nummer zwei, und der Tag hatte gerade erst angefangen.

Erstaunt riss Opal die Augen auf. „Ist das dein Ernst?“

„Jawohl, Ma’am.“ Er grinste. „Mein voller Ernst.“

Jetzt war Opal diejenige, die überrascht war. „Ich würde dich einiges kosten“, warnte sie ihn. „Und ich fahre nachts nicht Auto.“

„Kein Problem“, sagte Slade vergnügt. „Ich bin kürzlich zu etwas Geld gekommen, und du müsstest überhaupt nicht Auto fahren, wenn du keine Lust hast. Shea – das ist meine Tochter – hat schon den Führerschein. Ich muss mir erst persönlich einen Eindruck von ihren Fahrkünsten verschaffen, bevor ich sie allein ans Steuer lasse, aber wenn du bei ihr wärst, wäre mir gleich viel wohler dabei.“

Opal klappte den Mund auf und wieder zu.

„Ich möchte diese junge Dame erst mal kennenlernen und mir auch diesen Haushalt anschauen, für den ich verantwortlich wäre“, erklärte sie. Genau in diesem Moment wurde hinter ihnen die Verandatür des Herrenhauses auf der anderen Seite des Gartens quietschend geöffnet.

Slade sah sich über die Schulter um. Joslyn stand auf den Verandastufen. Sie war barfuß und trug ein übergroßes T-Shirt, in dem sie vermutlich geschlafen hatte.

Ihm wurde heiß. „Verstehe.“ Er wandte sich wieder Opal zu, zog eine Visitenkarte aus der Brusttasche seines Hemds und gab sie ihr. „Ruf mich bitte an, sobald du dich entschieden hast.“

Opal nahm die Karte und nickte.

Slade verabschiedete sich rasch, drehte sich um und marschierte zur Veranda des Herrenhauses, wo Joslyn immer noch stand.

Es war das Einzige, was er tun konnte. Außer, in die andere Richtung zu flüchten.

Joslyns kastanienbraunes Haar fiel ihr in wilden Locken über die Schultern. „Ist etwas Schlimmes passiert?“, wollte sie besorgt wissen.

Es entsetzte Slade, dass ausgerechnet *das* ihre erste Reaktion war. Andererseits war es vermutlich normal, so etwas zu fragen. Als Sheriff war er schließlich nicht selten der Überbringer schlechter Nachrichten.

„Alles in Ordnung." Er blieb ungefähr zehn Meter vor ihr stehen und versuchte, ein – wie er hoffte – neutrales Gesicht zu machen, während in Wahrheit seine Fantasie mit ihm durchging.

Wenn er gekonnt hätte ... Wenn die Dinge zwischen ihnen anders gewesen wären, dann wäre er jetzt sofort zu ihr gelaufen. Er hätte sie einfach hochgehoben, sie leidenschaftlich geküsst und zum nächsten Bett getragen, bevor einer von ihnen beiden überhaupt dazu gekommen wäre, auch nur Luft zu holen.

Joslyn legte den Kopf schief und verschränkte die Arme verlegen vor der Brust. Sie trug keinen BH, und ihre Brüste zeichneten sich unter ihrem T-Shirt deutlich ab. „Warum bist du dann hier?"

Sein Mut drohte ihn wieder zu verlassen.

Er hätte sagen können, dass er sich erkundigen wollte, warum Kendra die Stadt verlassen hatte, ohne irgendjemanden zu informieren.

Er hätte sagen können, dass in der Umgebung eingebrochen worden war und er sich bloß vergewissern wollte, dass Joslyn nachts alle Türen abschloss.

Doch nichts davon entsprach der Wahrheit, und Slade brachte es nun mal nicht fertig zu lügen. Selbst dann nicht, wenn es für alle Beteiligten das Beste wäre.

Eigentlich hatte er keine Antwort parat, merkwürdigerweise hörte er sich trotzdem eine geben. Und zwar eine Antwort, die so konkret war, als hätte er sie sich vorher genau überlegt. „Am kommenden Samstag findet ganz in der Nähe von Missoula eine Viehauktion statt. Vielleicht hast du ja Lust, mit mir und Shea hinzufahren?"

Joslyn sackte gegen eine der zwei Säulen, die das Verandadach stützten. „Eine Viehauktion?", stieß sie verblüfft hervor.

„Ich möchte mir ein oder zwei Pferde zulegen", erklärte er. Langsam konnte er wieder klar und vernünftig denken. Er wünschte, er wäre nie auf die absurde Idee gekommen, Joslyn einzuladen. Es führte zu nichts; sie waren einfach viel zu verschieden.

Aber dazu war es nun zu spät. Wenn er statt einer Viehauktion zumindest irgendetwas vorgeschlagen hätte, was ein bisschen mehr nach einem Date klang. Abendessen und Kino zum Beispiel. Oder wenigstens eine Einladung in „Sully's Tavern", wo man zu Musik aus der Jukebox tanzen und ein, zwei Bier trinken konnte.

Aber von ihr zu erwarten, dass sie in der staubigen Hitze hinter einem hohen Zaun zusah, wie Pferde und Rinder an den Höchstbieter verkauft wurden?

Ganz toll, dachte er und hoffte, dass Hutch nie davon Wind bekam. Es wäre ein gefundenes Fressen für ihn.

„Ich kenne mich mit Pferden nicht besonders gut aus." Joslyn hatte immer noch die Arme über der Brust verschränkt, und Slade war froh darüber. Wenn er jetzt einen Blick auf ihre Brustwarzen erhaschte, die sich gegen den Stoff dieses T-Shirts pressten, würde er wahrscheinlich völlig den Verstand verlieren.

„Aber du warst doch Rodeo-Queen", entgegnete er und fühlte sich sofort noch idiotischer als zuvor. Sie hatte damals beim Parable County Rodeo in der Arena eine schöne, pechschwarze Stute geritten, und die Pailletten auf ihrem maßgeschneiderten rosa Western-Outfit hatten gefunkelt, während sie der Menge lächelnd zugewinkt hatte.

„Mein Dad hat sich das Pferd von einem Freund ausgeliehen", antwortete sie. „Ich hatte die ganze Zeit panische Angst."

Slade lachte. „Dann hast du die Leute aber ganz schön an der Nase herumgeführt. Es hat nämlich so gewirkt, als wüsstest du, was du tust."

Sie schmunzelte. „So sollte es auch sein."

Jetzt fiel ihm wieder ein, dass damals tatsächlich das Gerücht umgegangen war, Elliott Rossiter hätte seiner Stieftochter den Titel der Rodeo Queen erkauft.

„Kommt deine Exfrau auch mit? Zu dieser Auktion, meine ich."

Einen Moment lang war er verwirrt, weil er keine Ahnung hatte, worauf sie hinauswollte. Doch dann erkannte er, was wirklich hinter dieser Frage steckte: Joslyn war genauso nervös wie er.

„Layne?“, fragte er, als hätte er so viele Exfrauen, dass er sie erst einmal alle durchgehen musste, bevor er wusste, um welche es gerade ging. „Nein, sie ist gerade wegen ihrer Hochzeitsvorbereitungen nach L.A. zurückgeflogen. Es wären also nur Shea, ich und – hoffentlich – du.“

„Zu einer Viehauktion hat mich noch nie jemand eingeladen“, sagte sie, und Slade hatte den Eindruck, dass gerade etwas in ihren Augen aufgeleuchtet hatte. „Könnte vielleicht ganz lustig werden.“

Slade war ratlos, was er darauf erwidern sollte. Viehauktionen waren so einiges – laut, hektisch und vieles mehr –, aber als „lustig“ hätte er sie nicht unbedingt bezeichnet.

Vor allem nicht für eine Frau wie Joslyn Kirk.

„Es sei denn, Opal ist am Samstag noch hier. Dann würde ich sie nämlich ungern allein lassen.“ Joslyn deutete mit dem Kopf zum Gästehaus. „Andernfalls bin ich dabei.“

Slade erwähnte nicht, dass er Opal gerade einen Job angeboten hatte und hoffte, die alte Dame würde für immer in Parable bleiben. Schließlich war ja noch nichts entschieden. Möglich, dass Opal sich sein gemietetes Ranchhaus ansah und auf der Stelle die Flucht ergriff.

„Fein.“ Er nickte.

„Wie geht es Jasper?“, fragte Joslyn, als er sich gerade verabschieden und gehen wollte.

Plötzlich erinnerte sich Slade, dass er den Hund in seinem Pick-up gelassen hatte. Es war zwar heute kühl, und eines der Autofenster war halb offen, sodass Jasper mehr als genug Luft bekam – aber trotzdem. „Es geht ihm gut. Er wartet im Wagen auf mich.“

Joslyn nickte und lächelte. „Braver Hund.“

„Das stimmt.“

„Dann also bis Samstag“, meinte sie. „Es sei denn …“

„Ich weiß. Es sei denn, Opal ist noch in Parable. Aber vielleicht würde sie ja gern mitkommen?“ Was zum Teufel dachte er sich eigentlich dabei?

Er setzte seinen Hut auf, zog die Krempe ins Gesicht und ging mit weit ausholenden Schritten zu seinem Pick-up. Der starken Versuchung, sich noch einmal nach Joslyn umzudrehen, widerstand er tapfer.

Opal gesellte sich zu Joslyn, die sich mittlerweile angezogen hatte, in die Küche und begann sofort, den Kühlschrank nach Zutaten für das Frühstück zu durchsuchen.

„Er hat sich wunderbar entwickelt, dieser Barlow-Junge“, stellte Opal fest. Sie hatte Eier und Milch im Kühlschrank und Brot auf der Anrichte gefunden, da Joslyn auf der Heimfahrt vom Tierarzt gestern Abend noch bei „Mulligan’s“ gewesen war.

Joslyn errötete und nickte. Sie hatte Slades Einladung angenommen, ihn und seine Stieftochter am Samstag zu einer Viehauktion zu begleiten. Das konnte man, schätzte sie, nicht unbedingt als richtiges Date bezeichnen, aber sie freute sich trotzdem darauf. Die Anziehungskraft, die dieser Mann auf sie ausübte, war geradezu magisch, doch diesem Samstag sah sie relativ gelassen entgegen. Was konnte bei einer *Viehauktion* denn schon passieren?

„Er hat dich also um ein Date gebeten?“ Opal griff nach einer Kupferpfanne von einem Haken über der Kücheninsel. Wie man sah, fand sie sich in der früheren Küche der Rossiters immer noch spielend zurecht.

Joslyn biss sich auf die Unterlippe. „So ähnlich, ja.“

„So ähnlich?“

„Er und seine Stieftochter Shea fahren am Samstag zu einer Viehauktion nach Missoula. Er hat mich gefragt, ob ich mitkommen möchte.“

Opal verdrehte die Augen. „Männer. Sie haben keine Ahnung von Romantik.“

„Ich fahre nicht mit, wenn du am Samstag noch da bist“, fügte

Joslyn hastig hinzu, ohne auf Opals Bemerkung einzugehen. „Wir beide haben uns noch viel zu erzählen."

„Wenn ich am Samstag noch in Parable bin, werde ich Martie im Tierheim besuchen."

Joslyn freute sich. Sie hatte schon befürchtet, Opal würde bald wieder abreisen. „Schön, dass du Zeit hast, länger zu bleiben."

Opal war gerade dabei, Rührei und Toast zuzubereiten. „Du setzt dich jetzt hin, und ich mache dir Frühstück", meinte sie bestimmt. „Und keine Widerrede, junge Dame! Ich habe es nämlich vermisst, mich um dich zu kümmern."

Folgsam nahm Joslyn am großen Tisch Platz.

Opal plauderte während des Kochens munter weiter. „Man hat mir sogar schon einen Job angeboten. Was sagst du dazu?"

„Einen Job? Aber wer ...?"

„Wer? Slade Barlow natürlich", antwortete Opal fröhlich. „Wen – außer dir – habe ich denn schon getroffen, seit ich hier bin?"

„Slade hat dir einen Job angeboten?" Joslyn war mehr als nur verblüfft.

„Ganz genau."

„Als was?"

Opal lachte. „Nun ja, es war nicht eine Stelle als Deputy", zog sie Joslyn auf. „Als Köchin und Haushälterin natürlich, Dummerchen."

„Oh." Joslyn wusste nicht genau, was sie davon halten sollte. Natürlich wollte sie, dass Opal so lang wie möglich in Parable blieb. Doch wenn Opal Slade Barlow den Haushalt führte, würde sie selbst ihm ständig über den Weg laufen.

Sicher, sie hatte sich von ihm zu der Viehauktion einladen lassen. Was konnte da schon passieren – vor allem, wenn seine Stieftochter dabei war? Aber Opal war wie eine Verwandte für sie, und sie wollte möglichst viel Zeit mit ihr verbringen.

Falls Opal allerdings für Slade arbeitete ...

„Würdest du dort wohnen?", fragte Joslyn und dachte an das bezaubernde, wenn auch etwas heruntergekommene Haus, in das er gerade eingezogen war.

„Wahrscheinlich." Opal stellte den Teller mit Rührei und Toast vor Joslyn auf den Tisch. „Iss", befahl sie.

Joslyn griff nach ihrer Gabel.

Unter dem Tisch schmiegte sich eine gerade gefütterte Lucy-Maude an Joslyns Beine. Die Katze hatte Joslyn die Demütigung des gestrigen Abends offenbar verziehen – eine gründliche tierärztliche Untersuchung inklusive Impfungen und Blutabnahme. Nun war es offiziell: Sie bekam Junge, und zwar bald.

Opal war inzwischen wieder zur Anrichte gegangen, um sich ein Brot zu toasten. „Ich habe ihm erklärt, dass ich erst seine Stieftochter kennenlernen und mir das Haus anschauen möchte, bevor ich zusage", fuhr sie fort. „Doch für mich ist die ganze Sache wie die Antwort auf alle meine Gebete. Ich habe dir ja erzählt, wie sehr mir eine Beschäftigung fehlt."

Opals Rühreier schmeckten – wie immer – köstlich. Joslyn aß mit großem Appetit.

„Bist du sicher, dass du diesem Job gewachsen bist?", erkundigte sie sich zwischen zwei Bissen.

Schweigend stellte Opal einen kleinen Teller mit ein paar Scheiben Toast auf den Tisch, nahm sich eine Banane aus dem Obstkorb und setzte sich Joslyn gegenüber hin. Sie wirkte amüsiert und gleichzeitig überrascht.

„Ich meine ja nur, dass es ein großes Haus ist, in dem schon eine ganze Weile niemand mehr gewohnt hat. Es ist bestimmt viel zu tun und …" Joslyn verstummte. Was redete sie da? Versuchte sie Gegenargumente für genau das zu bringen, was sie sich sehnlichst wünschte? Nämlich, dass Opal in Parable blieb? Sie schluckte. „Und was ist mit deiner Schwägerin? Wäre sie nicht ganz allein, falls du hierherzögest?"

Opal runzelte die Stirn und legte den Toast, von dem sie gerade abbeißen wollte, wieder auf den Teller. „Meine Schwägerin und ich gehen uns ziemlich auf die Nerven. Außerdem hat sie eine Million Freundinnen."

Joslyn hatte gerade einen Bissen Rührei im Mund und sagte daher nichts dazu.

„Hast du etwas dagegen, dass ich diesen Job annehme?“, fragte Opal ganz leise.

„Natürlich nicht“, antwortete Joslyn, nachdem sie geschluckt hatte. „Es ist nur, weil … nun ja … weil du furchtbar viel zu tun hättest, glaube ich.“

Opal schmunzelte. „Und du meinst, das würde mich umbringen?“

Joslyn schüttelte den Kopf. „Nein, ich …“

Opal drückte Joslyns Hand. „An viel Arbeit sterben meiner Meinung nach nicht halb so viele Menschen wie am Ruhestand“, erklärte sie. „Die Wahrheit ist, dass ich viele Leute frühzeitig sterben gesehen habe, weil sie mit dem Nichtstun nicht zurechtgekommen sind.“ Sie biss von ihrem Toast ab und kaute. „Wobei ich ohnehin den Eindruck habe“, fuhr sie fort, nachdem sie ausgekaut hatte, „dass Slade hauptsächlich jemanden will, der auf seine Stieftochter aufpasst, während er arbeitet. Hast du sie schon mal gesehen?“

Joslyn nickte. „Ein Mal.“ Sie dachte an die Begegnung im „Butter Biscuit Café“. „Sie heißt Shea und wirkt sehr nett.“

Opal zog eine Visitenkarte aus der Tasche ihres adretten Baumwollkleides – blau mit weißem Blümchenmuster.

„Na dann“, sagte sie, „werde ich Slade gleich anrufen. Du kannst mich dann zu diesem Ranchhaus fahren, sobald du mit der Arbeit fertig bist.“

Ende der Diskussion. Opal hatte gesprochen.

14. KAPITEL

Slade arbeitete gerade im letzten Licht der untergehenden Sonne auf dem Dach des Ranchhauses, als Opal und Joslyn gegen sechs in die Einfahrt bogen. Er trug kein Hemd, und seine ausgewaschenen Jeans saßen tief auf seinen schmalen Hüften.

Joslyn bekam bei seinem Anblick sofort feuchte Hände. Sie umklammerte das Lenkrad. Ihr Herz raste, sosehr fühlte sie sich zu ihm hingezogen. Es war ein Begehren, das sie nicht kannte und das sie nicht einmal genau zu benennen wagte.

Opal, die angeschnallt auf dem Beifahrersitz saß, kicherte. „Tja, *das*", sagte sie und zog den Kopf ein wenig ein, um durch die Windschutzscheibe einen besseren Blick auf Slade zu haben, „nenne ich einen *Mann*."

Amen, dachte Joslyn. „Allerdings hätte er", entgegnete sie, obwohl sie Opal insgeheim recht gab, „wenigstens ein Hemd anziehen können. Er weiß doch, dass wir kommen."

Sie klang richtig sauer.

Opal löste schmunzelnd den Sicherheitsgurt und machte die Autotür auf.

Slade stieg mittlerweile die ans Haus gelehnte Leiter hinab. Als er mit seinen Füßen, die in Stiefeln steckten, den Boden betrat, kamen gerade Shea und Jasper aus dem Haus gestürmt.

Grinsend nahm Slade ein marineblaues T-Shirt vom Sägebock, das er vorhin dort abgelegt haben musste, und streifte es sich über den Kopf. Dabei ließ er – offenbar unbewusst – seine durchtrainierten Bauchmuskeln spielen.

Jasper umkreiste Joslyn und bellte aufgeregt.

Shea, die Jeans und ein weites rosa T-Shirt anhatte, lachte. „Beruhig dich, Jasper."

Joslyn zwang sich, Slades Oberkörper nicht länger anzustarren. Zu spät. Das Funkeln in seinen Augen, deren Blau noch intensiver war als das T-Shirt, verriet, dass er sie ertappt hatte.

Sie errötete, weil sie spürte, wie sehr sein Anblick sie erregte. Trotzdem schaffte sie es zu lächeln, als Opal in ihrem bunten

Kleid und den Schuhen mit Korksohle ausstieg und dem Mädchen die Hand entgegenstreckte.

„Ich bin Opal. Und du bist bestimmt Shea."

Shea nickte sichtlich erfreut und gab Opal die Hand. „Schön, Sie kennenzulernen, Mrs …"

„Nur Opal und ‚du'", meinte Opal. „Es sei denn, du möchtest, dass ich Miss Barlow zu dir sage."

Shea warf Slade nur einen kurzen Blick zu, doch Joslyn entging die Traurigkeit nicht, die für einen Moment in den veilchenblauen Augen des Mädchens aufflackerte. „Ich hätte Barlow heißen können, wenn Dad mich adoptiert hätte, als er und Mom noch verheiratet waren. Da das jedoch nicht passiert ist, heiße ich immer noch Tarrington."

Slade verzog das Gesicht, sagte jedoch nichts dazu.

„Aber ich würde mich freuen, wenn du mich Shea nennst." Das Mädchen lächelte Opal an.

„Dann sind wir uns ja einig." Opal schmunzelte. Joslyn wusste genau, was hinter diesen dunklen, klugen Augen in Opals Kopf vorging. Dort wurden nämlich gerade alle Nuancen der Beziehung zwischen Shea und Slade scharf analysiert. „Du nennst mich Opal, und ich dich Shea."

Shea nickte erneut, suchte Joslyns Blick und sah ihr einen Moment lang in die Augen. „Kommt rein und seht euch das Haus an."

Joslyn merkte, dass sie das Mädchen noch sympathischer fand als bei ihrer ersten Begegnung. Sicher, wahrscheinlich zeigte sich Shea gerade von ihrer Schokoladenseite. Doch Joslyn spürte ihre Warmherzigkeit, ihre Intelligenz und ihre Liebe für ihren Stiefvater – den Mann, den sie „Dad" nannte.

Shea und Opal gingen vor. Jasper folgte ihnen. Joslyn und Slade bildeten die Nachhut.

Er hatte eine Hand fürsorglich auf ihren Rücken gelegt. Es gab ihr ein gutes, sicheres Gefühl, obwohl sie innerlich aufgewühlt war. Nach außen hin hoffte sie, cool zu wirken.

„Lasst euch durch das Chaos nicht irritieren", sagte Shea fröhlich, während sie die Küche betraten. Hier wirkte zwar alles sauberer als bei Joslyns erstem Besuch, dafür aber viel unordentlicher. Überall standen Kartons und Lebensmittel herum.

Opal schaute sich um. „Das Chaos, das ich nicht in den Griff kriege, muss erst erfunden werden."

Es war nicht schwer, sich vorzustellen, wie Opal die Küche und auch den Rest des Hauses im Nu auf Vordermann brachte. Nach einer Woche würde hier alles blitzblank sein, falls sie Slades Angebot akzeptierte.

„Warte, bis du den Rest des Hauses gesehen hast", sagte Shea fröhlich, bevor sie mit Opal und dem Hund den Rundgang fortsetzte.

Slade und Joslyn blieben in der Küche stehen. Nur sie beide. Allein.

Joslyn wich zurück und stieß mit dem Rücken an die Kante einer Arbeitsplatte.

Slade stand praktisch unmittelbar vor ihr; sie nahm seine Wärme, seine Kraft und seinen männlichen Duft mit jeder Faser ihres Körpers und in allen Winkeln und Ecken ihres Denkens und Fühlens wahr. Eine heftige, elementare Lust durchfuhr sie und vibrierte in ihr wie die Schwingung eines Bassakkords.

Niemals in diesem – oder, wie sie vermutete, irgendeinem anderen – Leben hatte sie einen Mann so begehrt wie Slade Barlow.

„Früher oder später", sagte er gedehnt, „müssen wir etwas dagegen unternehmen." Er lächelte schief, schaute sie jedoch aufmerksam und ein wenig skeptisch an.

„Wogegen?", fragte Joslyn mit belegter Stimme. Sie hatte Angst. Gleichzeitig aber wusste sie genau, dass sie ihn mit beiden Händen an seinem sexy T-Shirt packen und festhalten würde, wenn er jetzt auch nur einen einzigen Schritt zurücktrat.

Sein Lachen war tief und leise, und es schwang ein Hauch von Ironie in seiner Stimme mit, als er antwortete. „*Da*gegen."

Und dann küsste er sie.

Zuerst zögernd, dann mit einer dermaßen wilden, leidenschaftlichen Entschlossenheit, dass es ihr schier den Atem raubte und sie weiche Knie bekam. Seine kräftigen Hände, die er zuerst zärtlich auf ihre Wangen gelegt hatte, umfingen nun ihre Taille. Es war, als hätte er gespürt, dass Joslyn sich allein kaum noch auf den Beinen halten konnte.

Dabei hörte er nicht auf, sie zu küssen. Ihre Zungen berührten, duellierten sich regelrecht. Seine Erektion, die sich an sie presste, fühlte sich heiß, fordernd und enorm groß an. Joslyn wollte ihn in sich spüren.

Aus dem Obergeschoss hörte sie Opals und Sheas Schritte, ihre Stimmen und das rhythmische Klicken der Krallen von Jaspers Pfoten auf dem Holzboden.

Joslyn schlang ihre Arme um seinen Nacken. Ganz kurz gab Slade ihre Lippen frei, damit sie beide Luft holen konnten. Dann küsste er sie wieder, diesmal noch intensiver.

Er ließ sie erst los, als sie Jasper die Treppe in die Küche herunterkommen hörten.

Slade atmete heftig. Joslyn war benommen, fast wie berauscht und sehnte sich mehr denn je danach, mit diesem Mann zu schlafen.

„Was nun?“, flüsterte sie, während Jasper, dicht gefolgt von Opal und Shea, wieder in der Küche auftauchte.

Slade schmunzelte. Er sah fast so mitgenommen aus, wie Joslyn sich fühlte. „Ich hätte da schon ein paar Ideen.“ Sein Blick streifte über ihre Brüste. Ihm gefiel es sichtlich, dass sich ihre Brustwarzen deutlich unter dem Stoff ihres BHs und ihres Tops abzeichneten.

Natürlich war keine Zeit mehr, ihn zu fragen, welche Ideen das denn wären, weil Opal und Shea sich schon wieder zu ihnen gesellten.

Slade hatte sich mittlerweile hinter einen Stuhl gestellt. Trotz seiner scheinbar ungezwungenen Haltung wusste Joslyn genau, *was* er verbarg. Sie konnte den Druck auf ihrem Bauch immer noch spüren.

Sie errötete, lief rasch zur Spüle, drehte den Wasserhahn auf und spritzte sich kaltes Wasser ins Gesicht. Es war das Einzige, was sie tun konnte, damit Opal und das Mädchen ihr nicht sofort alles – *alles* – an ihren glühenden Wangen und ihrem Schlafzimmerblick ansahen.

„Alles in Ordnung, Jossie?" Opal schaffte es, gleichzeitig besorgt und amüsiert zu klingen.

Joslyn, der das kalte Wasser über das Gesicht rann, hatte allen Anwesenden immer noch den Rücken zugewandt. Sie drehte den Hahn zu. „Nein", antwortete sie. Das entsprach nicht ganz der Wahrheit. Ihr war zwar furchtbar heiß, dennoch stieg eine merkwürdige, unglaublich starke Vorfreude in ihr auf. „Kann sein, dass ich mir irgendetwas eingefangen habe. Vielleicht werde ich krank."

Sie zwang sich, sich umzudrehen. Dann wischte sie sich das Gesicht mit einem Stück Küchenrolle ab. Sie und Slade schauten sich an.

Er stand noch immer in einiger Entfernung hinter dem Küchenstuhl. „Vielleicht solltest du dich gleich ins Bett legen." Er zwinkerte ihr zu.

Wenn Joslyn näher bei ihm gestanden und zu körperlicher Gewalt geneigt hätte – was natürlich nicht der Fall war –, dann hätte sie Slade Barlow jetzt eine geknallt. Fest.

„Tja", sagte Opal, glücklicherweise übersprudelnd vor Begeisterung, „mir gefällt, was ich sehe. Shea ist ein liebes Kind, und dieses Haus braucht mich. Wenn dieses Jobangebot noch steht, nehme ich es gern an."

Slade wandte sich zu Opal um. „Wann kannst du anfangen?"

Shea quietschte vor Freude, und Jasper bellte fröhlich.

„Morgen." Opal betrachtete wieder die Kartons und die herumstehenden Lebensmittel. „Und so, wie es hier aussieht, ist das kein einziger Tag zu früh."

„Wunderbar", sagte Slade erfreut, während Joslyn sich hinter ihm an die Anrichte lehnte und versuchte, sich wieder zu fangen.

„Morgen?", schaffte sie schließlich zu fragen. „Aber Opal, du bist doch gerade erst in Parable angekommen …"

„Und hier *bleibe* ich auch, was bedeutet, dass wir beide künftig oft Gelegenheit haben, uns zu treffen", erwiderte Opal gütig. Dann wandte sie sich an Slade. „Ich brauche irgendein Auto", erklärte sie. Schüchtern war sie noch nie gewesen. „Ein Kombi oder ein Lieferwagen würden reichen. Es muss ja kein neuer Wagen sein. Allerdings kann ich nur mit Automatik fahren."

„Kein Problem." Slade nickte.

„So ..." Opal rieb sich die Hände. „Wo werde ich schlafen?"

Shea und Slade unterhielten sich kurz und entschieden dann, dass das große Schlafzimmer hinter der Küche am Ende des Korridors vermutlich für Opal am besten geeignet wäre.

„Allerdings gibt es im ganzen Haus nur ein Badezimmer", sagte Shea etwas unsicher. Sie schien besorgt, dass alles an diesem Hindernis scheitern könnte.

„Ich denke, wir kommen schon zurecht", meinte Opal freundlich.

Als Joslyn sah, wie gut Opal und Shea miteinander auskamen, obwohl sie sich gerade erst kennengelernt hatten, zog sich ihr Herz wehmütig zusammen. Sie erkannte ihr jüngeres Ich in dem Mädchen. Wie Shea war auch Joslyn eine Stieftochter gewesen, die nie genau gewusst hatte, wo ihr Platz innerhalb der Familie war, und die Opals unerschütterliche Zuneigung und Fürsorglichkeit sehr gebraucht hatte.

„Kann ich diesen Lieferwagen dann auch fahren?", fragte Shea ihren Dad. „Ich habe ja bereits meinen Führerschein."

„Nur, wenn Opal oder ich dabei sind", antwortete Slade. „Wie gesagt, ich möchte mir gern zuerst ein Bild von deinen Fahrkünsten machen, bevor ich dich auf Parable County loslasse."

Shea tat die Worte ihres Stiefvaters mit einer gleichgültigen Handbewegung ab. Ihre Augen sprachen jedoch eine andere Sprache. Sie vergötterte diesen Mann.

„Ich vermute, du bist genauso unerbittlich, was das Pferd betrifft", sagte sie herausfordernd und stemmte die Hände in die Hüften.

„Vielleicht sogar noch unerbittlicher", erwiderte Slade.

Frustriert seufzte Shea, ihre Augen allerdings strahlten fröhlich wie immer. „Ich bekomme ein Pferd", teilte sie Opal und Joslyn aufgeregt mit. „Ein *eigenes*. Dad kauft sich auch eines.

Wir müssen sie auf Whisper Creek unterbringen, weil unser Stall einsturzgefährdet ist.“

Mittlerweile hatte Joslyn nur noch einen Wunsch: schnell von hier wegzukommen. Ihr war heiß, sie hatte Schmetterlinge im Bauch und immer noch weiche Knie – und das sah man, fürchtete sie, ihr auch an.

Sie spürte Slades Gegenwart dermaßen, dass es ihr den Atem nahm. Außerdem hatte sie immer noch seine Worte im Kopf. *Ich hätte da ein paar Ideen.* Ein erregender Schauer durchlief sie. „Wir sollten jetzt wieder in die Stadt zurückfahren“, schlug sie vor.

„Ich habe heute Nachmittag eine große Portion Spaghetti mit Fleischbällchen gekocht“, verkündete Opal. „Slade, warum kommt ihr beide nicht mit, du und Shea? Wir könnten uns gemütlich zusammensetzen und zu Abend essen. Dann kannst du dich gleich von meinen Kochkünsten überzeugen.“

Joslyn starrte auf den Boden. Mit Slade „Ich hätte da ein paar Ideen“ Barlow auf engstem Raum? Womöglich stundenlang? Huch!

„Ja!“, stimmte Shea begeistert zu.

„Danke, Opal“, sagte Slade höflich. Joslyn merkte, dass er sie anschaute – sie spürte es –, aber sie schaffte es einfach nicht, seinen Blick zu erwidern. „Wenn es dir keine Umstände macht …“

„Überhaupt nicht.“ Opal strahlte.

Lieber Gott, steh mir bei, dachte Joslyn. Dann zwang sie sich, sowohl Shea als auch Slade zuzulächeln. „Fein. Das wird bestimmt … nett.“

„Okay“, erwiderte Slade ruhig. „Gebt uns eine Stunde, damit wir uns frisch machen können, und dann sind wir da.“

„Wir essen in Kendras Haus“, fügte Opal sicherheitshalber hinzu, während Shea bereits aus der Küche stürmte – wahrscheinlich, um als Erste im Bad zu sein. Jasper trottete hinter ihr her.

Slade nickte. „Alles klar.“

Joslyn hastete zur Hintertür hinaus und *rannte* regelrecht zu ihrem Auto.

„Aber Jossie“, begann Opal erstaunt, nachdem sie Joslyn eingeholt und sich auf den Beifahrersitz gesetzt hatte, „was ist denn in dich gefahren? Du bist ja aus der Küche geflüchtet, als wäre gerade ein Feuer ausgebrochen.“

Stimmt genau, sagte Joslyn im Stillen. Die Funken haben wirklich gesprüht.

„Das bildest du dir bloß ein.“ Sie vermied es tunlichst, Opal auch nur aus den Augenwinkeln anzusehen.

Opal lachte leise. „Oh nein, das bilde ich mir nicht ein.“

Während der ganzen Fahrt zurück in die Stadt hatte Joslyn nur eines im Kopf.

Was sollte sie bloß *anziehen*?

Im Bad dampfte es noch von Sheas Dusche, als Slade an der Reihe war. Er stand vor dem Waschbecken, wischte den beschlagenen Spiegel des Badezimmerschränkchens mit der Hand ab und betrachtete sein Gesicht – samt Bartschatten und allem.

„Wer bist du?“, fragte er sein Spiegelbild mürrisch. „Und was hast du mit Slade Barlow gemacht?“

Er hatte sich vorhin in der Küche ja regelrecht auf Joslyn gestürzt, als er sie geküsst hatte. *Zweimal.*

Und nicht nur das. Er hatte auch verdammt viel Mist geredet. Viel hätte nicht gefehlt, und er hätte ihr direkt ins Gesicht gesagt, dass er bei der nächstbesten Gelegenheit mit ihr ins Bett wollte. Das stimmte ja auch, aber dennoch … Er hätte zurückhaltender sein sollen.

Er wandte sich von seinem griesgrämigen Spiegelbild ab, fuhr sich mit den Fingern durch die staubigen, verschwitzten Haare und drehte das Wasser in der Dusche auf. Dann zog er sich aus und wartete, dass das eiskalte Wasser warm wurde. Vergeblich. Shea hatte offensichtlich den Warmwasserspeicher geleert.

Das Klappern der Rohre hinter der Wand erinnerte ihn daran, dass es sich um ein altes Haus handelte, in dem möglicherweise unzählige Dinge nicht funktionierten.

Mit grimmiger Entschlossenheit stellte sich Slade unter den Duschkopf und seifte sich von Kopf bis Fuß ein. Dann wartete er, bis das eisige Wasser den Seifenschaum weggespült hatte.

Er schätzte, dass eine kalte Dusche genau das war, was er gebraucht – und verdient – hatte. Während er Joslyn geküsst hatte – und auch noch eine Weile danach –, war er so erregt gewesen, dass es schon beinahe geschmerzt hatte.

Und dann hatte er auch noch die Einladung zum Abendessen bei ihr zu Hause angenommen. Anscheinend war er ein Masochist.

Als er in die Küche kam, schüttete Shea gerade Jaspers Futter in eine Schüssel und stellte sie auf den Boden. Seine Stieftochter trug tatsächlich einen Rock – ein kurzes, gerüschtes und schwarz-weiß gepunktetes Ding – sowie ein schwarzes Top.

„Es gibt in Opals Zimmer kein Bett", sagte sie. „Wir werden noch einmal einkaufen gehen müssen. Es sei denn, du erwartest von ihr, auf dem Boden zu schlafen."

Slade stöhnte bei dem Gedanken an eine weitere Shoppingtour. Seiner guten Laune tat es allerdings keinen Abbruch. Er grinste die ganze Zeit vor sich hin und war trotz des nervösen Kribbelns in seinem Bauch geradezu unverschämt glücklich. „Schließ den schicken neuen Computer an, den wir gekauft haben, und bestell das Bett übers Internet", erwiderte er. „Und das Bettzeug auch, wenn du schon dabei bist."

Shea schaute ihn neugierig und auch ein wenig misstrauisch an. „Für jemanden, der sich weigert, meine Handyrechnungen zu zahlen, hast du das Geld ganz schön locker sitzen", stellte sie fest. „Was hat es damit auf sich?"

Er lachte. „Ich bin nicht pleite, Shea. Nur vorsichtig."

„Hast du in der Lotterie gewonnen oder so?" Shea ließ, genau wie ihre Mutter, nie ein Thema fallen, ehe sie es nicht bis zum bitteren Ende ausdiskutiert hatte.

Slade fand seine Schlüssel und klimperte mit ihnen, um zu zeigen, dass es Zeit zum Aufbruch war. „Es ist die wundersame Geldvermehrung durch Zinseszinsen", zog er sie auf. Da ihm seine Erbschaft immer noch unwirklich vorkam, wollte er noch nicht darüber reden. „Heutzutage ist diese Methode unmodern, aber man nennt sie *Sparen*."

Shea verdrehte die Augen, doch um ihren Mund zuckte es verräterisch. „Halt mir bitte keine Moralpredigten. Und übrigens, Mom und ich haben einen Familientarif. Für die Handys, meine ich. Sie bezahlt meine Gebühren automatisch mit ihren mit."

„Dann kannst du ihr die Kosten ja rückerstatten." Slade gefiel der kleine Wortwechsel. Er verabschiedete sich von Jasper, der kaum von seinem Fressen aufschaute, und ging dann mit Shea zu seinem Pick-up. „Da wir gerade beim Thema sind – wie ist es eigentlich im ‚Curly-Burly' gelaufen?"

„Tu nicht so, als wüsstest du nicht, dass ich den Job gekriegt habe", antwortete Shea eisig. Dann versuchte sie, Slade die Autoschlüssel wegzuschnappen. Er hielt sie hoch, damit sie sie nicht erwischte. „Warum darf ich nicht fahren?", jammerte sie. „Mit Moms Wagen kurve ich durch ganz L.A. und habe noch nicht mal eine Verwarnung bekommen – geschweige denn einen Strafzettel für zu schnelles Fahren. Einen Unfall habe ich auch nie gebaut. Und außerdem, das hier ist *Parable*. Was kann da schon passieren?"

„Du wärst überrascht." Slade setzte sich hinters Steuer. Parable war ein friedliches Städtchen – es gab nur drei Ampeln im gesamten County –, aber passieren konnte überall etwas.

Shea sprang auf den Beifahrersitz. Sie schmollte ein wenig. „Ich glaube nicht, dass eine Kuh, die über die Straße läuft, mich überraschen würde, Dad", entgegnete sie derartig verächtlich, dass Slade lachen musste. „Vor allem, da es wahrscheinlich nur alle Jubeljahre einmal vorkommt."

„Erzähl mir von deinem Job." Slade ließ den Motor an und fuhr über die lange, holprige Einfahrt bis zur Straße.

„Ich fege Haare vom Boden." Shea verdrehte erneut die Augen. „Was gibt es da schon zu erzählen?"

„Das ist doch bestimmt nicht alles." Slade war der Meinung, dass es wichtig war, mit Kindern zu reden – egal, um was für belanglose Dinge sich die Unterhaltung auch drehen mochte. Außerdem dachte er an Laynes Vorwurf, er hätte ihr nie zugehört. Er wollte den gleichen Fehler nicht bei Shea machen, vor allem deshalb nicht, weil sie ja nur wenig Zeit miteinander verbringen würden.

„Ich werde auch die Waschbecken putzen", antwortete Shea, „und Termine annehmen. Und falls ich Grands ins 21. Jahrhundert locken kann – das heißt, wenn sie sich einen Computer leistet –, könnte ich ihren ganzen Salon modernisieren. Eine Homepage für sie erstellen und so weiter."

„Das kannst du? Eine Homepage machen?" Slade war beeindruckt. Er arbeitete im Büro natürlich auch an einem PC, doch der neue Laptop, den er, Shea und Layne im Zuge der großen Shoppingtour gekauft hatten, war erst der zweite, der ihm persönlich gehörte. Der erste war ein Dinosaurier, der ewig zum Hochfahren brauchte.

„Klar", erwiderte Shea nickend. „Ich bin doch nicht blöd."

Das schien ihr wunder Punkt zu sein. „Das hat auch niemand behauptet", entgegnete Slade. „Ich könnte wahrscheinlich nicht einmal eine Homepage erstellen, wenn mein Leben davon abhinge. Und ich bin auch nicht blöd."

„Es gibt alle möglichen Templates und so Zeug dafür." Shea wirkte nun nicht mehr ganz so mürrisch. „Ich könnte dir zeigen, wie es geht."

Templates?

„Okay", sagte er. „Das würde mir gefallen."

„Meinst du das ernst? Oder machst du dich bloß lustig über mich?"

„Warum sollte ich mich lustig über dich machen?"

„Keine Ahnung", antwortete Shea. „Aber ich habe dich bisher noch nie so gesprächig erlebt, und das finde ich irgendwie unheimlich."

Slade sagte nichts dazu, sondern grinste nur.

Shea ließ nicht locker. „Und dann ist da diese Sache mit dem Geld ... und wie überrascht und zerzaust du und Joslyn wart, nachdem Opal und ich unseren Rundgang beendet hatten und wieder in die Küche gekommen sind. Weißt du, was ich denke? Ich *denke*, ihr beide habt euch geküsst!"

Das Kind hatte ihn tatsächlich durchschaut. Slade hoffte, dass

Shea nicht merkte, wie heiß seine Ohren geworden waren oder wie fest er das Lenkrad gerade umklammerte.

„Das hier ist ein freies Land", schaffte er nach ein paar Sekunden zu entgegnen. „Denk, was du willst."

Shea lachte. „Guck nicht so entsetzt, Dad. Die Katze ist längst aus dem Sack. Schon seit dem Abend, an dem wir Joslyn im ‚Butter Biscuit' getroffen haben. Als Mom und ich später ins Hotel zurückgefahren sind, hat sie gleich gesagt, sie glaubt, du stehst auf Joslyn."

Slade schwieg. Starrte geradeaus auf die weiße Linie in der Mitte des County Highway.

„Hast du Joslyn schon um ein Date gebeten, Dad?"

Slade räusperte sich. Er musste antworten, wenn er mit Shea im Gespräch bleiben wollte – und daran war ihm viel gelegen. Er wünschte bloß, sie könnten das Thema wechseln, das war alles. „Sie fährt am Samstag mit uns zur Viehauktion."

„Das hast du mir schon erzählt", sagte Shea übertrieben geduldig. „Dad? Hallo? Das ist doch kein *Date*."

Slade fluchte insgeheim. „Es war das Beste, was mir spontan eingefallen ist."

„Oh Mann, das ist ja jämmerlich. Essen, Tanzen oder ins Kino gehen – *das* wäre ein Date. Oder ihr reitet gemeinsam aus und macht irgendwo ein Picknick, wo man eine schöne Aussicht hat. Aber eine *Viehauktion*? Dad, das ist eindeutig *nicht* romantisch."

„Muss es das denn sein?" Slade drosselte die Geschwindigkeit, da sie den Stadtrand von Parable erreicht hatten. Rechts sah er Lyle – mit seinem Haarwuchshelm auf dem Kopf – den Bürgersteig entlangschlendern. Die Lichter auf dem Helm blinkten fröhlich wie die Weihnachtsbeleuchtung am Christbaum.

Lyle lächelte und winkte, als sie an ihm vorbeifuhren.

Slade hupte als Antwort.

Lyles Erscheinung lenkte Shea erfreulicherweise von ihrem Vortrag ab, *was* ein Date und was *keines* war. Mit offenem Mund schaute sie Lyle und den blinkenden LED-Lichtern auf seinem Kopf nach, bis er außer Sichtweite war. Dann drehte sie sich zu Slade und sah ihn an.

„Dad? Da war gerade ein Typ mit blauen Lämpchen auf dem Kopf. Und du fährst einfach weiter? Was für ein Sheriff bist *du* denn?“

Slade lächelte. „Soweit ich weiß, ist Schrulligkeit in diesem Staat nichts Illegales. Ich hätte nicht gedacht, dass dich ein Mann mit einem blinkenden Helm so überrascht. Vor allem, wenn man bedenkt, dass du in L.A. lebst.“

„Okay, wir haben auch ein paar Omis, die Pullis mit Lichterketten tragen“, erklärte Shea ernst. „Vor allem zu Weihnachten. Aber *dieser* Typ ...“

„Sein Name ist Lyle“, sagte Slade fröhlich. „Und er ist harmlos.“

„Er ist total schräg.“

„Wie gesagt, das ist kein Verbrechen.“

Sie schenkte ihm ihr berühmtes bezauberndes Lächeln. „Auf jeden Fall nicht hier in Mayberry“, sagte sie scherzhaft.

„Genau, nicht hier in Mayberry.“ Slade schmunzelte über die Anspielung seiner Tochter auf das unglaublich idyllische Städtchen aus der legendären 60er-Jahre-Serie „The Andy Griffith Show“. Dann bog er in die Rodeo Road ein.

Als sie Kendras Einfahrt hinauffuhren, blieb Shea beim Anblick des imposanten Hauses sichtlich die Luft weg. „Heilige Sch... Heiliger Bimbam!“, rief sie überrascht.

„Gerade noch die Kurve gekriegt“, kommentierte Slade. Er hielt neben dem Herrenhaus an.

Opal erschien sofort in der Tür der verglasten Veranda. Sie strahlte, als wären Slade und Shea nach langer Zeit gerade unversehrt aus einem Krieg heimgekehrt.

Slade fragte sich, wo Joslyn war. Hatte sie sich eine Ausrede einfallen lassen, damit sie nicht mit ihnen essen musste? War sie verärgert, weil er sie in der Küche des Ranchhauses geküsst hatte?

Shea sprang aus dem Auto und lief gleich auf Opal zu. „Wir sind da!“, verkündete sie fröhlich.

Slade musste insgeheim lächeln. Trotz ihrer sechzehn Jahre und obwohl sie in einer Metropole wie L.A. aufwuchs, steckte doch noch viel Kindliches in Shea. Er hoffte, das würde sich nie ändern.

„Rein mit euch!“, rief Opal und machte eine einladende Geste. Sie trug eine Rüschenschürze über ihrem Kleid, und eine Hand steckte in einem Topfhandschuh. „Das Abendessen ist schon fast fertig.“

Slades Magen knurrte leise. In seiner Kindheit hatte er für die Rossiters den Rasen gemäht und Unkraut gejätet und war nicht in den Genuss von Opals Kochkünsten gekommen. Aber er hatte schon viel davon gehört.

Wenn es damals heiß gewesen war, hatte sie ihm allerdings immer einen Krug Limonade gebracht. Slade wusste noch genau, wie die Eiswürfel im Krug verheißungsvoll geklirrt hatten, während Opal damit über die Wiese auf ihn zugegangen war. Er hatte sich leise bei ihr bedankt, gewartet, bis sie wieder im Haus verschwunden war, und dann statt aus dem Glas direkt aus dem großen Krug getrunken.

Er musste lachen, als er jetzt daran dachte.

Shea schlüpfte an Opal vorbei ins Haus. Opal blieb auf der Verandastufe stehen und wartete auf Slade.

„Joslyn ist drüben.“ Opal deutete auf das Gästehaus. Die alte Dame bemühte sich sichtlich, ein ernstes Gesicht zu machen, aber in ihren gütigen Augen funkelte der Schalk. „Weiß Gott, was sie dort treibt ... Das Gästehaus war schon blitzblank, als ich angekommen bin, und ich hätte ja bisher nicht einmal Zeit gehabt, irgendetwas durcheinanderzubringen. Slade, würde es dir etwas ausmachen, Joslyn zu sagen, dass das Abendessen gleich auf dem Tisch steht und wir uns freuen würden, wenn sie uns mit ihrer Anwesenheit beglückte?“

Diesmal war das Gefühl, das Slade in seinem Bauch spürte, nicht Hunger. Es war ein aufregendes Prickeln, gemischt mit einer großzügigen Portion Vorfreude. „Klar.“ Er drehte sich um und ging zum Gästehaus.

Die Seitentür des Häuschens war offen. Slade klopfte leise an den Türrahmen wie neulich, nachdem Jasper ausgebüxt und zu Joslyn gelaufen war.

„Komm rein“, rief sie.

Er trat über die Schwelle und wartete, bis sich seine Augen an das schummrige Licht in dem Haus gewöhnt hatten. „Joslyn?“

„Hier drüben!“

Er folgte dem Klang ihrer Stimme bis in das winzige Wohnzimmer, wo er sie zu seiner Überraschung auf der obersten Sprosse einer wackeligen Leiter herumturnen sah. Sie wechselte die Glühbirne der altmodischen Deckenlampe aus. Instinktiv ging er zu ihr und hielt die Leiter fest.

Sie trug ein hellrosa Sommerkleid, das ihr bis zu den Knien reichte. Ihre glatten, nackten Beine dufteten zart nach einer wohlriechenden Körperlotion.

Er wagte es nicht, weiter hinauf als bis zum Saum des Kleides zu schauen. Joslyn Kirk, willst du mich um den Verstand bringen? dachte er, wandte den Blick ab und packte die Leiter so fest, als würde er jeden Moment eine Sturmbö erwarten.

„Geschafft“, verkündete sie fröhlich und begann, die Leiter herunterzuklettern.

Der Duft von Seife und dieser Körperlotion schien ihn förmlich zu berauschen. Joslyn streifte ihn, während sie die letzte Sprosse herunterstieg.

„Opal lässt ausrichten, dass das Essen fertig ist.“ Plötzlich kam er sich wie ein Idiot vor. Erst lud er diese Frau zu einer Viehauktion ein, als wäre das eine Art Dinnerparty, dann fiel er in seiner Küche förmlich über sie her …

Und jetzt das.

Wenn er so weitermachte, würde sie ihn bald als Hinterwäldler abstempeln – falls sie es nicht schon getan hatte.

Sein Herz klopfte schneller, als sie ihn anlächelte. Sie trat ein paar Schritte zurück und breitete die Arme ein wenig aus. „Wie gefällt dir mein Kleid?“, fragte sie schüchtern und verwegen gleichzeitig. „Ich habe es in Kendras Schrank gefunden und mir geliehen.“

Slade öffnete den Mund und schloss ihn sofort wieder.

„Gefällt mir gut“, antwortete er schließlich. Wie dämlich

war er eigentlich? Hatte er einen Knoten in der Zunge? Was war mit dem *anderen*, dem selbstbewussten, mutigen Slade passiert?

„Ich muss natürlich aufpassen, dass ich mich nicht mit Opals Spaghettisauce bekleckere." Auf Joslyns Wangen bildeten sich rote Flecken, während sie auf ihr dünnes Kleidchen hinunterschaute. „Wie ich Kendra kenne, war es bestimmt teuer. Vielleicht sollte ich doch eins von meinen Kleidern anziehen?"

Slade stellte sich vor, wie sie sich das rosa Kleid über den Kopf zog. Was wäre das für eine Offenbarung …

„Ich, äh, denke, es ist ganz in Ordnung …", stammelte er. *Oh, es ist mehr als „ganz in Ordnung"*. „Ich meine, du siehst hübsch aus."

„Gut." Sie klopfte sich die Hände ab und ging zur Tür. Vor dem Lichtschalter blieb sie stehen und schaltete – sichtlich stolz auf ihre handwerklichen Fähigkeiten – das Licht ein paarmal ein und aus. „Na also", sagte sie. „Schon besser."

Slade nahm die Leiter, klappte sie zusammen und lehnte sie an die Wand. Fragen, wo das Ding hingehörte, wollte er nicht. Er kam sich auch so schon blöd genug vor.

„Gehen wir", sagte sie. „Opal kann sehr ungemütlich werden, wenn man das Essen kalt werden lässt."

Er folgte ihr hinaus in den Garten, wo die Dämmerung die ersten langen Schatten auf die Wiese warf.

Slade spürte plötzlich ein seltsam bittersüßes Ziehen in der Brust. „Joslyn?"

Sie hielt inne und schaute sich über eine perfekte, fast nackte Schulter zu ihm um. „Ja?"

Er war heute schon nahe dran gewesen, sich dafür zu entschuldigen, was in der Küche seines Ranchhauses geschehen war. Doch als er sie jetzt vor sich stehen sah … in der Abendsonne, die durch ihr Kleid schimmerte und deren Strahlen auf ihrem seidigen dunklen Haar tanzten … wusste er, dass er es nicht konnte. Er konnte nicht sagen, dass es ihm leidtat, da das gelogen wäre.

Es tat ihm leid, dass sie den Abend nicht allein verbrachten.

Es tat ihm leid, dass er bei Frauen nicht so draufgängerisch war wie sein diesbezüglich legendärer Bruder.

Aber es tat ihm nicht leid, dass er seine Absicht, sie zu verführen, deutlich gemacht hatte. Denn daran hatte sich nichts geändert.

„Du siehst wunderschön aus", meinte er stattdessen.

15. KAPITEL

Joslyn erlebte das Abendessen in Kendras riesiger Küche wie in Trance. Sie aß nur ein paar Bissen von Opals berühmten Spaghetti mit Fleischbällchen – seit jeher eines ihrer Lieblingsgerichte – und schnappte nur hier und da ein paar Gesprächsfetzen auf.

Ihre Gedanken, ihr Körper und all ihre Sinne waren auf den Mann konzentriert, der – das hatte Opal natürlich so eingefädelt – neben ihr am Tisch saß. Wenn sie es nicht schon vorher, als er sie geküsst hatte, gewusst hätte, dann spätestens jetzt: Slade Barlow würde ganz sicher mit ihr schlafen. Daran bestand kein Zweifel.

Und sie würde es nicht nur zulassen, sondern sich ihrer Leidenschaft hingeben.

Dieses instinktive Wissen hatte etwas merkwürdig Friedliches an sich. Gleichzeitig empfand Joslyn eine gewisse Hilflosigkeit, die sie ein wenig erschreckte. Sie fühlte sich wie ein Asteroid, der zu nah an ein riesiges schwarzes Loch geraten war. Sobald sie in dieses Loch – was auch immer es sein mochte – hineingezogen wurde, würde sie vielleicht nie mehr herausfinden.

Was danach folgte – in Gedanken schrieb sie dieses „Danach" in Großbuchstaben – war ihr völlig klar. Egal, ob sie nun von hier wegzog, jemand anderen heiratete und zehn Kinder bekam oder in ein Kloster ging – ein Teil von ihr würde immer dem derzeitigen Sheriff von Parable County gehören.

Es war Lust, sagte sie sich. Mehr nicht. Nur Lust, keine Liebe. Es konnte *nicht* Liebe sein. Nicht, dass sie bei diesem Thema eine Expertin gewesen wäre …

Dennoch, der Anblick von Slades Haaren, die vom Duschen noch feucht waren, und der frische Duft seiner Haut und Kleidung lösten ein enormes Verlangen in ihr aus. Einen Hunger, den sie noch nie erlebt hatte.

Außerdem, rief sie sich in Erinnerung, bin ich eine erwachsene Frau mit gesunden emotionalen und körperlichen Bedürfnissen. Und ihre Spirale saß immer noch an Ort und Stelle. Sie hatte sie sich vor einem Jahr einsetzen lassen, als sie kurz mit einem Mann zusammen gewesen war, den sie durch ihre Arbeit kennengelernt hatte.

Dazu kam, dass sie viel zu lange allein – und einsam – gewesen war. Sie hatte geradezu lächerlich viel gearbeitet, und das mit nur einem einzigen Ziel: jenen Leuten ihr Geld zurückzuzahlen, die ihr Stiefvater betrogen hatte. Sie hatte es getan, um die ganze Sache ein für alle Mal abzuschließen und dann ein neues Leben beginnen zu können.

Doch was für ein Leben? Was genau wollte sie machen? So weit voraus hatte sie nicht gedacht, zumindest nicht im Detail. Außerdem hatte sie nicht damit gerechnet, dass Slade ihr Leben verkomplizieren würde.

Sie biss sich auf die Unterlippe und versuchte, dem Gespräch am Tisch zu folgen. Opal und Shea unterhielten sich über Alltägliches – über Filme, die sie beide gesehen hatten oder sehen wollten, eine gemeinsame und geheime Leidenschaft fürs Bowling und darüber, wie das neue Pferd heißen sollte. Joslyn bemerkte, dass Slade genauso wenig an der Unterhaltung teilnahm wie sie. Aber bei ihm war das normal, nicht wahr?

Irgendwann war das Essen endlich vorüber.

Opal bot Shea an, ihr im Gegenzug zu dem Rundgang durch das Ranchhaus Kendras Herrenhaus zu zeigen. Shea nahm das Angebot begeistert an.

Was zur Folge hatte, dass Slade und Joslyn allein zurückblieben. Schon wieder.

Slade räusperte sich, als wollte er etwas sagen. Doch dann sah er weg, stand auf und begann, den Tisch abzuräumen.

Joslyn spülte die Teller, das Besteck und die Gläser ab und stellte dann alles in den Geschirrspüler.

Sie überlegte. Das Herrenhaus war ungefähr fünfmal so groß wie das Ranchhaus. Wenn man zusätzlich noch Opals Vorliebe fürs Kuppeln einkalkulierte, würden sie und Shea eine ganze Weile weg sein.

Nachdem die Küche aufgeräumt war, fasste Slade Joslyn bei der Hand und führte sie hinaus in den Garten.

Obwohl es noch nicht dunkel war, stand der Mond bereits groß und silbern am Himmel. Die Sterne funkelten. Joslyn und Slade setzten sich nebeneinander auf die Verandastufen, und Joslyn atmete den Duft des frisch gemähten Grases und der ganzen Blütenpracht in Kendras Garten ein.

Slade umfasste immer noch ihre Hand. Seine und ihre Finger waren ineinander verschränkt.

„Vermisst du dieses Haus manchmal?", fragte er. „Ich meine, vermisst du es, hier zu leben?"

Diese Frage hatte Joslyn nicht erwartet. *Was* sie erwartet hatte, wusste sie nicht.

Sie schüttelte den Kopf. „Eigentlich nicht", antwortete sie, ohne ihn anzusehen. „Wir waren als Familie ziemlich glücklich hier. Zumindest bis ... tja, bis alles ans Tageslicht gekommen ist. Aber das Haus war eigentlich nie wirklich meines. Es hat meinem Stiefvater gehört. Rückblickend kommt es mir vor, als wären Mom und ich eigentlich nur vorübergehend zu Besuch gewesen. Wie Gäste, die in einer Art Wellness-Hotel verwöhnt werden."

Er lächelte. Joslyn hatte das Bedürfnis, seine Haare zu berühren und mit einer Fingerspitze über seine Wangen und sein markantes Kinn zu streicheln. Aber es war genauso schön, jetzt einfach nur seine Hand zu halten. Es fühlte sich einerseits erotisch, andererseits völlig selbstverständlich an.

„Wenn es mich beträfe..." Slade rieb mit seinem Daumen sanft über ihre Fingerknöchel – glücklicherweise ohne zu merken, dass er Sinne in ihr wachrief, die weit über die ursprünglichen fünf hinausgingen, „... dann würde ich Kendra einmal ganz direkt fragen, was sie mit diesem großen Haus eigentlich vorhat. Sie kullert wahrscheinlich darin herum wie eine einsame Schrotkugel am Boden eines Metalleimers."

Joslyn musste über den merkwürdigen Vergleich lächeln. Sie dachte daran, wie sehr ihre und Kendras Kindheit miteinander verbunden gewesen waren. Kendra war in dem heruntergekommenen Wohnwagen ihrer Großmutter direkt neben einer Bahnstrecke aufgewachsen und hatte immer das Gefühl gehabt, im

Weg zu stehen und lästig zu sein. Sie war, soweit Joslyn wusste, zwar nicht körperlich misshandelt, aber sehr wohl emotional vernachlässigt geworden. Man hatte sie – bestenfalls – toleriert. Nicht geliebt.

Jede Art von Zuneigung, die Kendra zuteil geworden war, hatte sie von ein paar netten Lehrern, von Opal und Joslyns Mutter Dana sowie von Joslyn selbst bekommen. Außer ihnen hatte Kendra kaum Freunde gehabt.

Kendra war sogar schon als kleines Mädchen schön gewesen. Schön und ein wenig verloren wie eine Märchenprinzessin, die sich verlaufen hat und versucht, in ein weit entferntes Zauberland zurückzufinden, das einmal ihr Zuhause gewesen war. Kendra hatte dieses große Rossiter-Haus haben wollen, weil sie dort gern gesehen und geliebt worden war.

„Ich glaube, Kendra wollte das Haus mit fröhlichem Kinderlachen füllen", hörte Joslyn sich sagen, „und mit Jeffrey glücklich bis an ihr Ende darin leben."

Sie bereute ihre Worte sofort. Kendra betrachtete solche Dinge sicher als sehr persönlich.

„Aber dann hat die Ehe nicht funktioniert." Slade strich immer noch über Joslyns Fingerknöchel. „Dieses Problem kenne ich."

Joslyns Herz klopfte. „War es schwer?", erkundigte sie sich. „Sich scheiden zu lassen, meine ich." Was für eine dumme Frage, schalt sie sich. War eine Scheidung jemals leicht?

Slade sah sich kurz um, als befürchte er, Shea könnte irgendwo hinter ihnen stehen und zuhören. Dann seufzte er. „Ja, es war schwer."

„Was ist passiert?", wollte Joslyn leise wissen. Sie musste diese Frage einfach stellen.

Erneut seufzte er und starrte in die einbrechende Dämmerung. Sein Blick schweifte über den Garten und das Gästehaus. Immer noch lag Joslyns Hand in seiner.

„Nichts Schwerwiegendes", antwortete er, nachdem Joslyn Zeit gehabt hatte, sich zu wünschen, sie hätte lieber den Mund gehalten.

Er drehte sich zu ihr und schaute ihr in die Augen. „Eine Scheidung ist etwas Merkwürdiges“, sagte er leise. „Zumindest in meinem Fall war weniger die Trennung von Layne schwierig, sondern eher der Umstand, Shea zu verlieren. Und das Wissen, dass ich nie die Kinder im Arm halten würde, die Layne und ich gehabt hätten, wenn wir zusammengeblieben wären.“

Unwillkürlich lehnte Joslyn ihren Kopf an seine Schulter. Es fühlte sich völlig richtig und natürlich an. „Das Leben verläuft anscheinend nie so wie geplant, nicht wahr?“ Sie dachte an all die Dinge, die sie aufgeschoben hatte, damit sie sich in die kräfteraubende Aufgabe stürzen konnte, die Fehler eines anderen wiedergutzumachen.

Die plötzliche Erkenntnis, dass sie dabei ihr eigenes Leben völlig hintangestellt und sich im Grunde selbst aufgegeben hatte, erschreckte sie und machte sie traurig.

Die ganze Zeit hatte sie geglaubt, das Richtige zu tun. Sie glaubte *immer* noch, dass die betrogenen Leute es verdienten, ihr Geld zurückzubekommen. Doch was hatte sie deswegen alles geopfert? Was hatte sie versäumt?

„Was war denn dein Plan, Joslyn?“, erkundigte sich Slade.

Die Frage war Joslyn zwar etwas unangenehm, aber sie riss sie immerhin aus ihren trüben, wirren Gedanken.

Sie seufzte. „Ich hatte lange Zeit keinen.“ Sie hob den Kopf, setzte sich gerade hin und zog den Saum des Kleids über ihre Knie. „Es ging nur darum, irgendwie zurechtzukommen. Irgendwie zu überleben, denke ich.“

„Klingt schlimm.“

„So furchtbar war es nun auch wieder nicht“, entgegnete Joslyn. „Nur nicht erfüllend.“

Einfach nur leer. Einsam. Ein Gefühl, auf der Stelle zu treten, während wer weiß wie viele Chancen auf Glück an ihr vorüberzogen.

„Definiere *erfüllend*.“ In Slades Augen blitzte der Schalk.

„Eine Karriere, auf die man stolz sein kann … Ein Zuhause und eine Familie …“ Joslyn errötete. Sie hatte Angst, schon zu viel gesagt zu haben. Es wäre zweifellos nicht das erste Mal.

„Wie ist es bei dir? Worin findest du deine Erfüllung, Slade?"

Er überlegte lange. „Ich habe immer angenommen, ich würde gern bis ins Rentenalter Sheriff sein", antwortete er schließlich. „Jetzt bin ich mir dessen nicht mehr so sicher. Es klingt vielleicht verrückt, allerdings würde ich mir meinen Lebensunterhalt lieber durch ehrliche körperliche Arbeit verdienen. Sozusagen im Schweiße meines Angesichts. Vieh treiben, Löcher für Zaunpfähle graben, Nägel einschlagen. Ich schätze, ich bin wirklich ein hoffnungslos altmodischer Wildwest-Romantiker – genau wie einer meiner Deputys es neulich ausgedrückt hat."

„Du wärst also gern Rancher", stellte Joslyn nachdenklich fest.

„Ja, das trifft es ziemlich genau."

Sie lächelte. „Aber du kannst dich immer noch nicht entscheiden, ob du die Ranch, auf der ihr jetzt lebt, kaufen sollst."

Seine Züge verhärteten sich. Einen Moment lang dachte Joslyn, er würde gleich aufstehen und gehen und sie allein hier sitzen lassen. Doch wieder einmal überraschte er sie.

„Wie du wahrscheinlich weißt, war John Carmody mein leiblicher Vater. Und er hat mir, wie ich kürzlich erfahren habe, die Hälfte der Whisper-Creek-Ranch und ein beträchtliches Vermögen vererbt. Das Geld ist mir egal. Ich habe mich immer noch nicht entschieden, ob ich es annehme oder es irgendeinem wohltätigen Zweck spende. Aber die Ranch? Sie ist, glaube ich, ein Symbol für all das, was ich nie hatte."

Joslyn sah ihn einfach an und wartete. Sie war erstaunt, dass er ihr etwas dermaßen Persönliches anvertraute. Er wusste vermutlich nicht, dass Hutch ihr die Situation bereits knapp geschildert hatte.

„Hutch versucht seit der Testamentseröffnung, mich mit Geld abzufinden", fuhr Slade fort. „Wir haben jetzt beschlossen, die Sache mit einem Pferderennen auszutragen. Wenn er gewinnt, verkaufe ich ihm meinen Teil der Ranch. Dann hat er Whisper Creek ganz für sich allein."

„Und wenn du gewinnst?"

„Dann bekomme ich das Haupthaus, er wohnt irgendwo

anders auf der Ranch, und wir bewirtschaften Whisper Creek gemeinsam."

„Und das ist auch der Grund, warum du am Samstag zu dieser Viehauktion fährst", überlegte Joslyn laut. Ihr war ziemlich unbehaglich zumute. Was, falls Slade – oder Hutch – sich verletzten oder bei diesem Wettrennen starben?

„Zum Teil, ja. Ich bezweifle zwar, dass es Vollblüter zu ersteigern gibt, aber man weiß ja nie. Hauptsächlich fahre ich deshalb hin, weil ich Shea ein Pferd versprochen habe. Es wird ihr guttun, Verantwortung zu übernehmen."

Joslyn fiel ein, was Shea vorhin gesagt hatte. Nämlich, dass sie und ihr Dad ihre Pferde auf Whisper Creek unterbringen müssten, weil sie ihren eigenen baufälligen Stall nicht benutzen konnten. Angesichts der angespannten Beziehung, die Slade und Hutch seit jeher hatten, wäre das ständige Aufeinandertreffen der beiden auf der Ranch möglicherweise gefährlicher als das Rennen selbst.

Sie versuchte, ihre Hand wegzuziehen. „Das ist Wahnsinn."

Slade runzelte die Stirn. „Shea ein Pferd zu kaufen?"

„Nein", sagte Joslyn in bestimmtem Ton, straffte die Schultern und reckte das Kinn energisch empor. „Ich rede von dem Rennen. Die Idee ist verrückt, Slade."

„Sag das doch Hutch." Slade ließ ihre Finger los. „Das Ganze ist auf seinem Mist gewachsen."

Joslyn war empört. „Ich hätte erwartet, dass du mehr gesunden Menschenverstand hast als er."

„Danke", erwiderte Slade. „Ich fasse das als Kompliment auf."

„Ich meine, von euch beiden warst doch du immer der Vernünftigere ..."

„Vielleicht ist genau das das Problem." Slade stand auf und streckte ihr eine Hand hin, um ihr aufzuhelfen. „Vielleicht war ich immer *zu* vernünftig."

Im nächsten Augenblick überraschte er sie schon wieder. Er presste sie an sich und küsste sie. Anfangs zärtlich und sanft, dann leidenschaftlich und wild.

In all ihrer Ratlosigkeit und Hilflosigkeit wegen des Rennens schaffte Joslyn es nicht, sich aus seiner Umarmung zu befreien, sondern schmiegte sich fester an ihn. Wenn er sie jetzt auf die Arme gehoben, kurzerhand durch den Garten hinüber ins Gästehaus getragen und mit ihr geschlafen hätte, hätte sie sich ihm hingegeben. Joslyn ärgerte sich über ihre Willenlosigkeit.

Noch ärgerlicher war die Tatsache, dass er hier alles unter Kontrolle hatte.

In diesem Moment ließ er sie los und ging an ihr vorbei über die dunkle Veranda in die Küche.

„Shea!“, rief er. „Zeit, nach Hause zu fahren.“

Joslyn blieb, wo sie war. Sie hörte, wie Shea protestierte, weil sie noch bleiben wollte, und dass Slade sich bei Opal höflich für das Abendessen bedankte. Dann rannte sie rasch ins Gästehaus, damit sie sich von Slade und Shea nicht verabschieden musste.

Sie wartete in dem dunklen Häuschen, bis das knirschende Geräusch der Reifen von Slades Pick-up auf dem Kies verklungen war.

Als sie ins Herrenhaus zurückkam, saß Opal am Tisch und trank gerade eine Tasse Himbeertee. Lucy-Maude lag zusammengerollt auf ihrem Schoß und schnurrte. Opal streichelte die Katze mit ihrer freien Hand.

„Warum bist du denn davongelaufen?“, fragte Opal entrüstet. „Du hast unseren Gästen nicht einmal auf Wiedersehen gesagt.“

Joslyn hatte keine Entschuldigung für ihr Verschwinden, und sie versuchte auch nicht, es zu erklären.

Stattdessen schüttelte sie seufzend den Kopf, holte sich ebenfalls eine Tasse Himbeertee und setzte sich zu Opal an den Tisch.

Opal ersparte ihr – Gott sei Dank – weitere Vorwürfe.

Slade blieb noch lange auf, nachdem Shea mit ihrem Handy in ihrem Zimmer verschwunden war. Er schraubte das Bett auseinander, das er kürzlich gekauft hatte, und schleppte alle Teile – inklusive Matratze und Lattenrost – die Treppe hinunter in das Zimmer, das Opals Reich werden sollte.

Dort baute er das Bett wieder zusammen.

Als das erledigt war, holte er die aufblasbare Matratze, auf der er in seiner Wohnung geschlafen hatte, aus einem Umzugskarton und trug sie in sein Zimmer. Dann schaltete er die elektrische Luftpumpe an.

Zischend begann sich die Matratze zu füllen. Jasper, der auf der Schwelle saß, verfolgte den Vorgang argwöhnisch.

Als das Luftbett, das Slade schon in seiner Wohnung mehr als sattgehabt hatte, endlich aufgepumpt war, warf er ein Laken, Decken und sein Kopfkissen darauf.

Dann fuhr er sich mit einer Hand durchs Haar und seufzte. Wenn er nicht ständig an Joslyn denken wollte, musste er sich irgendwie beschäftigen. Doch da er momentan schlecht ein Zimmer ans Ranchhaus anbauen oder einen neuen Stall zusammenzimmern konnte, fehlte es ihm an Beschäftigung. Zumindest derzeit. Er sah Jasper an.

„Noch eine Runde durch den Garten“, sagte er zu seinem Hund, „dann gehen wir schlafen.“

Jasper schien ihn zu verstehen; er lief fröhlich die Hintertreppe hinunter in die Küche und weiter zur Tür. Dort blieb er stehen, drückte seine Schnauze in den Türspalt und wartete, bis Slade bei ihm war.

Während Jasper draußen im Gras herumschnüffelte, legte Slade den Kopf in den Nacken und betrachtete den Mond und die Sterne. Letztere schienen etwas heller und viel näher zur Erde zu sein als vorhin, als er und Joslyn sie sich gemeinsam angesehen hatten.

Die Nacht war still. Nur das Zirpen der Grillen und das leise Murmeln des Flusses hinter dem Hügel waren zu hören. In der Ferne konnte man die Lichter von Boone Taylors Haus und dahinter schemenhaft die Umrisse von Taras Hühnerfarm erkennen.

Slade fragte sich, wie Boone wohl mit seiner neuen Nachbarin zurechtkommen mochte. Boone, von Natur aus ein Einzelgänger, hatte eine Weile selbst überlegt, die Farm zu kaufen, damit niemand neben ihm einziehen konnte.

Jetzt war es dafür zu spät. Offensichtlich.

Slade lächelte traurig. Es wäre gut, wenn Boone und Tara sich gut verstünden. Boone hatte seit dem Tod seiner Frau vor ein paar Jahren ausschließlich gearbeitet. Es wurde Zeit, dass er wieder ein bisschen unter Leute kam und neue Kontakte knüpfte.

Das sagt gerade der Richtige, dachte Slade. Seit seiner Scheidung von Layne hatte er selbst auch nicht gerade viele „neue Kontakte" geknüpft. Er hatte zwar ein paar Frauen kennengelernt – immer in anderen Städten beziehungsweise sogar anderen Countys –, doch dabei war es hauptsächlich um Sex gegangen. An die Namen der Frauen konnte er sich nicht einmal mehr erinnern.

Und jetzt war da Joslyn. Er hatte noch nie eine Frau so sehr begehrt wie sie. Nicht einmal Layne.

Die Intensität seiner Gefühle erschreckte ihn ein wenig. Er war zwar kein schüchterner Mensch, aber vorsichtig. Im Gegensatz zu allen anderen Frauen nach Layne war Joslyn jemand, der ihm wirklich etwas bedeuten könnte. Sie war klug – ihre Intelligenz faszinierte ihn fast genauso sehr wie ihre tolle Figur –, und wenn sie ihn anlächelte, war es ein Gefühl, als würde man durch eine wunderschöne Königin in den Ritterstand erhoben.

Doch Liebe war es nicht. Er wüsste es, wenn es Liebe wäre.

Er pfiff nach Jasper. Der Hund kam mit heraushängender Zunge auf ihn zugelaufen, und sie gingen wieder ins Haus. Ins Bett wollte Slade aber immer noch nicht.

Also nahm er den neuen Computer aus dem Karton und stellte ihn mangels eines besseren Platzes auf den Küchentisch. Dann packte er den Router und den Drucker aus. Obwohl sich die Bedienungsanleitung so las, als hätte ein Legastheniker vom Mars sie geschrieben, schaffte Slade es nach mehreren Tassen starken Kaffees und unter zischend ausgestoßenen Flüchen, das Gerät zum Laufen zu bringen.

Es war schon nach Mitternacht, da kam Shea in ihrem Nachthemd die Treppe runter und gesellte sich zu ihm in die Küche.

„Dad? Weißt du, wie spät es ist?" Sie beugte sich gähnend zu Jasper hinunter, der aufgestanden war, um sie zu begrüßen. „Was tust du denn mitten in der Nacht in der Küche?"

„Wonach sieht es denn aus?", fragte er schmunzelnd. Ihr vorwurfsvoll-mütterlicher Ton amüsierte ihn.

„Musst du morgen nicht arbeiten?"

Grinsend schob Slade seinen Stuhl zurück, erhob sich und trug seine Kaffeetasse zur Spüle. „Doch. Aber ich wollte schauen, ob ein altmodischer Mensch wie ich es nicht vielleicht doch schafft, diesen Computer startklar zu machen und eine Internetverbindung herzustellen."

Shea stand mit verschränkten Armen ein paar Meter entfernt und sah ihn an. „Warum gibst du es nicht einfach zu? Du kannst nicht aufhören, an Joslyn Kirk zu denken. Das ist der *wahre* Grund, warum du noch nicht schläfst."

Er seufzte. „Geh wieder ins Bett, Shea. Du hast morgen einen langen Arbeitstag im ‚Curly-Burly' vor dir. Dafür musst du fit sein."

Sie verzog das Gesicht, aber in ihrem Blick lag, wie immer, ein Lächeln. „Wie fit muss man schon sein, um Haare vom Boden zu fegen?"

„Ziemlich fit", antwortete Slade. „Meine Mutter arbeitet hart und erwartet das auch von dir."

„Eigentlich hatte ich gerade überlegt, ob ich mir morgen nicht freinehmen soll", sagte Shea ein wenig zögerlich. Sie schien ziemlich unsicher zu sein, wie Slade auf ihre Ankündigung reagieren würde. „Dann könnte ich hierbleiben und Opal helfen, ihre Sachen auszupacken, weißt du. Ich könnte ..."

„Einen Moment." Slade unterbrach seine Stieftochter mit erhobenem Zeigefinger. „Du hast doch erst heute Morgen zu arbeiten *begonnen*. Und jetzt willst du dir morgen freinehmen?"

„Die Umstände erfordern es", erklärte Shea. „*Du* fährst morgen ja den ganzen Tag Streife und ignorierst Leute mit elektronischen Helmen auf dem Kopf. Wer soll Opal willkommen heißen?"

„Opal", sagte Slade trocken, „kommt gut alleine klar. Ich habe ihr gesagt, dass ich die Haustür in der Früh offen lasse, und es ist ziemlich offensichtlich, was hier zu tun ist." Er breitete die Arme aus und ließ seinen Blick über das Chaos in der Küche schweifen.

Es war merkwürdig. In seiner kleinen Wohnung hatte ihm das Allernötigste ausgereicht, und jetzt war er plötzlich von allem möglichen Zeug regelrecht *umzingelt*.

„Sie hat nicht mal ein Auto." Shea ließ nicht locker. Slade konnte sich gut vorstellen, dass sie irgendwann Jura studieren würde; ihr gingen nie die Argumente aus, egal, wie lächerlich das Thema auch sein mochte. „Wie soll sie denn überhaupt zu uns kommen?"

„Opal hat mir beim Abendessen gesagt, dass ihre Freundin Martie sie herbringt", antwortete Slade übertrieben geduldig. „Und ich habe schon einen guten Gebrauchtwagen für sie im Auge. Boone hat angeboten, mir den Kleinwagen seiner verstorbenen Frau zu verkaufen. Gehst du jetzt bitte endlich wieder ins Bett?"

Shea zog sich einen Stuhl an den Tisch und setzte sich. „Selbstverständlich, Dad. Wenn du schlafen gehst, tue ich das auch." Kurzes Schweigen. „Hast du gerade ‚verstorben' gesagt? Du kaufst Opal das Auto einer Toten?"

„Soviel ich weiß, spukt es darin nicht." Slade wurde traurig, als er an Boones hübsche Frau Corinne dachte. Die beiden waren schon in der Highschool ein Paar gewesen. Callie hatte sie immer als „siamesische Zwillinge" bezeichnet, sie waren unzertrennlich gewesen – außer während Boones Zeit bei den Marines.

Corinne war vor ein paar Jahren an Brustkrebs gestorben – im Alter von 32 Jahren. Seither war Boone nicht mehr der Alte. Und wer könnte es ihm verdenken?

„Dickköpfig." Slade richtete seine Aufmerksamkeit wieder auf seine Tochter. „Du bist *dickköpfig*."

„Stimmt. Man könnte fast meinen, ich wäre eine Barlow."

Seufzend strich sich Slade durchs Haar.

Darum ging es ihr also. Die Adoption, die nie zustande gekommen war, ließ ihr einfach keine Ruhe.

„Shea", sagte er leise, „ich kann an der Vergangenheit nichts ändern. Ich kann die Zeit nicht zurückdrehen und dich adoptieren – sosehr ich es mir auch wünschen würde."

Sie schwieg lange. „Was ist mit jetzt?", fragte sie schließlich sehr sanft. „Warum kannst du mich nicht *jetzt* adoptieren?"

„Das ist wahrscheinlich gar nicht möglich, weil deine Mutter und ich geschieden sind. Was es da an rechtlichen Schwierigkeiten gibt, ist haarsträubend. Außerdem glaube ich ohnehin nicht, dass deine Mom damit einverstanden wäre."

„Woher willst du das wissen? Du hast sie ja nicht gefragt."

„Liebes, dein echter Dad wird zwar nie Vater des Jahres werden, dennoch gibt es ihn irgendwo da draußen. Und selbst wenn deine Mom einer Adoption zustimmte, hätte dieser Mann ebenfalls ein Mitspracherecht bei allem, was dich betrifft."

„Welches Recht denn? Er war ein Samenspender."

„Deine Mutter war mit ihm *verheiratet*, Shea."

„Nein, war sie nicht."

„Doch, natürlich."

Störrisch schüttelte Shea den Kopf. „Ich habe ein paar Dokumente gesehen. Irgendwelche Papiere, damit Mom Onkel Bentley nach der Hochzeit gelegentlich auf Reisen begleiten kann. In diesen Dokumenten stand, dass Mom einen Ehemann hatte. *Einen*. Und dieser Ehemann warst du, Dad."

Slade runzelte die Stirn. Kurz nachdem er und Layne sich kennengelernt hatten, hatte sie ihm von Sheas Vater erzählt. Sie hatte gesagt, dass sie ihn auf dem College getroffen und ihn heimlich geheiratet hätte. Dann hätten sie gemerkt, dass die Hochzeit ein Fehler gewesen war, und sich wieder getrennt. Das alles war im Laufe weniger Monate passiert. Dieser Idiot hatte gewusst, dass Layne schwanger war, aber erklärt, er fühle sich noch nicht reif genug, um für eine Familie die Verantwortung zu übernehmen.

Slade hatte Laynes Vergangenheit seinerzeit nicht interessiert. Wichtig waren nur die Gegenwart und die gemeinsame Zukunft gewesen. Verantwortung? Sehr gerne – immer her damit!

Nur hatte es dann leider keine gemeinsame Zukunft gegeben.

„Die beiden waren nur kurz verheiratet, Shea", meinte er schließlich. „Vielleicht hat diese Ehe für deine Mutter nicht gezählt, weil sie für sie nicht wirklich wichtig gewesen ist."

„Na toll. Das heißt also, ich zähle auch nicht? Bin *ich* auch nicht wichtig?"

„Das habe ich nicht gesagt", widersprach Slade. Ihm war klar, dass dieses Gespräch kein kurzes – und auch kein leichtes – werden würde. Er setzte sich an den Tisch, nahm Sheas Hand und drückte sie kurz. „Natürlich bist du wichtig."

„Dann adoptier mich."

„Shea ..."

„Frag Mom doch wenigstens, Dad."

Slade nahm sich einen Moment Zeit, um seine Gedanken zu ordnen. „Warum ist das so wichtig für dich, Shea? Du bist kein kleines Mädchen mehr. In ein paar Jahren gehst du aufs College."

„Es ist deshalb wichtig ...", ihre Augen füllten sich mit Tränen, „... weil ich *Bentleys* Stieftochter sein werde, wenn Mom und er heiraten. Du bist dann abgeschrieben und nur noch eine Randfigur. Und Bentley will mich unbedingt im Herbst auf ein Internat schicken."

Eine Randfigur. Die Wahrheit tut weh, dachte Slade düster. Er hatte Shea seit der Scheidung selten gesehen, was hauptsächlich an der großen Entfernung zwischen Montana und Südkalifornien lag. Doch er wünschte, er hätte sich mehr bemüht, Shea öfter zu treffen.

„Eine Adoption ist mit Sicherheit keine Option", sagte er. „Aber weißt du, was? Ich werde deiner Mutter vorschlagen, dass du für das nächste Schuljahr hier in Parable bleibst. Wie wäre das?"

Shea seufzte schwer. „Besser als nichts, schätze ich." Sie dachte nach. „Aber was wäre, falls du und Mom wieder zusammenkommt? Dann könntest du mich adoptieren, oder?"

„Das wird nicht geschehen, Shea", sagte Slade sanft. Er fragte sich, wie lange das Mädchen schon hoffte, er und Layne würden wieder ein Paar werden. „Der Deal ist folgender: Wenn deine Mutter einverstanden ist, kannst du nächstes Jahr hier zur Schule gehen und musst nichts ins Internat. Du kannst es dir überlegen."

Shea dachte über das Angebot nach. „Glaubst du, Mom erlaubt es? Dass ich bei dir bleibe?“
„Sie lässt dich ja auch den Sommer hier verbringen.“
Sheas Miene heiterte sich auf. „Besser als nichts.“
„Oh, besten Dank.“
„Und du fragst Mom?“
„Ich frage sie. Morgen.“
Shea sprang auf, umarmte Slade und drückte ihn kurz. Dann trat sie einen Schritt zurück. „Du wirst es nicht bereuen, Dad.“
Slade lachte. Es hörte sich rau an, eher so, als würde er husten. „Ab ins Bett, Shea.“
Sie gab ihm einen Kuss auf die Stirn. „Danke, Dad.“
Und damit war die Unterhaltung beendet.
Shea ging ohne weitere Einwände wieder hinauf in ihr Zimmer.
Jasper folgte ihr. Am Fuß der Treppe blieb er stehen und schaute Slade mit seinen großen Hundeaugen an.
„Los, geh schon“, sagte Slade.
Jasper trottete hinter Shea die Treppe hinauf.
Slade blieb noch eine Weile allein in der Küche sitzen und dachte über die ganze Sache nach.
Als er nach fast einer Stunde noch immer zu keinen neuen Ergebnissen gekommen war, stand er auf, sperrte die Hintertür zu und schaltete das Licht aus. Dann stieg er die Treppe hinauf, wo seine Luftmatratze auf ihn wartete.
Nachdem er sich die Zähne geputzt, sich aus- und eine gemütliche alte Jogginghose angezogen hatte, legte er sich hin, verschränkte die Hände hinter dem Kopf und starrte die dunkle Zimmerdecke an.
Es würde lange dauern, bis der Morgen anbrach.

Als Joslyn am nächsten Tag morgens auf der Suche nach Kaffee aus dem Personaltrakt kam, hantierte Opal bereits vollständig angekleidet und frisiert in der Küche am Herd.
„Arme Ritter“, verkündete Opal und deutete mit dem Kopf auf die Pfanne.

Es duftete bereits köstlich. Opals Arme Ritter – meistens mit Eiscreme- oder Quark- und Blaubeerfüllung – waren etwas ganz Besonderes.

Joslyn hatte plötzlich Hunger. Sie nahm sich eine Kaffeetasse von einem der Haken, die Kendra neben der Kaffeemaschine angebracht hatte, und schenkte sich einen Muntermacher ein. „Du sollst doch nicht kochen", grummelte sie. Ihr war bewusst, dass Opal heute in Slades Haus ziehen und sie und Lucy-Maude allein in diesem großen Haus zurücklassen würde. Joslyn freute sich zwar über den Entschluss ihrer Freundin, in Parable zu bleiben, doch sie fühlte sich auch ein wenig überrumpelt, dass Opals Besuch bei ihr dadurch so rasch beendet wurde. „Du bist hier Gast, schon vergessen?"

„Trink deinen Kaffee", befahl Opal fröhlich. „Vielleicht hebt das Koffein deine Stimmung."

Joslyn lachte. „Entschuldige. Ich bin anscheinend wirklich ein bisschen brummig."

„Ein bisschen?", neckte Opal sie.

Joslyn setzte sich an den Tisch, den Schauplatz des spannungsgeladenen gestrigen Abendessens, bei dem Slade direkt neben ihr gesessen hatte. Das Knistern lag immer noch wie ein lautloses Schwirren in der Luft und ließ sie scheinbar am ganzen Körper vibrieren.

„Du bist doch gerade erst gekommen", sagte sie, während Opal sich weiter der Frühstückszubereitung widmete. „Und jetzt gehst du schon wieder weg."

„Ich bin ja nicht aus der Welt, Liebes." Opal schob eine Portion Arme Ritter auf einen Teller, griff sich Messer, Gabel und Löffel und brachte Joslyn alles an den Platz. Der Sirup stand zwar auf dem Tisch, doch Opal würde ihr perfektes kulinarisches Meisterwerk vermutlich nicht damit verunstalten. „Ich ziehe nur an den Stadtrand. Wir beide können uns sehen, sooft wir wollen."

Joslyn trank gerade einen Schluck Kaffee, da stolzierte Lucy-Maude in die Küche und strich ihrem Frauchen um die Beine. Der senkrecht in die Höhe gestreckte Schwanz der Katze zuckte träge vor und zurück. Joslyn beugte sich hinunter und streichelte sie.

„Ich weiß“, erwiderte sie. „Es ist nur, dass …“

Opal schenkte sich Kaffee ein und setzte sich zu Joslyn. „Dass ich Slade Barlows Haushälterin bin“, ergänzte sie. „Was wiederum bedeutet, dass du ihn triffst, wenn du mich besuchst. Ist es das, was du sagen willst?“

Joslyn stellte ihre Tasse ab, nahm ihre Gabel, betrachtete ihr Frühstück und legte die Gabel wieder weg. „Ich freue mich, dass du in Parable bleibst, Opal“, sagte sie bedächtig. „Was Slade betrifft … Nun ja, es ist ja nicht so, als würde ich ihm aus dem Weg gehen. Schließlich fahren wir am Samstag gemeinsam zu dieser Viehauktion.“

Opal lachte leise und schüttelte den Kopf. Sie sah jünger aus als an dem Tag, als sie an der Tankstelle aus dem Bus gestiegen war. Ihre Augen blitzten keck und wissend. Joslyn hatte schon vergessen, dass man Opal mit ihrem guten Gespür für Menschen nichts vormachen konnte. „Während des Essens gestern Abend“, sagte Opal, „hast du auf mich den Eindruck gemacht, dass du jeden Moment die Fassung verlieren könntest. Slade ging es genauso, allerdings hat er es sich nicht so anmerken lassen.“

Joslyn seufzte. „In seiner Gegenwart bin ich immer so nervös.“

Opal griff nach Joslyns Gabel und schob sie ihr in die Hand. „Iss. Und zwischendurch erzählst du mir, was dir an diesem Mann solche Angst macht.“

Joslyn kostete einen Bissen. Dann noch einen und noch einen. Natürlich schmeckte es fantastisch.

Und es schien keinen Sinn zu haben, vom Thema Slade abzulenken, da Opal immer wieder darauf zurückkommen würde.

Dennoch war die Wahrheit – nämlich, dass sie Slade begehrte – einfach zu unfassbar, um sie jemandem zu erzählen. Sogar wenn dieser Jemand Opal war. Also antwortete Joslyn ausweichend.

„Er ist geschieden und hat eine Stieftochter. Die Situation ist kompliziert.“

Opal seufzte. „Bei vielen Leuten scheitert die erste Ehe. Beim zweiten Mal klappt es dann“, erklärte sie. „Shea hat mir gestern, während ich ihr dieses große alte Haus gezeigt habe, erzählt, dass sie die meiste Zeit bei ihrer Mutter lebt. Außerdem halte ich sie nicht für jemanden, der Schwierigkeiten macht. Und wegen der Komplikationen ... Tja, Liebes, das ganze *Leben* ist kompliziert.“

Joslyn erinnerte sich, wie es war, als jemandes Stieftochter aufzuwachsen. Sie erinnerte sich, wie anders, wie fremd sie sich im Vergleich zu den Kindern gefühlt hatte, die bei ihren leiblichen Eltern gelebt hatten. Ja, sie hatte Elliott gerngehabt und ihn auch als ihren Dad betrachtet. Dennoch hatte sie es ihm übel genommen, wie viel Zeit und Aufmerksamkeit ihrer Mutter er für sich in Anspruch genommen hatte. Elliott und Dana waren während ihrer Ehe viel gereist und auch ziemlich fixiert aufeinander gewesen, wenn sie zusammen zu Hause waren.

Joslyn wusste, dass sie sich mehr Kinder gewünscht hatten. Als Dana nicht schwanger wurde, war die Enttäuschung der beiden nicht zu übersehen gewesen.

Als kleines Mädchen, überlegte Joslyn, habe ich damals wohl daraus geschlussfolgert, dass meine Mom und mein Stiefvater deshalb weitere Kinder haben wollten, weil ich ihnen nicht genügt habe. Wäre Opal nicht gewesen, dachte sie, hätte ich mich so verloren gefühlt wie Kendra.

Diese Einsicht, die sie gerade scheinbar aus dem Nichts gewonnen hatte, überraschte Joslyn.

„Shea braucht derzeit Slades uneingeschränkte Zuwendung“, antwortete sie schließlich – mit einiger Verspätung – auf Opals Bemerkung, das Leben wäre nun mal kompliziert. „Die beiden haben sich lange nicht mehr gesehen, und jetzt, wo sie wieder zusammen sind, müssen sie herausfinden, wie es in Zukunft weitergehen soll. Ich wäre nur ein weiteres Problem, mit dem sich die beiden herumschlagen müssten.“

Opal riss die Augen auf und blickte Joslyn fassungslos an. „Ein *Problem*? Du glaubst, du hättest diesem Mann beziehungsweise seiner Tochter nicht *mehr* zu bieten?“

„Ich habe keinen Platz in dieser Beziehung, Opal.“ Joslyn war überzeugt, dass das stimmte. Sie war immer das übrig gebliebene Puzzleteilchen gewesen, das nicht ins Bild gepasst hatte. „Eins und eins ergibt nicht drei – egal, wie man es dreht und wendet.“

Opal sah sie einfach nur kopfschüttelnd an. „Ich verstehe dich nicht“, stieß sie schließlich hervor. „Jossie, ich verstehe dich überhaupt nicht. Zumindest nicht im Moment.“

Joslyn hatte keine Antwort darauf. Sie verstand sich selbst ja auch nicht.

16. KAPITEL

Es wurde kurz etwas hektisch, als Opal mit ihrem Köfferchen von ihrer Freundin Martie Wren abgeholt und zu Slades Ranch gefahren wurde, doch dann verlief für Joslyn wieder alles in gewohnten Bahnen.

Während der nächsten paar Tage versuchte sie, sich mit Arbeit zu beschäftigen. Trotz ihres begrenzten Wissens vom Immobiliengeschäft hielt sie Kendras Firma am Laufen, beantwortete E-Mails und Telefonate und druckte sich die Lektionen ihres Online-Kurses aus. Sie hatte ihre angeborene Leidenschaft, Neues zu lernen und zu entdecken, fast schon vergessen.

An dem Samstagmorgen, an dem die Viehauktion stattfand, war sie schon seit Stunden fertig, bis sie endlich die Reifen von Slades Pick-up in der schneeweißen Kieseinfahrt knirschen hörte. Doch sie ließ sich Zeit, auf sein munteres Klopfen an der Verandatür zu reagieren.

Kein Grund, allzu erwartungsvoll zu wirken.

Und außerdem nahm Slade sie auf eine Viehauktion und nicht auf den Ball der Rinderzüchter mit.

Die Entscheidung, was sie anziehen sollte, hatte ihr kein Kopfzerbrechen bereitet: Jeans, Turnschuhe und ein langärmeliges grünes T-Shirt, das ihre Arme vor einem Sonnenbrand schützen würde. Ein wenig Lipgloss und Wimperntusche. Sie hatte sich einen Pferdeschwanz gemacht, damit die Haare ihr später nicht im Nacken klebten, wenn sie schwitzte. Außerdem hatte sie sich aus Kendras Schrank eine Baseballkappe genommen, um zu verhindern, dass sich die Haut auf ihrer Nase schälte. Der Pferdeschwanz passte perfekt durch das Loch hinten in der Kappe. In diesem Outfit würde niemand auf die Idee kommen, sie würde Slade Barlow mit ihren weiblichen Reizen betören wollen.

Sie ging zur Verandatür.

Da war er. Groß, dunkel und sehr, sehr gut aussehend stand er mit seinem Hut in der Hand und schief gelegtem Kopf auf den Verandastufen. Er trug ein hellblaues Westernhemd, dessen oberste Knöpfe nicht geschlossen waren, Jeans, die locker auf seinen Hüften saßen, und glänzende Stiefel.

Er musterte sie bewundernd mit seinen gefährlich blauen Augen. „Bereit?", fragte er. Seine Stimme klang rau.

Joslyn nickte bloß. Ob sie wirklich bereit war, wusste sie nicht genau.

Shea winkte ihr vom Wagen aus zu. Sie saß mit Jasper auf der Rückbank, und ihr Lächeln war sogar von Weitem einfach umwerfend. Auch Jasper schien bis über beide Ohren zu grinsen.

„Ich bleibe ein ganzes Jahr in Parable", berichtete Shea vergnügt, als Slade die Beifahrertür für Joslyn aufhielt, damit sie einsteigen konnte. „Dad hat Mom heute Morgen angerufen und sie gefragt, ob ich hier zur Schule gehen kann. Und sie war einverstanden!"

Sheas Freude war geradezu überschäumend und richtig ansteckend. Joslyn drehte sich lächelnd zu ihr um, während sie sich anschnallte.

„Das ist ja großartig", sagte sie.

Aber war es das wirklich?

Nachdem Slade um den Wagen herumgegangen und ebenfalls eingestiegen war, schüttelte er lächelnd den Kopf. „Warten wir erst einmal ab, ob du noch immer so begeistert bist, wenn die Schule angefangen hat und du merkst, dass Parable eindeutig nicht L.A. ist."

„Willst du etwa, dass ich meine Meinung ändere?" Shea hörte sich ein wenig gekränkt an.

Slade lachte leise und etwas gepresst. Es beruhigte Joslyn einigermaßen, dass er ebenso nervös war wie sie. Allerdings war sie sich nicht ganz sicher, ob er es aus demselben Grund war. „Nein", antwortete er. „Ich freue mich darüber."

Während Slade im Rückwärtsgang die Einfahrt hinausfuhr, plapperte Shea fröhlich weiter. „Joslyn, ich habe Opal gefragt, ob sie mitkommen möchte. Aber sie hat vor, den ganzen Tag Kuchen zu backen und dann mit Martie Wren im Gemeindezentrum Bingo zu spielen. Übrigens lässt Opal all ihre Sachen aus Great Falls hierherschicken. Nächste Woche kommt ein Umzugswagen und ..."

„Shea", unterbrach Slade sie liebevoll.

„Was?"

„Vergiss nicht, Luft zu holen." Er lachte kurz.

Shea tat so, als wäre sie beleidigt, lehnte sich abrupt zurück und verschränkte die Arme.

Slade sah Joslyn vielsagend an und zwinkerte ihr zu.

Joslyn dachte unterdessen über die Folgen von Sheas großen Neuigkeiten nach. Es war ja nicht so, dass sie und Slade eine *Beziehung* hatten – aber selbst wenn es so wäre, würde sie das alles überhaupt nichts angehen. Sie hatte kein Recht, dagegen zu protestieren, und eigentlich auch keinen Grund dazu, und trotzdem ...

„Ich hoffe echt, ich finde das perfekte Pferd", meldete sich Shea etwas gereizt wieder zu Wort, sowie sie die Stadt hinter sich gelassen hatten und auf dem Highway unterwegs in Richtung Missoula waren. Auf der ungefähr einstündigen Fahrt würden sie an atemberaubend schönen Landschaften vorbeikommen.

„Ich habe das Gefühl, dass du nicht allzu schwer zufriedenzustellen sein wirst", meinte Slade. „Jedenfalls nicht, wenn es um Pferde geht."

In diesem Moment ertönte ein schriller, fast ohrenbetäubender Gitarrenriff. Sheas Handy. Sie hob ab. „Tiffany?", rief sie aufgeregt. „Hi! Klar können wir jetzt quatschen ..."

Slade seufzte. Er krempelte seine Ärmel hoch, bevor er in den nächsten Gang schaltete. Dabei sah man, wie die Muskeln seines rechten Unterarms sich anspannten. Seine Finger waren lang und geschmeidig ...

Großartig. Joslyn musste über sich selbst schmunzeln. Da saß sie gerade erst zehn Minuten im Pick-up dieses Mannes und bewunderte schon diverse Körperteile.

„Na, wenn Opal Kuchen backt und zum Bingo geht", sagte sie, weil das Schweigen zwischen ihr und Slade langsam ziemlich peinlich wurde, „dann muss sie sich bei euch ja schon richtig zu Hause fühlen."

Slade warf ihr von der Seite einen Blick zu. Joslyn hatte den Eindruck, dass in seinen Augen kurz so etwas wie Besorgnis aufflackerte. „Das ist alles sehr schnell passiert", sagte er. „Dass Opal bei uns eingezogen ist, meine ich. Du hast sie, wenn ich das richtig verstehe, gerade erst wiedergefunden, und jetzt ist sie schon wieder weg."

Joslyn war überrascht, wie sehr Slades Bemerkung sie berührte. Es schnürte ihr regelrecht die Kehle zu. Sie war lange Zeit auf sich allein gestellt gewesen, und sie *schätzte* ihre Unabhängigkeit. Sie würde diese Unabhängigkeit auch erbittert verteidigen, falls sie in irgendeiner Art bedroht wäre. Doch sie hatte auch so viel gearbeitet, dass in ihrem Leben sonst praktisch nichts mehr Platz gehabt hatte. Jetzt wurde dieses eingeschränkte Dasein, mit dem sie sich arrangiert hatte, plötzlich aufgebrochen.

Sie hatte schreckliche Angst.

Es war dennoch tröstlich zu wissen, dass Slade die Gefühle nicht egal waren, die Opals unerwarteten Umzug auf seine Ranch in ihr auslösten.

„Opal war als Rentnerin nicht glücklich", sagte sie, nachdem sie geschluckt hatte. „Sie braucht es, gebraucht zu werden."

Tun wir das nicht alle?

Nehmen wir zum Beispiel mich.

Wann hat mich zuletzt jemand gebraucht? *Außer Lucy-Maude oder Jasper.*

„Tja", antwortete Slade, „das passt dann ja gut. Shea und ich brauchen sie nämlich wirklich." Er machte eine Pause und schmunzelte über die nicht enden wollende Unterhaltung, die Shea auf dem Rücksitz über ihr Handy führte. In diesem Alter war alles so wahnsinnig *wichtig* – als ginge es um Leben oder Tod. „Opal ist unglaublich. Sie ist erst ein paar Tage bei uns, und schon läuft alles wie am Schnürchen. Ich habe so viele Hemden, wie sich ein Mann nur wünschen kann – gewaschen, gestärkt und gebügelt –, und die Fliesen über der Spüle glänzen so sauber, dass man sich drin spiegeln kann."

Joslyn lachte. „Typisch Opal. Ich nehme an, ihr werdet auch kulinarisch ziemlich gut versorgt."

„Zu gut. Wenn sie so weitermacht, habe ich im Nu einen Bauch. Fehlt nur noch eine verspiegelte Sonnenbrille und einer von diesen runden Hüten, und ich sehe genauso aus wie Jackie Gleason als Sheriff in ‚Ein ausgekochtes Schlitzohr'."

Joslyn kicherte. Sie konnte sich Slade mit grauen Schläfen und tiefen Falten in seinem markanten Gesicht, besonders um die Augen, gut vorstellen. Dass sein muskulöser Körper irgendwann einmal schlaff werden könnte, war jedoch fast unvorstellbar.

Sie schwiegen einträchtig, während Shea hinter ihnen ein Telefongespräch nach dem anderen abwickelte.

Das Mädchen musste schon einem Dutzend verschiedenen Leuten erzählt haben, dass es erstens in Parable bei seinem Dad war – *Ja, echt!* –, sich zweitens gleich sein eigenes Pferd aussuchen durfte und drittens einen richtigen *Job* hatte.

Die Viehauktion fand, wie sich herausstellte, auf einem großen Gelände am Stadtrand von Missoula statt. Überall waren Trucks und Pferdeanhänger zu sehen, und es wimmelte geradezu von Menschen – von Männern und ebenso vielen Frauen. Außerdem liefen jede Menge Kinder und Hunde umher.

Jasper rannte sofort zu seinen vierbeinigen Kollegen, was Slade nicht im Geringsten zu stören schien. Bald tauchten ein paar übermütige Teenager in Jeans, Stiefeln und T-Shirts – Souvenirs von allen nur erdenklichen Konzerten – auf und nahmen Shea so selbstverständlich in ihrer Clique auf, als hätte sie schon immer zu ihnen gehört.

In der Stadt, dachte Joslyn bedauernd, war das ganz anders. Dort ließen die Leute ihre Kinder – auch die größeren – nie aus den Augen und hatten ihre Hunde stets an der Leine. Sie warf Slade einen erstaunten Blick zu. Er reagierte mit seinem typischen schiefen Lächeln, bei dem ihr Herz immer ein paar Takte schneller schlug.

Und dann erriet er ihre Gedanken.

„Ihnen passiert schon nichts." Er deutete mit dem Kopf auf Shea und seinen Hund. „Es gibt hier niemanden, den ich nicht schon seit meiner Kindheit kenne, Joslyn."

Sie war beruhigt und nickte. Dann hielten sie plötzlich Händchen. Joslyn wusste nicht, wer als Erster die Initiative ergriffen hatte. Die Berührung durchfuhr sie wie ein Blitz. In einem Comic hätte jetzt ihr ganzes Skelett geleuchtet.

Sie trafen Shea in einem der zahlreichen Ställe, wo sich ungefähr fünfzig Pferde befanden, die alle zum Verkauf standen.

Shea, die immer noch von ihren neuen Freunden umringt war, ging sofort wie magisch angezogen zu einer kleinen kastanienbraunen Fuchsstute mit cremefarbenen Strähnen in Mähne und Schweif.

„Dieses hier!", rief sie Slade zu. Sie strahlte übers ganze Gesicht. „Dad, *das ist es*!"

Slade zog lässig an der Krempe seines Hutes, was in der „Cowboysprache" so viel wie „Verstehe" bedeutete. Dann weckte ein kräftiger Fuchswallach mit breiter Brust und unglaublich langen Beinen seine Aufmerksamkeit.

Anschließend sah sich Slade – wie auch alle anderen außer Shea, die nicht mehr von der Box der Stute wich – jedes einzelne Pferd in den Boxen und auch draußen auf der Koppel an.

Doch es war der große Fuchswallach, zu dem er wieder zurückkehrte.

Er betrat die Box und fuhr dem Pferd mit den Händen über die kräftigen Beine, den Hals und die Flanken.

Joslyn, die ehemalige Rodeo-Queen mit dem erkauften Titel, war fasziniert von den Tieren und gleichzeitig überwältigt von deren Größe und Kraft. Eine Woche auf einem geliehenen Pferd den Vorsitz über das „Parable County Rodeo" innezuhaben und ein einziger Ausritt mit Hutch änderten nichts an der Tatsache, dass sie ein absolutes Greenhorn war.

Aber da war diese Palomino-Stute mit dem goldglänzenden Fell rechts hinten in der letzten Box. Im Gegensatz zu den anderen Pferden, die wegen des Trubels um sie herum unruhig waren und nervös schnaubten, schien dieses Tier schon fast so gelassen wie ein Zen-Meister.

Joslyn ging zur Boxentür und streichelte der Stute scheu über die langen, schönen Nüstern. Als sie danach einen Schritt zurücktrat, stieß sie – wenn auch nicht sehr hart – mit Slade zusammen, der offenbar direkt hinter ihr gestanden hatte.

„Überlegst du, ob du dir auch ein Pferd zulegen sollst?“ Er sah sie wieder mit diesem Lächeln an, bei dem es ihr immer den Atem verschlug.

Lachend schüttelte sie den Kopf. „Wo sollte ich ein Pferd unterbringen?“

„Wie wär's bei Hutch?“, antwortete er spontan. Dann betrat er die Box und schaute sich die Stute genauer an. „Ein robustes Tier. Und auch ziemlich ruhig.“

Joslyn schwieg. Nie im Leben würde sie sich ein Pferd kaufen. Sie war hier, um ein bisschen zu gucken, mehr nicht.

In diesem Moment wurde über die Lautsprecher der Beginn der Versteigerung angekündigt. Alle Interessierten, sagte der Auktionator freundlich, sollten sich doch bitte einen Platz auf der überdachten Tribüne drüben suchen – und zwar flott. Die Sitzplätze würden bald alle besetzt sein.

Shea konnte sich nur schwer von ihrer kleinen kastanienbraunen Stute trennen. Doch dann folgte sie Slade und Joslyn hinaus in die heiße Sonne, in den Staub und in den Trubel der vielen alten Freunde und langjährigen Nachbarn, die sich gerade unter großem Hallo begrüßten. Treffen wie dieses hier, nahm Joslyn an, waren für viele dieser Menschen eine Art gesellschaftliches Großereignis.

Slade stellte sich vor einem langen Tisch im Schatten für die Versteigerung an. Als er eine Nummer – befestigt an einem flachen Holzstab – bekommen hatte, setzte er sich zu Shea und Joslyn, die bereits auf der Tribüne in der dritten Reihe Platz genommen hatten. Zu Joslyns Erleichterung hatte Jasper inzwischen zu ihnen gefunden und saß nun – an eines von Sheas Beinen gelehnt – in der glühenden Hitze bei ihnen. Er hechelte fröhlich vor sich hin und schien zu beobachten, was um ihn herum vorging.

Die Auktion kam zügig in Gang. Joslyn gefiel, wie gekonnt und schnell der Auktionator die Gebote entgegennahm. Sie mochte den Jahrmarktscharakter der ganzen Sache. Alle Leute um sie herum aßen Hotdogs, schütteten Unmengen von Limo vom Getränkestand in sich hinein und begutachteten jedes Pferd, das in die Arena geführt wurde, ganz genau. Man hatte den Eindruck, als müssten sie mit dem jeweiligen Tier durch enge Bergschluchten und reißende Flüsse reiten.

Manche von ihnen taten es wahrscheinlich auch.

Joslyn spürte, wie ihr die Sonne durch ihr T-Shirt die Schultern verbrannte, doch es war ihr egal. Hier zu sitzen, mit Slade an der einen Seite und Shea und Jasper an der andern, war einfach perfekt.

Für einen Außenstehenden sahen sie wahrscheinlich wie alle anderen Familien aus der Gegend aus, die sich einen schönen Tag machten.

Nach ungefähr einer halben Stunde wurde Sheas Fuchsstute hereingeführt und Slade erhielt den Zuschlag für das Tier. Shea stieß einen Freudenschrei aus und sprang auf. „Ich nenne sie Chessie!“, rief sie und lief mit Jasper sofort wieder zum Stall, um Chessie zu begrüßen, wenn sie zurück in ihre Box gebracht wurde.

Slade lächelte, sagte allerdings nichts dazu.

Nach weiteren fünfzig Minuten begann die Versteigerung des großen Wallachs.

Chessie zu bekommen, war relativ einfach gewesen. Es hatte nur einen anderen Mitbieter gegeben, und der war ausgestiegen, sowie der Preis in den vierstelligen Bereich geklettert war. Für den Wallach interessierten sich jedoch mehr Leute, die sich gegenseitig immer weiter überboten. Irgendwann blieb außer Slade nur mehr ein potenzieller Käufer übrig. Joslyn kniff die Augen zusammen und suchte mit ihren Blicken die Menge nach dem Störenfried ab.

Eigentlich hätte es sie nicht überraschen dürfen, als sie ihn entdeckte. Sie stutzte trotzdem. Der Mann, der ein paar Reihen vor ihnen saß, war niemand anderer als Hutch Carmody.

Auch Slade hatte ihn gesehen. Er bot verbissen weiter und weiter.

Jedes Mal, wenn er an der Reihe war, hob Hutch entweder seinen Holzstab mit der Nummer oder nickte dem Auktionator einfach nur zu.

Angespannt rutschte Joslyn auf der Kante ihres Sitzes hin und her und nagte an ihrer Unterlippe, bis Hutch schließlich aufhörte zu bieten – und zwar, wie Slade später zugab, beim ungefähr dreifachen Preis des tatsächlichen Werts des Pferds. Der Ausdruck in Slades Augen war mehr als grimmig, und auch Hutch schaute todernst drein.

Es war offensichtlich, dass es hier nicht nur um das Pferd ging.

Da das Tier nun Slade gehörte, rechnete Joslyn damit, dass er den Scheck ausstellen und dann die Auktion verlassen würde. Er hatte, wie sie wusste, den Transport der Pferde nach Whisper Creek bereits organisiert, was bedeutete, dass sie sich darum nicht mehr kümmern mussten.

Zahlen und ab nach Hause, das war der Plan.

Doch Slade blieb auf der Tribüne sitzen.

Ein Pferd nach dem anderen wurde zur Versteigerung hereingeführt – Hutch kaufte mehrere von ihnen –, und dann brachte einer der Männer, die bei der Auktion mithalfen, die Palomino-Stute in die Arena.

Sundance. Wie aus dem Nichts kam Joslyn dieser Name, der perfekt zu dem Tier mit seinem goldglänzenden Fell passte, in den Sinn. Sie hatte plötzlich Herzklopfen.

Sei nicht albern, ermahnte sie sich. Was um alles in der Welt würdest du mit einem Pferd tun?

Aber überraschenderweise und ohne, dass sie es sich erklären konnte, stiegen ihr heiße Tränen in die Augen, und sie spürte eine uralte Sehnsucht in ihrem Herzen.

Als die Versteigerung begann, beugte Slade sich ein wenig vor und beobachtete aufmerksam, wie zahlreiche Leute auf der Tribüne ihre Nummern in die Höhe hielten.

Im allerletzten Moment, als Sundance schon fast um eine stolze Summe an den Höchstbieter gegangen wäre, verdoppelte er das Gebot.

Der Auktionator lachte leise in sein Mikrofon. „Sieht so aus, als wollte der Sheriff dieses Pferd unbedingt", sagte er. „Vielleicht plant er eine Kavallerie für Parable."

Gutmütiges Gelächter auf der Tribüne.

Slade wartete. Hutch hatte für die Stute kein einziges Gebot abgegeben, doch die Spannung zwischen den beiden Männern war fast greifbar.

„Bietet jemand mehr?“, fragte der Auktionator schließlich.

Keine Reaktion.

„Verkauft!“, rief der Mann ins Mikrofon und deutete auf Slade.

Slade hielt seine Nummer nochmals in die Höhe, damit der Auktionsbuchhalter sie notieren konnte.

Während der gesamten Versteigerung hatte Slade nur die Stute und die Bieter auf der Tribüne beobachtet. Jetzt sah er Joslyn an.

„Jede Rodeo-Queen sollte ein Pferd besitzen“, sagte er einfach.

Joslyns Herz machte einen Freudensprung. Aber sofort holte die Realität sie wieder ein. „Slade, ich kann es mir nicht leisten. Ich habe keinen Platz …“

„Sie kann vorerst auf Whisper Creek bei meinem Wallach und Sheas Stute bleiben“, erwiderte er mit sanfter Bestimmtheit.

Fassungslos starrte Joslyn ihn an. Sie war sprachlos.

Slade nahm ihre Hand, und sie verließen gemeinsam die Tribüne. Auf dem Weg hinaus zu den Ställen winkten ihm die Leute zu und gratulierten.

Neben dem Hauptgebäude des Geländes stand bereits ein großer Transporter mit dem Whisper-Creek-Logo, und die Pferde, die Hutch ersteigert hatte, wurden gerade eingeladen.

Slade ignorierte den Transporter und deutete mit dem Kopf auf den Stall. „Würde es dir etwas ausmachen, Shea und Jasper zu holen, während ich das Finanzielle erledige?“, fragte er Joslyn. „Außerdem möchte ich mich noch vergewissern, ob alles mit dem Transport der Pferde nach Whisper Creek klappt.“

Joslyn nickte, drehte sich um und wollte gerade zum Stall gehen, da kam Hutch auf sie und Slade zu und zeigte auf seinen eleganten Transporter. „Ich fahre auch in diese Richtung“, sagte er. In seiner Stimme schwang ein Hauch von Sarkasmus mit. Da die Krempe seines Hutes jedoch einen Schatten auf sein Gesicht warf, konnte Joslyn seinen Blick nicht recht deuten. „Das heißt, nach Whisper Creek. Ich könnte eure Pferde einfach mitnehmen."

Die Spannung zwischen Slade und Hutch war so intensiv, dass Joslyn fürchtete, die beiden würden jeden Moment aufeinander losgehen.

Doch dann seufzte Slade. „Dafür wäre ich dir wirklich dankbar, Hutch."

Joslyn wusste, dass sie in den Stall zu Shea und Jasper gehen sollte, wo die beiden bestimmt gerade Chessie bewunderten. Aber aus irgendeinem Grund schaffte sie es nicht, Slade mit Hutch allein zu lassen.

Hutch sah sie an. „Ich schätze, diese hübsche kleine Palomino-Stute ist für dich, oder?" Er grinste schief.

Joslyn stutzte. Irgendetwas an Hutchs Ton ärgerte sie.

„Sundance gehört Slade", antwortete sie.

Hutch verlagerte sein Gewicht von einem Bein auf das andere und rückte seinen Hut zurecht. „Sundance", wiederholte er. „Schöner Name." Sein Blick wanderte von Joslyn zu Slade. „Ich hätte nie gedacht, dass du so poetisch veranlagt bist."

Slades Wangenmuskeln spannten sich an. „Ich bin immer für eine Überraschung gut", stieß er beinahe knurrend hervor.

Hutch lachte leise und schüttelte den Kopf. „Nein, Bruder, das bist du nicht. Du bist so berechenbar wie der morgige Sonnenaufgang."

Die Spannung zwischen den beiden war nun beinahe unerträglich.

Slade straffte die Schultern und schob grimmig das Kinn vor. „Ich glaube, es ist gut", entgegnete er langsam, „dass es mich einen feuchten Dreck interessiert, was du von mir denkst."

Jeden Moment würde die Situation eskalieren.

Aber Hutch lächelte nur. Dann blickte er wieder Joslyn an. In diesem Moment hatte sie den Eindruck, als wäre er ein Fremder und nicht einer der wenigen alten Freunde, die nach Elliotts langem und dramatischem gesellschaftlichen Absturz zu ihr gestanden hatten. „Falls du wieder mal Lust auf Reitstunden hast", sagte er, „weißt du ja, wo du mich findest."

In der Arena war die Auktion immer noch im Gang. Die Stimme des Auktionators war so rhythmisch wie Musik.

Hutch nickte zum Abschied, tippte an die Krempe seines Hutes, drehte sich um und kehrte zurück zur Versteigerung.

Slade hielt ihn mit einem einzigen Wort auf. „Hutch."

Nach ein paar Schritten blieb Hutch stehen und sah sich betont langsam über die Schulter um. „Ja?"

„Schönen Dank auch, dass du den Preis für den Wallach hochgejagt hast", sagte Slade ganz ruhig.

„Gern geschehen." Hutch grinste. „Du glaubst doch nicht wirklich, dass du das Rennen mit ihm gewinnst, oder?"

„Ich habe jedenfalls vor, es zu versuchen. Verlass dich drauf."

Hutch lachte, schüttelte kurz den Kopf und ging.

Slades Kinnpartie wirkte hart wie Granit, als er Hutch im Schatten der Tribüne verschwinden sah.

Joslyn, die aus dem Augenwinkel gesehen hatte, dass Shea und Jasper auf sie zuliefen, blieb, wo sie war, und ließ Slade nicht aus den Augen.

Endlich schaute er sie an.

„Wir treffen uns beim Wagen", erklärte er so schroff, dass sie es beinahe als eine rüde Abfuhr empfand. Im nächsten Moment war er schon auf dem Weg ins Büro, um die Pferde zu bezahlen.

Shea kam strahlend auf Joslyn zu. Jasper trabte fröhlich hinter ihr her. „Ich habe mit meinem Handy *Tausende* Fotos von Chessie gemacht", verkündete sie, „und sie allen Leuten geschickt, die ich kenne. Sogar Mom und Bentley."

Joslyn lächelte. Sie war froh, dass die Lage sich wieder normalisiert hatte und Hutch und Slade sich nicht mehr benahmen wie zwei Revolverhelden kurz vor dem großen Duell auf staubiger Straße. „Mir gefällt der Name, den du ihr gegeben hast", sagte sie. „Sie sieht mit ihrem kastanienroten Fell wirklich schön aus."

„Danke. Aber es ist nicht wegen der Farbe. Chessie ist eine Abkürzung für ‚Cheshire'. Du weißt schon, wie die Grinsekatze in ‚Alice im Wunderland'." Sie schwieg kurz und sah sich um. „Wo ist Dad? Er hat mir versprochen, dass wir auf dem Heimweg etwas essen. Außerdem erwartet Grands mich um zwei Uhr im Salon zurück."

„Dein Dad ist im Büro. Er hat vorgeschlagen, dass wir beim Pick-up auf ihn warten sollen."

Shea nickte und marschierte mit Jasper zum Parkplatz. Joslyn musste sich anstrengen, um mit den beiden Schritt zu halten. Shea war zwar nicht sehr groß, doch sie hatte lange Beine und ging schnell.

„Natürlich würde ich viel lieber einen Ausflug machen, als im ‚Curly-Burly' Haare zusammenzufegen und Termine in den Kalender einzutragen", fuhr das Mädchen fort. Sie hielt Jasper die Autotür auf, damit er vor ihr auf den Rücksitz springen konnte. „Aber Job ist nun mal Job, und für Dad ist Verlässlichkeit *wahnsinnig* wichtig."

„Tja", erwiderte Joslyn trocken, während sie sich auf den Beifahrersitz setzte, „Verlässlichkeit ist ja tatsächlich eine ziemlich wichtige Eigenschaft."

Der Teenager, dessen Gesicht Joslyn im Rückspiegel sehen konnte, besaß den Anstand, nicht genervt die Augen zu verdrehen. „Aber Verlässlichkeit ist nicht *alles*", sagte sie leichthin. „Außer natürlich für meinen Dad."

Joslyn fiel wieder Hutchs gemeiner Seitenhieb auf Slades Berechenbarkeit ein. Abgesehen von Kendra war Hutch während der gesamten Highschoolzeit ihr engster Freund gewesen. Er hatte auch dann noch zu ihr gehalten, als die anderen Kinder in ihrer Clique wegen Elliotts Machenschaften nicht mehr mit ihr geredet hatten.

Trotzdem hatte sie – zumindest heute – große Lust, Hutch Carmody eigenhändig zu erwürgen. Er hatte Slade nicht nur unnötig provoziert, sondern auch noch diese Bemerkung wegen der ‚Reitstunden' fallen lassen. Dabei hatte er die Worte ‚wieder mal' extra betont, um seinen Halbbruder wissen zu lassen, dass ... Tja, was?

„Joslyn?" Shea riss sie unsanft aus ihren Gedanken.

Joslyn drehte sich um und blickte das Mädchen erwartungsvoll an.

„Du und mein Dad ... Schlaft ihr miteinander?"

Nachdem Slade einen – üppigen – Scheck für die Pferde ausgestellt hatte, ging er zurück zum Pick-up. Seine Wut über die Auseinandersetzung mit Hutch, die beinahe eskaliert war, war wieder verraucht. Trotz des ausgiebigen Frühstücks – Rührei, Toast, Bratkartoffeln und Schinken –, das Opal zubereitet hatte, machte sich nun langsam sein Magen bemerkbar.

Er stieg in den Pick-up und steckte den Schlüssel in das Zündschloss. Dann fiel ihm auf, dass sowohl Shea als auch Joslyn ungewöhnlich still waren.

„Alles in Ordnung?" Er sah erst Shea an, die neben dem dösenden Jasper irgendein Spiel auf ihrem Handy spielte, dann Joslyn.

Sie war ziemlich rot im Gesicht und starrte geradeaus durch die Windschutzscheibe.

Slade seufzte. „Hört mal", meinte er resigniert, „wir fahren nirgendwohin, ehe mir nicht jemand erzählt hat, warum die Atmosphäre in diesem Auto so eisig wie in einem Kühlhaus ist."

„Kann sein, dass ich etwas *zu* Persönliches gefragt habe", flötete Shea, ohne von ihrem Handy aufzuschauen.

Slade sah wieder Joslyn an. „Was denn?

„Ach, egal", erwiderte Joslyn kühl. „Können wir jetzt endlich los?"

„Nein", sagte er. „Können wir nicht."

„Ich habe Joslyn nur gefragt, ob ihr miteinander schlaft", meldete sich Shea zu Wort. „Und jetzt ist sie plötzlich eingeschnappt."

Slade schloss einen Moment lang die Augen und verkniff sich – mühsam – ein Grinsen. „Diese Frage war total daneben", sagte er zu seiner Tochter. Er meinte es auch so, obwohl er immer noch am liebsten laut losgelacht hätte.

Joslyn war, wie ihm jetzt klar wurde, nicht sauer. Sie war *verlegen.*

Was für eine merkwürdige – und gleichzeitig reizvolle – Mischung aus Unschuld und Erfahrenheit diese Frau doch war.

„Tut mir leid." Sheas Entschuldigung klang alles andere als aufrichtig. Das Spiel, das sie auf ihrem Handy spielte, wurde von einer nervtötenden Musik begleitet, die aus Pieptönen und monotonen „Juhu!"-Schreien bestand.

Joslyn schwieg. Allerdings saß sie nun nicht mehr ganz so steif da, und auch ihre Wangen glühten nicht mehr so wie vorhin.

Slade atmete tief durch. „Ich spreche später mit ihr", sagte er leise zu Joslyn.

Sie entspannte sich ein wenig und seufzte. Schließlich blickte sie ihn an. „Wahrscheinlich habe ich überreagiert."

„Meinst du?", wollte Shea zwischen ein paar ihrer fröhlichen Pieptöne wissen.

„Schalt das Ding ab", befahl Slade.

Das Piepsen verstummte. „Dad?", fragte Shea leise. Sie klang fast schüchtern.

„Was?" Er ließ den Motor an.

„Danke, dass du mir das Pferd gekauft hast", sagte sie. Dann legte sie ihre Hand vorsichtig auf Joslyns Schulter. „Entschuldige bitte, Joslyn." Diesmal hörte es sich aufrichtig an. „Es geht mich nichts an, was du und Dad macht."

Joslyn lächelte. Dann musste sie laut lachen. „Danke."

„Entschuldigung angenommen?", erkundigte sich Shea.

„Entschuldigung angenommen."

Danach wurde die Stimmung um einiges besser. Sie aßen in einem Restaurant am Highway zu Mittag, und Shea jammerte die ganze Zeit, dass sie viel lieber Chessie reiten als den Rest des Tages im „Curly-Burly" Haare fegen würde.

Slade, der vorhin gerade Jasper einen Hamburger ins Auto gebracht hatte, schmunzelte. „Wie willst du denn dein Pferd füttern", fragte er, nachdem er sich wieder an den Tisch gesetzt hatte, „wenn du kein Geld verdienst? Du wirst auch den Tierarzt bezahlen müssen, und außerdem brauchst du einen Sattel, Zaumzeug und jede Menge anderes Zubehör."

Shea machte große Augen. „Du hast nie gesagt, dass ich für irgendetwas zahlen muss."

Slade lachte leise und prostete ihr mit seiner fast leeren Kaffeetasse zu. „Manche Dinge", erklärte er ihr, „braucht man nicht extra zu erwähnen."

Sheas Blick wanderte zu Joslyn, die ihr gegenüber neben Slade saß. Man konnte ihr förmlich von der Stirn ablesen, was sie gerade dachte.

Und was muss Joslyn für das Pferd bezahlen, das du ihr gekauft hast?

17. KAPITEL

Als sie wieder in Parable waren, setzte Slade als Erstes Shea und Jasper, der dem Mädchen offenbar überhaupt nicht mehr von der Seite weichen wollte, im „Curly-Burly" ab. Er versprach, die beiden wieder abzuholen, wenn Shea Feierabend hatte.

Die Zeit bis dahin erschien ihm endlos lang.

Er hatte, was selten vorkam, den ganzen Tag und auch Sonntag frei und war nicht in der Stimmung, gleich auf die Ranch zurückzukehren, wo Opal entweder gerade Kuchen backte oder sich fürs Bingo fertig machte. Natürlich hätte er nach Whisper Creek fahren und beim Ausladen der neuen Pferde helfen können, da drei davon schließlich ihm gehörten. Doch die Stimmung zwischen ihm und Hutch war wie zundertrockenes Gras, bei dem ein einziger Funke reichte, um einen Flächenbrand zu verursachen.

Der gesunde Menschenverstand sagte ihm, dass er und Hutch einander in Ruhe lassen sollten, zumindest heute. Besser, er verschob den Besuch auf Whisper Creek auf morgen. Da musste er ohnedies hin und seine Pferde füttern.

Mit etwas Glück würde er Hutch nicht über den Weg laufen. Schließlich war sein Halbbruder ein viel beschäftigter Mann, der eine der größten Ranches in Montana bewirtschaftete.

Slade sah Joslyn an, die verkrampft neben ihm auf dem Beifahrersitz saß. Jetzt war sie wieder rot im Gesicht und starrte geradeaus auf die Tafel vor Callies Salon, als fände sie das Angebot von drei Gratis-Haarschnitten für US-Soldaten auf Heimaturlaub ungeheuer faszinierend.

„Ich erwarte gar nichts", fühlte Slade sich verpflichtet zu sagen, obwohl er sich idiotisch vorkam, etwas zu erwähnen, das selbstverständlich sein sollte. „Als Gegenleistung für das Pferd, meine ich."

„Ich weiß", erwiderte sie leise und drehte ihren Kopf zu ihm, damit sie ihn anschauen konnte.

Eine Weile saßen sie einfach nur da, während die Luft zwischen ihnen zu vibrieren schien. Slade seufzte, startete seinen Pick-up und fuhr im Rückwärtsgang Callies Einfahrt hinaus und dann Richtung Highway.

Auf dem Weg zu Kendras Haus sprach keiner von ihnen ein Wort. Obwohl es nicht weit war, empfand Slade die Fahrt als unheimlich lang. Länger als von Missoula zurück nach Parable.

Er stieg aus, um Joslyn zur Tür zu begleiten, weil man das schließlich so machte, auch am helllichten Tag: eine Frau nach Hause bringen.

Als sie seine Hand nahm, spürte er das bereits vertraute Knistern, das ihn jedes Mal fast aus seinen Stiefeln haute.

Er schluckte. „Joslyn ...“

Sie legte ihm einen Zeigefinger auf den Mund.

Selbst diese leichte Berührung durchfuhr ihn wie ein Blitz. Es war so, als würde man im strömenden Regen in einer Pfütze herumspringen und gleichzeitig mit beiden Händen einen elektrischen Zaun umklammern.

Ohne seine Hand loszulassen, ging sie zum Gästehaus.

Drinnen war es dunkel und kühl. Sie standen sich in der Küche direkt gegenüber. Sehr nah.

„Hier geht es nicht um das Pferd“, eröffnete sie und wurde sofort wieder rot, als er rau lachte.

Verdammt, sie war noch schöner, wenn sie errötete. In ihren braunen Augen, die dabei noch dunkler wurden, funkelten hellgoldene Pünktchen. Dieses Strahlen schien aus ihr selbst zu kommen. Er musste sie jetzt einfach küssen. Also tat er es. Er fühlte, wie sie sich an ihn schmiegte und ihre Brustwarzen, die sich durch sein Hemd an seinen Oberkörper drückten, sich aufrichteten.

Zuerst küsste er Joslyn nur federleicht und zurückhaltend. Doch als ihre Zungen ins Spiel kamen, wurde er leidenschaftlicher und fordernder.

„Das ist ... keine ... gute Idee“, stieß er keuchend hervor, nachdem sie den Kuss unterbrochen hatten.

Joslyn legte die Hände auf seinen muskulösen Brustkorb. „Es ist absolut falsch“, stimmte sie benommen zu.

Dann stellte sie sich auf die Zehenspitzen, schlang ihre Arme um seinen Nacken und presste die Lippen auf seinen Mund.

Das gesamte Universum schien aus den Fugen zu geraten.

„Ich sollte wirklich gehen ...", sagte er, als sie beide Luft holten.

„Das solltest du wirklich", antwortete Joslyn. Doch sie hatte erneut seine Hand umschlossen und zog ihn durch eine Tür.

Natürlich landeten sie im Schlafzimmer.

Slade dachte, dass er entweder der dümmste oder der glücklichste Mensch auf der Welt war.

Oder beides.

„Bist du dir sicher?" Er sah zu, wie sie ihre Baseballkappe abnahm und anschließend ihren Pferdeschwanz löste. Das dichte braune Haar fiel ihr offen über die Schultern.

„Nein." Sie schüttelte den Kopf. „Du?"

Slade mochte ihre Ehrlichkeit. Er mochte sie sogar unter den gegebenen Umständen. „Ich bin mir sicher, dass ich mit dir schlafen will. Alles andere ..."

Sie streifte sich ihr T-Shirt über den Kopf und stand jetzt in Jeans, ihren Turnschuhen und einem rosa Spitzen-BH vor ihm. „Zumindest sind wir uns in einem Punkt einig. Wir wollen beide miteinander schlafen."

Normalerweise war Slade beim Umgang mit Frauen – nackt oder nicht nackt – nicht um Worte verlegen. Sex war immerhin ein vollkommen natürlicher Vorgang wie Schlafen, Essen und Atmen. Aber das hier war nicht irgendeine Frau. In seinem Kopf drehte sich alles, er hatte eine Erektion, hart wie Stahl, und wenn er das hier vermasselte, wäre etwas unglaublich Kostbares zerstört.

Er fühlte sich, als würde er an einem Abgrund entlanglaufen. Jeden Moment würde er das Gleichgewicht verlieren.

„Joslyn ...", stammelte er. „Ich habe keine ... Ich habe nicht geglaubt, dass ..."

Sie öffnete den Verschluss ihres BHs, ging zum Nachttisch, holte eine Schachtel heraus und stellte sie auf das Tischchen.

„Kondome", meinte er erstaunt. „Bist du immer so zielstrebig?"

Joslyn ließ den BH herunterrutschen. Sie hatte die perfektesten Brüste, die Slade jemals gesehen hatte. Nicht zu groß und nicht zu klein.

„Eigentlich“, antwortete sie, „bin ich *nie* so zielstrebig. Und übrigens, jetzt bist du dran, dich auszuziehen.“

Rau lachend zog er sein Hemd aus der Hose, knöpfte es auf und warf es geistesabwesend auf den Boden. Er wollte ihre vollen Brüste mit seinen Händen – noch besser, mit seiner Zunge – berühren.

Und noch viel mehr tun.

Sie trat auf ihn zu, bis sie in dem winzigen Schlafzimmer eng beieinanderstanden, Haut an Haut. Slade zögerte einen Moment. Dann umfasste er sanft ihre Schulterblätter.

Ihre Haut fühlte sich zart, warm und weich an. Ihre Brüste pressten sich an seinen Oberkörper. Unwillkürlich stöhnte Slade auf.

Sie legte ihre Hand an sein Gesicht und schaute ihm in die Augen. „Es musste so kommen, weißt du“, flüsterte sie.

„Es musste so kommen“, murmelte er.

Er küsste sie wieder. Unterdessen hatten sie kurz mit dem Reißverschluss und den Knöpfen der Jeans des jeweils anderen zu kämpfen. Es endete in leisem Gelächter.

Nachdem sie beide nackt waren, versanken sie wieder in einem innigen Kuss. Irgendwann landeten sie, eng umschlungen, unter dem warmen Strahl der winzigen Dusche.

Egal, was danach passiert, dachte Slade, ich werde es niemals bereuen, dass ich mit Joslyn Kirk an diesem heißen Sommernachmittag geschlafen habe.

Er würde es sich nicht *erlauben*, es zu bereuen.

Zärtlich wuschen sie sich gegenseitig und als sie beide von Kopf bis Fuß nass waren, drückte Slade Joslyn sanft gegen die Wand der Duschkabine und küsste sie erneut. Da er wusste, dass es für sie beide umso schöner sein würde, je mehr er sein Begehren zügelte, zog er mit den Lippen eine heiße Spur von ihrem Ohrläppchen zu ihrem Hals und weiter runter bis zu ihren Brüsten.

„Wenn du deine Meinung doch noch ändern möchtest, Joslyn", sagte er heiser, „dann tu es jetzt. In ein paar Minuten wirst du nämlich wie von Sinnen sein."

Joslyn änderte ihre Meinung *nicht*. Dafür hatte sie sich schon zu sehr auf ihn eingelassen. Also gab sie einfach dem nach, was sie wollte; gab dem nach, wonach sie sich seit ihrer Rückkehr nach Parable und ihrem ersten zufälligen Treffen mit Slade Barlow unbändig *sehnte*.

Er strich mit dem Mund über ihre Brüste, ließ seine Zunge um ihre rosigen Spitzen kreisen und glitt mit den Fingern zwischen ihre Oberschenkel.

Sie stöhnte. Das lustvolle Verlangen war nun so schmerzhaft intensiv, dass sie sich ihm völlig hingeben wollte.

Slade kniete sich hin und spreizte sanft ihre Beine. Sowie er sie auf ihre intimste Stelle küsste, schrie sie auf, vergrub ihre Finger in seinem Haar und presste ihn fest an sich.

Er ließ sich Zeit, sie zu verwöhnen. Ließ sich Zeit, sie zu *genießen*. Er brachte sie fast bis an die Schwelle ihres Höhepunkts. Während sie sich schwer atmend von seinen Liebkosungen erholte, küsste und streichelte er nur ihre Oberschenkel. Erst nachdem sie ihn beinahe anflehte weiterzumachen, wanderte er mit den Lippen zurück zu ihrem feuchten Zentrum. Anfangs umspielte er es nur neckend mit seiner Zunge, doch dann tauchte er tief darin ein.

Er hatte vorhin recht gehabt – sie *war* wie von Sinnen. Ihr Körper zuckte ekstatisch, als er sie befriedigte und ihr noch einmal einen Orgasmus schenkte. Ihre Schreie waren verzückt, ihre Worte unzusammenhängend.

Sie war willenlos und schwach, während er die Dusche abdrehte, Joslyn hochhob und zum Bett trug.

Sie waren noch nass – keiner von beiden hatte sich mit Abtrocknen aufhalten wollten –, aber es war ihnen egal. Mittlerweile war nur mehr wichtig, miteinander zu verschmelzen.

Slade legte Joslyn auf die Bettdecke, griff nach der Kondomschachtel und schob sich auf Joslyn. Er achtete darauf, sie nicht sein ganzes Gewicht spüren zu lassen. Als er ihr schließlich tief in die Augen schaute und stumm um Erlaubnis bat, war sein Gesichtsausdruck unglaublich offen, unglaublich ernst.

Sie nickte nur.

Slade drang mit einer einzigen langsamen Bewegung in sie ein. Noch ehe er sich zurückziehen konnte, um sie erneut in Besitz zu nehmen, durchströmten sie bereits erste zarte, süße Schauer.

Sanft küsste er sie auf die Augenlider und flüsterte ihr Zärtlichkeiten ins Ohr, während sich ihr Körper heftig aufbäumte und sie kam. Einmal, dann noch einmal. Die Erlösung war jedes Mal köstlich. Doch Joslyns Lust ebbte nicht ab. Stattdessen führte jeder Höhepunkt zu einem weiteren, einem noch steileren Gipfel, höher und intensiver als der vorherige.

Sie wusste längst nicht mehr, wie oft sie gekommen war, als der große Orgasmus sie durchlief, derjenige, der jenseits allen bisher Erlebten lag. Er erschütterte und riss sie dermaßen mit, dass sie glaubte, wie Treibgut auf den Wellen des Meeres herumzuwirbeln.

Auch Slade konnte sich nicht mehr zurückhalten und stieß einen heiseren Schrei aus. Er drang so tief in Joslyn ein, dass sie vor Lust innerlich zu explodieren schien; sie löste sich in Licht auf. Bunte Funken tanzten vor ihrem inneren Auge wie beim großen Finale eines Feuerwerks.

Heftig atmend glitt Slade von ihr herunter. Er strich über ihre Brüste, ihre Hüften und ihren Bauch, bis sie langsam wieder in der Wirklichkeit ankam und ihre Seele sich Stück für Stück wieder zu einem Ganzen zusammenfügte.

Lange Zeit sagte keiner von ihnen ein Wort. Sie waren matt und erschöpft. Slade, der ein Bein über sie gelegt hatte, hörte nicht auf, sie so lange zu streicheln, bis sie ihn von Neuem begehrte.

Geschickt und so schnell, dass Joslyn die Unterbrechung kaum wahrnahm, rollte er sich ein neues Kondom über. Dann drehte er sich auf den Rücken und zog sie auf sich, sodass sie rittlings auf ihm saß.

Diesmal gab es kein Vorspiel. Slade stieß schnell, kraftvoll und tief in sie. Joslyn keuchte lustvoll auf. Sie liebten sich wild, hemmungslos und standen sich in ihrer Leidenschaft in nichts nach.

Ihre Bewegungen wurden schneller, heftiger. Joslyn hoffte, dass es nie aufhören würde, dieses Geben und Nehmen, diese intensive Lebendigkeit, dieses Gefühl, von dem sie bisher nicht geahnt hatte, dass sie dazu fähig war: ganz Frau zu sein.

Slade umfasste sie an der Hüfte und ließ Joslyn auf seinem Schaft auf- und abgleiten – schnell, dann wieder etwas langsamer, dann wieder schnell.

Joslyn hatte weder mit unzähligen Männern geschlafen, noch war sie unerfahren. Aber nie zuvor war sie so geliebt worden. Und irgendwo in ihrer ekstatischen, rasenden Lust wusste sie, dass es vielleicht auch nie wieder der Fall sein würde.

Sie flüsterte immer und immer wieder Slades Namen, während sie ihren Höhepunkt kommen spürte und schließlich erneut tausend Funken um sie herum zu explodieren schienen.

Slade bäumte sich heftig auf, als er in ihr kam. Sie spürte seine Wärme; spürte das Leben, das er verströmte.

„Verdammt“, hörte sie ihn murmeln.

„Was?“, fragte sie außer Atem, als sie mühsam die Kraft für dieses eine Wort gefunden hatte. Sie hatte sich neben ihn aufs Bett fallen lassen, fast blind vor Verzückung, verschwitzt und köstlich ermattet.

„Ich glaube, das Kondom ist geplatzt.“

Sie schloss die Augen. „Nein.“

Er stand auf, ging ins Bad und war nach ungefähr einer Minute wieder zurück.

„Das Ding ist tatsächlich geplatzt wie ein abgefahrener Reifen.“ Er streckte sich wieder neben ihr auf den zerwühlten Laken aus.

Joslyn musste über den Vergleich lachen. Im nächsten Moment begann sie zu weinen. Nicht, weil sie möglicherweise schwanger war. Sondern deshalb, weil sie wusste, dass sie es *nicht* sein konnte. Wegen der Spirale.

Slade zog sie dicht an seine Brust. „Lassen wir uns davon etwa die Stimmung verderben?“, neckte er sie leise.

Wieder lachte und schluchzte sie gleichzeitig. Verlor sie gerade den Verstand? Sie liebte Slade Barlow nicht und er sie ebenfalls nicht. Ein Kind würde zum Schlimmsten zählen, was ihnen beiden passieren konnte.

Warum hatte sie dann bloß das Gefühl, als würde ihr Herz jeden Moment in der Mitte auseinanderbrechen?

„Ich bin nicht schwanger“, sagte sie und erklärte kurz, wie sie verhütete.

Er strich ihr eine Haarsträhne, die an ihrer tränennassen, vom Schweiß leicht glänzenden Haut klebte, aus dem Gesicht. „Tja, das ist gut, nehme ich mal an“, erwiderte er zögernd.

„Nimmst du mal an?“ Sie runzelte verdutzt die Stirn.

Er küsste ihr das Fältchen auf der Stirn weg. „Ich kann nicht behaupten, ich wäre unglücklich, wenn du schwanger wärst“, antwortete er mit dieser verblüffenden Aufrichtigkeit, die so typisch für ihn war. „Sicher, es würde Umstände machen. Aber Babys *sollen* ja auch Umstände machen, oder?“

Joslyn traute ihren Ohren nicht. Die meisten Männer wären enorm erleichtert über die Information gewesen, dass ein geplatztes Kondom nicht zu einer unvorhergesehenen Schwangerschaft geführt hatte. Slade jedoch schien es fast zu *bedauern*.

Er lag auf der Seite neben ihr, hatte das Kinn in eine Hand gestützt und beobachtete stirnrunzelnd die wechselnden Gefühle, die über ihr Gesicht huschten.

„Was geht da drin vor sich?“ Er tippte ihr mit einem Zeigefinger zärtlich auf die Stirn.

„Ich habe nur gerade gedacht … nun ja … wie anders als die meisten Männer du bist, die ich kenne.“

Er wackelte mit den Augenbrauen und grinste spitzbübisch. „Kennst du denn viele Männer?“

Joslyn errötete. Dann kniff sie die Augen zusammen. „Nein. Jedenfalls nicht im biblischen Sinn.“

Slade warf den Kopf zurück und lachte schallend. Seine Augen, die im dämmrigen Licht des kleinen, von der Sonne abgedunkelten Schlafzimmers kornblumenblau aussahen, blitzten frech. „Im biblischen Sinn?“

„Du bist ungefähr der dritte Mann, mit dem ich in meinem ganzen Leben geschlafen habe", meinte sie verlegen. Eine jämmerliche Anzahl für eine Frau in ihrem Alter. Man konnte es drehen und wenden, wie man wollte: Sie war sexuell eine Niete.

Er zeichnete mit der Kuppe des gleichen Zeigefingers, mit dem er ihr vorhin an den Kopf getippt hatte, die Konturen ihrer Lippen nach. „Führst du etwa Buch darüber?", zog er sie auf.

Sie wollte schon verärgert protestieren, musste allerdings dann einfach lachen. „Mit wie vielen Frauen warst du denn zusammen?"

„Mehr als drei", antwortete Slade schmunzelnd, nachdem er so getan hatte, als müsste er scharf nachdenken.

Sie lachte wieder. Es wunderte sie, dass sie so glücklich war. Immerhin war sie doch gerade ein völlig neues emotionales Risiko eingegangen, weil sie ihrem Verlangen nachgegeben hatte, mit diesem Mann zu schlafen.

Für sie war das ein bedeutsames Ereignis. Für Slade wahrscheinlich nur Sex am Nachmittag.

Heute lache ich, dachte sie, und morgen werde ich weinen.

In diesem Moment küsste er sie, und die fieberhafte Leidenschaft wurde aufs Neue entfacht.

Auf dem Weg zu seinem Pick-up setzte Slade sich hastig und einigermaßen unsanft seinen Hut auf. Er musste Shea im „Curly-Burly" abholen und war spät dran. Sie und Callie würden wahrscheinlich *beide* unschwer erraten, warum er den ganzen Nachmittag sein Handy ignoriert hatte.

Er hatte es im Wagen vergessen. Das war der Grund. Slade ärgerte sich über sich selbst.

Verdammt, er war der *Sheriff*! Was, wenn es irgendeinen Notfall gegeben hätte und man ihn nicht erreicht hätte?

Seine Knie waren weich wie Wachs, während er die Tür seines Pick-ups öffnete. Wenn es nach ihm gegangen wäre, hätte er die ganze Nacht in Joslyns Bett verbracht.

Aber er hatte Verpflichtungen – auch wenn er sich erst im letzten Moment wieder an sie erinnert hatte.

Während er den Motor anließ, nahm er sein Handy und hörte seine Mailbox ab.

Drei neue Nachrichten.

Maggie Landers wollte, dass er und Hutch wegen der weiteren Aufteilung von John Carmodys Vermögen wieder zu ihr kamen.

Der weiteren Aufteilung? Der Mann hatte ihm über fünf Millionen Dollar und die Hälfte der Familien-Ranch hinterlassen. Was gab es denn noch aufzuteilen?

Der zweite Anruf war von einem Unbekannten, der Möglichkeiten für „spannende" Investitionen besprechen wollte. Er löschte diese Nachricht und lauschte der dritten.

Es war Shea. In ihrer Stimme schwang ein Hauch von kindlicher Panik mit. „Dad? Bist du okay? Du hättest mich vor einer Stunde abholen sollen. Warum gehst du nicht an dein Handy?"

Er rief sie sofort zurück.

„Shea?"

„Bleib eine Sekunde dran, Dad", sagte sie eisig. „Ich habe gerade Tiffany in der anderen Leitung und muss mich noch von ihr verabschieden."

Slade musste grinsen, als er den Pick-up in einem großen Bogen wendete und die Einfahrt hinunterfuhr. Shea klang nicht unbedingt *krank* vor Sorge.

Am Ende der Einfahrt hielt er an und wartete, bis Shea sich wieder meldete. Jetzt kochte sie vor Empörung.

„Ich dachte, du wärst *tot*, Dad", schimpfte sie. „Du verspätest dich sonst *nie*."

„Tut mir leid, dass ich dich beunruhigt habe. Ich bin in ein paar Minuten da. Dann machen wir uns auf den Heimweg und sehen mal, was Opal uns zum Abendessen gekocht hat."

„Grands musste drüben im ‚Mulligan's' Hundefutter kaufen, damit Jasper nicht verhungert!", fuhr sie vorwurfsvoll fort.

Er verkniff sich ein Lachen. „Komm schon, Shea. Kann es sein, dass du gerade ein bisschen überreagierst? Ein Hund verhungert schon nicht, wenn er einmal nichts zu fressen bekommt.

Außerdem, ich bin der Sheriff, schon vergessen? Ich habe Kopf und Kragen riskiert und – um ‚Superman' zu zitieren – für Wahrheit, Gerechtigkeit und den ganzen Kram gesorgt."

Shea beruhigte sich ein wenig. „Was immer *das* auch heißen mag." Sie holte tief Luft. „Stimmt das? Hast du wirklich gearbeitet?"

Er konnte nicht lügen. Andererseits wollte er seiner sechzehnjährigen Stieftochter – und auch sonst niemandem – auf die Nase binden, dass er die ganze Zeit mit Joslyn im Bett verbracht hatte.

Also ließ er die Frage einfach im Raum stehen.

„Ich bin in ein paar Minuten da", wiederholte er.

Sie verabschiedeten sich etwas kühl, und Slade klappte sein Handy zu.

Als er beim „Curly-Burly" eintraf, war es fast schon dunkel. Shea und Jasper warteten auf dem leeren Parkplatz vor dem Salon.

Slade runzelte die Stirn und ließ das Autofenster hinunter. „Was macht ihr hier draußen?" Er hatte erwartet, dass sowohl seine Stieftochter als auch der Hund so vernünftig wären, drinnen bei seiner Mom auf ihn zu warten.

„Grands hat uns eingeladen, zum Abendessen zu bleiben. Aber ich habe gesagt, dass sie eine Pause von mir und Jasper braucht und wir draußen auf dich warten, weil du ohnehin schon unterwegs bist", erklärte Shea beiläufig. Dann riss sie die hintere Autotür auf und hob den Hund hinein.

„Habt ihr zwei euch wegen irgendetwas gestritten?", erkundigte sich Slade. „Hast du Mom genervt, weil du einen Tag freihaben möchtest und sie damit nicht einverstanden war?"

Entrüstet blickte Shea ihn an. „Grands und ich", sagte sie bestimmt, „kommen wunderbar miteinander aus."

Er lächelte. „Du bist dir allerdings nicht ganz sicher, ob das auch auf uns beide zutrifft."

„Darüber beraten die Geschworenen noch, Sheriff."

Jetzt musste er doch lachen. „Du hast morgen frei, stimmt's?" Er fuhr los. Der Salon war sonntags immer geschlossen, da Callie Barlow trotz ihrer Leidenschaft für Poker und ihre skandalöse Vergangenheit regelmäßig in die Kirche ging.

„Stimmt." Shea schien gespannt, was es mit seiner Frage auf sich hatte.

„Ich auch. Vielleicht fahren wir gleich in der Früh nach Whisper Creek, füttern die neuen Pferde und machen einen Ausritt. So sehen wir mal, was sie draufhaben."

Die eisige Atmosphäre löste sich in Nichts auf. Das Kind hatte Slade offensichtlich verziehen, dass er es mit seiner Verspätung beunruhigt hatte. Alles, was es dazu gebraucht hatte, war die Erwähnung eines Pferds.

„Ich kann Chessie reiten? Wirklich?"

„Zuerst möchte ich mir selbst ein Bild machen", stellte Slade klar. „Wenn sie an den Sattel gewöhnt ist, wie es im Aktionsfalter steht, kannst du eine Runde mit ihr drehen."

„Aber ich *habe* keinen Sattel", erinnerte ihn Shea.

„Uns wird schon etwas einfallen."

Und plötzlich überfiel Shea ihn – gewissermaßen aus dem Hinterhalt – mit ihrer Frage: „Du warst bei ihr, was? Bei Joslyn, meine ich."

„Was wäre, wenn ich sagte, dass dich das nichts angeht?", fragte er nach kurzem Schweigen.

Shea ließ nicht locker „Weißt du, ich mag sie. Trotz des kleinen Krachs nach der Auktion."

„Freut mich. Ich mag sie auch."

„Grands hat mir erzählt, dass Joslyn vor vielen Jahren in irgendeinen Skandal verwickelt war."

„Sie selbst hatte nichts damit zu tun", widersprach Slade. „Und ich muss mich über deine Großmutter doch sehr wundern. Normalerweise gibt sie nichts auf Gerüchte."

Shea verdrehte die Augen. „Aber Dad", erwiderte sie betont nachsichtig. „Grands hat einen *Schönheitssalon*. Das ist klassischerweise die Gerüchteküche Nummer eins."

Das Tor zur Ranch war nun direkt vor ihnen. Slade blinkte aus Gewohnheit, bevor er in die Einfahrt einbog, obwohl sich keine anderen Fahrzeuge auf der Straße befanden. Die Beleuchtung auf der Veranda war eingeschaltet, und das Licht hinter den Küchenfenstern schimmerte warm und heimelig.

Als Slade anhielt, begann Jasper sofort zu winseln und mit einer Pfote an der Tür zu kratzen. Er konnte nicht schnell genug auf die einladende Wiese kommen.

Slade ließ ihn auf seiner Seite aus dem Wagen, und der Hund hob direkt neben dem Hinterreifen des Pick-ups das Bein. Shea lief inzwischen zum Haus.

„Warum hast du es so eilig, Shea?"

„Opal hat Erdnussbutter-Bananen-Kuchen gebacken", rief sie ihm zu. „Und außerdem muss ich mein Handy aufladen. Die Akkuanzeige blinkt schon hellrot."

„Um Gottes willen", entgegnete Slade schmunzelnd. Man hätte meinen können, Shea wäre ein einsamer Astronaut, der Lichtjahre von der Erde entfernt und dessen einzige Verbindung zur Erde das Handy ist.

Jasper, enorm erleichtert, trottete zu Slade und stupste mit der Nase an eines seiner Hosenbeine.

Slade beugte sich zu ihm hinunter und kraulte ihn hinter den Ohren. Dann schaute er hinauf zu den ersten Sternen der Nacht und dachte an Joslyn. An den Duft ihrer Haare, die Art, wie sie lächelte und wie sie geklungen hatte, als sie seine Zärtlichkeiten im Bett genossen hatte. Kopfschüttelnd erinnerte er sich an das geplatzte Kondom und an ihre prompte Versicherung, nicht schwanger zu sein. Es war merkwürdig. Obwohl er so altmodisch war zu glauben, dass man verheiratet sein sollte, wenn man zusammen Kinder hatte, hatte ihre Bemerkung eine große schmerzhafte Leere in seinem Herzen hinterlassen.

Die Tür wurde aufgerissen, während er und Jasper auf das Haus zuschlenderten.

„Dad", schrie Shea. „Hast du mein Ladegerät gesehen?"

Lachend betrat er die Küche. „Nein."

Wie alle anderen Zimmer im Haus blitzte auch die Küche vor Sauberkeit, und irgendetwas duftete ausgesprochen gut.

Mitten auf dem Tisch fand er eine Nachricht von Opal. „Ein Mann hat angerufen und wollte wissen, ob du deine Wiederkandidatur als Sheriff bekannt gibst", stand da. „Ich habe seinen Namen und seine Nummer notiert und den Zettel neben das Telefon gelegt. Hähnchenpfanne im Backofen. Martie bringt mich nach dem Bingo nach Hause." Sie hatte mit einem riesigen O unterschrieben und Augen und einen lächelnden Mund hineingezeichnet.

Slade ignorierte das Stück Papier neben dem Telefon und nahm mit zwei Topflappen die mit Alufolie zugedeckte Kasserolle aus dem Ofen.

Shea durchsuchte unterdessen die ganze Küche nach ihrem Ladegerät.

„Kann das nicht bis nach dem Essen warten?", fragte Slade nachsichtig und stellte das Abendessen auf den Tisch. Es war bereits für zwei Personen gedeckt.

„Natürlich nicht." Shea ging zur Treppe. „Tiffany glaubt, dass Justin ganz kurz davor ist, sie um ein Date zu bitten. Und Melanie ist davon überzeugt, dass Aidan mit ihr jeden Moment Schluss machen wird. Und …" Ihre Worte verhallten, während sie hinauf ins Obergeschoss rannte.

Slade gab Jasper – für den Fall, dass er noch hungrig war – noch etwas Futter, wusch sich die Hände und setzte sich an den Tisch.

Shea kam wieder in die Küche. Sie hielt das Ladegerät triumphierend in die Höhe. „Opal muss es in meine Kommode gelegt haben. Ich bin mir sicher, dass ich es auf der Küchentheke liegen lassen habe, nachdem ich es das letzte Mal gebraucht hatte."

„Shea", sagte Slade geduldig, „würdest du dich jetzt bitte hinsetzen und essen?"

Shea steckte das Aufladegerät in die Steckdose, wusch sich an der Spüle die Hände und gesellte sich zu Slade. „Ich schätze, du möchtest nicht unbedingt über Joslyn sprechen, oder?" Sie nahm sich eine großzügige Portion.

„*Ich* schätze, damit hast du nicht ganz unrecht", antwortete Slade übertrieben langsam.

„Du glaubst, ich wäre zu jung, um zu wissen, was da läuft, stimmt's?"

„Ich glaube, du bist für viele Dinge zu jung", antwortete Slade.

„Du hast Joslyn ein Pferd gekauft. Soll ich denn glauben, du wärst *nicht* an ihr interessiert?"

„Du sollst dich um deine eigenen Angelegenheiten kümmern", erwiderte Slade leise. Das Gespräch amüsierte ihn, aber er versuchte, es sich nicht anmerken zu lassen. „Um meinen Kram kümmere ich mich schon selbst."

Shea überflog Opals Nachricht, die immer noch auf dem Tisch an der Zuckerdose lehnte. „Kandidierst du wieder als Sheriff?"

„Fein", kommentierte Slade. „Eine weniger indiskrete Frage. Die Antwort lautet: Ich bin mir noch nicht sicher."

„Womit würdest du dir denn dein Geld verdienen, wenn du nicht mehr Sheriff wärst?"

Er lächelte. Opals Hähnchenpfanne schmeckte verdammt gut, und er war einer zweiten Portion nicht abgeneigt. „Ich käme schon irgendwie über die Runden."

Shea, die gerade im Begriff war, ein Stück Fleisch mit der Gabel aufzuspießen, seufzte theatralisch. „Warst du bei Mom auch so verschlossen? Wenn ja, ist es kein Wunder, dass ihr geschieden seid."

Slade musste wieder lachen. „Ich bin nicht verschlossen. Ich habe mich nur noch nicht entschieden, ob ich wieder als Sheriff kandidiere."

„Gefällt dir der Job nicht?"

„Nun ja, ich *hasse* ihn nicht direkt", erwiderte er ausweichend.

„Wow. Das klingt ja total begeistert."

„Okay. Die Wahrheit ist, dass ich lieber Rancher wäre."

„Dann mach das doch." Shea zuckte die Achseln.

„Ganz so einfach ist es nun auch wieder nicht."

„Klar ist es das", widersprach Shea. „Vorausgesetzt natürlich, du kannst davon leben."

Tatsache war, dass sich Slade zum ersten Mal in seinem Leben keine Gedanken um Geld machen musste. Es war eine ungewohnte Situation für einen Mann, der immer gearbeitet hatte, seit er alt genug zum Rasenmähen und Zeitungsaustragen gewesen war. Von dem, was John Carmody ihm hinterlassen hatte, konnte er gut leben, für seine Mom sorgen und etwas für wohltätige Zwecke spenden, ohne selbst jemals wieder auch nur einen müden Cent verdienen zu müssen.

„Ich komme schon über die Runden", antwortete Slade. Ihm gefiel das enorme Ausmaß dieser Untertreibung.

Er dachte an das große Wettrennen mit Hutch. Bis zum Labor-Day-Wochenende hatte er Zeit, um sich und den Wallach in Form zu bringen. Obwohl es erst Juni war, wusste er, dass die Zeit bis dahin nur so rasen würde.

„Ich brauche einen Namen für den Wallach", sagte er unvermittelt zu Shea.

Sie legte ihre Gabel ab und schaute ihn an. Ihre Augen strahlten. „Wie wäre es mit *Highlander*?"

Slade hätte einen weniger angeberischen Namen bevorzugt, doch Shea schien so begeistert, dass er ihr die Freude nicht verderben wollte. „Okay."

„Flipp nicht gleich vor Begeisterung aus, Dad ..." Sie zwinkerte ihm zu. „Highlander ist ein toller Name. Chessie auch. Wie heißt eigentlich Joslyns Stute?"

„Sundance."

„Schöner Name. Kann sie überhaupt reiten? Joslyn, meine ich?"

„Kannst du es?" Slade merkte, dass sie wieder bei genau dem Thema gelandet waren, dass er vermeiden wollte. Nicht, dass Joslyn ihm auch nur eine Sekunde aus dem Kopf gegangen wäre, seit er sich von ihr verabschiedet hatte.

„Ich bin mit dir zusammen ausgeritten, als ich klein war. Erinnerst du dich?"

Slade schmunzelte. Er hatte niemals ein glücklicheres Kind gesehen als damals, während Shea hinter ihm auf dem Pferd gesessen hatte. „Ich erinnere mich."

Ehe Shea das Gespräch wieder auf Joslyn bringen konnte – offensichtlich gab es viel, was seine Stieftochter über sie wissen wollte –, hörten sie ein Auto in der Einfahrt und sahen Scheinwerferkegel über die Küchenwand gleiten.

Man hörte fröhliche Frauenstimmen „Tschüss!" rufen, und kurz darauf betrat Opal die Küche.

Jasper lief zu ihr, um sie zu begrüßen. Sie tätschelte ihm lachend den Kopf.

Slade erinnerte sich an seine guten Manieren, schob seinen Stuhl zurück und stand auf.

„Ach, bleib doch sitzen." Opal lächelte und machte eine abwehrende Handbewegung. „Wenn wir anfangen, hier so förmlich zu sein, wird alles viel zu kompliziert."

Slade grinste und nahm wieder Platz.

„Wie war's beim Bingo?", erkundigte sich Shea neugierig, während Opal ihre große Handtasche abstellte und ihre Strickweste aufhängte. „Hast du gewonnen?"

Opal lachte, ging zur Spüle und wusch sich die Hände. Dann band sie sich die Schürze um, die sie aus Kendras Haus mitgebracht hatte. „Nein. Aber es war schön, alle meine alten Freunde wiederzusehen."

„Opal", sagte Slade, als die alte Dame begann, heißes Wasser in die Spüle laufen zu lassen. „Setz dich doch und iss ein Stück Kuchen mit uns."

„Lass mich noch schnell den Abwasch erledigen", antwortete sie und trat an den Tisch, um die mittlerweile leeren Teller und das Besteck abzuräumen. „Außerdem hat in meinem Bauch kein Kuchen mehr Platz. Martie und ich haben vor dem Bingo im ‚Butter Biscuit' ausgiebig zu Abend gegessen."

„Dein Arbeitstag ist vorbei", meinte Slade sanft, aber bestimmt. „Überlass den Abwasch einfach mir."

„Oder mir", fügte Shea hinzu.

Opal schüttelte den Kopf wegen des vielen Aufhebens, das die zwei machten, und setzte sich zögernd, aber sichtlich erfreut an den Tisch.

„Ich bin mir nicht sicher, ob ich selbst noch Platz für Kuchen habe", gab Slade zu. „Das war eine ausgesprochen leckere Hähnchenpfanne, Opal."

Sie strahlte vor lauter Freude über das Kompliment.

Shea stand auf, räumte den Tisch ab und kochte Opal eine Tasse Kräutertee.

„Oh, vielen Dank, Liebes.“ Opal seufzte zufrieden. „Aber jetzt erzählt mal, wie es auf dieser Auktion war. Habt ihr euch denn ein Pferd gekauft?“

„Drei!“ Shea eilte zurück zur Spüle und tauchte beide Hände ins Wasser. „Dad hat sich einen Wallach gekauft – Highlander. Ich habe eine Fuchsstute – Chessie. Und sogar Joslyn hat ein Pferd gekriegt. Eine hübsche Palomino-Stute, die sie Sundance nennt.“

Slade bemerkte, wie Opal erstaunt die Augen aufriss, als ihr die Bedeutung dieses dritten Pferdes klar wurde.

„Sieh mal einer an“, sagte sie augenzwinkernd und trank einen Schluck Tee.

18. KAPITEL

Joslyn setzte sich im Bett auf, blinzelte sich den Schlaf aus den Augen und tastete nach dem schrill piepsenden Handy auf ihrem Nachttisch. Durch die Lamellen der Jalousien fiel das schwache Licht der frühen Morgensonne herein. Lucy-Maude, die genüsslich ausgestreckt auf Joslyns Fußknöcheln geschlummert hatte, maunzte beleidigt über die Störung.

Joslyn versuchte, sich zu sammeln. Als Slade sie gestern leidenschaftlich geliebt und sie dabei eine herrliche Ektase nach der anderen erlebt hatte, war sie geradezu schwerelos vor Zufriedenheit gewesen. Sie fühlte sich auch jetzt noch wie in einem anderen Universum und nicht wie ein normaler Mensch aus Fleisch und Blut.

Die süße Mattigkeit verwandelte sich jedoch rasch in Besorgnis, als Joslyn langsam richtig wach wurde und ihr dämmerte, dass der Anrufer natürlich nur Kendra sein konnte. Wer sonst sollte es um diese Uhrzeit sein? Bei Kendra musste es jetzt später Nachmittag, wenn nicht sogar schon früher Abend sein.

Im Allgemeinen berücksichtigte ihre Freundin allerdings beim Telefonieren den Zeitunterschied.

War es so weit? War Jeffrey gestorben? Oder hatte er Kendra sein großes Geheimnis – was auch immer es sein mochte – endlich anvertraut? Schließlich war das der Grund, warum sie nach England geflogen war.

Joslyn klopfte das Herz bis zum Hals, während sie abhob. „Hallo?“, meldete sie sich mit krächzender Stimme.

Aber das leise Lachen am anderen Ende der Leitung gehörte einem Mann, nicht Kendra. Und auf diese Art und Weise lachte nur einer: Slade.

„Morgen“, begrüßte er sie. Der Klang seiner Stimme war so vertraulich, so intim, als wären sie gerade nebeneinander im Bett und nicht mehrere Kilometer voneinander entfernt aufgewacht. „Entschuldige, dass ich dich so früh störe. Aber Shea und ich wollten jetzt nach Whisper Creek, um die Pferde zu füttern, und wir haben uns gefragt, ob du nicht vielleicht mitkommen möchtest? Wegen Sundance, meine ich."

Im ersten Moment spürte Joslyn nichts als eine große Erleichterung. Aber sofort hatte sie erneut in geradezu peinlich deutlichen Bildern vor Augen, wie sie gestern im Bett auf die Zärtlichkeiten dieses Mannes reagiert hatte. Zuerst unter der Dusche im Gästehaus, dann im Bett.

Sie hatte noch keine Zeit gehabt, das alles zu verarbeiten, weder geistig noch emotional oder *körperlich*, und hatte auf eine Art Schonfrist vor der nächsten Begegnung mit Slade gehofft. Andererseits wollte sie ihn aber auch möglichst bald wiedersehen.

„Joslyn?", fragte er nach, da sie nicht sofort geantwortet hatte. Seine Stimme war rau, und es schwang ein dezentes, sehr intimes Lächeln darin mit, das nur für sie allein bestimmt war. „Bist du noch da?"

Sie schluckte und schwang die Beine aus dem Bett.

Lucy-Maude, die vor dem Spiegel auf der Kommode auf und ab stolzierte, miaute vorwurfsvoll.

Joslyn wusste trotz ihrer erst relativ kurzen Bekanntschaft mit der Katze genau, was das bedeutete: Lucy-Maude wollte ihr Frühstück. Und zwar pronto.

„Äh ... ja", stammelte sie und strich sich das Haar mit einer Hand aus dem Gesicht. Die Vorstellung, Slade schon so rasch gegenüberzutreten, war natürlich verlockend. Zeit mit Sundance zu verbringen, war jedoch eine andere Sache. „Ich bin da." Sie schaffte es nicht, ein Gähnen zu unterdrücken. „Entschuldige ... ich habe nur gerade ..."

„Geschlafen", ergänzte Slade gut gelaunt. Joslyn musste aus unerfindlichen Gründen sofort an seinen kräftigen, muskulösen Körper denken. Slade hatte, wie sie sich verschwommen erinnerte, ein kleines Tattoo auf der rechten Schulter – einen Adler, der gerade die Flügel zum Wegfliegen ausbreitete. „Ich hätte nicht anrufen sollen. Leg dich lieber wieder hin und zieh dir die Decke über den Kopf. Shea und ich kümmern uns natürlich um Sundance."

„Nein!“, protestierte Joslyn und errötete, weil ihr klar war, wie übereifrig sie sich gerade anhören musste. „Ich würde gern helfen. Mit den Pferden, meine ich. Sollen wir uns auf Whisper Creek treffen?“

„Shea und ich können dich abholen“, bot er an. Seine Stimme war für Joslyn wie ein erotisches Streicheln. Obwohl Slade mit keinem einzigen Wort erwähnte, was gestern zwischen ihnen passiert war, fühlte sich das Gespräch fast wie Telefonsex an.

Erschrocken sprang Joslyn auf. Ihr wurde bewusst, dass ihre Haare zerzaust und ihre Augen vom Schlafen bestimmt total verquollen waren. Wahrscheinlich war ihr Gesicht vom Kopfkissen auch noch total zerknautscht. „Wie viel Zeit habe ich?“ Sie bemühte sich, möglichst locker und lässig zu klingen.

Die Chancen dafür standen denkbar schlecht. Sie kam bestimmt total „unlässig“ rüber – wenn es so etwas überhaupt gab.

Slade lachte, als hätte sie diesen lächerlichen Gedanken laut ausgesprochen. „Nimm dir so viel Zeit, wie du brauchst. Aber wir gehen nur in einen Stall, Joslyn, nicht in einen Club.“ Kurzes Schweigen. „Reichen dir zwanzig Minuten?“

Zwanzig Minuten? Für eine Generalüberholung?

Nur ein Mann konnte denken, dass so ein Kunststück auch nur im *Bereich* des Möglichen lag.

„Klar“, antwortete sie hastig. Es ärgerte sie, dass sie sich – sogar in ihren eigenen Ohren – so aufgeregt anhörte. Sie benahm sich wie ein hoffnungslos verknallter Teenager, nicht wie eine erwachsene Frau, die mit beiden Beinen fest auf dem Boden stand.

Wie auch immer dieses Leben momentan auch aussehen mochte.

Sein leises Lachen am anderen Ende der Leitung entfachte ihre Lust aufs Neue. „Also bis gleich“, sagte er.

Nachdem Joslyn sich rasch von ihm verabschiedet hatte, fütterte sie die Katze, schnappte sich frische Kleidung und Unterwäsche und sauste in das geradezu überwältigend rosa Badezimmer. Hektisch zog sie den Duschvorhang zur Seite und entledigte sich rasch ihres Schlafanzugs. Sie duschte in Rekordzeit, wickelte sich in ein Handtuch und föhnte sich im Eiltempo die Haare. Das Ergebnis war eine Art Wuschelfrisur.

Sie putzte sich die Zähne, schlüpfte in Jeans und T-Shirt und bändigte ihre wilde Mähne mittels Pferdeschwanz. Als Slade und Shea inklusive Jasper eintrafen, war Joslyn so außer Atem, als wäre sie gerade einen Marathon gelaufen.

Slade, der für die Stallarbeit alte Jeans, abgewetzte Stiefel und ein blaues Leinenhemd angezogen hatte, das am Hals genau richtig weit offen war, kam die Verandastufen herauf. Er klopfte leise an die Küchentür.

Lächelnd betrachtete er sie. Einen Moment lang hatte sie das Gefühl, als stünde sie wieder nackt vor ihm, und seine Hände und Lippen würden sie gleich …

Hör auf, ermahnte sie sich. *Denk nicht daran, wie wundervoll es war.*

Keine Chance. Die Nähe dieses Mannes versetzte ihre Nerven in Alarmzustand und ließ ihren Körper heftig im Rhythmus einer stummen Melodie vibrieren, die der Kosmos sang.

Nachdem sie den Pick-up erreicht hatte, hielt Slade ihr die Beifahrertür auf, und Shea, die hinten saß, begrüßte sie grinsend. „Keine Sorge, ich stelle keine indiskreten Fragen mehr. Dad hat gedroht, dass er mir Hausarrest verpasst, und das würde bedeuten, dass ich weder Chessie reiten noch im Internet surfen darf und auch noch Handyverbot bekomme."

Joslyn schnallte sich schmunzelnd an. „Klingt ziemlich schlimm."

Shea guckte übertrieben bekümmert drein, hielt es aber nicht lange durch. „Dad nimmt diesen ganzen Erziehungskram *viel* zu ernst."

„Scheint so." Joslyn schmunzelte immer noch.

Slade setzte sich hinters Steuer, und sie fuhren los Richtung Whisper-Creek-Ranch. Es kam Joslyn erfrischend normal vor, mit Slade, Shea und Jasper in diesem Wagen zu sitzen. So, als wäre es etwas, das sie ständig tat.

Sie fuhren durch die Stadt, ohne viel miteinander zu reden.

Schließlich war es noch früh, und Joslyn nahm an, dass sie nicht die Einzige war, die erst richtig wach werden musste.

Hach, was gäbe ich jetzt für einen heißen, starken Kaffee.

„Was gibt es Neues von Kendra?“, erkundigte sich Slade, nachdem sie Parable hinter sich gelassen hatten und durch die weite Landschaft fuhren. „Geht es ihr gut?“

Joslyn drehte sich zu ihm und sah ihn an. Für einen Moment verschmolzen ihre Blicke miteinander, und alles, was sich gestern in Kendras Gästehaus, diesem kühlen, stillen Refugium, ereignet hatte, war wieder gegenwärtig. Doch dann richtete Slade seinen Blick wieder auf die Straße.

„Sie ruft ungefähr alle zwei Tage an“, antwortete Joslyn leise. „Wir reden ein, zwei Minuten über die Firma, aber wenn ich sie frage, wie es ihr geht, blockt sie sofort ab.“

Shea, die die Unterhaltung von Slade und Joslyn gar nicht wahrnahm, lachte. Sie hatte gerade eine neue App für ihr Handy entdeckt, aus dem nun ein lautes Bellen ertönte. Das alberne Geräusch animierte Jasper, laut mitzujaulen.

„Das alles muss sicher sehr schwer für sie sein“, sagte Slade über den Lärm hinweg.

Joslyn erinnerte sich nicht mehr genau, wie viel sie ihm über die Gründe von Kendras Reise nach England erzählt hatte, und sie wollte ihm auch nicht mehr verraten, als Kendra möglicherweise recht war. Dennoch entschied sie sich, ihm zu antworten, da sie wusste, dass Slades Sorge um Kendra echt war. Allerdings würde sie sich auf die nackten Fakten beschränken.

Also erzählte sie ihm, dass Kendras Exmann Jeffrey höchstwahrscheinlich nicht mehr lange leben würde und seine Mutter gebeten hatte, Kendra an sein Sterbebett zu rufen. Laut seiner Mutter wollte er Kendra etwas Wichtiges mitteilen, das er ihr nur persönlich sagen konnte. Allerdings schien niemand außer Jeffrey eine Ahnung zu haben, um was es sich dabei handelte. Seit Kendras Ankunft in London war er jedoch die ganze Zeit so krank gewesen, dass er nicht sprechen konnte.

„Ich war überrascht über Kendras Heirat mit diesem Typen", sagte Slade. „Viele Leute in Parable hat diese Hochzeit überrascht."

Joslyn nickte. „Ich dachte, sie und Hutch Carmody würden ein Paar werden."

Das war es dann wohl mit dem guten Vorsatz, mich nur auf die nackten Fakten zu beschränken.

„Das ist ja witzig", antwortete Slade. „Ich dachte nämlich, *du* und er würden mal heiraten. Ihr beide hattet ja früher eine sehr enge Beziehung."

„Das war auf der *Highschool*", erinnerte sie ihn ein wenig schroff. Glaubte er etwa, sie wäre in seinen Halbbruder verliebt? Glaubte er, sie wäre der Typ Frau, die mehrere sexuelle Beziehungen nebeneinander hatte?

Hatte er denn gestern *überhaupt* nichts verstanden, als sie in seinen Armen immer und immer wieder gekommen war?

Slade sah sie kurz an, dann konzentrierte er sich wieder auf die Straße. Er, der immer so selbstsicher war, wirkte plötzlich eine Spur verunsichert. Verunsichert und auch sprachlos.

Hinten auf dem Rücksitz gab Sheas Handy immer noch das schrille Gekläffe von sich, auf das Jasper unermüdlich mit lautem Jaulen reagierte.

Alle mussten lachen. Slade erklärte, dass nun alle genug von dem Lärm hatten, Gott sei Dank, und damit war ein weiterer schwieriger Moment gemeistert – zumindest fürs Erste.

Als sie Whisper Creek erreichten, ging über den Bergen im Osten die Sonne auf. Das rötlichgoldene Licht ergoss sich glitzernd bis in das weite, grüne Tal, das zum Großteil zur Carmody-Ranch gehörte.

Hutch kam gerade aus dem Stall. Er war, wie Joslyn sofort auffiel, unrasiert und hatte sein Hemd falsch zugeknöpft, doch sobald er sie gemeinsam mit Jasper und Shea aus Slades Wagen aussteigen sah, lächelte er ihnen zur Begrüßung freundlich zu.

Als sein Blick auf Slade fiel, wirkte Hutch gleich etwas weniger erfreut. Joslyn konnte förmlich sehen, wie er erstarrte.

Shea, die Hutch offenbar von früher kannte, als sie noch kleiner gewesen war, nickte ihm zu und verschwand sofort im Stall. Außer Chessie interessierte sie im Moment nicht viel.

Jasper, der ihr normalerweise immer dicht auf den Fersen war, schnüffelte im Hof herum. Vielleicht versuchte er, den Geruch seines früheren Herrchens aufzunehmen. Joslyn gab es bei diesem Gedanken – so unwahrscheinlich er auch sein mochte – einen Stich ins Herz. Jasper hatte sich gut bei Slade und Shea eingewöhnt, doch er erinnerte sich bestimmt an John Carmody und fragte sich, wo er wohl sein mochte.

„Es gibt Kaffee", sagte Hutch leise. Er rieb sich mit einer Hand über die blonden Stoppeln auf seinem Kinn und deutete dann auf das Haus. „Bedient euch."

Es war ein Angebot, das Joslyn nicht ablehnen konnte. Sie freute sich jeden Morgen auf diese erste Tasse Kaffee. Heute war dafür ja keine Zeit geblieben, da Slade sie mit seinem Anruf aus dem Tiefschlaf gerissen hatte und sie sich in aller Eile – notdürftig – fertig gemacht hatte.

Später, auf der Fahrt hierher, hatte sie Slade dann nicht bitten wollen, wegen eines Kaffees irgendwo anzuhalten. Er war ein Mann mit einem klaren Ziel vor Augen – dem Versorgen der Pferde.

„Danke." Sie machte einen Schritt auf das Haus zu. „Slade?"

„Ich brauche keinen", antwortete er, ohne sie anzuschauen. „Trotzdem danke."

Die Brüder standen einander im Abstand von zwei, drei Metern gegenüber. Die Pferde schnaubten und wieherten, die Vögel in den Bäumen zwitscherten, und ein paar Rancharbeiter erledigten ihre morgendlichen Pflichten. Alles wirkte normal – bis auf das angespannte Schweigen zwischen Slade und Hutch.

Joslyn musste sich selbst ins Gedächtnis rufen, dass die beiden erwachsene Männer und sie selbst weder ihre Aufpasserin noch eine Hobby-Schiedsrichterin war.

Rasch lief sie ins Haus, um sich eine Tasse Kaffee zu holen.

Hutchs Küche war altmodisch eingerichtet, mit dunklen Schränken und ebensolchem Boden. Die modernen Geräte aus glänzendem Edelstahl allerdings waren vermutlich moderne Sonderanfertigungen.

An einer Wand befand sich ein großer offener Kamin – bestimmt sehr gemütlich an einem eisigen Wintermorgen, besonders in Montana –, dennoch wirkte der Raum merkwürdig unbewohnt. Er hatte die Atmosphäre einer Musterküche in irgendeinem Möbelhaus. Alles war sauber und hübsch eingerichtet, aber es wurde nicht wirklich darin gelebt.

Du brauchst diesen Kaffee wirklich, dachte Joslyn und schüttelte das Gefühl der Einsamkeit ab, das sie beim Betreten von Hutch Carmodys Haus sofort beschlichen hatte.

Sie entdeckte die Kaffeemaschine, nahm sich – da sie etwas Unzerbrechliches wollte – einen Plastikbecher und schenkte sich eine Dosis Koffein ein. Da es keinen Süßstoff gab – zumindest war nirgends etwas Ähnliches zu entdecken –, tat sie sich einen kleinen Löffel Zucker aus der Dose auf der Anrichte hinein und rührte kurz um. Dann marschierte sie, an ihrem Becher nippend, wieder hinaus in den Hof.

Slade musste in den Stall gegangen sein, denn er war nirgends mehr zu sehen. Hutch stand immer noch an derselben Stelle wie vorhin und unterhielt sich leise mit einem der Rancharbeiter.

Als Joslyn zu ihnen schlenderte, lief der Arbeiter zu einem der zahlreichen Ranch-Trucks und stieg ein.

Hutch hatte die Hände in die Hüften gestemmt und grinste ihr entgegen. Genau wie Slade war auch er schlank, aber muskulöser. Zu Joslyns großer Erleichterung schien er jetzt wieder gut gelaunt und sich wohl in seiner Haut zu fühlen.

Das war der Hutch, den sie kannte. Sie nickte ihm zu und begann, in Richtung Stall zu gehen. Er begleitete sie.

„Diese Palomino-Stute“, sagte er, „ist ein wirklich schönes Pferd.“

„Ja.“ Joslyn blieb in der Stalltür stehen, damit sich ihre Augen an die Dunkelheit gewöhnen konnten. „Das ist sie.“

„Und sie gehört, wenn ich es richtig verstehe, dir?“

Worauf wollte er hinaus?

Joslyn legte ihren Kopf schief und sah zu ihm hinauf. „Eigentlich nicht. Ich habe es dir gestern schon erklärt, Hutch. Slade hat Sundance gekauft. Ich leihe sie mir gewissermaßen nur aus.“

Jetzt entdeckte sie Slade und Shea, die im Gang zwischen den Boxen gerade Chessie sattelten. Neben ihnen stand einer von Hutchs Rancharbeitern, der ihnen offenbar den Sattel und das Zaumzeug gebracht hatte.

„Sie ist mein Pferd!", begehrte Shea auf. „*Ich* will sie reiten."

Slades Gesichtsausdruck war streng, seine Kinnpartie wirkte wie aus Granit gemeißelt. „Sorry", erwiderte er knapp. „Kommt nicht infrage."

Hutch und Joslyn machten einen Schritt zur Seite, damit Slade die Stute hinaus in die Sonne und die warme Morgenluft führen konnte.

„Aber Dad!" Shea rannte hinter ihm her. „Chessie ist *mein* Pferd!"

„Dein Dad hat recht", schaltete Hutch sich zur Überraschung aller ein. „Man kann vorher unmöglich wissen, ob dieses Pferd schon eingeritten ist. Du möchtest dich doch nicht verletzen, oder?"

Seufzend schüttelte Shea den Kopf.

Slade nickte. Dabei schaute er so düster drein, als würde es ihm regelrecht Schmerzen bereiten, dass er Hutch zustimmen musste.

Draußen blieb Slade kurz neben der Stute stehen, strich ihr über den Hals und redete leise auf sie ein. Joslyn konnte nicht genau verstehen, was er sagte, doch es hörte sich beruhigend an.

Er nahm die Zügel locker in die Hand, setzte einen Fuß in den linken Steigbügel und schwang sich elegant auf Chessies Rücken.

Die Stute schnaubte. Die Muskeln ihres glänzenden Rumpfs zitterten, als würde sie gleich zu buckeln anfangen. Im nächsten Moment hatte sie sich jedoch wieder beruhigt.

Slade reiten zu sehen, weckte in Joslyn ein völlig neues, ihr bisher unbekanntes Gefühl. Es war so etwas Ähnliches wie Bewunderung und doch etwas völlig Eigenes. Zusammen waren dieser Mann und das Pferd wie ein einziges, prächtiges Lebewesen. Der Anblick war einfach atemberaubend.

Sogar Shea, die eben noch sauer gewesen war, schaute mit großen Augen und offenem Mund zu.

„Es liegt ihm im Blut", meinte Hutch neben Joslyn, als er sah, mit welch spielerischer Leichtigkeit der uneheliche Sohn seines Vaters mit dem Pferd zurechtkam. In seiner Stimme schwang Wehmut mit.

„Überlegst du dir dieses lächerliche Wettrennen jetzt noch mal, das ihr beide geplant habt?", fragte Joslyn. Jetzt war sie es, die sauer klang, nicht Shea.

Hutch lachte leise. Es hörte sich bitter an. Dann schüttelte er den Kopf, ohne Slade und die Fuchsstute aus den Augen zu lassen. „Nein. Aber es könnte viel interessanter werden, als ich dachte."

Joslyn verschränkte die Arme. „Es ist eine dämliche Idee, Hutch", sagte sie tonlos. „Und es ist gefährlich."

„Mag sein. Aber ich kann dir schon jetzt versichern, dass der Sheriff keinen Rückzieher machen wird. Und ich auch nicht."

Nach diesem ersten gemeinsamen Ausflug zu den Pferden stellte sich so etwas wie Routine ein.

Joslyn, die anfangs noch nervös gewesen war, begann sich darauf zu freuen, frühmorgens zu Sundance zu fahren und sie zu füttern und zu striegeln. Besonders freute sie sich darauf, das grasbewachsene Ufer des Big Sky River entlangzureiten. Der Fluss bildete auf einer Seite die Grenze zu den Ländereien der Carmodys und mündete in den Whisper Creek, jenen Fluss, von dem die Ranch ihren Namen hatte.

Slade brachte Shea und Joslyn bei, Chessie und Sundance zu satteln. Bevor die beiden aufstiegen, prüfte er zwar jedes Mal, ob die Sattelgurte fest angezogen waren, doch davon abgesehen gab er ihnen die Freiheit, die sie zum Lernen brauchten. Insgesamt, lobte er sie, wären sie beide Naturtalente.

Da Slade Barlow alles, was er sagte, immer auch so meinte, wussten Shea und Joslyn, dass es stimmte, und gewannen Selbstvertrauen.

Wenn Joslyn an jene längst vergangenen Tage zurückdachte, als sie kurz Rodeo-Queen von Parable County gewesen war, wünschte sie manchmal, sie könnte die Zeit zurückdrehen. Sie sehnte sich danach, alles noch einmal zu erleben – diesmal aber auf ehrliche Art und Weise. Damals war sie ein verwöhntes, dummes Kind gewesen – außerordentlich hübsch zwar, aber mit einer Persönlichkeit, die ungefähr so authentisch wie aufgesprühte Sonnenbräune war.

Seit sie jeden Morgen mit Slade und Shea auf Whisper Creek ausritt, hatte sie ein völlig neues Lebensgefühl. Es kam ihr vor, als könnte sie die ganze Welt erobern. Die einzige Ausnahme bildete ihr Liebesleben.

Nach diesem leidenschaftlichen, wunderbaren Intermezzo im Gästehaus waren sie und Slade kaum allein gewesen und hatten auch nicht mehr miteinander geschlafen.

Zwischen ihnen hatte sich eine verlegene Höflichkeit entwickelt – etwas rein Platonisches, ähnlich wie Joslyns Freundschaft mit Hutch.

Dieser Zustand beunruhigte Joslyn. Und das nicht nur, weil sie den Sex vermisste – das tat sie, und zwar sehr –, sondern weil sie etwas vermisste, das sie nur schwer beschreiben konnte. Vielleicht vermisste sie die Nähe, die zwischen ihr und Slade nicht nur körperlich entstanden war, sondern auf einer tieferen Ebene.

Irgendwo dort, wo sich Körper und Seele trafen. Irgendwo, wo es heilig und für immer war.

Natürlich wäre es am vernünftigsten gewesen, mit Slade einfach offen darüber zu reden. Doch in den seltenen Momenten, in denen sich die Gelegenheit dazu ergab, fand Joslyn nicht den Mut dazu. Sie hatte Angst, die Beziehung mit Slade ganz zu zerstören.

Wie hieß das alte Sprichwort? *Man soll nicht reparieren, was nicht kaputt ist.*

Aus Juni wurde Juli, aus Juli wurde August, und nichts Wesentliches veränderte sich. Zumindest nicht zwischen Joslyn und Slade.

Sie, Shea und Slade fuhren jeden Morgen nach Whisper Creek.

Und jeden Morgen versorgten sie ihre Pferde, ritten aus und unterhielten sich über Belanglosigkeiten. Danach trennten sich ihre Wege. Slade ging seiner Arbeit als Sheriff nach, Joslyn arbeitete in Kendras Immobilienbüro und Shea im „Curly-Burly", wo es ihr gut zu gefallen schien. Wenn sie nicht dort war, traf sie sich mit ihren neuen Freunden im Schwimmbad.

Obwohl Joslyn viel Zeit mit Slade verbrachte, hätte sie keine Ahnung gehabt, was in seinem oder Sheas Leben gerade passierte, wenn Opal sie nicht regelmäßig auf dem Laufenden gehalten hätte.

Er wollte beispielsweise nicht noch einmal für das Amt des Sheriffs kandidieren und versuchte, seinen Lieblings-Deputy Boone Taylor zu überreden, sich aufstellen zu lassen.

Wenn Slade keinen Dienst hatte, machte er sich praktisch jeden Abend noch einmal allein auf zur Whisper-Creek-Ranch, sattelte den großen Fuchs-Wallach und ritt stundenlang aus. Vermutlich, um sich auf das Rennen vorzubereiten.

Opal erzählte auch, dass es für ihn okay zu sein schien, dass Layne und ihre neue Liebe Heiratspläne schmiedeten. Und Opal hatte Slades Stieftochter ins Herz geschlossen. „Mit dieser Shea", pflegte sie gutmütig lächelnd und mit einem Kopfschütteln zu sagen, „wird es nie langweilig, das kannst du mir glauben."

Joslyn selbst war nervös wegen ihrer Immobilienmakler-Prüfung, die ihr Ende des Monats bevorstand. Wenn sie die Prüfung erfolgreich abschloss – und das hatte sie fest vor –, dann konnte sie Immobilien inserieren und Interessenten zeigen, statt lediglich telefonisch oder per E-Mail Auskunft zu erteilen. Außerdem gingen ihr langsam die lahmen Entschuldigungen für Kendras Abwesenheit aus, mit denen sie potenzielle Kunden vertrösten musste.

Die Geschäfte stagnierten, seit Kendra fort war. Kendra selbst jedoch war anscheinend noch nicht klar, was das bedeutete. Sie rief oft, allerdings immer nur kurz, an. Jeffreys Zustand sei unverändert, meinte sie dann, aber er könne immer noch nicht sprechen. Außerdem erzählte sie, dass sie aus Kostengründen von ihrem Hotel in seine Wohnung in Knightsbridge gezogen sei. Außer sich hier und da in der Charing Cross Road ein paar

Bücher zu kaufen, die sie dann an seinem Krankenbett las, würde sie kaum irgendwohin kommen.

Die ganze Situation hörte sich für Joslyn einigermaßen, nun ja, trostlos und davon abgesehen auch irgendwie mysteriös an. Hier ging mehr vor sich, als Kendra zuzugeben bereit war. Auch nachdem Joslyn ihr als einzigen Menschen auf der ganzen Welt anvertraut hatte, dass sie nicht nur mit Slade Barlow geschlafen hatte, sondern obendrein jede Minute davon genossen hatte, wollte sich Kendra ihr gegenüber nicht öffnen. Falls sie mittlerweile herausgefunden hatte, warum Jeffrey und seine Familie sie so kurzfristig nach England gerufen hatten, so verlor sie zumindest kein Wort darüber.

Erst ein paar Tage vor dem verdammten Rennen, das für den Samstag vor Labor Day geplant war, merkte Joslyn, wie sie ihre Freundin aus der Reserve locken konnte. Slade und Hutch hatten sich nämlich mittlerweile offenbar darauf geeinigt, das Rennen auf einer ungefähr drei Kilometer langen Strecke auf dem Gelände der Ranch auszutragen.

Joslyn stellte mehr oder weniger zufällig fest, dass sie bei Kendra nur beiläufig erwähnen musste, dass sich die beiden wahrscheinlich das Genick dabei brechen würden. Und wenn sie sich ihren Hals nicht selbst brachen, indem sie auf diesem zerfurchten Trampelpfad um die Wette ritten, würde sie, Joslyn, ihnen eigenhändig denselben umdrehen.

Auch über die Tausende von Kilometern lange Entfernung hörte man Kendra am Telefon erschrocken nach Luft schnappen. „Welche *Wette*?“, fragte sie. „Welches *Rennen*?“

Joslyn berichtete, was sie über den Plan der beiden starrköpfigen Carmody-Söhne wusste. Was ohnehin wenig war, da sich Slade sogar von Opal nur widerwillig ein paar Details aus der Nase hatte ziehen lassen.

„Oh, mein Gott“, flüsterte Kendra entsetzt. „Sind die beiden denn verrückt?“

„Ich glaube, das ist offensichtlich“, antwortete Joslyn trocken, obwohl ihr bei dem Gedanken an dieses Rennen selbst etwas übel wurde. Sie ahnte, dass es Kendra ähnlich ging.

„Sie können es doch unmöglich vergessen haben", schimpfte Kendra leise. „Zumindest Hutch nicht."

„Was vergessen?" Joslyn wurde immer nervöser. Mittlerweile wünschte sie, sie hätte dieses Rennen überhaupt nicht erwähnt. Kendra mochte zwar ein wenig aus sich herausgekommen sein, aber sie hatte auch ohne dieses Rennen schon genug Sorgen.

„Zwei Onkel von Hutch haben mal so ein Rennen veranstaltet, um eine offene Rechnung zwischen ihnen zu begleichen", teilte Kendra ihr mit. „Brüder seines Vaters. Es ist schon Jahre her, doch da du ja in Parable aufgewachsen bist, hast du bestimmt irgendwann einmal davon gehört. Es hat einen schrecklichen Unfall gegeben, bei dem beide gestorben sind, Joslyn. Manche Leute haben sogar gesagt, auf den Carmodys läge ein Fluch ..."

„Ein Fluch?" Joslyn hatte das Gefühl, als hätte ihr jemand einen Schlag in den Magen versetzt. „Aber du glaubst doch bestimmt nicht wirklich, dass ..."

„Nein." Kendra seufzte. „Natürlich glaube ich nicht daran, dass jemand verflucht sein kann. Dennoch wird etwas Schlimmes passieren, wenn Hutch und Slade diese Sache durchziehen. Das spüre ich."

Joslyn lief ein Schauer über den Rücken. Sie hatte noch nie erlebt, dass ihre bodenständige und alles andere als abergläubische Freundin so etwas sagte.

Sie schluckte. „Kendra ..."

„Wann soll dieses *Rennen* stattfinden?", hakte Kendra nach. Ihr Ton war jetzt nüchtern und energisch. Unter anderen Umständen hätte Joslyn sich über die veränderte Stimmung ihrer Freundin gefreut.

„Nächsten Samstag." Joslyn wusste, dass praktisch die ganze Stadt vorhatte, es sich anzusehen. In allen Bars in Parable wurden bereits Wetten abgeschlossen.

„Ich komme nach Hause", verkündete Kendra.

Erstaunt blinzelte Joslyn. Sie war gleichzeitig verwirrt und froh. „Das ist toll, aber ..."

Aber was ist mit Jeffrey?

Die Frage hing unausgesprochen zwischen ihnen in der Luft.

„Ich beeile mich." Kendra klang nun immer mehr wie die alte. „Bis dahin musst du alles tun, was in deiner Macht steht, um Slade Barlow zur Vernunft zu bringen."

„Er wird nicht auf mich hören", erwiderte Joslyn bedrückt. „Er hat es sich in den Kopf gesetzt und lässt sich bestimmt nicht mehr davon abbringen, Kendra."

„Möge Gott uns beistehen", sagte Kendra, „wenn John Carmodys Söhne sich etwas in den Kopf gesetzt haben."

„Amen." Joslyn hatte einen Kloß im Hals. Die Idee mit diesem Wettrennen hatte ihr natürlich nie gefallen, doch Kendras Reaktion hatte sie noch nervöser gemacht.

„Dann versuch, mit Callie zu sprechen." Kendra ließ nicht locker. „Vielleicht dringt ja sie zu ihm durch."

„Vielleicht." Joslyns Stimmer war fast nur noch ein Flüstern. Sie hatte wenig Hoffnung. Slades Mutter musste bereits von diesem Rennen erfahren haben. Falls sie versucht hatte, es ihrem Sohn auszureden, dann anscheinend ohne Erfolg. Denn das Rennen war schließlich immer noch geplant.

Joslyn bezweifelte ernsthaft, dass Callie oder sonst jemand die Sache aufhalten konnte. Dennoch musste sie es wenigstens irgendwie probieren, und sei es nur um Sheas willen.

Mittlerweile war es Nachmittag. Joslyn fuhr ihren Computer herunter und machte vorzeitig Feierabend.

Sie stellte Lucy-Maude ein frühes Abendessen hin, nahm ihren ganzen Mut zusammen und schnappte sich ihre Autoschlüssel, um zum „Curly-Burly" zu fahren. Dabei kam sie sich aufdringlich und albern vor. Mit Slade Barlow zu schlafen gab ihr nicht das Recht, sich in seine Angelegenheiten einzumischen. Außerdem war sie immer noch davon überzeugt, dass man dieses Rennen nicht mehr verhindern konnte.

Als sie bei Callies Wohnwagen parkte, blieb sie im Auto sitzen und überlegte, was sie zu Slades Mutter sagen sollte.

Ehe ihr irgendetwas Vernünftiges eingefallen war, erschien Callie in der Tür ihres Salons und winkte Joslyn zu sich.

„Das klappt nie und nimmer", murmelte Joslyn und stieg aus. Sie zwang sich zu einem breiten Lächeln.

Wenige Minuten später, nachdem sie ihr Anliegen bei einer Tasse Kaffee an Callies Küchentisch vorgebracht hatte, bestätigte sich ihre Vermutung.

„Außer dem lieben Gott kann niemand Slade dieses Rennen ausreden“, erklärte Slades Mutter grimmig. „Es ist etwas, das er einfach tun *muss.*“

19. KAPITEL

Am Tag des Rennens standen unheilvolle Wolken am Himmel. Boone und Shea wichen nicht von Slades Seite, während er seinen Wallach Highlander über die Rampe des Anhängers ins Freie führte.

Hutch war bereits mit seinem großen Schecken Remington draußen auf dem verwahrlosten, tristen Gelände, das sich weit abseits des großen Ranchhauses und des Stalls befand. Ein Grüppchen Zuschauer begann sich im wogenden hohen Gras zu versammeln; die Frauen standen mit verschränkten Armen beisammen und flüsterten miteinander, die Männer wirkten so ernst wie am Tag des Jüngsten Gerichts.

Angesichts des Himmels könnten sie durchaus richtig liegen.

„Dad, bitte.“ Shea, die im frühen Morgenlicht sehr bleich aussah, klammerte sich an Slades Arm. „Tu es nicht. Überlass Hutch doch diese dumme Ranch. Du willst sie ohnehin nicht wirklich.“

Er hatte ihr bereits ausführlich die Regeln seiner Wette mit Hutch erklärt. Die Gründe, warum er weder nachgeben noch die Sache abblasen wollte, waren allerdings weit schwerer in Worte zu fassen. Außerdem hatte er beschlossen, auf stur zu schalten. Heute waren ihm nämlich schon zweimal die Ohren langgezogen worden: einmal in seiner Küche von Opal, und einmal am Handy von seiner Mutter.

„Hier geht es nicht um die Ranch, Shea“, war alles, was ihm einfiel. Ihm war bewusst, dass diese Antwort unzureichend war, daran konnte er nun allerdings auch nichts mehr ändern.

Nun schaltete Boone sich ein. Er war nicht im Dienst und hatte bereits deutlich zu verstehen gegeben, was er von dem Rennen hielt. Da er aber sowohl mit Hutch als auch mit Slade befreundet war, hatte er offenbar das Bedürfnis verspürt, trotzdem herzukommen.

Deputy Boone Taylor – dunkelhaarig, mit dunklen Augen und Bartstoppeln auf den Wangen und dem energischen Kinn – boxte Slade leicht gegen den Oberarm.

„Hör auf die Kleine“, meinte er. „Sie hat recht.“

Slade sprach mit seiner autoritären Dienststimme, obwohl er natürlich ebenfalls nicht seine Sheriffsuniform trug. Sogar bei der Arbeit hatte er sie nur selten an – hauptsächlich deshalb, weil er das Gefühl hatte, sie würde ihn von genau jenen Menschen trennen, deren Freund und Helfer er eigentlich sein sollte. „Sieh zu, dass die Leute da drüben nach hinten gehen.“ Er deutete mit dem Kopf auf die kleine, aber stetig wachsende Menge von Zuschauern. „Ich will nicht, dass jemand verletzt wird.“

Boone schnaubte. „Tja, Sheriff, *das* ist jetzt wirklich absurd.“

Genau in diesem Moment bemerkte Slade aus dem Augenwinkel einen kleinen blauen Sportwagen querfeldein direkt auf sie zusteuern. Das Verdeck war geöffnet, und er konnte erkennen, dass sich zwei Frauen im Auto befanden.

Am Steuer saß Kendra Shepherd. Neben ihr auf dem Beifahrersitz kniete – unangeschnallt – Joslyn, wedelte mit beiden Armen und schrie irgendetwas.

Da sich der Himmel gerade verdunkelte und es zu donnern begann, konnte Slade nicht verstehen, was sie sagte. Aber er konnte es sich ziemlich gut vorstellen.

Hutch überließ seinen Schecken einem seiner Rancharbeiter und ging zu Slade, um zu verfolgen, wie die Frauen über das holprige Gelände auf sie zurasten.

„Das kann nicht gut für die Stoßdämpfer sein“, stellte er fest.

Slade konnte sich ein Lächeln nicht verkneifen. „Ganz zu schweigen von dem Verstoß gegen die Gurtpflicht. Ich könnte sie dafür belangen.“

Der Sportwagen blieb mit quietschenden Bremsen auf der Wiese stehen, und Kendra sprang auf der einen Seite und Joslyn auf der anderen heraus.

Kendra marschierte auf Hutch zu, hob die Fäuste und boxte ihm ohne Umschweife gegen die Brust.

Er lachte und hielt sie an den Handgelenken fest.

Sie versuchte, ihn abzuschütteln. Allerdings waren ihre Bemühungen, soweit Slade sehen konnte, nicht sehr überzeugend.

„Hutch Carmody“, schimpfte sie wütend, „du bist ein dummer, stolzer, eigensinniger …“

Er küsste sie.

Die Menge johlte.

Joslyn stellte sich neben Slade und stieß ihn unsanft in die Rippen. „Du bist übrigens genauso schlimm. Und wage es *ja* nicht, mich auch zu küssen.“

Er tat es trotzdem. Verlangend und wild.

Die umstehenden Leute brachen erneut in Jubel aus.

Shea, die ihren treuen Begleiter Jasper heute zu Hause gelassen hatte, war inzwischen zu Opal und Callie gelaufen. In ihren Augen schimmerten Tränen. Sie war immer noch blass im Gesicht, wirkte jetzt aber wieder gefasster.

„Ich liebe dich“, sagte Slade zu Joslyn.

Sie blinzelte ungläubig zu ihm hinauf. Ihr Haar war vom Fahrtwind zerzaust, und ihre Augen funkelten vor Aufregung und Überraschung. In ihrem Blick lag jene Leidenschaft, die ihr Körper bereits verraten hatte – sosehr sie es auch zu leugnen versuchte.

„Was hast du gerade gesagt?“ Sie strich sich mit einer Hand die Haare aus dem Gesicht. Der Wind blies nun heftiger, und die ersten Regentropfen klatschten auf die trockene, harte Erde der Straße neben dem Fluss.

„Du hast schon richtig gehört“, antwortete Slade leise. „Ich liebe dich, Joslyn Kirk.“

Ein verwirrtes Lächeln breitete sich auf ihrem Gesicht aus. Es überstrahlte den ganzen Ärger, den Zorn und auch die dünne Staubschicht, die sich auf der Fahrt in Kendras Cabrio auf ihre Wangen gelegt hatte. „Oh!“

Ihre Augen glänzten. Dann verdüsterte sich ihr Blick wieder – genau wie der Himmel. „Ich liebe dich auch“, flüsterte sie fast ein wenig ärgerlich. „Und darum bitte ich dich, dieses Rennen abzublasen und die Sache mit Hutch auf vernünftige, erwachsene Art und Weise zu regeln.“

„Tut mir leid, doch das geht nicht.“ Slade schaute schmunzelnd zu Hutch und Kendra, die ein paar Meter entfernt die

Köpfe zusammensteckten und miteinander stritten. Beide hatten die Fäuste geballt. Sehr zu seiner zusätzlichen Erheiterung bemerkte Slade, dass Boone sich neben die beiden gestellt hatte – offenbar für den Fall, dass er bei Handgreiflichkeiten schlichtend eingreifen musste.

Hutch sah zu ihm herüber. Er trug, genau wie Slade, keinen Hut.

Als ihre Blicke aufeinandertrafen, donnerte es wieder. Man hätte meinen können, die beiden hätten das Unwetter selbst verursacht.

„Los, bringen wir es hinter uns", forderte Hutch ihn auf.

Slade nickte.

Joslyn trat zurück und schüttelte fassungslos den Kopf. Weinte sie, oder waren es Regentropfen, die auf ihren Wangen schimmerten?

Hutch riss sich von Kendra los. Sie hätte sich auf ihn gestürzt und mit den Fäusten auf ihn eingeschlagen, wenn Boone sie nicht von hinten an den Schultern festgehalten hätte.

John Carmodys Söhne führten ihre Pferde an den Start.

„Bis zur Biegung des Flusses und wieder zurück, wie vereinbart", sagte Hutch zu Slade, nachdem sie beide in ihren Rennsätteln saßen, die sie extra für den heutigen Anlass gekauft hatten.

Slade nickte wieder. Dann gaben sich die beiden die Hand. Es schien eher ein Reflex als eine bewusste Geste zu sein.

Ein Nachbar zog mit einem langen Stock eine Art Startlinie quer über den Weg. Ein anderer hob eine Pistole, richtete sie auf den Himmel und wartete.

Der Regen wurde stärker. Die Tropfen hinterließen dicke Kleckse auf dem Boden, und es begann intensiv nach feuchtem Staub zu riechen.

Slade und Hutch beugten sich tief über die Hälse ihrer Pferde und warteten auf das Startsignal.

Der Schuss wurde abgefeuert. Remington und Highlander stürmten los – zuerst in schnellem Trab, dann im Galopp.

Die zwei Wallache waren gleichauf. Weder Slade noch Hutch schlug seinem Pferd mit den Zügeln auf den Hals, um es anzufeuern. Keiner von beiden trieb sein Tier mit den Hacken seiner Stiefel an. Sie hatten Zeit.

Die Strecke war einfach, der Boden jedoch uneben. Anderthalb Kilometer bis zur Biegung des Flusses, anderthalb zurück.

Slade spürte pure Freude in sich aufsteigen. Er genoss den Ritt um seiner selbst willen. Er liebte den dunklen Himmel über sich, liebte das Donnergrollen und das grüne Weidegras von Montana, das im Wind wogte. Er liebte die Erinnerung an Joslyns leicht gereizte Liebeserklärung, die sie ihm an der Startlinie gemacht hatte.

Ich liebe dich auch, hatte sie gesagt und dabei so ausgesehen, als hätte sie ihn in diesem Moment am liebsten grün und blau geschlagen.

Er musste lachen, sowie er daran dachte. Die Pferde hatten ihr Tempo beschleunigt und schossen nun wie zwei Blitze die regenfeuchte Straße entlang. Neben ihm stieß Hutch einen wilden Schrei aus. Auch er genoss dieses Wettrennen, auf das sie beide in gewisser Weise schon ihr ganzes Leben lang gewartet hatten.

Es stimmte, was Slade vorhin zu Shea gemeint hatte. Es ging tatsächlich nicht um die Ranch. Auch ob er nun gewann oder verlor war nicht wichtig, sondern es ging nur darum, dass sie Brüder waren, er und Hutch – ob ihnen das gefiel oder nicht. Das Rennen war ihre Art, diese Tatsache zu akzeptieren. Und zwar durch Taten, nicht nur mit Worten.

Außerdem waren sie beide jung. In ihren besten Jahren. Und sie waren Männer.

Sie erreichten die Biegung des Flusses und kehrten in großem Bogen um. Keines der Pferde zeigte Ermüdungserscheinungen.

Inzwischen waren beide Männer vom Regen völlig durchnässt und lachten wie verrückt. Die Pferde wurden nicht langsamer, im Gegenteil, sie liefen noch schneller.

Hutch und Slade schienen den Tieren im gleichen Moment ihren Willen zu lassen. Jetzt waren es Remington und Highlander, die das Rennen unter sich austrugen, und den zwei Wallachen war es todernst damit. Beide wollten gewinnen.

Hutch stieß erneut einen Schrei aus und beugte sich weit über Remingtons langen, schweißnassen Hals nach vorne.

Slade tat das Gleiche auf Highlander – allerdings ohne zu schreien. Er konnte wegen des Regens, der ihm ins Gesicht peitschte, kaum noch etwas erkennen.

Die Pferde schossen über die Ziellinie. Highlander nur knapp eine Nasenlänge vor Remington, doch es reichte für den Sieg.

Beide Männer zügelten ihre Pferde vorsichtig und gaben ihnen Zeit, langsamer zu werden und stehen zu bleiben, sobald sie so weit waren.

Die Rancharbeiter und ein paar Zuschauer stürmten zu ihnen.

„Du hast gewonnen, Slade", sagte Hutch so leise, dass es wegen des Sturms und der jubelnden Zuschauer kaum zu hören war. Dann lachte er überraschenderweise. Es war ein raues und etwas bitteres Lachen. „Aber nur *verdammt* knapp."

Slades Pferd bäumte sich auf und drehte sich im Kreis, aber Slade, der lässig im Sattel saß, ließ es geschehen. „Ist die Sache zwischen uns jetzt erledigt?", fragte er seinen Halbbruder.

„Erledigt." Hutch klang einigermaßen erschöpft.

„Gut", erwiderte Slade, während Shea und Joslyn auf sie zukamen. „Ich nehme dein letztes Angebot an, mir meinen Teil der Ranch abzukaufen. Whisper Creek gehört dir allein."

Hutch blieb vor Verblüffung der Mund offen. „Was?"

„Maggie Landers wird den Deal abwickeln." Slade schwang ein Bein über Highlanders Hals und sprang auf den Boden. Seine Haare und seine Kleider klebten ihm auf der Haut. Joslyn watete durch eine Pfütze zu ihm und warf sich in seine Arme. Dabei schluchzte sie, was für ein Idiot er doch wäre.

Er lachte, hielt sie fest und gab ihr einen Kuss auf die Schläfe. Dann winkte er Shea zu, die neben ihm stand und mit einer Mischung aus Erleichterung, Bewunderung und Entrüstung zu ihm aufsah.

Ungeachtet des strömenden Regens lächelte sie ihm zu und wandte sich zum Gehen um.

Slade küsste Joslyn stürmisch, und sie erwiderte seinen Kuss nicht weniger leidenschaftlich. Als er ihre Lippen freigab, hielt Joslyn ihn mit beiden Händen an seinem Hemd fest und lachte und weinte gleichzeitig.

„Es geht dir gut“, stieß sie schluchzend hervor. „Dir ist nichts geschehen.“

„Mir geht es mehr als gut.“ Am liebsten hätte er sie auf der Stelle ins nächste Schlafzimmer getragen, ihr – und sich selbst – die nassen Klamotten ausgezogen und sie stundenlang geliebt.

Doch das würde warten müssen. Er musste Highlander zurück in Hutchs Stall bringen, das Tier trockenreiben und ihm sowie Chessie und Sundance Futter und Wasser geben.

„Hast du es ernst gemeint – vorhin?“, fragte Joslyn.

Im Gegensatz zu Hutch, der von Zuschauern regelrecht umringt war, ließen die Leute Slade und Joslyn jetzt ihre Privatsphäre.

Slade legte Joslyn einen Finger auf die Nasenspitze.

Der strömende Regen prasselte auf sie beide nieder.

„Du kennst mich doch“, antwortete er. „Ich sage nie etwas, ohne es ernst zu meinen. Vor allem nicht ‚Ich liebe dich‘.“

„Wie geht es jetzt weiter?“

„Ich kümmere mich um mein Pferd. Opal und Shea verbringen den Rest des Tages bei Callie im ‚Curly-Burly‘ und werden sich bestimmt die ganze Zeit darüber auslassen, wie dumm und stur ich doch bin. Und wir beide gehen zu mir nach Hause. Wir ziehen uns aus, nehmen eine heiße Dusche und springen in mein Bett.“

Joslyn lächelte, versuchte – ohne Erfolg –, sich das Gesicht mit dem Ärmel ihres nassen T-Shirts abzuwischen, und nickte. „Wir sehen uns bei dir“, erwiderte sie, küsste ihn zum Abschied aufs Kinn und drehte sich um.

Kendras Auto steckte mittlerweile im Schlamm fest und musste – dreckig, wie es war – von einem halben Dutzend fürchterlich fluchender Männer auf die Straße geschoben werden. Irgendjemand hatte glücklicherweise das Verdeck geschlossen, und als der Wagen schließlich wieder festen Boden unter den Rädern hatte, stiegen Kendra und Joslyn ein.

Langsam löste sich die Menschentraube auf.

Hutch und Slade ritten auf ihren müden Pferden zurück zum Stall, damit sich die Muskeln der Tiere lockern konnten. Keinen von beiden schien der Regenguss zu stören. Eine Unterhaltung war mittlerweile praktisch unmöglich, allerdings machte das nichts.

Sie würden vielleicht nie Freunde werden, er und Hutch, doch sie hatten am heutigen Tag etwas geklärt. Eine neue, zerbrechliche Art von Frieden hatte sich eingestellt.

„Du hast nicht absichtlich verloren, oder?", erkundigte sich Slade später, während sie im Stall ihre Pferde absattelten.

„Nö." Hutch führte Remington in eine Box, um ihm dort das Zaumzeug abzunehmen. „Du hast gewonnen, und zwar verdient. Aber nur knapp."

Slade lachte leise und schüttelte den Kopf. „Kann man wohl sagen." Er führte Highlander in die Box gegenüber von Remington und griff nach einem Striegel. „Auf der Rennbahn wäre es ein Fotofinish gewesen."

Hutch murmelte seinem Pferd ein paar beruhigende Worte zu und fing an, es ebenfalls zu striegeln. „Deal bleibt Deal, Slade. Wir hatten vereinbart, dass du ins Haupthaus ziehst und die Ranch als gleichberechtigter Partner bewirtschaften kannst, falls du gewinnst."

„Ich will die Hälfte von Whisper Creek nicht, Hutch." Slade bürstete immer noch sein Pferd, das nun endlich einen zuckenden Muskel nach dem anderen entspannte und hungrig das frische Heu im Futtertrog verschlang. „Ich möchte das Anwesen, auf dem ich derzeit wohne, kaufen, einen Stall bauen, anständige Zäune aufstellen und das Ranchhaus ausbauen."

Hutch hörte auf, Remington zu striegeln, verließ die Box und schob den Riegel der Tür zu. „War das die ganze Zeit dein Plan?" Er stützte sich mit den Unterarmen auf Highlanders Boxentür.

Wie Slade war auch Hutch völlig durchnässt und es schien ihn ebenso wenig zu stören.

Slade dachte über die Frage nach. Dann seufzte er. „Möglich."

„Warum dann das Rennen?"

„Weil du mich provoziert hast, schätze ich", antwortete Slade grinsend. Er war mit Highlander fertig. Es war Zeit, den Wallach ausruhen zu lassen. Er hatte es, weiß Gott, verdient.

Hutch lachte und trat zur Seite, damit Slade aus der Pferdebox kommen konnte. „Kann es sein, dass Joslyn in deinen Plänen ebenfalls vorkommt? Mir ist nicht entgangen, *wie* du sie heute geküsst hast."

Slade grinste schief. „Kann sein." Er ging weiter zu Chessies Box. Was Joslyn betraf, hatte er durchaus Pläne. Doch das war nichts, was er mit Hutch diskutieren würde. „Was ist mit dir und Kendra?"

Hutch betrat die nächste Box, um Sundance zu füttern. „Sie kann mich nicht ausstehen", antwortete er schmunzelnd. „Ich glaube, sie hätte mich heute am liebsten angespuckt, wenn sie das nicht für eine Verschwendung ihres Speichels gehalten hätte."

Slade lachte leise. „Und ich habe dich, was Frauen anbelangt, immer für den Experten schlechthin gehalten. Da habe ich mich wohl getäuscht."

Hutchs Kopf tauchte über der halbhohen Trennwand zwischen Chessies und Sundance' Box auf. „Was zum Teufel meinst du?", fragte er gereizt.

Slade zuckte die Achseln und tätschelte Sundance' golden glänzenden Hals. „Ich hätte gedacht, du würdest Leidenschaft erkennen, wenn du sie siehst. Aber anscheinend hast du nichts mitgekriegt."

„Ich habe sie geküsst", entgegnete Hutch. Es klang fast so, als würde er sich verteidigen.

„Schon klar." Slade wandte sich ab, damit sein Halbbruder seinen amüsierten Gesichtsausdruck nicht bemerkte. „Das ist mir nicht entgangen."

„Und weißt du auch, wie sie reagiert hat?"

„Nein." Slade verschränkte die Arme. „Ich war in diesem Moment selbst ziemlich beschäftigt."

„Sie hat mich *getreten*, Slade. Voll gegen das Schienbein."

Slade verzog das Gesicht. „Autsch."

„Das hat mich wahrscheinlich den Sieg gekostet", stellte Hutch nachdenklich fest.

„Träum weiter, Cowboy.“ Slade trat gleichzeitig mit Hutch hinaus auf den Gang zwischen den Pferdeboxen. „Dein Pferd war schnell, meines noch eine Spur schneller, und der blaue Fleck auf deinem Schienbein hat nichts damit zu tun.“

Hutch stellte sich mit leicht gespreizten Beinen hin, stemmte die Hände in die Hüfte und schaute ihn finster an. Aber trotz seiner herausfordernden Haltung schien er weder eine Antwort *noch* einen Plan zu haben. Slade hätte am liebsten laut losgelacht.

„Wir können ja noch mal um die Wette reiten“, schlug er vor.

„Und was hätte das für einen Sinn, verflucht noch mal?“

„Ich wollte dich nur ein bisschen aufheitern, kleiner Bruder.“

Einen Moment lang dachte Slade, Hutch würde sich gleich auf ihn stürzen und sie beide würden sich zur Krönung des Tages mitten im Stall einen schönen, altmodischen Faustkampf liefern.

Doch schließlich lachte Hutch nur. „Willst du irgendwann mal ein Bier trinken gehen?“

„Kling gut“, antwortete Slade. Kamen sie sich etwa gerade näher, Hutch und er? Würde sich nach all den Jahren erbitterter Feindschaft so etwas wie ein brüderliches Verhältnis entwickeln? Es war zu früh, um es sagen zu können.

Slade klopfte Hutch im Vorbeigehen auf die Schulter. Dann marschierte er hinaus in den Regen, stieg in seinen Pick-up und machte sich auf den Heimweg.

Den Blick geradeaus und über die Scheibenwischer hinweg auf die Straße gerichtet, ließ er Whisper Creek hinter sich, ohne ein einziges Mal in den Rückspiegel zu sehen. Die Ranch bedeutete für ihn nicht mehr und nicht weniger als einen Ort, zu dem er nie gehört hatte. Jetzt, da er all dem den Rücken gekehrt hatte, fühlte er sich so, als wäre eine große Last von seinen Schultern gefallen.

Slade konnte sich zwar nicht genau erklären, was jetzt anders war, doch er wusste, dass er sich innerlich zutiefst befreit fühlte. Er wusste, dass er *sich selbst* befreit hatte. Das Gleiche traf auch auf Hutch zu.

Sie waren beide frei und unabhängig.

Endlich.

Als Slades dreckiger Pick-up in die Auffahrt zwischen seinem Haus und dem verfallenen alten Stall einbog, wartete Joslyn mit Jasper bereits auf ihn. Sie stand auf der vorderen Treppe, ihr Haar war tropfnass, und aus den überschwemmten Regenrinnen des Verandadaches rann das Wasser in Strömen herunter.

Ihr war nicht kalt – dazu freute sie sich zu sehr auf ihn –, aber sie zitterte, als sie ihn aus seinem Wagen aussteigen, die Autotür zuschlagen und auf sie zukommen sah.

Der Regenschauer konnte Slade nichts anhaben. Er ging nicht geduckt, sondern aufrecht und mit energischen Schritten. Mit seinen blauen Augen sah er Joslyn direkt an.

„Wegen dieser Spirale …“, sagte sie verlegen, während er die Verandastufen zu ihr hinaufkam.

Slade zog lediglich eine Augenbraue hoch und schaute sie abwartend an. Er schien sie mit seinen Blicken zu liebkosen.

„Ich habe sie vor ein paar Wochen entfernen lassen“, platzte es aus ihr heraus. Sie konnte es nicht mehr für sich behalten, denn es war etwas, das sie ihm offen und ehrlich mitteilen musste. Sie waren sich beide im Klaren darüber, was gleich passieren würde, und Joslyn wollte, dass Slade über das Risiko Bescheid wusste, das damit – trotz Kondom – einherging.

„Ist für mich in Ordnung“, murmelte er und tätschelte Jasper zur Begrüßung den Kopf. Dann nahm er Joslyn an der Hand, und zusammen betraten sie das Haus. Das Regenwasser tropfte von ihnen beiden auf Opals sauberen Fußboden hinunter.

Endlich küsste er sie. Joslyn verlor sich regelrecht in seinem Kuss, gab sich diesem Kuss – und Slade – völlig hin.

Als er sie auf seine Arme nahm und die Treppe hinaufging, folgte ihnen Jasper nicht.

Die Dusche war himmlisch heiß, doch das war schon alles, was Joslyn davon mitbekam. Denn Slades Streicheln und seine Küsse vernebelten ihr die Sinne.

Sie befand sich in einem Zustand süßer, befriedigter Benommenheit, als Slade das Wasser abdrehte, sie mit einem Handtuch abtrocknete, darin einwickelte und sie über den Korridor hinüber in sein Schlafzimmer führte.

Sein Bett war groß, mit gedrechselten Bettpfosten am Kopfende und flauschigen Kissen, allerdings hatte Joslyn kaum Augen dafür. Innerlich glühte sie, doch die feuchte Kälte begann ihr in die Knochen zu kriechen. Sie brauchte Slades Wärme, seinen Körper auf sich und seine Kraft. Am meisten aber brauchte sie seine Liebe.

Slade hob die Bettdecke hoch. Im nächsten Moment lagen sie beide darunter und schauten sich an.

Er streichelte ihr mit den Fingerknöcheln einer Hand sanft über die Wange.

Fast schüchtern schob sie ein Bein über ihn und rutschte näher.

Als er ihre Stirn küsste, spürte sie, dass ihn ein Zittern durchlief. Sie öffnete die Augen und sah ihn an.

„Was ist?", flüsterte sie.

„Ich verkaufe Hutch meinen Teil von Whisper Creek." Seine Stimme klang rau, seine Augen waren unsäglich blau. „Dieses Haus ist von jetzt an mein Zuhause."

Sie blinzelte verdutzt. „Aber du hast doch gewonnen, oder?"

„Ja. Allerdings nur knapp – laut Hutch." Er schmunzelte.

Joslyn war so erleichtert, dass sie die Arme um seinen Nacken schlang und sich noch enger an Slades – sichtlich – erregten Körper presste. „Das freut mich", sagte sie. „Es ist ein wunderschönes altes Haus."

Seine Wimpern waren so lang … Es ist, sinnierte Joslyn verträumt und entspannt vor sich hin, verdammt unfair, dass ein Mann solche Wimpern hat.

„Und ich freue mich, dass es dir gefällt", entgegnete er. „Die Frage ist, ob es dir gut genug gefällt, dass du hier wohnen möchtest?"

Ihr Herz machte einen Freudensprung. Sie hatte Slade geglaubt, als er gesagt hatte, dass er sie liebte. Und sie liebte ihn natürlich auch. Aber sie war sich nicht sicher gewesen, ob er, der sich stets alles gut überlegte, sich mit dem nächsten Schritt noch Zeit lassen wollte. Schließlich hatte er in seinem Leben immer alles so gehandhabt.

„Fragst du mich, ob ich in wilder Ehe mit dir zusammenleben will?", neckte sie ihn. Ihre Stimme allerdings zitterte, und sie merkte, dass sie den Atem anhielt und es schien ihr, als ob ihr Herz einen Schlag aussetzte, während sie auf seine Antwort wartete.

„Ich habe es dir ja schon mal gesagt ..." Seine Augen strahlten. „... dass ich ein altmodischer Mensch bin. Ich frage dich, ob du mich heiraten willst, Joslyn. Ich frage dich, ob du mir hilfst, aus dieser Ranch etwas zu machen, auf das wir beide stolz sein können. Ich frage dich, ob du dieses Bett mit mir jede Nacht teilen und meine Kinder bekommen willst."

Ihre Augen füllten sich mit Tränen. Er bot ihr alles an, was sie sich immer gewünscht hatte, doch es ging alles zu schnell. Sie brauchte Zeit.

Fünfzehn Minuten mindestens.

Slade runzelte die Stirn und strich mit den Fingern zart über ihren Oberarm. Die Berührung hinterließ eine erregend heiße Spur auf ihrer Haut. „Außer...", begann er. Dann fiel ihm offenbar etwas ein, denn sein Blick verdüsterte sich. „*Verdammt.*"

„Außer?", wiederholte Joslyn atemlos – und nicht nur deshalb, weil Slades Hand von ihrem Arm zu einer ihrer Brüste gewandert war. Er umschloss sie mit der Hand und umkreiste langsam die Brustwarze mit dem Daumen. Es war ein berauschendes Gefühl.

„Shea wird hier wohnen", sagte er. „Ich habe ihr versprochen, dass sie das nächste Schuljahr bei mir leben kann."

„Ist das ein Problem?" Joslyn empfand in diesem Moment eine überwältigende Zärtlichkeit sowohl für Slade als auch seine Stieftochter.

„Ist es eines?"

Sie knabberte spielerisch an seinen Lippen. „Nein", murmelte sie. „Ist es nicht."

„Bist du dir sicher?"

Sie grinste ihn an. „Ich sage nie etwas, ohne es auch so zu meinen, Slade Barlow. Und würde es dir etwas ausmachen, jetzt endlich mit mir zu schlafen? Ich bin nämlich ständig erregt, seit wir das letzte Mal miteinander Sex hatten."

Er lachte und stützte sich mit den Unterarmen links und rechts neben ihr auf die Matratze. „Aber nein, Ma'am", erwiderte er, ganz Cowboy, „das würde mir überhaupt nichts ausmachen."

Sie spreizte ihre Oberschenkel. Obwohl Slade noch nicht ganz auf ihr lag, konnte sie kaum noch atmen. „Dann ist es ja gut", murmelte sie und ließ sich von ihm küssen.

Diesmal gab es kein Vorspiel. Das Bedürfnis, eins zu werden, war zu groß, zu drängend. Slade schob seine Hände unter ihren Po, hob sie ein wenig an und drang in Joslyn ein.

Als sie zum ersten Mal kam, löste sich aus ihrer Kehle ein lang gezogenes, leises Stöhnen. Sie grub ihre Finger in Slades Schultern.

„Das ist erst der Anfang", flüsterte er dicht an ihrem Ohr.

Diese – durchaus selbstbewussten – Worte erwiesen sich im Nu als prophetisch. Joslyn durchströmte ein wilder Orgasmus, der fließend in den nächsten überging.

Sie keuchte, schrie auf und umklammerte mit ihren Händen die Stangen des Kopfendes von Slades Bett. Sie bäumte sich auf, flehte nach mehr, aber vor allem *liebte* sie – befreit, stürmisch und mit allem, was sie war.

Irgendwann konnte Slade sich nicht mehr zurückhalten. Er erschauerte über ihr, dann noch einmal, warf seinen Kopf in den Nacken und stöhnte immer wieder ihren Namen.

Viele Minuten später, als Joslyn wieder – einigermaßen – klar denken konnte, begann sie, dicht an seiner Schulter leise zu lachen.

„Ich hoffe, das Kondom ist wieder geplatzt", erklärte sie kichernd.

Zärtlich küsste er sie. „Welches Kondom?"

Und während der Regen immer noch auf das alte Dach prasselte und gegen die Fenster peitschte, lachten Slade und Joslyn. Es war ein ebenso intimer Akt, wie miteinander zu schlafen.

Die Hochzeit fand zwei Wochen später in jener Kirche statt, die Callie immer besuchte. Durch das bunte Glas der wenigen Fenster fiel warmes Licht, und die Kirchenbänke bogen sich regelrecht unter den vielen gut gelaunten Gästen.

Slade hatte Boone gebeten, sein Trauzeuge zu sein. Kendra und Shea waren Joslyns Trauzeuginnen und trugen Kleider aus Organzastoff, die sie beide vorgaben zu hassen.

Joslyns Mutter Dana und Brian waren natürlich extra angereist. Dana saß bei Opal und Callie und strahlte vor Freude. Die drei Grazien, dachte Joslyn.

Allerdings nahm sie alles um sich herum nur verschwommen wahr, als sie, einen Arm bei Hutch untergehakt, im Kircheneingang stand. Sie fühlte sich schön in ihrem sorgfältig ausgewählten, schnell gekauften und ein wenig geänderten Kleid – einem Traum aus Tüll, besetzt mit weißer Spitze und Perlen. Außerdem trug sie einen Schleier, der an einem Krönchen aus blassrosa Blumen befestigt war. In den Händen, die in Handschuhen steckten, hielt sie einen farblich dazu passenden Blumenstrauß.

Slade stand mit dem Pfarrer und Boone vorne am Altar und sah in seinem geliehenen Smoking unglaublich gut aus. Er lächelte Joslyn über die Köpfe der festlich gekleideten Gäste auf den Kirchenbänken hinweg zu.

Er wäre wahrscheinlich nicht ungern mit ihr durchgebrannt, ihr großer, dunkelhaariger Bräutigam mit den unglaublich blauen Augen. Doch Joslyn wollte nicht auf eine Hochzeit mit allem Drum und Dran verzichten – weißes Kleid, Brautjungfern und anschließender Empfang. Das ganze Programm.

Schließlich war dies hier für immer, und das bedeutete, dass man es standesgemäß feiern musste.

Die Orgel begann zu spielen.

„Bereit?", fragte Hutch leise und mit einem verschmitzten Lächeln in den Augen.

Joslyn atmete tief durch. „Bereit."

Shea schritt, wie sie es bereits bei der Probe getan hatte, stolz und anmutig als Erste zum Altar.

Kendra, die Hutch die ganze Zeit geflissentlich ignoriert hatte, folgte ihr und stellte sich links neben den Altar.

„Hier kommt die Braut", flüsterte Hutch.

Joslyn lächelte. „Dann wollen wir mal."

Slade hatte eigentlich vorgehabt, die Flitterwochen mit Joslyn in irgendeinem luxuriösen Hotel zu verbringen, aber letztlich blieben sie doch zu Hause. Obwohl er bereits bekannt gegeben hatte, dass er nicht mehr für das Amt des Sheriffs kandidieren würde – Boone und McQuillan hatten sich beide aufstellen lassen –, gab es bis zur Amtsübergabe noch viel zu erledigen.

Joslyn, die ihre Prüfung erfolgreich hinter sich gebracht und die Maklerlizenz erworben hatte, wollte im Grunde auch nicht weg aus Parable. Sie hatte gesagt, Kendra würde gerade eine schwere Zeit durchmachen und sie in der Firma brauchen.

Und dann war da noch Shea. Auch wenn sie bei Callie und Opal in besten Händen wäre, konnten Slade und Joslyn nicht einfach wegfahren und sie allein lassen, nicht wahr? Da Sheas Mutter und Bentley inzwischen geheiratet und gerade eine ausgedehnte Kreuzfahrt machten, konnte sie auch nicht zurück nach L. A.

Shea freute sich zwar über Slades und Joslyns Hochzeit, befand sich aber dennoch in einer schwierigen Entwicklungsphase. Das Mädchen brauchte Stabilität, vor allem jetzt, da sich in seinem Leben so viel veränderte.

Slade für seinen Teil war froh, seine Braut nach der kirchlichen Trauung und dem anschließenden Trubel auf der Hochzeitsfeier in Kendras Haus für sich allein zu haben.

Nach dem Fest waren sie nach Hause gefahren und hatten sich umgezogen. Nun trugen beide Jeans, Stiefel und ihre Lieblings-Sweatshirts.

Wie Joslyn nun so mit offenem Haar in der Küche stand, war sie genauso schön wie vorhin in ihrem weißen Traum aus Tüll und Spitzen. In ihren Haaren glitzerten da und dort noch ein paar vergessene strassbesetzte Spangen. Sie sahen aus wie winzige Sterne, die direkt vom Himmel gefallen waren.

Slade und Joslyn küssten sich, lachten und küssten sich wieder. Dann pfiff Slade nach Jasper und sie verließen das charmant gealterte, etwas heruntergekommene Ranchhaus, das eines Tages wieder in neuem Glanz erstrahlen würde.

„Glücklich?“, fragte Slade, nachdem sie zu dritt im Pick-up saßen und die Einfahrt hinunterfuhren.

„Glücklich.“ Joslyn lächelte. „Und du?“

„Absolut.“

Sie legte ihre Hand zärtlich auf sein rechtes Knie.

Auf dem Weg zur Whisper-Creek-Ranch unterhielten sie sich kaum. Es war nicht nötig. Sie verstanden sich auch so – indem sie das Gleiche dachten und einander auf diese ganz besondere Art und Weise anlächelten, die nur sie beide verstanden.

Als sie neben Hutchs Stall anhielten, war weit und breit keine Menschenseele zu entdecken. Allerdings war das kein glücklicher Zufall, sondern im Voraus so geplant.

Sie gingen Hand in Hand und mit Jasper, der fröhlich hinter ihnen herlief, in den Stall. Drinnen angekommen, ließen sie einander los und gingen in verschiedene Boxen.

Joslyn zäumte Sundance auf, sattelte sie und führte die Stute dann hinaus in die späte Nachmittagssonne, deren klares Licht bereits ein Vorbote des nahenden Herbstes war.

Slade folgte Joslyn mit Highlander auf den Hof.

Sie ritten hinaus auf die Weide. Slade ritt voraus, doch Joslyn auf Sundance hatte ihn bald eingeholt.

„Alles, was wir jetzt noch brauchen“, sagte Joslyn augenzwinkernd, „ist ein Sonnenuntergang.“

Slade musste bei dieser Vorstellung lachen. „Ich habe da etwas ganz anderes im Sinn. Zum Beispiel mit dir irgendwo hier im hohen Gras zu schlafen.“

Sie schmunzelte. „*Das* wäre natürlich auch eine Möglichkeit …“

– ENDE –

Lesen Sie auch:

Linda Lael Miller

BIG SKY MOUNTAIN – Der Berg der Sehnsucht

Ab Januar 2014 im Buchhandel

Band-Nr. 25692
8,99 € (D)
ISBN: 978-3-86278-801-9

Kendra saß in der Küche ihrer besten Freundin Joslyn, ihr gegenüber hatte Callie Barlow Platz genommen. Im Ranchhaus war es ungewöhnlich ruhig, da sich fast alle auf den Weg in die Stadt gemacht hatten, um bei der Hochzeit dabei zu sein. Kendra schaute kurz über die Schulter und vergewisserte sich, dass ihre vierjährige Adoptivtochter Madison immer noch friedlich auf der Sitzbank – ihr lila Känguru Rupert an sich gedrückt – schlief. Der Anblick dieses engelsgleichen Gesichts, das von kupferfarbenen Locken umrahmt wurde, ging Kendra jedes Mal zu Herzen.

Ihr Kind. Ihr so lang herbeigesehntes und so hart erkämpftes Kind. Ihr kleines persönliches Wunder.

Nicht jede Frau hätte die Situation genauso gesehen wie Kendra, war Madison doch der Beweis für Jeffreys Untreue und dafür, dass es immer ein großes Risiko bedeutete, einen anderen Menschen zu lieben und ihm zu vertrauen. Aber das alles hatte sie letztlich nicht gekümmert, denn sie selbst war als Kind von einer gefühllosen Großmutter aufgezogen worden – was mit ein Grund war, dass sie so an Madison hing.

Dass Jeffrey Chamberlain nicht energischer um seine Tochter gekämpft hatte, lag vor allem an seiner Herkunft. Er entstammte einer sehr wohlhabenden und einflussreichen englischen Familie, deren Vermögen in der Kolonialzeit in Indien seinen Ursprung hatte. Bei seinen Eltern wäre Madison so aufgewachsen wie er und sein Bruder, nämlich in der Obhut von Kindermädchen und Haushälterinnen, bis sie alt genug gewesen wäre, damit sie auf ein Internat geschickt werden könnte.

Deshalb hatte er ihr von Madison erzählt und sie gebeten, die Kleine ausfindig zu machen, zu adoptieren und ihr ein liebevolles Zuhause zu geben, da Kendra für ihn der einzige Mensch auf der Welt war, dem er sein Kind anvertrauen konnte.

Kendra hatte so sehr ein Baby gewollt, aber während ihrer kurzen Ehe war Jeffrey nie bereit gewesen, eine Familie zu gründen. Umso tiefer hatte es sie getroffen, als er ihr gestand, dass eine andere Frau, der er auf einer Geschäftsreise begegnet war, von ihm ein Kind bekommen hatte.

Dennoch hatte sie versucht, seinen Wunsch zu erfüllen. Allerdings hatte sie es weniger für ihn getan, sondern vielmehr für Madison … und auch für sich selbst. Die Suche war, trotz der beträchtlichen Summe, die Jeffrey ihr für diesen Zweck überlassen hatte, schwierig verlaufen, und häufiger war sie kurz davor gewesen, aufzugeben.

Doch dann war es ihr endlich gelungen, Madison zu finden. Alle Bedenken, welche Gefühle der Anblick des unehelichen Kindes ihres Exmannes bei ihr auslösen würde, verflüchtigten sich in dem Moment, als sie das schüchterne Mädchen sah. Die erste Begegnung fand in einem schäbigen Büro einer Sozialarbeiterin in einer kalifornischen Wüstenstadt statt. Für Kendra war es Liebe auf den ersten Blick gewesen.

Ein monatelanges juristisches Tauziehen folgte, aber irgendwann waren Kendra und Madison dann endlich offiziell Mutter und Tochter. Sie wusste, sie liebte dieses Kind genauso sehr, als hätte sie es selbst geboren.

Callie riss sie aus ihren Gedanken, da sie nach der Teekanne griff, um Kendra und sich selbst nachzuschenken.

„Was meint ihr, ist die Hochzeit schon vorbei?“, meinte Kendra, bereute jedoch sofort ihre Frage.

Sanft lächelnd blickte Callie zur Wanduhr. „Wahrscheinlich ja“, antwortete sie und drückte leicht Kendras Hand.

Plötzlich regte sich Madison auf der gepolsterten Sitzbank. „Mommy?“

„Ich bin hier, Honey“, sagte Kendra und drehte sich zu ihr um. Obwohl Madison sich erfreulich schnell an die neue Lebenssituation gewöhnt hatte, wurde sie dennoch von Albträumen geplagt. Außerdem neigte sie dazu, leicht in Panik zu geraten, wenn sie ihre Adoptivmutter für eine Sekunde aus den Augen verlor.

„Hast du Hunger, Kleine?“, fragte Callie sie. Slades Mom würde eine wundervolle Großmutter abgeben, denn sie konnte fantastisch mit Kindern umgehen.

Madison schüttelte den Kopf, sprang von der Bank und kletterte auf Kendras Schoß.

„Das Mittagessen ist ja schon eine Weile her“, sagte Kendra.

„Möchtest du ein Glas Milch und einen von Opals Rosinenkeksen?“

„Nein danke“, antwortete Madison und klang wie so oft richtig erwachsen, aber nicht wie eine Vierjährige. Sie schmiegte sich fester an Kendra und sagte weiter nichts.

Kendra war mit der Kleinen am Abend zuvor auf der Ranch eingetroffen, die Nacht hatten sie auf Joslyns Beharren im Gästezimmer der Barlows verbracht. Das alte Haus, das das Herzstück der Windfall-Ranch bildete, wurde momentan umfassend renoviert, was den herrschenden Trubel nur noch vergrößerte, da sich alle möglichen Leute im Gebäude aufhielten. Madison begegnete ihnen allen mit Skepsis, ausgenommen der Haushälterin Opal.

Plötzlich hob Jasper, der Hund von Slade und Joslyn, den Kopf und winselte leise, dabei richtete er seine Schlappohren etwas auf. Joslyns Katze Lucy-Maude dagegen rührte sich kein Stück.

Madison musterte interessiert, aber unschlüssig den Hund, weil sie nicht wusste, ob sie sich mit ihm anfreunden oder ihn besser in Ruhe lassen sollte.

„Tja, sie sind auf jeden Fall ziemlich früh zurück“, stellte Callie fest, nachdem sie aufgestanden und zum nächsten Fenster gegangen war. „Dann werden sie wohl den Empfang ausgelassen haben.“

Laut bellend eilte Jasper zur Tür, was ihm schon vor Langem von Joslyn die Bezeichnung Ein-Hund-Empfangskomitee eingebracht hatte. Amüsiert öffnete Callie die Hintertür, und der Hund schoss wie eine Fellrakete nach draußen, um diejenigen ausgelassen zu begrüßen, die sich dem Ranchhaus näherten.

Diese Freude wurde von der älteren Frau nicht geteilt, denn sie drehte sich vom Fenster weg und sah Kendra irritiert an. „Sehr eigenartig“, murmelte sie. „Ich hoffe, mit Joslyn ist alles in Ordnung.“

Slades Stieftochter Shea, die gerade erst siebzehn geworden war, rannte ins Haus und berichtete Callie außer Atem: „Das wirst du nicht glauben, Grands! Die Musik hat gespielt, die Brautjungfern standen da, der Pfarrer war bereit, und weißt du, was dann passiert ist?“

Kendra hatte das Gefühl, als hätte ihr Herz aufgehört zu schlagen, doch sie brachte keinen Ton heraus. Alle möglichen

Katastrophen gingen ihr durch den Kopf – ein Gast, der einen Herzinfarkt erlitt, ein Lastwagen, der von der Straße abkam und in die Kirche raste, ein Blitz, der das Kirchendach in Brand setzte und den Bräutigam auf der Stelle tot umfallen ließ.

Sie verdrängte all diese maßlos übertriebenen Horrorszenarien und wartete gebannt darauf, dass Shea weiterredete.

„Was denn?", fragte Callie ratlos.

„Hutch hat die Hochzeit abgesagt!", antwortete sie aufgeregt. „Die Hochzeit ist geplatzt!"

„Oh nein", stieß Callie hervor. Die Tür stand noch offen, und Kendra konnte Joslyn und Opal reden hören, als sie auf das Haus zugingen. Slade war wahrscheinlich auch bei ihnen, aber so wie üblich gab er sich schweigsam.

Opal, die sich in ihrem selbst genähten, farbenfrohen Jerseykleid ganz besonders herausgeputzt hatte, betrat als Nächste das Haus und schüttelte ungläubig den Kopf, während sie ihren altmodischen Hut abnahm. Ihr folgten Slade und die hochschwangere Joslyn, deren dicker Bauch ihr „eine halbe Stunde vorauseilte", wie ihr Ehemann es liebevoll formulierte.

Inzwischen hatte sich Shea Madison zugewandt und versuchte einmal mehr, mit einem strahlenden Lächeln das Mädchen für sich zu gewinnen. „Na, Kleine", sagte sie. „Nachdem wir auf die Hochzeitstorte verzichten mussten, könnte ich jetzt einen Teller voll Kekse essen. Willst du mir dabei helfen?"

Zu Kendras Erstaunen kletterte Madison von ihrem Schoß und lief – mit Känguru Rupert in einer Hand – langsam auf Shea zu, so als würde sie ihr nicht so ganz trauen. „Okay", sagte sie etwas zögerlich.

Joslyn setzte sich zu ihr an den Tisch. In ihrem sommerlich bunten Umstandskleid sah sie großartig aus, doch ihr Gesicht war gerötet, und sie fächelte sich mit ihrer schmalen weißen Handtasche Luft zu, dann packte sie die Tasche zur Seite.

„Möchtest du dich lieber hinlegen?", fragte Callie ihre Schwiegertochter besorgt.

Madison und Shea fielen unterdessen über die Keksdose her.

„Nein, nein", wehrte Joslyn ab. „Mir geht's gut."

„Ihr zwei werdet mir nicht alle Kekse wegessen", rief Opal den Mädchen zu, unterdessen sie sich die Schürze umband. „Ich habe keine Lust, dass ihr die Hälfte vom Abendessen stehen lasst, das bald fertig sein wird." Während Slade seinen Hut an die Garderobe hängte und dann den Hund kraulte, fügte Opal an: „Die arme Brylee."

„Für mich hört sich das so an, als ob sie selbst schuld ist", merkte Slade an und spülte seine Hände am Waschbecken in der Küche ab. Momentan trug er noch einen dunklen Anzug, aber Kendra wusste, sobald er Gelegenheit dazu bekam, würde er den gegen seine Jeans, die abgewetzten Stiefel und ein locker sitzendes Hemd eintauschen. „Hutch hat davon gesprochen, dass er Brylee ein paarmal gesagt hat, dass er nicht heiraten will, allerdings wollte sie nichts davon hören."

Für Slades Verhältnisse war das ein richtiger Redefluss, war er doch der Typ, der sich über eine Sache ausgiebig Gedanken machte und dann seine Meinung in wenige, präzise Worte verpackte. Ganz im Gegensatz zu seinem Halbbruder Hutch, der erst drauflosredete und – wenn überhaupt – irgendwann später überlegte, ob es wohl wirklich klug gewesen war, so viel zu sagen.

Joslyns Blick war während dieser Unterhaltung auf Kendras Gesicht gerichtet, dessen Ausdruck sie immer mit äußerster Genauigkeit zu deuten wusste, auch wenn Kendra sich noch so verschlossen gab. Sie waren seit ihrer Kindheit miteinander befreundet, und im vergangenen Jahr waren sie so etwas wie Geschäftspartnerinnen geworden, da Joslyn sich um die Führung von „Shepherd Real Estate" gekümmert hatte, während Kendra im ganzen Land auf der Suche nach Jeffreys Tochter gewesen war.

„Ein Glück, dass er noch Vernunft angenommen hat", erklärte Joslyn. „Brylee ist ein wunderbarer Mensch, aber sie und Hutch passen überhaupt nicht zusammen."

Die Menschenansammlung in der Küche begann sich aufzulösen, Shea zog sich mit Madison, dem Hund und den Keksen ins Wohnzimmer zurück, dicht gefolgt von Callie, die von Shea im Detail beschrieben bekam, wer was zu wem gesagt und wer was getragen hatte.

Slade stieg die hintere Treppe in den ersten Stock hinauf, zweifellos um sich schnellstmöglich umzuziehen. Von Bankern und Anwälten abgesehen gab es in den ländlichen Gebieten Montanas kaum einen Mann, der regelmäßig Anzug trug, wenn er nicht gerade in die Kirche oder zu einer Beerdigung oder einer Hochzeit gehen musste.

Opal murmelte etwas vor sich hin und schüttelte den Kopf, während sie alle Vorbereitungen traf, um eine Portion Kekse zu backen. „Um Himmels willen“, sagte sie immer wieder leise zu sich selbst. „Meinen Lebtag werde ich doch nicht …“ Der Rest blieb schlichtweg unverständlich.

Joslyn legte die Hände auf ihren Bauch und stöhnte leise. „Ich schwöre, dieses Baby trainiert jetzt schon dafür, beim Rodeo mitzumachen. Man könnte meinen, dass es da drinnen einen Bullen zureiten muss.“

Ihre Bemerkung brachte Kendra zum Lachen, das hing allerdings nur teilweise mit der Äußerung ihrer Freundin zusammen. Denn irgendwie half es ihr auch dabei, sich von der Anspannung zu befreien, unter der sie stand, seit Shea berichtet hatte, was geschehen war.

Hutch hat die Hochzeit abgesagt! Die Hochzeit ist geplatzt!

„Dann sei doch so gut“, neckte sie Joslyn, während sie versuchte, ihre Gefühle in den Griff zu bekommen, „und lass die Wehen einsetzen, damit der Kleine möglichst bald seine Cowboykarriere in Angriff nehmen kann.“

„Ja, er lässt sich allerdings viel Zeit“, stimmte sie Kendra amüsiert zu, wurde jedoch wieder ernst und musterte sie eindringlich. „Ich glaube, ich sollte dich vorwarnen, dass Slade Hutch für heute zum Abendessen eingeladen hat …“

Joslyn redete noch weiter, aber davon bekam Kendra kaum noch etwas mit. Sie war unter keinen Umständen bereit, Hutch Carmody zu begegnen, auch nicht im Haus ihrer besten Freundin. Und das aus gutem Grund, denn bei ihrem letzten Zusammentreffen nach diesem albernen, machohaften Pferderennen hatte sie ihm einen ordentlichen Tritt gegen das Schienbein verpasst.

Weil er sie einfach geküsst hatte.

Weil er ohne vernünftigen Grund sein Leben riskiert hatte.

Weil er ihr und etlichen anderen Frauen das Herz gebrochen hatte.

Außerdem sah sie schrecklich aus. Drei Tage war sie mit dem Wagen unterwegs gewesen, und selbst nach einer Nacht in Joslyns Gästezimmer und zweimaligem Duschen fühlte sie sich immer noch wie erschlagen.

Sie erhob sich, um mit Madison nach Hause zu fahren. Das hätte sie von vornherein tun sollen, anstatt hierher auf die Ranch zu kommen. Aber das riesige Herrenhaus war für sie und Madison eigentlich viel zu groß, und sie verband zu viele Erinnerungen mit jedem der Zimmer.

„Kendra, setz dich wieder hin", forderte Joslyn sie freundlich auf, während Opal im Vorratsschrank kramte und noch immer vor sich hinmurmelte.

Slade kam nach unten und sah wieder ganz wie er selbst aus, da er nun eine aufgescheuerte Jeans, ein verwaschenes Flanellhemd und abgewetzte Stiefel trug. Als er an Joslyn vorbeikam, beugte er sich vor und gab ihr einen Kuss, unterdessen ließ sich Kendra zurück auf den Stuhl sinken.

„Fangt ja nicht ohne mich an", sagte Slade und strich, übers ganze Gesicht grinsend, über Joslyns Babybauch.

Dieses Bild genügte Kendra fast schon, damit sie wieder an die Liebe glauben konnte.

„Auf gar keinen Fall", erwiderte Joslyn. „Das ist unser gemeinsames Baby, und wir werden es auch gemeinsam kriegen."

Kendra begann sich beim Anblick der beiden Turtelnden allmählich wie eine Voyeurin zu fühlen, aber dann tauchte Opals Kopf wieder aus dem Vorratsschrank auf und sie schaute Slade durch ihre dicke Brille hindurch an und fragte energisch: „Wo willst du denn hin, Slade Barlow? Hatte ich nicht eben davon gesprochen, dass ich das Abendessen zubereiten will?"

Slade richtete sich auf und sah Opal an. „Jetzt reg dich nur nicht so auf", konterte er amüsiert. „Ich will nur nach den Pferden schauen, ich hatte nicht vor, eine Viehherde nach Texas zu treiben."

„Seh ich so aus, als wär ich von gestern?", fragte sie im gleichen gespielt forschen Tonfall. „Du wolltest ein Pferd satteln und losreiten, das sehe ich dir genau an."

Lachend und kopfschüttelnd durchquerte er das Zimmer und fuhr sich durchs Haar, dann setzte er seinen normalen Hut auf. „Ich verspreche dir, Opal, wenn die Glocke zum Essen läutet, stehe ich wieder hier in der Küche."

Opal schnaubte, auch wenn sie es erkennbar nicht so meinte, winkte Slade hinterher und widmete sich wieder dem Abendessen.

„Du kannst ruhig bleiben und warten, bis Hutch herkommt", redete Joslyn weiter. „Du weißt, Parable ist eine Kleinstadt, und früher oder später werdet ihr euch sowieso über den Weg laufen. Dann kannst du das auch gleich heute erledigen."

Wäre Joslyn keine so gute Freundin gewesen, hätte Kendra auf das Funkeln in ihren Augen verärgert reagiert. Aber so wie alle glücklich Verheirateten wollte auch Joslyn, dass jeder in ihrem Bekanntenkreis schnellstens unter die Haube kam. Sie musste an Brylee Parrish denken und stellte fest, dass die Frau ihr leidtat. Hutch Carmody zu lieben, das war so, als würde man den Ärger gezielt suchen. Davon konnte Kendra ein Lied singen. Natürlich hätte Brylee jetzt genauso wenig zugehört wie sie selbst vor ein paar Jahren, als alle ihre Freundinnen sie vor einer Ehe mit Jeffrey gewarnt hatten.

„Madison muss sich an ihr neues Zuhause gewöhnen", erwiderte Kendra. „Ich muss noch einkaufen, und ich habe das Geschäft ganz schön vernachlässigt."

„Das Geschäft läuft bestens", versicherte Joslyn ihr. „Und Madison kann sich später immer noch an ihr neues Zuhause gewöhnen."

Wie auf Kommando drang ein fröhliches Lachen aus dem Nebenzimmer zu ihnen.

„Ich weiß nicht, ob ich das schaffe", gestand Kendra sehr leise. „Ich meine, wenn ich Hutch so schnell wiedersehe, ich … ich dachte, dass ich mich erst mal einlebe und …"

Joslyn griff nach ihrer Hand und drückte sie sanft. „Du schaffst das", beteuerte sie. „Glaub an dich, Kendra. Zwischen dir und Hutch wird nichts passieren, wenn du es nicht willst."

„Genau das ist ja das Problem", meinte sie mutlos seufzend

Lesen Sie auch von Linda Lael Miller:

Deutsche Erstveröffentlichung

Linda Lael Miller
Die Creeds: Wo die Hoffnung lebt
Band-Nr. 25663
8,99 € (D)
ISBN: 978-3-86278-719-7
eBook: 978-3-86278-770-8
368 Seiten

Deutsche Erstveröffentlichung

Linda Lael Miller
Die Creeds: Wo nur die Liebe zählt
Band-Nr. 25650
8,99 € (D)
ISBN: 978-3-86278-506-3
eBook: 978-3-86278-577-3
352 Seiten

Deutsche Erstveröffentlichung

Linda Lael Miller
Die Creeds: Wenn ein Herz nach Hause kommt
Band-Nr. 25637
8,99 € (D)
ISBN: 978-3-86278-489-9
eBook: 978-3-86278-561-2
384 Seiten

„Absolut wundervoll!“
Romantic Times Reviews

Deutsche Erstveröffentlichung

Linda Lael Miller
Die McKettricks aus Texas:
Über alle Grenzen
Band-Nr. 25605
8,99 € (D)
ISBN: 978-3-86278-339-7
eBook: 978-3-86278-434-9
336 Seiten

Deutsche Erstveröffentlichung

Linda Lael Miller
Die McKettricks aus Texas:
Weil du es bist
Band-Nr. 25581
8,99 € (D)
ISBN: 978-3-86278-302-1
eBook: 978-3-86278-388-5
368 Seiten

Deutsche Erstveröffentlichung

Linda Lael Miller
Die McKettricks aus Texas:
So nah und so fern
Band-Nr. 25574
8,99 € (D)
ISBN: 978-3-89941-981-8
eBook: 978-3-86278-152-2
368 Seiten